MIKKI BRAMMER

Dieses schöne Leben

ROMAN

Aus dem amerikanischen Englisch
von Carolin Müller

KNAUR

Die amerikanische Originalausgabe erschien 2023 unter dem Titel
The Collected Regrets of Clover bei St. Martin's Press, New York.

Besuchen Sie uns im Internet:
www.knaur.de

Aus Verantwortung für die Umwelt hat sich die Verlagsgruppe Droemer Knaur zu einer nachhaltigen Buchproduktion verpflichtet. Der bewusste Umgang mit unseren Ressourcen, der Schutz unseres Klimas und der Natur gehören zu unseren obersten Unternehmenszielen. Gemeinsam mit unseren Partnern und Lieferanten setzen wir uns für eine klimaneutrale Buchproduktion ein, die den Erwerb von Klimazertifikaten zur Kompensation des CO_2-Ausstoßes einschließt. Weitere Informationen finden Sie unter: www.klimaneutralerverlag.de

MIX
Papier | Fördert gute Waldnutzung
FSC® C083411

Deutsche Erstausgabe November 2023
Knaur Taschenbuch

Redaktion: Lisa Wolf
Covergestaltung: Sabine Schröder
Coverabbildung: Sabine Schröder unter Verwendung des Coverentwurfs von Cover Design © Penguin Random House UK und einer Collage aus Cover images © Alamy/Getty/Shutterstock
Satz: Sandra Hacke, Dachau
Druck und Bindung: CPI books GmbH, Leck
ISBN 978-3-426-52959-1

2 4 5 3 1

KNAUR

Für Carl Lindgren, weil Du mich gelehrt hast,
auch dort das Schöne zu suchen, wo scheinbar keines ist.
Und für die Frauen von Cloverlea, die mir beigebracht
haben, nach der Magie Ausschau zu halten.

1

Das erste Mal, als ich jemanden sterben sah, war ich fünf. Mr Hyland, mein Lehrer in der Vorschule, war ein fröhlicher, etwas dicklicher Mann, der mich mit seiner glänzenden Glatze und dem perfekt gerundeten Gesicht an den Mond erinnerte. Eines Nachmittags saßen wir Kinder im Schneidersitz vor ihm auf dem kratzigen Teppich und hörten vollkommen gefesselt zu, wie er uns aus *Peter Hase* vorlas. Ich erinnere mich noch, dass seine fleischigen Oberschenkel über die Ränder des hölzernen Kinderstuhls quollen, auf dem er saß. Seine Wangen waren rosiger als sonst, aber wer konnte es ihm schon verdenken bei dieser großartigen Geschichte von Beatrix Potter?

Kurz vor dem Höhepunkt der Geschichte – wenn Peter Hase auf der Flucht vor dem Bösen Mr McGregor seine Jacke verliert – hielt Mr Hyland plötzlich inne, als wolle er eine Kunstpause einlegen. Wir starrten ihn mit vor gespannter Erwartung klopfenden Herzen an. Doch statt weiterzuerzählen, gab er einen Laut von sich, der an einen Schluckauf erinnerte, und riss die Augen auf.

Dann kippte er wie ein gefällter Küstenmammutbaum zu Boden.

Wir alle saßen reglos da, mit großen Augen, unsicher, ob diese Einlage noch Teil der üblichen dramatischen Erzählweise unseres geliebten Lehrers war. Aber nachdem er sich einige Minuten nicht mehr gerührt, nicht einmal mit seinen geöffneten Augen geblinzelt hatte, brachen alle im Raum in panisches Geschrei aus.

Das heißt, alle außer mir.

Ich rückte so nah an Mr Hyland heran, dass ich seinen letzten Atemstoß hören konnte. Während der Tumult der übrigen Kinder durch den Flur hallte und die Lehrer herbeigeeilt kamen, saß ich neben ihm und hielt still seine Hand, während die letzte Farbe aus seinem Gesicht wich.

Im Nachgang des »Vorfalls« riet mir die Schule zu psychologischer Beratung. Aber meine Eltern, die sehr mit sich selbst beschäftigt waren, bemerkten keine wesentliche Veränderung in meinem Verhalten. Sie kauften mir ein Eis, tätschelten mir den Kopf und befanden schließlich, dass mit mir alles in Ordnung sei – immerhin war ich schon immer etwas seltsam gewesen.

Im großen Ganzen war ich auch in Ordnung. Aber seitdem fragte ich mich immer wieder, welche letzten Worte Mr Hyland wohl lieber von sich gegeben hätte, als von den Eskapaden eines besonders frechen Hasen zu erzählen.

2

Ich hatte mir eigentlich nicht vorgenommen, mitzuzählen, wie viele Menschen ich seit Mr Hylands Tod vor einunddreißig Jahren sterben sah, aber mein Unterbewusstsein führte gewissenhaft Buch. Besonders jetzt, wo ich mich einem ziemlich beeindruckenden Meilenstein näherte, denn heute stieg die Zahl auf siebenundneunzig.

Ich stand in der Canal Street und sah die Rücklichter des Leichenwagens im Verkehr verschwinden. Wie bei einem Läufer, der den Staffelstab soeben übergeben hatte, war meine Aufgabe damit erledigt.

Inmitten der Abgase und der beißenden Mischung aus getrocknetem Fisch und Tamarinde hatte ich noch immer den Geruch des Todes in der Nase. Damit meine ich nicht den Gestank eines verwesenden Leichnams – damit hatte ich noch nie wirklich zu tun gehabt, da ich immer nur bei den Sterbenden saß, die sich an der Schwelle zwischen dieser Welt und der nächsten befanden. Ich spreche von etwas anderem, dem untrüglichen Geruch, der in der Luft hängt, wenn der Tod naht. Er ist schwer zu beschreiben, aber ein wenig erinnert es an den unmerklichen Übergang zwischen Sommer und Herbst, wenn die Luft plötzlich eine andere ist, aber man nicht weiß, warum. Während meiner Jahre als Sterbe-Doula habe ich mich an diesen Geruch gewöhnt. Dadurch wusste ich, wann jemand bereit war zu gehen. Und wenn Angehörige da waren, informierte ich sie, dass nun der Moment gekommen war, sich zu verabschieden. Heute gab es keine Angehörigen. Viele wären überrascht, wie oft das vorkommt. Tatsächlich wäre mindestens die Hälfte der siebenundneunzig Menschen alleine gestorben, wenn ich nicht dort gewesen wäre. Zwar wohnen um die neun Millionen Menschen in New York City, aber es ist eine Stadt der Einsamen. Und meine Aufgabe ist es, ihre letzten Minuten ein bisschen weniger einsam zu machen.

Eine Sozialarbeiterin hatte mich vor einem Monat an Guillermo vermittelt.

»Ich muss Sie warnen«, hatte sie am Telefon gesagt. »Er ist ein verbitterter, böser alter Mann.«

Aber von so etwas ließ ich mich nicht abschrecken – normalerweise bedeutete das einfach, dass dieser Mensch Angst hatte, sich ungeliebt und alleine fühlte. Also nahm ich es nicht persönlich, als Guillermo mich bei meinen ersten Besuchen kaum beachtete. Doch als ich mich zu unserem vierten Termin verspätete, weil ich mich versehentlich aus meiner Wohnung ausgesperrt hatte, blickte er mir mit Tränen in den Augen entgegen, als ich mich endlich auf seine Bettkante setzte.

»Ich dachte, Sie würden nicht kommen«, sagte er mit dem Ausdruck stiller Verzweiflung eines vergessenen Kindes.

»Ich verspreche Ihnen, dass das nicht passieren wird«, beteuerte ich und drückte seine ledrige Hand.

Und ich hielt mein Wort. Sterbende an den letzten Tagen ihres Lebens zu begleiten ist ein Privileg – besonders wenn man das Einzige ist, an das sie sich halten können.

Schneeflocken wirbelten ziellos umher, als ich mich auf den Heimweg von Guillermos beengter Einzimmerwohnung in Chinatown machte. Ich hätte den Bus nehmen können, aber es fühlte sich irgendwie respektlos an, gleich wieder zu den Routinen des Alltags zurückzukehren, wenn jemand sich gerade erst von dieser Welt verabschiedet hatte. Ich mochte es, beim Gehen den eisigen Wind an den Wangen zu spüren, genauso wie den Anblick der Wölkchen, die sich bei jedem meiner Atemzüge bildeten und dann wieder verschwanden –

kleine Bestätigungen dafür, dass ich noch hier, noch am Leben war.

Für jemanden, der es gewohnt war, den Tod mitzuerleben, fühlte ich mich hinterher immer ziemlich haltlos. Ein Mensch, der gerade noch hier unter uns geweilt hatte, war nun fortgegangen. Wohin, das wusste ich nicht – wenn es um Spirituelles ging, war ich wohl am ehesten Agnostikerin, wodurch ich den Glaubensrichtungen meiner Klienten Raum geben konnte. Aber wo auch immer er nun war, ich hoffte, dass es Guillermo gelungen war, seine Verbitterung hinter sich zu lassen. Soweit ich das beurteilen konnte, hatte er mit Gott nicht gerade auf gutem Fuß gestanden. Zwar hing neben seinem schmalen Bett halb unter der sich lösenden vergilbten Tapete ein kleines Kruzifix, aber Guillermo hatte es nie direkt Trost suchend angesehen. Hin und wieder hatte er einen verstohlenen Blick darauf geworfen, als versuche er, dem prüfenden Blick einer Autoritätsperson zu entgehen. Aber meist hatte er ihm den Rücken zugewandt.

Nach den drei Wochen bei Guillermo kannte ich alle Details seines Zuhauses. Die dicke Schmutzschicht außen an seinem einzigen Fenster, die das Tageslicht dämpfte und die Wohnung, passend zur gedrückten Stimmung, düster erscheinen ließ. Das durchdringende metallene Quietschen seines klapprigen Bettrahmens, jedes Mal, wenn er sein Gewicht verlagerte. Die eiskalte Zugluft, die von überall und nirgendwo zu kommen schien. Der spärliche Inhalt seiner Küchenschränke, bestehend aus lediglich einer Tasse, einer Schüssel und einem Teller, als untrüglicher Beleg für ein Leben in Einsamkeit.

Guillermo und ich wechselten während dieser Wochen insgesamt vielleicht zehn Sätze. Mehr mussten wir nicht sagen. Ich richtete mich da immer nach den sterbenden Menschen, ob sie ihre letzten Tage nun mit Gesprächen füllen oder lieber schweigen wollten. Sie müssen mir ihre Entscheidung auch nicht sprachlich mitteilen; ich spüre es einfach. Meine Aufgabe ist es, ruhig und präsent zu bleiben und ihnen in den letzten kostbaren Momenten ihres Lebens Raum zu geben.

Das Wichtigste dabei ist, dass man den Schmerz eines Menschen niemals ignorieren darf. Nicht nur den physischen Schmerz, der mit dem Versagen des Körpers einhergeht, sondern auch den emotionalen Schmerz im Angesicht der Erkenntnis, dass das Leben endet und man es besser hätte nutzen können. Jemandem die Möglichkeit zu geben, sich in seiner ultimativen Verletzlichkeit gesehen zu fühlen, ist heilsamer, als alle Worte es je sein könnten. Und es ist mir eine Ehre, das zu tun – ihnen in die Augen zu blicken und ihren Schmerz anzuerkennen, ihm ungefiltert Raum zu geben –, auch wenn die Traurigkeit überwältigend ist.

Auch wenn es mir das Herz bricht.

Die Wärme in meiner Wohnung war, verglichen mit Guillermos Apartment, beinahe drückend. Ich schlüpfte aus meinem Mantel und hängte ihn zu dem Haufen an Wintersachen am Kleiderständer beim Eingang. Der Ständer wehrte sich, und meine Caban-Jacke aus Wolle landete in einem zerknitterten Haufen am Boden. Ich ließ sie einfach liegen und sagte mir – wie bei dem meisten Kram, der sich immer in meiner Wohnung ansammelte –, dass ich mich später darum kümmern würde.

Fairerweise muss ich sagen, dass der ganze Kram nicht nur von mir war. Ich hatte die Zweizimmerwohnung in beneidenswerter Lage von meinem Großvater nach dessen Tod übernommen. Na ja, eigentlich stand ich schon seit meiner Kindheit mit im Mietvertrag. Es war ein kluger Schachzug von ihm gewesen, um sicherzustellen, dass nicht einmal die New Yorker Immobilienbürokratie mich um meinen rechtmäßigen

Anspruch auf sein mietpreisgebundenes Erbe betrügen konnte. Siebzehn Jahre lang hatten wir uns die Wohnung im zweiten Stock eines Sandsteinhauses im West Village geteilt, das im Vergleich zu seinen gepflegten Nachbargebäuden ziemlich vernachlässigt wirkte. Nun war Grandpa schon seit über dreizehn Jahren tot, aber ich brachte es einfach nicht übers Herz, seine Habseligkeiten auszusortieren. Stattdessen hatte ich nach und nach einfach meine eigenen Besitztümer in der kleinen Wohnung zwischen seinen verstaut. Obwohl ich fast täglich dem Tod in die Augen blickte, konnte ich irgendwie nicht akzeptieren, dass er unwiederbringlich aus meinem Leben verschwunden war. Die Trauer spielt einem gerne Streiche – ein vertrauter Hauch von Duftwasser, oder man meint für einen kurzen Moment, die Person in einer Menschenmenge zu erkennen, und schon lösen sich all die Knoten plötzlich wieder auf, die man in sich geknüpft hat, um mit der Trauer zurechtzukommen.

Meine Hände an einer dampfenden Tasse Earl Grey wärmend, stand ich vor meinem Bücherregal, das vollgestopft war mit Grandpas Biologie-Lehrbüchern, muffigen Atlanten und Seefahrer-Romanen. Dazwischengezwängt stachen drei abgegriffene Notizbücher heraus, und zwar nicht so sehr wegen ihres Aussehens, sondern wegen der einzelnen Wörter, die auf dem Buchrücken eines jeden davon standen. Auf dem ersten BEDAUERN, dem zweiten RATSCHLÄGE, dem dritten GESTÄNDNISSE. Abgesehen von meinen Haustieren waren das die Dinge, die ich bei einem Brand retten würde.

Seit ich angefangen hatte, als Sterbe-Doula zu arbeiten, hatte ich es mir angewöhnt, die letzten Worte meiner Klienten zu notieren. Mit den Jahren war mir aufgefallen, dass die Menschen oft das Bedürfnis verspürten, noch etwas zu sagen, wenn sie im Sterben lagen, etwas von Bedeutung – als würde ihnen bewusst, dass dies ihre letzte Gelegenheit darstellte, eine Spur in der Welt zu hinterlassen. Für gewöhnlich passten diese letzten Botschaften in eine der drei folgenden Kategorien: Dinge, von denen sie sich wünschten, sie hätten sie anders gemacht, Dinge, die sie im Laufe ihres Lebens gelernt hatten, oder Geheimnisse, die sie bewahrt hatten und die sie nun bereit waren zu enthüllen. Diese Worte festzuhalten, erschien mir als meine heilige Pflicht, insbesondere wenn ich die einzige Anwesende im Raum war. Und selbst wenn ich das nicht war, waren Familienmitglieder oft zu sehr von ihrer Trauer überwältigt, als dass sie daran gedacht hätten, solche Dinge aufzuschreiben. Ich dagegen konnte meine Gefühle in dieser Situation viel besser unter Kontrolle halten.

Ich setzte meinen Tee ab und stellte mich auf die Zehenspitzen, um das Buch mit der Aufschrift GESTÄNDNISSE aus dem Regal zu holen. Es war schon eine Weile her, dass ich darin etwas notiert hatte. In letzter Zeit schienen alle am Ende ihres Lebens Dinge zu bedauern.

Ich machte es mir auf dem Sofa bequem und blätterte durch das in Leder gebundene Notizbuch, bis ich zu einer leeren Seite kam. In meiner gedrungenen Krakelschrift schrieb ich Guillermos Namen nieder, seine Adresse, das heutige Datum und sein Geständnis. Um ehrlich zu sein, hatte ich gar nicht mehr damit gerechnet – ich hatte bereits gespürt, wie er entschwand, und dachte, er wäre schon nicht mehr bei Bewusstsein. Aber dann öffneten sich seine Augen noch einmal, und er legte mir die Hand auf den Arm. Nicht auf dramatische Weise, sondern ganz sanft, als wäre er bereits fast aus der Tür und wollte mir nur noch schnell etwas sagen.

»Mit elf habe ich versehentlich den Hamster meiner kleinen Schwester umgebracht«, flüsterte er. »Ich habe die Tür zu seinem Käfig offen gelassen, um sie zu ärgern, und dann war er verschwunden. Drei Tage später haben wir ihn zerquetscht hinter den Sofakissen gefunden.«

Sobald die Worte seine Lippen verlassen hatten, war es, als fiele ein Gewicht von ihm ab, und sein Körper entspannte sich sichtlich, als triebe er auf dem Rücken in einem Pool.

Und dann war er fort.

Ich musste an diesen Hamster denken, als sich am selben Abend meine eigenen Haustiere auf der Couch um mich versammelten. George, die moppelige Bulldogge, die ich vor sechs Jahren beim Wühlen in unseren Abfalltonnen gefunden hatte, legte mir seine schlabbrige Schnauze auf die Knie. Lola und Lionel, die beiden Tigerkatzengeschwister, die ich als Babys aus einer Kiste vor der Kirche in der Carmine Street gerettet hatte, strichen abwechselnd um meine Knöchel. Ihr seidig weiches Fell tröstete mich zuverlässig.

Ich versuchte, mir nicht auszumalen, ob der Hamster gelitten hatte. Hamster waren ziemlich zarte Geschöpfe, also hatte es vermutlich nicht viel bedurft. Und der arme Guillermo hatte diese Schuld fünfzig Jahre mit sich herumgeschleppt.

Ich warf einen Blick auf mein Handy, das auf der verblichenen Armlehne des Sofas lag. Normalerweise klingelte es – abgesehen von gelegentlichen Werbeanrufen – nur, wenn mich jemand beauftragen wollte. Ich war noch nie gut darin gewesen, Kontakte zu pflegen. Wenn man als Einzelkind von seinem introvertierten Großvater großgezogen wird, lernt man, mit sich alleine zurechtzukommen. Es war nicht so, dass ich Freundschaften ablehnte; doch wenn man niemanden zu nah an sich ranließ, konnte man auch niemanden verlieren. Und ich hatte schon genug Menschen verloren.

Nichtsdestotrotz fragte ich mich manchmal, wie ich an diesen Punkt gekommen war: sechsunddreißig Jahre alt, und mein ganzes Leben drehte sich darum, Fremde beim Sterben zu begleiten.

Ich schloss die Augen, genoss das Bergamotte-Aroma meines Tees, und zum ersten Mal seit Wochen entspannte sich mein Körper. Es laugte einen ziemlich aus, ständig seine Gefühle zu unterdrücken, aber eben, weil ich das konnte, war ich auch so gut in dem, was ich tat. Meine Aufgabe war es, für meine Klienten stets gelassen und emotional ausgeglichen zu bleiben, auch wenn sie voller Angst waren oder sogar in Panik und nicht wussten, wie sie loslassen sollten.

Als meine Gefühle langsam aufzutauen begannen, lehnte ich mich in die Sofakissen zurück und ließ zu, dass die Traurigkeit sich schwer auf meine Brust legte und eine Sehnsucht mein Herz eng werden ließ.

Es gibt einen Grund dafür, warum ich weiß, dass diese Stadt voller einsamer Menschen ist.

Ich bin eine von ihnen.

3

Normalerweise widmete ich mich nach einem vollendeten Auftrag am nächsten Tag immer den profanen Haushaltspflichten, die ich während meines Einsatzes vernachlässigt hatte. Haushaltstätigkeiten und das Begleichen von Rechnungen fühlten sich irrelevant an, wenn jemand im Sterben lag. Die Schmutzwäsche von drei Wochen quoll über den Rand des Korbes, den ich in den Keller schleppte. Grandpa hatte mir nicht nur den seltenen Schatz einer Wohnung mit Mietpreisbindung hinterlassen, sondern auch mit einem hauseigenen Waschkeller. Mir die für New York übliche Last von Waschsalonbesuchen zu ersparen, war eine der unzähligen kleinen Arten, wie er mein Leben auch in seiner Abwesenheit noch ein kleines Stückchen besser machte.

Als ich die Treppe wieder nach oben ging, blieb ich am Briefkasten stehen, um mich der Flut von Kuverts und Katalogen zu stellen, die mich bei meinen sporadischen Besuchen immer erwarteten. Nur selten wartete darin etwas wirklich Wichtiges auf mich. Auf halbem Weg zu meiner Wohnung rief mir eine krächzende Stimme entgegen: »Hast du mal wieder Urlaub, Kind?«

Der schlurfende Gang, der die Frage begleitete, war mir genauso vertraut wie die Stimme selbst. Leo Drake war rüstige siebenundfünfzig gewesen, als ich als Sechsjährige zusammen mit meinem Großvater hier eingezogen war, und die darauffolgenden Jahrzehnte hatten bei ihm kaum Spuren hinterlassen, abgesehen von der Tatsache, dass sein Haar mittlerweile eher weiß als grau war und sein federnder Schritt ein bisschen langsamer.

Abgesehen davon war er noch immer mein einziger Freund.

»Ja, könnte man so sagen«, antwortete ich und wartete, bis er die letzten Stufen hinabgestiegen war. »Auch wenn ich da einen Strand dem Waschkeller vorziehen würde.«

Leo war ein großer, schlanker Mann mit hohen Wangenknochen, sein Alter ließ ihn nur noch eleganter wirken. Es faszinierte mich, dass die modischen Vorlieben von älteren Leuten oft in einer bestimmten Lebensphase hängen blieben, normalerweise in ihren Dreißigern oder Vierzigern. Oft war es auch eine Frage der Sparsamkeit – warum immer weiter neue Kleider kaufen, wenn man schon haufenweise davon besaß –, aber meistens schien diese Tendenz der Sehnsucht nach ihren gefühlt besten Jahren zu entspringen. Der Zeit, als sie noch mehr von ihrem Leben vor sich als hinter sich hatten.

Leos Stil war immer noch von den akkuraten Schnitten der Sechzigerjahre geprägt: steife, ausladende Kragen, fallende Revers, Einstecktücher, und, wenn es der Anlass erforderte, sein viel geliebter Filzhut. Ich hatte ihn noch nie nachlässig gekleidet gesehen, selbst wenn er nur schnell im Laden an der Ecke Milch holen wollte. Vermutlich war das, seit er an der Madison Avenue gearbeitet hatte, immer so gewesen. Obwohl er zunächst in die Poststelle verbannt worden war, hatte dies sein scharfsinniges Auge nicht davon abgehalten, sich jedes noch so kleine Detail von den Männern aus der Werbebranche abzuschauen, für die er als Schwarzer weitgehend unsichtbar blieb. Und als er schließlich über die finanziellen Mittel verfügte, übernahm und verfeinerte er diesen Stil und machte ihn zu seinem Markenzeichen.

Auch wenn Leo heute bloß seine Post aus dem Briefkasten holte, trug er ein gebügeltes Hemd und eine Bundfaltenhose. Sein Outfit stand in auffälligem Kontrast zu meiner Jogginghose und dem Schlabberpulli. Falls meine Theorie stimmte, war mein modisches Vermächtnis nicht gerade vielversprechend.

Leo lächelte verschmitzt, als er den Schlüssel ins Briefkastenschloss steckte. »Und wann hast du Zeit für unsere Revanche?«

Grandpa hatte mir Mah-Jongg-Spielen beigebracht, sobald ich bei ihm eingezogen war. Es brauchte vier Jahre, bis ich ihn endlich einmal besiegte. Er hatte sich geweigert, mich absichtlich gewinnen zu lassen. Damit würde er mir keinen Gefallen tun, hatte er gemeint. Mit der Zeit prägte ich mir die verschiedenen Mah-Jongg-Blätter ein und beobachtete genau, welche Züge Grandpa machte und welche Spielsteine er verwarf. Ihn verriet nur eines: Wenn er zu verlieren fürchtete, kratzte er sich leicht mit dem rechten Zeigefinger am Hals. Als ich schließlich zum Studieren fortging, wurde Leo sein Spielpartner, und diese Tradition setzten wir dann fort, als ich nach Grandpas Tod wieder hier einzog. Seit gut zehn Jahren verband uns ein erbitterter Mah-Jongg-Wettstreit.

»Wie wär's mit nächsten Sonntag?«

Beim schnellen Sichten meines Bergs an Post entdeckte ich bloß einen Brief, der wichtig war. Darin befand sich ein Scheck der Angehörigen eines leukämiekranken Mannes, um den ich mich vor einigen Monaten gekümmert hatte. Genauso wie Guillermo hatte er die Welt mit einer eisernen Bitterkeit verlassen, die mich nicht recht losließ. Als ich anfing, als Sterbe-Doula zu arbeiten, hatte ich noch ganz naiv versucht, die Leute dazu zu bewegen, sich auf all die guten Dinge in ihrem Leben zu besinnen, auf alles, für das sie dankbar sein konnten. Aber jemand, der schon seit vielen Jahren voller Wut auf diese Welt war, empfand den Tod nur als weiteren unbarmherzigen Schlag. Schließlich wurde mir klar, dass es nicht meine Aufgabe war, ihnen gegen ihren Willen dabei zu helfen, die Realität zu beschönigen, sie bestand vielmehr darin, ihnen zuzuhören, an ihrer Seite zu sein und sie zu begleiten. Selbst wenn sie bis zum letzten Atemzug unglücklich waren, so waren sie wenigstens nicht allein.

»Ist notiert«, sagte Leo und tippte sich an die imaginäre Hutkrempe. »Außer natürlich, du bekommst ein besseres Angebot.«

Obwohl er ganz genau wusste, dass ich keine weiteren Freunde hatte, konnte sich Leo dezente Anspielungen darauf, dass es anders sein könnte, nicht verkneifen. Ich wusste, dass er es gut meinte, aber es hatte bloß zur Folge, dass ich mich noch unzulänglicher fühlte. Ich hatte selbst nicht damit gerechnet, dass ich auch mit Mitte dreißig nur einen Freund haben würde. Das ist die Sache mit der Einsamkeit: Niemand sucht sie sich selbst aus.

»Danke«, sagte ich und schenkte ihm ein Lächeln. »Aber ich denke nicht, dass da große Gefahr besteht.«

»Tja, das weiß man nie, oder?« Leo nickte in Richtung erster Stock. »Apropos, hast du schon gehört, dass wir einen neuen Nachbarn bekommen? Zieht nächste Woche ein. Hoffentlich gesprächiger als die Vorgänger.«

Verdammt. Ich hatte gehofft, dass die Wohnung im ersten Stock – in der bis vor Kurzem ein finnisches Pärchen gewohnt hatte – noch eine Weile leer stehen würde. Anders als Leo war ich froh gewesen, dass das Nachbarschaftsverhältnis mit den Finnen sich auf höfliches Kopfnicken und den ein oder anderen flüchtigen Gruß beschränkt hatte.

Leo hatte ein besonderes Talent dafür, als einer der Ersten den neuesten Klatsch zu erfahren. Auf dem Weg nach oben informierte er mich noch über alles andere, was er seit unserem letzten Treffen aufgeschnappt hatte. Das Airbnb-Drama im Haus nebenan, die unschöne Scheidung weiter die Straße hinunter, das überteuerte Restaurant, das aus Hygienegründen geschlossen werden musste, nachdem eine Ratte aus der

Toilette gesprungen war, als ein Gast sich gerade daraufsetzen wollte. Leo verbrachte einen Großteil seiner Zeit damit, in der Nachbarschaft herumzuspazieren und mit jedem zu plaudern, der sich darauf einließ. Ich habe mich immer gefragt, warum wir beide uns so gut verstanden. Wahrscheinlich ein typischer Fall von »Gegensätze ziehen sich an«.

Die Tür der leeren Wohnung im ersten Stock stand halb offen, als wir die knarrende Treppe hinaufgingen. Durch den Spalt entdeckte ich ein paar Farbeimer auf dem Dielenboden, und daneben lag eine zum Einsatz bereite Farbrolle in ihrer Wanne. Während Leo weiter selbstvergessen vor sich hin plauderte, breitete sich in meiner Magengrube ein ungutes Gefühl aus.

Neue Nachbarn waren in New York ein unvermeidliches Übel, und ich hatte schon so einige ertragen. Aber trotzdem fühlte sich jeder, der unbekannterweise in mein Wohnhaus einzog, für mich wie ein Eindringling an. In meinen persönlichen Bereich. In meine Routine. In meine Einsamkeit. Es bedeutete, dass ich eine neue Persönlichkeit entschlüsseln, neue Begrüßungsrituale finden und mich an neue Eigenarten gewöhnen musste. Ein neuer Nachbar bedeutete immer Unvorhersehbares.

Und ich hasste Überraschungen.

4

Dass meine Eltern tot waren, erfuhr ich am selben Tag, als ich auch lernte, dass Pferde nur durch die Nase atmen können, weil ihr Kehldeckel Mund- und Nasenhöhle voneinander trennt.

Es war zur Mittagszeit an einem Dienstag in der ersten Klasse. Ich saß, an den Stamm der einsamen Eiche im Schulhof gelehnt, zwischen zwei knorrigen Wurzeln, die sich am Boden krümmten wie arthritische Finger. An dieser Stelle saß ich, wenn das Wetter es erlaubte, fast jede Mittagspause und las, während meine Schulkameraden in der Nähe ausgelassen herumtobten. An jenem Tag war ich ganz vertieft in ein Buch über Tiere. Ich war fast mit dem Abschnitt über Pandas fertig, als ich bemerkte, dass unsere Direktorin Ms Lucas schnurstracks über den Schulhof auf mich zumarschiert kam. Die schwingende Bewegung ihrer voluminösen Haare entsprach dem Rhythmus ihres entschlossenen Schrittes, und mit einer wichtigtuerischen Geste hielt sie das Revers ihres Polyesterblazers umklammert. Mein Nacken juckte, wie wenn ein Insekt darüberkrabbelt, aber als ich mir mit der Hand über die Haut fuhr, war dort nichts.

In einer V-Formation folgten dicht hinter Ms Lucas meine Klassenlehrerin und die Beratungslehrerin der Schule. Da das Trio eine wichtige Mission zu haben schien, legte ich ruhig das Buch zur Seite und erwartete sie unter der Eiche.

»Clover, Liebes.« Ms Lucas' süßlicher Singsang klang verdächtig nach Einschmeichelei. Es war der Ton, den Erwachsene gerne anschlugen, wenn sie einen zur Kooperation bewegen wollten. Sie beugte sich steif zu mir herunter, die Hände in einer umgedrehten Gebetshaltung adrett zwischen die Kniekehlen geklemmt. »Kommst du bitte mal mit uns mit in mein Büro?«

Mein Blick wanderte zu den beiden Frauen, die Ms Lucas flankierten, und mir fiel ihr angespanntes Lächeln auf. Ich fragte mich, ob irgendetwas, das ich heute getan hatte, eine Strafe rechtfertigte. Hatte ich etwa versehentlich irgendeine Regel gebrochen? Ich gab mir eigentlich immer allergrößte Mühe, brav zu sein. Vielleicht hatte ich vergessen, ein Buch zurück in die Bibliothek zu bringen? Da ich mich zahlenmäßig leicht unterlegen fühlte, blieb ich vorerst umgeben von den Baumwurzeln sitzen und war dankbar für ihre schützende Umarmung.

»Ich würde lieber unter dem Baum sitzen bleiben«, sagte ich und freute mich leise über meinen kleinen Akt des Widerstands. »Es ist noch Pause.«

Ms Lucas sah mich finster an. »Nun ja, ich verstehe, dass du gerne noch draußen sein willst, bevor es zu kalt dafür wird, aber da ist etwas, das ich … das wir mit dir besprechen müssen, und ich denke, es ist besser, wenn wir dazu nach drinnen gehen.«

Ich ging gedanklich meine Optionen durch. Es war nicht wahrscheinlich, dass Ms Lucas und ihre blusentragenden Leibwächterinnen mich einfach in Ruhe lassen würden. Also erhob ich mich widerwillig, wischte mir die Zweige von der Jacke und setzte mich gehorsam in Bewegung.

»Braves Mädchen«, sagte Ms Lucas.

Im Büro der Direktorin musste ich mich hoch in den hölzernen Drehstuhl hieven. Als ich dann mit weit über dem Linoleumboden baumelnden Beinen dasaß, gruben sich die alten Springfedern unter dem Lederkissen unangenehm in meine dürren Oberschenkel.

Mit finsteren Gesichtern saßen mir die drei gegenüber und wechselten gequälte Blicke, als würden sie schweigend imaginäre Strohhalme ziehen, um zu sehen, wem die unangenehme Aufgabe zufallen würde. Anscheinend hatte die Beratungslehrerin den Kürzeren gezogen. Sie holte tief Luft und setzte an, hielt dann aber noch einmal inne und überdachte ihre Worte.

»Clover«, sagte sie schließlich. »Deine Eltern sind doch gerade auf Reisen.«

»In China«, kam ich ihr zu Hilfe. »Da gibt es Pandas.« Ich presste mein Buch an die Brust wie einen wertvollen Schatz.

»Ja, so ist es – wie schlau du bist.«

»Pandas fressen Bambus. Und sie können über hundert Kilo schwer werden und richtig gut schwimmen«, sagte ich in der Hoffnung, meine Klugheit vor den Erwachsenen weiter zu untermauern, wenn ich schon mal ihre Aufmerksamkeit hatte. »Mommy und Daddy kommen in zwei Tagen nach Hause – ich hab mitgezählt.« Ich hoffte, dass sie mir auch diesmal wieder ein Geschenk mitbringen würden, wie das letzte Mal, als sie in Paris waren.

Die Beratungslehrerin räusperte sich und nestelte an einer extravaganten Brosche an ihrer Bluse herum. »Ja, also, ich weiß, dass deine Eltern am Donnerstag wieder zurück sein wollten, aber es gab … einen Unfall.«

Ich runzelte die Stirn und umklammerte das Buch noch fester. »Einen Unfall?«

Meine Klassenlehrerin beugte sich vor und tätschelte mein Knie. An ihrem Handgelenk baumelte ein Haufen billiger Armreifen. Mir gefielen die bunten Farben. »Du bist gerade bei einer Freundin deiner Mutter untergebracht, stimmt's Clover?«

Ich nickte argwöhnisch, und meine Ohren fingen an zu brennen. Der Schweiß begann, sich seinen Weg zwischen dem Leder des Stuhls und den Rückseiten meiner Oberschenkel zu bahnen, und das laute Geschrei meiner Schulkameraden drang durchs offene Fenster herein und verstärkte mein Unbehagen.

Das gequälte Lächeln meiner Klassenlehrerin machte mich nervös. »Heute wirst du stattdessen bei deinem Großvater bleiben. Er kommt heute Nachmittag aus New York her und holt dich hier ab. Ist das nicht toll?«

Ich hatte wirklich keine Ahnung, ob das toll war oder nicht. Ich hatte in meinem kurzen Leben mit meinem Großvater mütterlicherseits erst ein paar Nachmittage verbracht, und meine Gefühle gegenüber dem Mann waren ziemlich neutral. Er war ganz nett, auch wenn er nie viel sagte, und er und meine Mutter verhielten sich irgendwie wie Fremde zueinander. Aber zu jedem meiner Geburtstage schickte er mir ein Geschenk – dieses Jahr war es das Tierbuch gewesen, das ich gerade auf dem Schoß hielt. Vielleicht würde er mir etwas Neues mitbringen.

»Warum kann ich nicht bei Miss McLennan bleiben?«

Die alte Junggesellin, die bei uns um die Ecke wohnte, war keine besonders angenehme Gastgeberin, und in ihrem Haus roch es immer nach Roastbeef, egal, was es gerade zu essen gab. Aber abgesehen davon, dass sie für mein leibliches Wohl sorgte und darauf achtete, dass ich zur Schule ging, ließ Miss McLennan mich in Ruhe in meinem Zimmer lesen, während sie auf ihrem Sofa mit Plastikschonbezug saß und häkelte. Und da meine Eltern mich oft wochenlang bei ihr ließen, hatten sie und ich gelernt, friedlich nebeneinanderher zu leben – auch wenn ich mir ziemlich sicher war, dass sie es hauptsächlich für das Bündel Geld machte, das mein Vater ihr immer in die Hand drückte, bevor er ging.

Meine Lehrerinnen tauschten erneut düstere Blicke und verständigten sich wohl in einer Art Geheimsprache, bei der sie nur ihre Augenbrauen benutzten. Am Ende seufzte Ms Lucas schwer.

»Clover, es tut mir leid, dir das sagen zu müssen, aber deine Eltern sind tot.« Die beiden anderen Frauen holten scharf Luft, fassungslos über ihre Direktheit, mit der die Direktorin mir eine solch heikle Nachricht überbrachte.

Ich starrte sie ebenso geschockt und mit großen Augen an. Die Frauen beobachteten mich nervös, als versuchten sie, die nächste Bewegung eines wilden Tiers abzuschätzen.

Schließlich gelang es mir zu flüstern: »Tot …? So wie Mr Hyland?«

Ich musste an die Folge der Sesamstraße denken, die man uns nach dem dramatischen Ableben unseres Vorschullehrers gezeigt hatte. Darin setzte sich Bibo mit dem Tod seines Freundes Herrn Huber auseinander.

»Ich fürchte, ja, Clover«, erwiderte Ms Lucas milde, in dem Versuch, ihre abrupte Enthüllung abzufedern.

Als ich am späten Nachmittag neben meinem Großvater im Zug saß, der von Connecticut Richtung Manhattan zuckelte, fiel mir ein, dass ich mich gar nicht von meinen Klassenkameraden verabschiedet hatte. Aber da sie sowieso kaum mit mir sprachen, spielte das vermutlich keine Rolle. Vor dem plötzlichen Ableben unseres Vorschullehrers hatte ich mir keine großen Gedanken über die anderen Kinder gemacht, aber durch meine neugierige Reaktion auf seinen Tod – vor allem die Tatsache, dass ich nicht ausgeflippt war wie die anderen – wurde ich zur Außenseiterin. Und nachdem ein Junge dann auch noch angefangen hatte, das Gerücht zu verbreiten, ich wäre »mit den Toten im Bunde«, galt ich endgültig als komischer Vogel. Vermutlich würde ihnen nicht einmal auffallen, dass ich fort war.

Grandpa war in meiner Schule aufgetaucht, als die Glocke das Ende der Mittagspause einläutete. Den kleinen himmelblauen Koffer, den ich zu Miss McLennan mitgenommen hatte, hatte er schon dabei. Nach einem kurzen murmelnden Gespräch mit meinen Lehrerinnen, das ich schwer verstehen konnte, führte mich Grandpa ernst zu einem Taxi, das draußen vor dem Schultor wartete.

Auf der Fahrt zum Bahnhof hatte er mir nur ein paar Details über den Unfall meiner Eltern genannt – etwas von einem alten Boot und einem Tropensturm und einem Fluss namens Jangtsekiang. Ich nickte nur und fragte mich insgeheim, ob meine Eltern wohl auch Pandas in diesem Fluss hatten schwimmen sehen. Doch während hinter dem staubigen Zugfenster die eintönige Vorstadt an mir vorbeizog, sickerte langsam die Wahrheit zu mir durch. Sterben, das wusste ich, hieß, dass man niemals wieder zurückkam. Von da an existierte man nur noch in der Erinnerung anderer Menschen. Ich musste daran denken, wie meine Mutter mich am Morgen ihrer Abreise nach China ungeduldig durch die Haustür hinausgescheucht hatte. Und an den flüchtigen Kuss, den sie mir noch zuwarf, bevor sie ging, begleitet von der Aufforderung, brav zu sein, während sie bereits einen kritisch prüfenden Blick in den Spiegel an der Sonnenblende warf. Vielleicht hatte mein Vater mir noch vom Fahrersitz aus zugewunken, aber da war ich mir nicht sicher. Jedenfalls waren die beiden an jenem Morgen, wie gewöhnlich, mit den Gedanken woanders.

Ich wusste außerdem, dass es wichtig war zu weinen, wenn jemand starb. Nach Mr Hylands Herzinfarkt hatte ich die Bibliothekarin im Flur schluchzen gesehen. Und als Grandpa und ich im Zug saßen, bemerkte ich, dass er sich mehrmals erst mit dem Daumen unter den Augen entlangfuhr und ihn dann an seinem Ärmel abwischte. Also wartete ich gespannt darauf, dass die erste Träne aus meinen Augenwinkeln hervorquellen würde, und ich drückte mir sogar ein paarmal auf die Lider, nur um sicherzugehen, dass ich es nicht verpasste. Aber da waren keine Tränen.

Zwei Stunden später verließen wir die Grand Central Station und traten hinaus in die Abenddämmerung. Draußen spürte ich den kalten Wind an meinen Wangen, und der chaotische Verkehrslärm dröhnte in meinen Ohren. Ich war zum ersten Mal in dieser großen Stadt und nicht sicher, ob es mir gefiel. In der ungewohnten Umgebung suchte ich Halt an Grandpas Mantelsaum, während er den Arm hoch in die Luft reckte und pfiff. Es schien eine Art Zaubertrick zu sein, denn sofort tauchte ein gelbes Taxi vor uns auf. Obwohl ich meinen Großvater kaum kannte, hatte ich irgendwie das Gefühl, bei ihm sicher zu sein. Abgesehen von meinem blauen Köfferchen war er das Einzige, an dem ich mich festhalten konnte.

Die Szenerie, die am Taxifenster vorbeiflog, war Welten entfernt von den sich wiederholenden Vorstädten während der Zugfahrt: hohe Gebäude, pulsierende Lichter, Menschenmassen, die sich auf den Gehsteigen aneinander vorbeidrängten. Ich fragte mich, wie Grandpa all das einfach ignorieren konnte. Doch er starrte bloß mit leerem Blick auf die Lehne vor sich und murmelte etwas davon, dass er noch Milch besorgen müsste.

Als wir vor einem schmalen Sandsteinhaus ankamen, überreichte Grandpa dem Fahrer ein fein säuberlich gefaltetes Geldbündel.

»Sag Danke, Clover«, instruierte er mich, als er bereits die Taxitür aufmachte.

»Danke, Herr Fahrer.«

Der nach Knoblauch riechende Griesgram auf dem Vordersitz stieß zur Antwort ein Brummen aus.

Im Gebäudeinneren zählte ich laut jede Stufe, die wir in den zweiten Stock hinaufstiegen. Bei der vierzehnten kam ein Mann mit Hut die Treppe herunterstolziert.

»Hallo, Patrick«, sagte er zu meinem Großvater, bevor er mich hinter seinem Oberschenkel hervorspähen sah.

Grandpa stellte meinen Koffer ab, um dem Mann die Hand zu schütteln.

»Leo«, sagte er, »das ist meine Enkelin Clover.«

Leo warf Grandpa einen kurzen mitfühlenden Blick zu, dann beugte er sich zu mir herunter und reichte mir die Hand. Als er mir sein breites Lächeln zeigte, blitzte ein einzelner Goldzahn hervor.

»Freut mich, dich kennenzulernen, Kleine«, sagte er, wobei sich das Licht der Treppenhausbeleuchtung in seinen Augen spiegelte wie Sonnenstrahlen in einer vollen Colaflasche. »Willkommen in diesem Haus.«

Ich schüttelte seine Hand, so fest ich konnte, und bewunderte den warmen Bernsteinton seiner Haut. »Schön, Sie kennenzulernen, Sir.«

Leo trat zur Seite und machte eine ausladende Geste die Treppe hinauf wie ein Platzanweiser im Theater. »Dann will ich euch nicht länger aufhalten«, sagte er und tippte sich an den Hut. »Aber ich freue mich auf ein baldiges Wiedersehen.«

Im zweiten Stock angekommen, sah ich zu, wie Grandpa die vielen Schlüssel an einem Ring, der an seinem Gürtel befestigt war, inspizierte und anschließend eine Reihe von Türschlössern aufsperrte. Während er unsere Mäntel an den Garderobenständer hängte, sah ich mich staunend in seinem Wohnzimmer um. Deckenhohe Regale reihten sich an den Wänden, vollgepackt mit allen möglichen Objekten – Edelsteine, Tierschädel, Stammesmasken und Kreaturen in Gläsern. Es war, als wohnte Grandpa in dem Museum, das wir letzten Monat bei unserem Schulausflug besucht hatten.

Und ich lebte nun auch da.

Nach einem recht schweigsamen Abendessen aus Baked-Beans-Toast führte Grandpa mich zu einem kleinen Zimmer ganz hinten in der Wohnung. In einer der Zimmerecken stand ein riesiger Holzschreibtisch voller Papier- und Bücherstapel, die hoch wie Schornsteine aufragten. In der anderen Ecke befand sich ein Einzelbett mit einem Nachttisch, auf dem eine grüne Banker-Lampe und eine Vase mit einer einzelnen Pfingstrose standen.

»Das ist jetzt dein Zimmer«, sagte Grandpa und zeigte dann auf die Bücherstapel. »Darum kümmern wir uns dann morgen.«

Er zog den Stuhl aus Bugholz unter dem Tisch heraus und stellte meinen Koffer darauf ab. Das himmelblaue Vinyl wirkte in dem gedämpften Farbschema des Zimmers, das nahezu ausschließlich aus Mahagoni, Leder und Tweed bestand, wie ein Fremdkörper.

»Das war heute … ziemlich viel. Falls du mich brauchst, ich bin im Wohnzimmer.« Er tätschelte mir ungelenk den Kopf und steckte die Hände dann schnell wieder in die Hosentasche. »Gute Nacht, Clover.«

»Gute Nacht, Grandpa.«

Ich stand mitten im Zimmer und versuchte, meine neue Realität zu begreifen. Musste ich jetzt, da ich in der Stadt wohnte, meine Zähne auch jeden Abend putzen? Miss McLennan war, was Zähneputzen betrifft, eine echte Pedantin gewesen. Vieles würde von jetzt an vielleicht ganz anders sein. Wer würde mich zur Schule bringen? Konnte man in meiner neuen Schule auch Bücher aus der Bibliothek ausleihen? Stand auf dem Schulhof ebenfalls eine Eiche?

Ich beschloss zum Test, das Zähneputzen einmal zu »vergessen«. Als ich unter die Bettdecke schlüpfte, roch ich das ungewohnte Waschmittel gewürzt mit einem Hauch Mottenkugeln. Die Bettdecke war so fest unter die Matratze gesteckt, dass ich mich darunter kaum zur Seite drehen konnte. Ich stellte mir vor, dass es sich wohl wie eine feste Umarmung anfühlte, aber da ich das nicht so oft erlebt hatte, war ich mir nicht ganz sicher.

Ich griff zum Nachttisch und zog vorsichtig an der Kante des verfärbten Deckchens, um an meinen Tieralmanach zu gelangen, ohne dabei die Vase umzustoßen. Dann ließ ich mich in das Kopfkissen mit klumpiger Füllung sinken, stützte die Kante des schweren Buches auf meiner Brust ab und blätterte bis zu dem Abschnitt mit der Aufschrift »P«.

Da ich bereits alles über Pandas wusste, fing ich an, das Kapitel über Pferde zu lesen.

5

Abgesehen davon, dass ich am Tag nach Guillermos Tod Leo an den Briefkästen begegnet war, schaffte ich es, die nächsten fünf Tage mit keiner Menschenseele in Kontakt zu kommen. Aber längere Phasen der Einsamkeit waren immer eine zweischneidige Sache. Zuerst trösteten sie mich, weil sie mich vor dem Chaos und den Anforderungen des Menschseins schützten. Doch von einem Moment auf den anderen wurde aus Regeneration betäubende Isolation.

Als ich am sechsten Tag meiner Abschottung auf dem Sofa saß und mich nicht mehr erinnern konnte, wann ich mir zuletzt die Haare gewaschen hatte, spürte ich erste Anzeichen dieser Verschiebung. Es war wie das verräterische Halskratzen, das eine Mandelentzündung ankündigte. Das Auftreten der Symptome begann wie immer mit meinen Mediengewohnheiten. Natürlich ist nichts Falsches daran, sich in einen schnulzigen Liebesfilm oder eine Serie zu flüchten – dazu sind sie ja geradezu da. Aber selbst ich wusste, dass es einen Unterschied machte, ob man sie lediglich zu Entspannungszwecken ansah oder ob man damit etwas zu kompensieren versuchte, das einem selbst im Leben fehlte. Das sichere Zeichen, dass ich diese Grenze überschritten hatte, bestand darin, dass ich anfing, mir zwanghaft immer wieder dieselben romantischen Szenen anzuschauen, in dem Versuch, mehr aus der Geschichte herauszuholen, als darin steckte, als würde nach der hundertsten Wiederholung wie durch Zauberhand doch noch eine neue Ebene darin zum Vorschein kommen. Heute hatte ich mir mindestens zwanzigmal die romantischsten Szenen aus *Zauberhafte Schwestern* angesehen. Doch statt der wohligen Oxytocin-Ausschüttung, die ich normalerweise beim Filmeschauen erlebte, überkam mich eine Sehnsucht, als ob Sandra Bullocks emotionale Höhen und Tiefen meine ureigenen wären.

Wenn man als Einzelkind aufwächst, lebt man fast genauso oft in seiner Fantasiewelt wie in der Realität. Niemand konnte einen enttäuschen – oder verlassen –, solange man selbst die Kontrolle über die Geschichte hatte. Wenn also das wiederholte Schauen einer Liebesgeschichte meinen Schmerz nicht mehr stillte, setzte ich die Geschichte oft als Fantasie in meinem Kopf fort und stellte mir das Leben der Figuren lange nach dem letzten Kuss und dem Abspann vor.

Aber das war dann auch der Moment, in dem mir klar wurde, dass ich das Haus wieder verlassen und mit der echten Welt in Verbindung treten musste.

Als ich gerade widerstrebend meinen Mantel anzog, ging in der Wohnung gegenüber flackernd das Licht an. Da die Dämmerung noch mit dem Tageslicht schäkerte und sich der Sonnenuntergang im Fenster spiegelte, war es schwieriger als sonst, ins Innere zu spähen. Aber dennoch konnte ich die beiden Gestalten ausmachen, die gerade aus ihren Mänteln schlüpften und es sich zusammen auf der Couch bequem machten. In den vier Jahren, die Julia und Reuben nun gegenüber wohnten, hatten sie nicht ein einziges Mal ihre Rollläden heruntergelassen. Vermutlich hatten sie nicht mal welche. Es schien weniger ein Symptom ihrer Zeigefreude zu sein als ein Zeichen dafür, dass sie sich in ihrer vertrauten Blase vollkommen sicher fühlten und sich deshalb auch keinerlei Gedanken darüber zu machen schienen, dass sie irgendjemand von außen beobachten könnte. Während ich ihre innige Umarmung beobachtete, fragte ich mich, wie es wohl sein musste, sich so mit einem anderen Menschen verbunden zu fühlen, dass die Welt draußen gar keine Rolle spielte. Doch dann verschob sich der Winkel des einfallenden Sonnenlichtes und blendete mich so stark, dass mir der Blick in ihr Wohnzimmer verwehrt wurde. Seufzend ließ ich meine eigene Jalousie herunter und zwang mich, das Haus zu verlassen.

Ich hatte es noch nie verstanden, warum New York als Schmelztiegel bezeichnet wurde. Das New York, das ich kannte, ähnelte eher einer stückigen Gemüsesuppe, in der die Menschen oft ohne direkten Kontakt miteinander herumwaberten. Manchmal schlüpfte ich wochentags, zusammen mit anderen einsamen Besuchern, in eine Vorführung des Indie-Kinos an der Sixth Avenue. Dort fühlte ich mich am ehesten unter Gleichgesinnten. Wahllos in den Sitzreihen verteilt wie die Perlen eines Rechenschiebers konnten wir zusammen allein sein. Und wenn der Projektor dann klackernd zum Stehen kam und das Licht im Saal aufleuchtete, ging jeder wieder seines einsamen Weges.

Aber an diesem Abend wusste ich, dass ein Film mit nur einem Hauch von Romantik selbst in Gesellschaft von anderen Menschen mein zwanghaftes Verhalten nur befeuern würde. Um also meiner Einsamkeit zu entfliehen, stieg ich in den Zug nach Midtown, um zu der einzigen Art von gesellschaftlichem Treffen zu gelangen, zu dem ich mich hin und wieder aufraffen konnte: ein Death Café.

Ein solches Death Café hatte ich zum ersten Mal auf meiner Rucksackreise mit Anfang zwanzig in der Schweiz besucht. Dort hatte ich an einem Laternenmast einen zerfledderten Flyer entdeckt, der die Passanten in ein »café mortel« einlud. Wer wäre nicht versucht, das einmal auszuprobieren. Diese zwanglosen Zusammenkünfte fanden in der Regel in Restaurants statt und waren von einem Schweizer Soziologen namens Bernard Crettaz mit der Absicht begründet worden, Gespräche über den Tod zu enttabuisieren. Vollkommen Fremde kamen dort zusammen und konnten sich bei Essen und Wein über Sterblichkeit austauschen, um danach wieder getrennte Wege zu gehen. Genial. Mittlerweile hatte ein Brite namens Jon Underwood das Konzept zu einem weltweiten informellen Netzwerk von sogenannten Death Cafés ausgebaut, die in den letzten Jahren auch in New York Fuß gefasst hatten. Normalerweise besuchte ich alle paar Wochen eines davon, weil mir die Balance aus menschlicher Interaktion ohne Gefühlsverwicklung sehr entsprach.

Außerdem war der Tod ein Thema, mit dem ich mich wirklich auskannte.

Im Zug herrschte ein Durcheinander aus Armen, die sich an Stangen festhielten, Gesichtern, die Rucksäcken auswichen, und Blicken, die einander auswichen. Die meisten Menschen hassten ja die Preisgabe ihrer persönlichen Distanzzone, das Gefühl von aneinandergepressten Körpern. Ich hingegen fand es irgendwie prickelnd. Denn außer wenn ich mich um meine Klienten kümmerte – ihnen die Hand hielt, die Stirn abtupfte oder ihnen den Rücken rieb –, kam ich anderen Menschen kaum so nahe. Das war schon immer so gewesen – ich wusste nicht mal, ob ich kitzlig war. Abgesehen von einem gelegentlichen Tätscheln am Kopf oder einem Klopfen auf die Schulter hatte Grandpa mir seine Zuneigung eher auf praktische Weise gezeigt, indem er mir wesentliche Lebenskompetenzen vermittelte. Daher war für mich jede Gelegenheit zu Körperkontakt, auch wenn sie nur flüchtiger Natur war, etwas Besonderes.

An der Station 34th Street kam der Zug ächzend zum Stehen, und das Meer aus Pendlern teilte sich kurz. Als ich meine Hand an der Deckenstange entlanggleiten ließ, schob sich ein schlanker Mann in einem marineblauen Anzug und einem grauen Tweedmantel mit einer Ausgabe der *New York Times* in der Hand dicht neben mich. Die Türen schlossen sich wieder, und die Menge der Pendler verdichtete sich erneut, als hätte jemand ein unsichtbares Seil um sie zusammengezogen. Dieser Impuls schob den Mann noch näher an mich heran, sodass mein Gesicht nur noch Zentimeter von dem sorgfältigen Knoten seiner gestreiften Seidenkrawatte entfernt war. Ich konnte die Wärme spüren, die seine warme Brust ausstrahlte, und atmete die betörende Mischung aus Sandelholz, teurer Seife und vielleicht einem Hauch von Whiskey ein. Ich stellte mir vor, dass er die Arme um mich legte und seine Hand in meinem Haar vergrub, während ich meine Wange an sein Revers schmiegte. Bei dem Gedanken schlug mein Herz schneller.

»NÄCHSTER HALT FORTY-SECOND STREET / BRYANT PARK«, verkündete die Stimme vom Band abrupt über den Lautsprecher. Jäh aus meinem Tagtraum gerissen, schob ich mich widerwillig zur sich öffnenden Tür. Der Mann in dem marineblauen Anzug blickte nicht von seiner Zeitung auf. Aber als ich die von Kaugummi übersäten Stufen hinaufstapfte, glaubte ich, einen Hauch von Sandelholz an meinem Mantel zu riechen.

6

Das Death Café an diesem Abend fand im Inneren der New York Public Library statt. Normalerweise vermied ich es, zu oft zu demselben Death Café zu gehen. Auch wenn jedes Treffen Neulinge anzog, gab es zwangsläufig regelmäßige Besucher, die sich gerne an jedes bekannte Gesicht klammerten. Die Vielzahl an Death-Café-Treffen in der Stadt ermöglichte es einem jedoch glücklicherweise, relativ anonym zu bleiben.

Als ich dort ankam, war es noch ganz leer, abgesehen von einem Kreis aus schwarzen Plastikstühlen, die darauf warteten, besetzt zu werden. Den Druck, der dadurch entstand, die Erste im Raum zu sein, hatte ich noch nie gemocht. Es bedeutete, dass man die Begrüßung jeder hinzukommenden Person erwidern und drohendem Small Talk aus dem Weg gehen musste, bis das Treffen begann. Also drückte ich mich bei den nahe gelegenen Bücherregalen herum und tat so, als würde ich mich für die fein säuberlich geordneten Bände über Luftfahrttechnik interessieren.

Als ich schließlich im Stuhlkreis Platz nahm, waren bereits alle anderen Plätze bis auf einen weiteren besetzt. Es war leicht, die Neulinge zu erkennen; ihre nervösen Blicke und zappligen Hände verrieten, dass sie sich weit außerhalb ihrer Komfortzone befanden. Als der Zeiger der Wanduhr die neue Stunde einleitete, wurde es unruhig im Raum. Die Gesprächsleiterin, eine fröhliche Italienerin, legte sich schwungvoll einen Papierstapel auf den Schoß, zum Zeichen, dass es Zeit wurde anzufangen. Ich hatte sie vorher noch nie bei einem Treffen gesehen – diese römische Nase wäre mir aufgefallen.

»Herzlich willkommen, alle zusammen!«, sagte sie vergnügt. »Mein Name ist Allegra.« Sie hielt inne, als ein Mann in den Dreißigern, das Handy am Ohr, zögernd den Kopf hereinsteckte.

»Hallo, der Herr! Sind Sie auch für das Death Café hier?« Es war normal, dass bei diesen Treffen mindestens eine Person ein bisschen zum Eintreten überredet werden musste.

Er hielt die Hand vor sein Handy und lachte nervös. »Ja, ich denke schon … ich meine, ja, das bin ich«, stammelte er. »Tut mir leid, ich bin etwas zu spät.« Er lächelte zerknirscht in die Runde.

»Super, Sie haben Glück, dass wir Ihnen einen Platz frei gehalten haben«, zirpte Allegra. Ich beneidete sie um ihre Lockerheit, ihr sicheres Auftreten, das von dem Wissen herrührte, dass man geliebt wird. »Kommen Sie nur herein! Wir wollten gerade anfangen.«

Der Mann eilte zu dem freien Stuhl, blieb dann jedoch mitten im Stuhlkreis stehen, als erinnerte er sich plötzlich, dass er noch jemanden am anderen Ende der Leitung hatte. »Ich muss auflegen, hab zu tun«, flüsterte er in sein Handy. »Achtet einfach drauf, dass es vertraulich bleibt.« Dann steckte er das Handy in seine Tasche und ließ sich auf den freien Platz fallen, ohne seinen Mantel auszuziehen, obwohl es in dem fensterlosen Raum ziemlich stickig war. »'tschuldigung«, murmelte er noch einmal in die Runde. »Die Arbeit.« Seine offensichtliche Nervosität schien sich auf die anderen zu übertragen.

»Da wir nun alle Platz genommen haben, möchte ich zunächst einmal sagen, wie froh ich bin, dass wir heute zu diesem Death-Café-Treffen zusammengekommen sind«, sagte Allegra, und ich fragte mich, wie sie es bloß hinbekam, dass ihr honigfarbenes schulterlanges Haar gleichzeitig gepflegt und lässig zerzaust aussah. »Ich weiß, dass es für einige das erste Mal ist, also möchte ich erst einmal kurz erklären, was wir hier machen.« Sie hielt inne und blickte gelassen in die Runde, unbeirrt von den bangen Blicken der Leute, von denen einige wirkten, als würden sie jeden Moment flüchten wollen. »Dies ist ein Ort für offene Gespräche. Wir folgen keiner festen Tagesordnung, also ermutige ich euch alle, Themen anzusprechen und Fragen zu stellen, die euch so in den Sinn kommen und die etwas mit dem Tod zu tun haben. Es gibt viele Death Cafés in der ganzen Stadt, und einige von euch werden vielleicht schon einmal eines davon besucht haben. Der einzige Unterschied hier besteht darin, dass wir kein Essen und keine Getränke anbieten können, weil wir uns in einer Bibliothek befinden.«

Einer von vielen Gründen, warum dieses Death Café nicht oben auf meiner Liste stand, denn so musste ich mir später zu Hause noch etwas zum Abendessen zusammensuchen, anstatt mir hier den Bauch mit Häppchen vollzuschlagen. Hoffentlich gab es noch irgendwas in meinem Gefrierfach, das ich mir aufwärmen könnte.

»Also dann«, sagte Allegra und klatschte in die Hände, »stellen wir uns der Reihe nach vor – ich würde vorschlagen, wir duzen uns alle hier in dieser Runde.«

Die Teilnehmer waren bunt gemischt wie immer.

Ein Mann in den Zwanzigern mit einem smaragdgrünen Rollkragenpulli, der schon immer vom Tod fasziniert war, aber niemanden hatte, mit dem er sich darüber austauschen konnte.

Eine ältere Dame mit dicker roter Brille, bei der Alzheimer im Frühstadium diagnostiziert worden war und die sich mit der Tatsache auseinandersetzte, dass ihre kognitiven Fähigkeiten ihr langsam entglitten.

Eine Dramaturgiestudentin, die atheistisch erzogen worden war und das Gefühl hatte, dass sie aufgrund des Mangels an Spiritualität in ihrem Leben nicht in der Lage war, mit der Endgültigkeit des Todes umzugehen.

Ein holländischer Tourist, der den Flyer zufällig in der Bibliothek gesehen und gedacht hatte, dies sei eine gute Möglichkeit, »New York zu erleben« und gleichzeitig sein Englisch zu verbessern. Ich musste an mein erstes Death-Café-Treffen in der Schweiz denken und verspürte einen Anflug von Kameradschaft für ihn.

Als Nächster war der Nachzügler an der Reihe, sein rechtes Bein hüpfte auf und ab wie ein Presslufthammer. Ich war mir nicht sicher, ob mein linkes Bein ihn aus Mitgefühl spiegelte oder bloß zuckte, weil ich selbst so nervös war.

»Äh, hi, ich bin Sebastian.« Er winkte verlegen und schob dann seine Goldrandbrille zurecht. »Ich schätze, ich bin hier, weil in meiner Familie nie wirklich über den Tod gesprochen wurde, na ja, das Thema ist mir ziemlich fremd. Aber tatsächlich habe ich große Angst davor. Ich dachte, wenn ich hierherkomme und mehr darüber erfahre, dann überwinde ich sie vielleicht.«

Ein paar andere aus der Runde nickten verständnisvoll. Sebastian wandte den Blick zu der Frau neben ihm, in der Hoffnung, so schnell wie möglich wieder aus dem Rampenlicht treten zu können.

Während sie sich vorstellte und erklärte, sie sei hier, weil sie vermutete, dass es in ihrer Wohnung spuke, wappnete ich mich und probte schon einmal in Gedanken meine Worte. Mir vorab einzuprägen, was ich sagen würde, verringerte die Gefahr einer Panne. Ich gab bei einem Death-Café-Treffen nie meinen echten Beruf preis, denn das hätte bloß übermäßige Neugier hervorgerufen und wohlmeinende, aber aufdringliche Fragen zur Folge. Die meisten Menschen hatten noch nie davon gehört, dass es Sterbe-Doulas gab, geschweige denn schon mal persönlich eine getroffen. Stattdessen nahm ich eine viel leichter erfassbare Identität an. Als alle Augen schließlich auf mir ruhten, holte ich tief Luft und rang mir ein Lächeln ab.

»Ich bin Clover«, sagte ich und bemühte mich, nicht knallrot anzulaufen. »Und meine Großmutter ist vor Kurzem gestorben.«

Im Stuhlkreis wurden Beileidsbekundungen gemurmelt, und mir war meine Schwindelei schrecklich unangenehm. Aber wie immer stellte es eine zufriedenstellende Erklärung für meine Anwesenheit dar, und die Aufmerksamkeit der Gruppe wandte sich der Frau zu meiner Linken zu.

Allegra eröffnete die Gesprächsrunde mit einem Artikel über einen Bestattungsanzug, der mit Pilzen versetzt war und den Körper auf diese Weise in Kompost verwandelte. Es folgte eine leidenschaftliche Debatte über Beerdigungen und Einäscherungen, bei der auch die Vorzüge einer Seebestattung oder einer Spende an die Wissenschaft erörtert wurden.

»Mir gefällt die Vorstellung, wieder mit der Erde eins zu werden«, sagte die atheistische Dramaturgiestudentin. »Die Erde nährt uns im Leben, und dann nähren wir sie, wenn wir gestorben sind.«

Der holländische Tourist nickte energisch. »Ja, und auch viel umweltfreundlicher als Einäscherung – all diese Emissionen.«

»Also, angenommen ich möchte eine Seebestattung, darf meine Familie mich dann einfach mit ihrem Fischerboot rausfahren und im Atlantik verstreuen?« Die Frau neben mir schien eine sehr pragmatische Ader zu haben.

»Nee«, erwiderte der Rollkragentyp. »Ich hab mich da für meinen Großonkel schlaugemacht, der das gerne wollte. Da braucht man alle möglichen Genehmigungen und so. Aber oben in New England gibt es eine Firma, die das anbietet – die fahren einen dann mit einer gecharterten Jacht aufs Meer raus, als Tagesausflug, sogar mit Picknick, bevor der Verstorbene dann auf See beigesetzt wird.«

Dieses Hin und Her war jedes Mal unterhaltsam, denn die meisten New Yorker hielten mit ihrer Meinung nicht hinterm

Berg. Ich zog es da vor, nur in Gedanken zu antworten, damit ich nicht der Überprüfung der anderen standhalten musste. Außerdem interessierte ich mich sowieso hauptsächlich dafür, was andere Leute über den Tod, als abstraktes Konzept, dachten.

Meine Klienten waren schon mitten im Prozess des Sterbens und hatten dadurch oft eine gewisse Klarheit über die Dinge. Das Wissen um ihren bevorstehenden Tod schien sie von Denkverboten zu befreien – als ob sie ein letztes Teil in ihr Lebenspuzzle einfügen müssten und genau wüssten, wo es hingehört. Nicht mehr über seine Zukunft spekulieren zu müssen, konnte in gewisser Weise befreiend sein. Aber für die meisten Menschen war der Tod eine Unbekannte – ein unausweichliches, nebulöses Ereignis, das bloß Minuten, aber auch Jahrzehnte entfernt sein konnte. Und meiner Erfahrung nach hatten diejenigen, die zu Lebzeiten lieber nicht darüber nachdenken wollten, wenn es ans Sterben ging, am meisten zu bereuen.

Bei solchen Death-Café-Treffen spielte ich gerne mit mir selbst ein Spiel. Ich versuchte zu erraten, wie die Anwesenden jeweils ihre letzten Augenblicke verarbeiten würden. Einige, wie Allegra, würden dem Tod mit Würde begegnen. Doch bei anderen, wie dem Nachzügler Sebastian, würde er wahrscheinlich Panik und Bestürzung auslösen.

Ich hoffte nur, diese Menschen hätten dann jemanden wie mich, der ihnen dabei half, in Frieden zu gehen.

7

Sprühregen begrüßte mich, als ich auf die große Treppe vor der Bibliothek hinaustrat. Nach der stickigen Luft drinnen genoss ich es, die feuchte Abendluft in meine Lunge einzusaugen, und der Atem, den ich ausstieß, bildete eine Dampfwolke vor meinem Gesicht.

»Clover!«, rief eine aufgeregte Stimme hinter mir.

Aus zwei Gründen war ich überrascht darüber. Erstens hatte ich noch nie jemanden getroffen, der so hieß wie ich, also war die Wahrscheinlichkeit, dass es (a) so jemanden gab und (b) auch noch in meinem Umfeld, eher gering. Zweitens waren die meisten der Menschen, mit denen ich in den letzten zehn Jahren näher zu tun hatte, nicht mehr am Leben, also war es ebenso unwahrscheinlich, dass irgendjemand ausdrücklich mich damit meinte.

Doch als ich mich umsah, um festzustellen, wer da gerufen hatte, fiel mir ein, dass ich meinen Namen ja erst vor einer Stunde einem ganzen Raum voll Menschen offenbart hatte – und da kam Sebastian lockeren Schrittes auf mich zugetrabt. Reflexartig klopfte ich meine Manteltaschen ab, um festzustellen, ob ich aus Versehen etwas in der Bibliothek hatte liegen lassen. Nein, ich hatte alles.

»Clover, hi!« Sebastians Grinsen zeigte, dass er meinen entsetzten Gesichtsausdruck nicht bemerkte. Ich überlegte fieberhaft, wie ich der Situation entfliehen konnte. In New York City war es besser, sich geschickt aus ungewollten Interaktionen herauszuhalten. Man ließ sich nie in die Karten schauen, das heißt, man verriet weder die Richtung, in die man gehen, noch die U-Bahn-Linie, die man nehmen wollte, bevor es die andere Person getan hatte. Denn dann konnte man sich für die exakt entgegengesetzte entscheiden und so einem kurzen höflichen Austausch aus dem Weg gehen, ohne abweisend zu wirken.

Ich hätte einfach weitergehen und so tun können, als würde ich Sebastian gar nicht bemerken, aber meine guten Manieren setzten sich durch.

Ich lächelte schwach. »Oh, hey, alles klar …« Ich tat so, als hätte ich seinen Namen vergessen, denn das würde ihn bloß in der Vorstellung bestärken, ich wollte mich mit ihm unterhalten.

»Sebastian.« Er streckte mir die Hand entgegen, sodass ich keine andere Wahl hatte, als sie zu schütteln.

»Ach ja, Sebastian, stimmt.« Sonst sagte ich nichts und hoffte inständig, dass dies die Sache beschleunigen und ihn zwingen würde, direkt auf den Punkt zu kommen. Das Schweigen, das folgte, war uns beiden unangenehm.

Er trat verlegen von einem Fuß auf den anderen und wrang den dunkelgrauen Schal, den er in den Händen hielt. Er sah nach Kaschmir aus. »Hey, das mit deiner Großmutter tut mir leid. Meine Grandma ist leider auch nicht gerade in bester Verfassung.«

Nicht gerade eine gelungene Form der Beileidsbekundung. Aber ungeachtet dessen, was ich beim Death-Café-Treffen behauptet hatte, sind meine beiden Großmütter bereits vor meiner Geburt verstorben, also war ich nicht gerade in der Position, ihn zu kritisieren.

»Oh, danke, ja, sie war ein wundervoller Mensch«, log ich. Grandpa hatte nie viel von seiner verstorbenen Frau erzählt, was ich immer für seine Form der Trauerbewältigung gehalten hatte (obwohl er einmal eine Erdbeerallergie erwähnte). War es frevelhaft, in Bezug auf jemanden zu lügen, den ich nie kennengelernt hatte, auch wenn es ein gutes Licht auf sie warf?

Sebastian fuhr fort. »Also, mir ist aufgefallen, dass du da drinnen auch nichts gesagt hast. Es ist seltsam, über den Tod zu reden, oder? Ehrlich gesagt, macht es mir eine Riesenangst.«

Ich fühlte mich verpflichtet, etwas zu erwidern. Schweigen machte sich breit, während ich überlegte, ob ich meine Tarnung besser auffliegen lassen sollte.

»Eigentlich nicht«, sagte ich und begegnete seinem Blick zum ersten Mal direkt. Mir fiel auf, dass seine jungenhaften Züge im Kontrast zu den ersten grauen Strähnen in seinem Haar standen. In Kombination mit seiner Goldrandbrille und dem Schal verlieh ihm das die charmante Ausstrahlung eines exzentrischen Professors. »Ich finde das überhaupt nicht seltsam. Der Tod ist ein natürlicher Teil des Lebens. Er ist sogar das Einzige, auf das wir im Leben wirklich zählen können.«

Sebastian schaute ein wenig erstaunt. »Ja, ich schätze, da hast du recht.« Sein Lachen klang nervös. »Das ist auch irgendwie der Grund, warum ich zu dieser Sache hier gegangen bin. Früher oder später muss ich dem Tod wohl ins Auge blicken, also sollte ich meine Angst davor besser gleich überwinden, damit es, wenn es so weit ist, nicht ganz so schlimm wird.«

Ich nickte und arbeitete in Gedanken fieberhaft an meinem eleganten Abgang. Aber er schien begierig darauf, das Gespräch fortzusetzen.

»Und was ist deine Geschichte, Clover?«

»Meine Geschichte?« Die Sache wurde immer unangenehmer. Und ich fand es auch irritierend, dass er immer wieder meinen Namen sagte, als wären wir gute Freunde. »Ach, die ist nicht sonderlich interessant – ich bin einfach ein Kind dieser Stadt.«

Ich wandte mich zur Straße, in der Hoffnung, er würde es als klares Zeichen auffassen, dass ich losmusste.

»Du bist hier aufgewachsen? Cool. Man trifft ja nur noch selten echte New Yorker. Alle scheinen von woanders herzukommen, so wie ich.«

Ich ignorierte den offensichtlichen Gesprächsball, den er mir damit zuwarf. »Tja, es war schön, dich kennenzulernen«, sagte ich schnell. »Aber ich muss los.«

Als ich die Treppe weiter nach unten ging, lief er mir hinterher. »Hey, in welche Richtung musst du? Nimmst du die U-Bahn? Vielleicht können wir ja ein Stück zusammen gehen?«

Ich wusste, dass die hier übliche soziale Gepflogenheit für so eine Situation darin bestand, freundliches Bedauern an den Tag zu legen, und ich hoffte, dass mein Gesicht dies zum Ausdruck brachte. Ich war noch nie gut darin gewesen, mich zu verstellen.

»Oh, ich wollte eigentlich ein Taxi nehmen.« Noch eine Lüge. Ein Taxi gönnte ich mir nur bei Frostbeulengefahr.

»Wie schade«, sagte Sebastian mit etwas übertriebenem Bedauern.

Ich eilte zum Bordstein und flehte welchen Gott auch immer (ich fand, dass ich mittlerweile auf ganz gutem Fuß mit allen von ihnen stand) um ein Taxi an, das mich schnell von dieser unerwünschten Begegnung fortbrachte. Ich streckte meinen Arm mit so viel Selbstvertrauen in die Luft, wie ich nur konnte. Als mein Gebet erhört wurde, hielt ich mich gerade noch davon ab, kopfüber in das Taxi zu hechten und die Tür hinter mir zuzuknallen. Stattdessen drehte ich mich pflichtbewusst um und verabschiedete mich flüchtig von Sebastian. »Äh, also, bis dann.«

Das Taxi setzte sich bereits in Bewegung, aber er versuchte noch immer, durch das halb geöffnete Fenster mit mir zu reden. »Warte!«, rief er, als das Taxi losfuhr. »Wollen wir mal einen Kaffee trinken gehen?«

»Auf keinen Fall«, murmelte ich, als Sebastian außer Hörweite war. Der Fahrer warf mir über den Spiegel einen missbilligenden Blick zu, der mich insgeheim traf.

Das Taxi fuhr bei Dunkelorange über die Ampel, und ich atmete erleichtert auf. Durch die regennassen Fenster beobachtete ich die Lichter der Stadt, die in leuchtenden Schlieren verschwammen. Sollte ich den Fahrer bitten, mich an der nächsten U-Bahn rauszulassen? Nein, das konnte ich nicht riskieren. New York konnte auf viele Arten grausam sein, und manchmal begegnete man ungeachtet der Millionen von Einwohnern – ganz zu schweigen von den unzähligen Touristen – genau der Person, der man eigentlich aus dem Weg gehen wollte. Dieses Risiko wollte ich auf keinen Fall eingehen, selbst wenn ich mir dafür ein Taxi leisten musste. In Gedanken strich ich dieses spezielle Death Café von meiner Liste. Jetzt, da das Konzept sich immer mehr verbreitete, würde ich sicher ein anderes finden, das ich stattdessen in meine Liste aufnehmen könnte.

Als ich nach Hause kam, empfingen mich George, Lola und Lionel erwartungsvoll an der Tür. Ich freute mich, da ihre Begeisterung über meine Wiederkehr nicht dem Hunger geschuldet sein konnte. Vor meinem Aufbruch hatte ich sie noch gefüttert.

Nachdem ich mir eine Fleischpastete in der Mikrowelle warm gemacht hatte – das Einzige, was ich noch in meinem Gefrierschrank fand –, nahm ich, bewaffnet mit der Fernbedienung, wieder meinen Platz auf dem Sofa ein. Aber nachdem ich einige Minuten durch Netflix gescrollt hatte, merkte ich, dass ich überhaupt nicht darauf achtete, was auf dem Bildschirm zu sehen war. Unbehagen machte sich in mir breit. Warum hatte dieser Sebastian unbedingt mit mir reden wollen? Schließlich waren jede Menge anderer Leute bei dem

Death-Café-Treffen gewesen, und ich hatte ihn kaum angeschaut, außer kurz, als er sich vorgestellt hatte, und das einfach nur aus Höflichkeit. Und ich hatte ziemlich deutlich gemacht, dass ich außerhalb der Bibliothek an keinem Gespräch interessiert war. Warum also war er so hartnäckig gewesen? Wenn ich etwas gut konnte, dann war es, im Hintergrund zu bleiben und unbemerkt durchs Leben zu schlüpfen. Es kam selten vor, dass ich jemandem auffiel, also musste es einen Grund dafür geben.

Ich betrachtete die romantischen Komödien aus den Neunzigern, die auf meinem Bildschirm angezeigt wurden, und kurz kribbelte es in meinem Bauch.

Konnte es sein, dass es sich bei unserer Begegnung auf der Treppe der Bibliothek um … ein Meet-Cute, also das erste zufällige Treffen zu Beginn einer Liebesgeschichte handelte?

Nein, unmöglich. Nichts an mir war so außergewöhnlich, dass ein Mann lieber das Gespräch mit mir statt mit jemandem wie Allegra suchen würde. Es war mir fast peinlich, überhaupt diesen Gedanken gehabt zu haben.

Jetzt, da ich darüber nachdachte, hatte sich auch das Telefonat, das er beim Reinkommen geführt hatte, irgendwie verdächtig angehört. Vielleicht war er so etwas wie ein Trickbetrüger, der es auf vulnerable Personen abgesehen hatte und bei Death-Café-Treffen nach seinen nächsten arglosen Opfern Ausschau hielt. Er könnte auch ein schmieriger Immobilienmakler, ein Versicherungsvertreter oder jemand sein, der überteuerte Beerdigungen anbot. Ich hatte genug Familien bei der Organisation von Bestattungszeremonien geholfen, um zu wissen, dass dies oft eine skrupellose Methode war, um Leuten, deren Urteilsvermögen durch die Trauer getrübt war, das Geld aus der Tasche zu ziehen. Ich war immer auf der Hut vor dieser Art von Betrügern, um sicherzustellen, dass meine Klienten nicht übervorteilt wurden.

Nun begann alles einen Sinn zu ergeben. Ich hatte den Tod meiner Großmutter erwähnt, und er war davon ausgegangen, in mir das nächste Opfer für seine betrügerische Masche gefunden zu haben. Mistkerl. Wenigstens hatte ich kein schlechtes Gewissen mehr, gelogen zu haben. Ich kuschelte mich tiefer in meine Alpakadecke und scrollte weiter durch Netflix, aber diesmal fokussierter. Gerade als ich *Pretty Woman* starten wollte, hielt ein lautes Hupkonzert mich davon ab. Es klang so aggressiv, dass es sogar meine durchaus beachtliche Toleranzschwelle für New Yorker Lärm überstieg. Ich wickelte mir die Decke um die Schultern und schlurfte zum Fenster, um der Sache auf den Grund zu gehen.

Wie ein Blutgerinnsel, das eine Arterie verstopft, blockierte ein Möbelwagen die Einbahnstraße unten. Eine Reihe kräftiger Männer schleppte Kisten, pflichtbewusst wie Ameisen und anscheinend vollkommen immun gegen das Hupkonzert. Ausnahmsweise konnte ich die wütenden Autofahrer verstehen – wer plante seinen Umzug schon für neun Uhr abends, also wirklich? Doch mein Verständnis verwandelte sich schnell in Selbstmitleid, als ich eine beunruhigende Entwicklung dort unten auf der Straße bemerkte. Denn der emsige Pfad der Umzugshelfer führte direkt die Stufen zu meinem Haus hinauf.

Der neue Nachbar war da.

8

Eines der vielen Dinge, die ich an George liebte, war, dass er es nie eilig hatte, hinauszugehen. Ich hatte so den Verdacht, dass er aus purer Faulheit gelernt hatte einzuhalten, selbst wenn sein letzter Gassigang schon acht Stunden zurücklag. Das bedeutete, dass ich erst spät am Abend mit ihm aus dem Haus musste, nachdem die Umzugshelfer fort waren. Der neue Nachbar wäre zu dem Zeitpunkt in der Wohnung sicher mit Auspacken beschäftigt.

Ich wartete also bis dreiundzwanzig Uhr, bevor ich George in sein Hundemäntelchen zwängte und nach der Leine griff. Da er auf dem Weg nach unten gerne ausgiebig im Treppenhaus herumschnüffelte, nahm ich ihn lieber auf den Arm und schlich vorsichtig durch den ersten Stock, damit die Dielenbretter nicht laut knarzten. George genoss zwar den Luxus, getragen zu werden, schaute mich aber fragend an, als wolle er auf die Lächerlichkeit des Ganzen hinweisen. Erst als wir die Briefkästen erreicht hatten, fiel mir auf, dass ich den ganzen Weg nach unten den Atem angehalten hatte.

Aber all meine Bemühungen waren umsonst, denn genau in dem Moment, als ich durch die Haustür hinaustrat, kam eine Frau in meinem Alter mit einer braunen Take-away-Papiertüte in der Hand die Eingangstreppe hoch. Sie schob sich eine dunkle Locke unter die Wollmütze und lächelte mich breit an.

Ich fühlte mich wie eine Maus, die man in der Küche beim Naschen erwischt hatte.

»Du musst Clover sein!« Die Frau hüpfte die letzten Stufen hinauf und gesellte sich oben angekommen zu uns. »Ich habe Leo kennengelernt, als ich neulich die Schlüssel abgeholt habe, und er hat mir alles über dich erzählt.« Sie streckte die Hand aus, um meine zu schütteln, obwohl ich offensichtlich einen fünfundzwanzig Kilo schweren Hund mit einem karierten Wintermantel auf dem Arm hatte. »Ich bin Sylvie.«

Ich hielt George wie ein schützendes Schild vor mich, schob sein Gewicht aber auf eine Hüfte, damit ich unter seinem kräftigen Hinterteil die Hand zum Gruß ausstrecken konnte.

»Hallo«, sagte ich und ärgerte mich insgeheim ein wenig über Leo. »Willkommen im Haus?« Ich wollte eigentlich nicht, dass es wie eine Frage klang, aber das Verrutschen meiner Stimme machte mir einen Strich durch die Rechnung.

Sylvies haselnussbraune Augen blitzten belustigt auf. »Und wer ist dieser hübsche Kerl?« Sie strich George mit den Fingerrückseiten über den Kopf, und er grinste sie mit seitlich schlapp heraushängender Zunge dämlich an.

»Äh, das ist mein Hund George.« Ich zuckte peinlich berührt zusammen. Natürlich war er ein Hund.

»Schön, dich kennenzulernen, George«, sagte sie mit dieser comicfigurenartigen Stimme, die Menschen gegenüber Tieren und Babys anschlugen. »Und dich natürlich auch, Clover. Ich freue mich schon drauf, mehr über dich zu erfahren!«

Ein erstauntes schiefes Lächeln war alles, was ich erwidern konnte. Sylvie war wie eine Biene, die um meinen Kopf herumschwirrte – wenn ich mich ganz still verhielt, würde sie vielleicht von selbst wieder verschwinden. Aber das unbeholfene Schweigen schien sie nicht zu stören, und sie schaute mich weiter leicht amüsiert an.

»Tja, es scheint, als wollten du und George gerade Gassi gehen, also will ich euch nicht länger aufhalten«, meinte sie schließlich und angelte ihren Wohnungsschlüssel aus der Manteltasche. »Mein Phở wird sowieso schon kalt.«

»War nett, dich kennenzulernen«, sagte ich hastig und eilte

auch schon die verbleibenden Stufen hinunter. »Schönen Abend noch!«

»Dir auch! … Ach, und Clover«, rief Sylvie mir noch hinterher, während sie an ihrem Schlüsselbund nach dem Neuzugang suchte, »lass uns doch mal einen Kaffee trinken!«

»Oh, okay … klar.«

Ohne mich umzusehen, entfernte ich mich im Stechschritt so weit wie möglich vom Haus, bevor George die Chance hatte, sich einen Platz zum Hinhocken zu suchen. Ich spürte, wie mir die Angst die Kehle zuschnürte, und der mir eigentlich vertraute Spaziergang, den ich schon tausendmal gemacht hatte, kam mir plötzlich fremd vor – die Straßenbeleuchtung wirkte greller, die Risse im Gehsteig tückischer. Ich eilte in Richtung Bibliothek und untersagte George noch immer seine Versuche, stehen zu bleiben und herumzuschnüffeln. Ich fühlte mich, als wäre ich in einen Hinterhalt geraten, und es ärgerte mich, in der Situation keine Ausrede parat gehabt zu haben. Ich hatte mich überrumpeln lassen und Sylvies Einladung zu schnell angenommen. Aber wenn man einmal mit jemandem Kaffee getrunken hatte, konnte man nicht mehr zu höflichem Nicken im Treppenhaus zurückkehren. Und je mehr man sich mit jemandem unterhielt, desto mehr Gründe konnte derjenige ja auch finden, einen abzulehnen.

Diesen Fehler hatte ich mit Angela gemacht, einer Australierin, die vor zehn Jahren in der Wohnung im ersten Stock gewohnt hatte. Ein paar Wochen nach ihrem Einzug lud sie mich ein, mit ihr zusammen ein neues Teehaus in unserem Viertel auszuprobieren. Ich war überrascht und fühlte mich geschmeichelt und erlaubte mir sogar, mich ein klein bisschen über die Möglichkeit zu freuen, abgesehen von Leo noch eine erwachsene Freundin zu haben. Während Angela und ich unsere Matcha Latte tranken, ging ich davon aus, unser gemeinsamer Ausflug liefe recht gut. Ich war nicht allzu nervös und hatte sie sogar ein paarmal zum Lachen gebracht. Doch als ich ihr dann erzählte, was ich beruflich machte, änderte sich sofort die Stimmung. Aus heiterem Himmel fiel Angela ein, dass sie noch einen dringenden Termin hatte, und eilte hinaus, ohne ihren Tee ausgetrunken zu haben. Über das restliche Jahr hinweg, das sie noch in unserem Haus wohnte, wechselte sie nicht einmal zwei Worte mit mir.

Mittlerweile konnte ich so ein Verhalten vorhersehen. Ich hatte es seitdem unzählige Male erlebt, wenn ich meinen Beruf anderen gegenüber erwähnte. Hatte beobachtet, wie sich ihre Körper verspannten, sie den Blickkontakt mieden und auf rätselhafte Weise nie mehr Zeit für eine Unterhaltung hatten. Es war, als würde ich sie allein durch meine Anwesenheit mit ihrer Sterblichkeit konfrontieren.

Ich würde nicht zulassen, mit Sylvie noch einmal in diese Falle zu tappen. Es war sicherer, sie zurückzuweisen, bevor sie mich zurückwies.

9

»Warum sterben wir, Grandpa?«

Ich war sechs Jahre alt und saß meinem Großvater in einer Nische im Diner ein paar Straßen von unserer Wohnung gegenüber. In den Monaten, seit ich zu ihm gezogen war, war sein gewohnter Frühstücksort automatisch auch meiner geworden. Er aß gerne das Corned-Beef-Hash; ich liebte den French Toast.

»Das ist aber eine große Frage für so ein kleines Mädchen«, sagte Grandpa. »Aber auch eine sehr gute.«

Er tauchte seinen Löffel in den schwarzen Kaffee und rührte gedankenverloren darin herum. Diese Reaktion hatte ich in den Wochen davor schon so oft bei ihm beobachtet, dass ich mich fragte, ob die Antworten auf alle schwierigen Fragen vielleicht am Boden einer Kaffeetasse zu finden waren. Dann nahm Grandpa den Löffel wieder heraus und klopfte dreimal – es waren immer dreimal – an die linke Seite seiner Tasse.

»Weißt du, Clover, es werden jeden Tag so viele Menschen geboren, da gäbe es nicht genug Platz und auch nicht genügend Ressourcen für uns alle auf dem Planeten. Das bedeutet, dass Menschen sterben müssen, um wieder Platz für andere zu machen, die geboren werden.«

Darüber dachte ich nach, während ich die Blaubeeren auf meinem Teller so anordnete, dass sie Smileys ergaben. »Könnten wir nicht einfach auf einen anderen Planeten umziehen? Den Jupiter vielleicht? Oder Neptun? Die haben Ringe, also gibt es dort wahrscheinlich viel Platz. Aber wir müssten mit Raumschiffen dorthin fahren.«

Grandpa rieb sich die Bartstoppeln am Kinn – ein neues

vertrautes Geräusch, das ich beruhigend fand. »Vielleicht werden wir eines Tages in der Lage sein, auf andere Planeten auszuwandern, aber bis jetzt wissen wir Menschen noch nicht wirklich, wie das geht.«

Er streckte eines seiner langen Beine unter dem Tisch aus und beugte und streckte es erleichtert. Die enge Tischnische machte seine beeindruckende Größe noch deutlicher, und ich kam mir mit meinem Körper einer Sechsjährigen noch kleiner vor. Wahrscheinlich wirkten wir wie ein Fragezeichen, das einem Komma gegenübersaß.

»Irgendwann werden wir Menschen einfach so alt, dass unsere Körper nicht mehr das tun, was sie sollten.« Er zeigte auf sein ergrauendes Haar. »Meine Haare hatten mal dieselbe Farbe wie deine. Und meine Hände waren so glatt wie deine. Aber ich werde älter, also funktioniert mein Körper nicht mehr so wie früher.«

Ich runzelte die Stirn und zog dann besorgt die Augenbrauen hoch. »Stirbst du, Grandpa?«

Er griff nach seinem Löffel und begann wieder, seinen Kaffee umzurühren.

»Irgendwann schon.« Klopf, klopf, klopf. »Genau genommen tun wir das alle.«

Er griff nach einer Streichholzschachtel mit Werbung des Diners, die neben den Gewürzsoßen auf dem Tisch lag. Nachdem er ein Hölzchen mit grünem Kopf herausgeholt hatte, entzündete er es an der Seite der Schachtel, und eine kleine Flamme loderte auf. Ich beobachtete, wie das helle Hölzchen auf dem Weg der Flamme zu seinen Fingern schwarz verkohlte. Mit einer ruckartigen Bewegung aus dem Handgelenk meines Großvaters ging die Flamme in Rauch auf.

»Mit Streichhölzern spielt man nicht, Grandpa«, gab ich wieder, was die Lehrer an meiner neuen Grundschule uns eingetrichtert hatten.

Ein Lächeln umspielte Großvaters Mundwinkel. »Da hast du recht, Clover. Aber dieses eine Mal machen wir eine Ausnahme, damit wir deiner Frage nachgehen können. In Ordnung?«

Ich rührte mit dem Strohhalm in meinem Orangensaft und dachte nach. »Okay. Aber versprich mir, dass du ganz, ganz vorsichtig bist.«

»Das verspreche ich«, sagte er feierlich. »Und jetzt stellen wir uns vor, dass jedes der Streichhölzer ein Menschenleben ist.«

Ich schob meinen Teller von mir weg und stützte die Ellbogen auf den Tisch und das Kinn in die Hände.

»Theoretisch sollten alle diese Streichhölzer genau gleich lang brennen, oder?«

»Stimmt.«

»Aber manchmal entzündet man eines, und es geht fast sofort wieder aus. Oder es brennt nur bis zur Hälfte.«

»Und manchmal zerbricht eines, wenn man versucht, es anzuzünden.«

»Genau!« Grandpas Anerkennung ging runter wie Öl. »Obwohl sie also eigentlich alle gleich sind, ist tatsächlich jedes Streichholz für sich gesehen einzigartig. Manchmal ist seine Struktur nicht so stabil, aus Gründen, die wir durch bloßes Ansehen nicht erkennen können. Und dann gibt es auch noch äußere Faktoren, die Einfluss haben – etwa, wie stark wir es anschlagen oder die Luftfeuchtigkeit oder wie viel Wind gerade geht, wenn wir versuchen, es zu entzünden. All diese Dinge können einen Einfluss darauf haben, wie lange ein Streichholz brennt.«

Der Kunststoffsitz ächzte, als ich ungeduldig hin und her rutschte. »Aber was hat das mit dem Sterben zu tun?«

Grandpa zündete mit Schwung ein weiteres Streichholz an. Wie zum Beweis verglühte es fast sofort.

»Nun, meine Kleine, genauso wie wir erst wissen können, wie lange ein Streichholz brennt, wenn wir es anzünden, so wissen wir auch erst, wie lange ein Leben dauert, wenn wir es leben. Und oft gibt es da noch Faktoren, über die wir keine Kontrolle haben.«

»Und wer entscheidet dann, wann wir sterben? Mommy und Daddy waren nicht so alt wie du – warum sind sie dann gestorben?«

Ich sah, wie sich Grandpas Brust hob und senkte. Seine inneren Augenwinkel glitzerten, als wären darin Diamanten verborgen.

Er zuckte hilflos mit den Schultern. »Leider sind das weitere große Fragen, auf die wir keine rechte Antwort haben.«

»Tja«, sagte ich und pikste mit der Gabel in meinen French Toast. »Dann haben wir wohl noch eine Menge Arbeit vor uns, oder?«

Als mein Teller schließlich leer und mein Magen voll war, beobachtete ich, wie mein Großvater die krakelige Schrift auf unserer Rechnung begutachtete. Er hob höflich die Hand, um den Kellner herbeizurufen, einen sommersprossigen Spargeltarzan mit zurückgekämmtem Haar.

»Entschuldigen Sie, Sir«, sagte mein Großvater zu ihm und hielt die Rechnung hoch. »Wenn Sie einen kurzen Moment hätten … offenbar haben Sie vergessen, uns den Orangensaft meiner Enkelin zu berechnen.«

Überrascht, so höflich angesprochen zu werden, warf der junge Kellner einen Blick auf die Rechnung und winkte dann ab. »Oh, schon okay. Der geht aufs Haus.«

Grandpa zückte seine Geldklammer und schaute den Kellner direkt an. »Nun, das ist sehr freundlich von Ihnen, aber wenn es Ihnen nichts ausmacht, würde ich es vorziehen, dafür zu bezahlen.«

Der Kellner runzelte die Stirn und zuckte dann mit den

Schultern. »Wie Sie wollen, Mann. Das wären dann noch mal zwei Dollar.«

Grandpa löste mehrere Scheine aus der Klammer und legte sie fein säuberlich auf die Rechnung. Als er die Geldklammer wieder in seine Brusttasche steckte, trafen sich unsere Blicke.

»Es ist immer wichtig, ehrlich zu sein, Clover – auch wenn dich niemand zur Rechenschaft zieht.«

Als Grandpa und ich dann beim Zebrastreifen vor dem Diner standen, musste ich, um ihm in die Augen schauen zu können, meinen Kopf in den Nacken legen, als versuchte ich, die Spitze eines Wolkenkratzers zu erkennen. Meine kleine Kinderhand war gerade groß genug, um zwei seiner langen Finger zu umfassen, an denen ich mich gehorsam festhielt, während wir darauf warteten, die Straße überqueren zu können. French Toast war super, aber den zweiten Teil unseres neu entstandenen Sonntagsrituals mochte ich noch lieber.

Eine kleine Messingglocke über der roten Glastür kündigte jedes Mal unsere Ankunft im Buchladen an. Das Klingeln erinnerte mich an Weihnachten, zumindest so, wie ich es aus dem Fernsehen kannte, weil meine Eltern es nie gefeiert hatten. Als ich sie einmal gefragt hatte, warum, hatten sie geantwortet, es sei heuchlerisch, jemanden zu feiern, an den man gar nicht glaubte. Ich war nicht sicher, ob sie damit den Weihnachtsmann oder das Jesuskind meinten.

»Hallo, Patrick! Hallo, Clover!«

Miss Bessie, die Buchhändlerin, balancierte in hohen Schuhen auf einem Hocker und sortierte eine Reihe von Krimis in ein hohes Regal ein. Unter ihrem engen Polyesterkleid sah ihr großer Busen so aus, als ruhte er auf zwei aufblasbaren Schwimmringen. Ich fragte mich, ob ihr das im Meer half, sich besser über Wasser zu halten.

Grandpa tippte sich zur Begrüßung an den Hut. »Hallo, Miss Bessie, schön, Sie zu sehen.« Er streckte die Hand aus und half ihr, vom Schemel zu steigen.

»Hallo, Miss Bessie«, wiederholte ich schüchtern hinter dem Rücken meines Großvaters.

Miss Bessie strahlte mich an. »Du hast Glück, meine Süße, ich habe diese Woche tolle neue Kinderbücher hereinbekommen.« Sie hielt mir ihre pummelige Hand hin. »Sollen wir sie uns mal anschauen?«

Grandpa schenkte Miss Bessie ein dankbares Lächeln und sah dann mich an. »Na los«, sagte er und tätschelte mir den Kopf. »Aber denk dran – nur ein Buch, also wähle mit Bedacht.«

Ich spürte das Gewicht seines feierlichen Tonfalls – diese wöchentliche Aufgabe nahm ich überaus ernst. Aber wenigstens wusste ich, dass ich viel Zeit für meine Entscheidung hatte, da Grandpa immer eine halbe Ewigkeit in der Sachbuchecke verbrachte, um seine Auswahl zu treffen. Schließlich durfte auch er nur ein Buch mitnehmen.

Als Miss Bessie und ich um die Ecke in die kunterbunte Kinderabteilung gingen, zauberte sie eine Schale voller Süßigkeiten hinter einer Topfpflanze hervor. Sie hielt sie mir hin und legte den Zeigefinger an die Lippen.

»Psst«, flüsterte sie. »Du darfst zwei nehmen, wenn du es deinem Großvater nicht verrätst.«

Ich starrte auf die Süßigkeiten und war hin- und hergerissen – einerseits war ich ziemlich scharf darauf, mir einen Hershey's Kiss und einen Lolli in die Tasche zu stecken, und Grandpa hatte auch nicht gesagt, dass ich keine zwei nehmen durfte. Aber Miss Bessie verhielt sich so, als wäre es ein Geheimnis. Ich wippte auf den Fersen und überlegte.

»Danke, Miss Bessie«, sagte ich mit hocherhobenem Kopf und festem Blick, »aber ich nehme nur eins.«

Eine Stunde später gingen mein Grandpa und ich mit unseren ausgewählten Büchern unterm Arm nach Hause – er mit einer dicken Biografie über den Wissenschaftler Louis Pasteur und ich mit einem umfangreichen Reiseführer über ein geheimnisvolles Zwergendorf. Ich wusste genau, wie wir den restlichen Nachmittag verbringen würden. Großvater würde in seinem Cordsessel sitzen und ich auf einem Sitzsack zu seinen Füßen, und dann würden wir uns beide in die verschiedenen Welten unserer Bücher flüchten. Hin und wieder würde er mir den Kopf tätscheln, wie um mir zu versichern, dass er noch da war.

Ich ging eiligen Schrittes, damit wir so schnell wie möglich nach Hause kamen. Da es ein ungewöhnlich warmer Wintertag war, waren die Bürgersteige in unserem Viertel im West Village sehr voll. Während wir uns zwischen den anderen Passanten durchschlängelten und ich versuchte, mit Grandpa Schritt zu halten, betrachtete ich die Menschen, die an mir vorbeiliefen, und stellte mir jeden einzelnen wie ein halb abgebranntes Streichholz vor.

Als ich zu meinem Großvater mit der hochgewachsenen Statur aufblickte, überkam mich ein Anflug von Panik. Wie lange würde er noch brennen?

10

Ich hatte immer die besten Vorsätze, meine saubere Wäsche direkt einzuräumen, aber diese Vorsätze schwanden meistens irgendwo auf dem Weg vom Wäschekeller zu meiner Eingangstür dahin. Jetzt stand der Korb auch schon wieder seit einer Woche an seinem angestammten Platz vor meinem Schrank und wartete darauf, dass ich mir das, was ich brauchte, einfach herauspickte. Auch Lola und Lionel hatten sich mal wieder in die frische Wäsche gekuschelt und sorgten so dafür, dass ich weiterhin eine Frau blieb, deren Outfit mit Katzenhaaren übersät war.

Als ich einen Pulli zwischen den beiden Katzen herauszog, erhaschte ich einen kurzen Blick auf mein Abbild im Spiegel, der an einer der Schranktüren hing. Ich hielt selten inne, um mir mein Gesicht genauer anzuschauen, also fühlte es sich ein bisschen so an, als würde man jemanden nach Monaten zufällig treffen. Ich fragte mich manchmal, ob sich das Alter allmählich heranschlich oder ob man eines Tages einfach aufwachte und alt aussah. Bis jetzt war ich von allzu merklichen Zeichen des Alterns verschont geblieben – die beiden Furchen auf meiner Stirn hatte ich schon seit meinen frühen Zwanzigern, und bisher waren mir nur vereinzelte graue Haare aufgefallen. Ich beugte mich so nah an den Spiegel, dass er von meinem Atem beschlug, und verzog das Gesicht, um zu sehen, wie ich mit Krähenfüßen aussähe. Eher kultiviert? Oder verhärmt? Nicht, dass es von Bedeutung wäre, denn außer Leo gab es in meinem Leben sowieso niemanden, dem es auffallen würde, dass ich älter wurde.

Ich richtete meine Aufmerksamkeit auf das Foto, das an der

Ecke des Spiegels steckte. Es zeigte meine Eltern vor einem Haus, das in meiner Erinnerung nur aus sensorischen Schnipseln bestand – das Kratzen des Teppichs unter meinen nackten Füßen, der würzige Geruch der feuchten Hecke vor meinem Zimmerfenster, der Deckenventilator, der die Luft wie Hubschrauberpropeller durchschnitt. Grandpa hatte mir das Foto gegeben, kurz nachdem ich zu ihm gekommen war. Die wenigen Erinnerungen, die ich noch von meinen Eltern hatte, waren eine Mischung aus Dingen, die wirklich passiert waren, und aus solchen, die ich beim jahrzehntelangen Starren auf dasselbe Foto heraufbeschworen hatte. Ich stellte mir vor, dass das leichte Grinsen auf dem Gesicht meines Vaters ein Zeichen für seinen rebellischen Geist war, während das kräftige Rot auf den Lippen meiner Mutter ihre Eleganz unterstrich. Und die Art und Weise, wie sie sich an den Händen hielten – ihre Finger waren fest ineinander verschränkt und nicht locker verschlungen –, verriet ihre tiefe Leidenschaft füreinander.

Was ich sicher wusste, war, dass mein Vater Anwalt gewesen war (mir gefiel der Gedanke, dass er ein Menschenrechtsanwalt war, aber ich denke, er war eher ein Anwalt für Gesellschaftsrecht) und dass er oft geschäftlich ins Ausland reiste. Und meine Mutter war vor meiner Geburt eine mäßig erfolgreiche Balletttänzerin gewesen.

Den wenigen Details zufolge, die mein Großvater mir über die Jahre verraten hatte, war ihre Karriere von meiner unerwarteten Ankunft auf der Welt unterbrochen worden, was auch ihren Weg von der Ensemble- zur Solotänzerin vereitelt hatte. Wahrscheinlich begleitete sie auch deshalb lieber meinen Vater auf seinen Auslandsreisen, als Zeit mit mir zu verbringen.

Abgesehen davon waren meine Eltern für mich ein Rätsel. Und das Foto warf in mir hauptsächlich die Frage auf, ob ich sie nicht mehr vermissen sollte.

Als ich wieder rüber ins Wohnzimmer ging, musste ich fast würgen – der abgestandene Geruch von Katzenstreu, der mit dem Muff von Grandpas alten Habseligkeiten konkurrierte. Wie lange war das schon so? Ich war so sehr daran gewöhnt, dass es mir oft erst auffiel, wenn es richtig krass wurde.

Jahrzehntealte Farbe blätterte vom Fenster, als ich es öffnete. Eine leichte Brise wehte herein und vertrieb die abgestandene Luft, während ich ein Streichholz anzündete und es an ein Räucherstäbchen hielt, bis die Flamme übersprang.

Ich bevorzugte eigentlich den würzig-holzigen Geruch von Palo Santo, aber es fühlte sich falsch an, es als schnöden Raumerfrischer zu benutzen, wo es so ein wichtiges Hilfsmittel bei der Sterbebegleitung war. Als ich noch studiert hatte, hatte ich einmal einen Teil meiner Semesterferien bei einem Schamanen in den peruanischen Anden verbracht und dort die Traditionen der Inka rund um den Tod kennengelernt. Am besten gefiel mir, dass sie ihre Verstorbenen manchmal in der Embryohaltung vergruben, um ihre Chancen auf eine Wiedergeburt zu erhöhen. Ich fand die Vorstellung, jemanden auf eine Reise vorzubereiten, anstatt sich nur zu verabschieden, unfassbar tröstlich. Und der Duft von Palo Santo rief bei mir immer Erinnerungen an diese Zeit hervor. Es hatte sich fast unwirklich angefühlt, auf einem Berg zu sein, der so hoch war, dass man sich über den Wolken befand, fast als würde man die Grenze zwischen der echten Welt und der spirituellen überwinden. Das Räucherritual, also die Reinigung von negativer Energie durch das Schwenken von glühendem Palo Santo, schenkte mir seitdem immer einen stillen Frieden, wenn ich es auf Wunsch eines Klienten durchführte. Ich hatte mich genug mit verschiedenen Religionen und spirituellen Strömungen befasst, um die Existenz einer unsichtbaren Energie anzuerkennen, die uns alle durchströmt. Und selbst wenn die Reinigung dieser Energie nicht mehr als eine Placebowirkung entfaltete, hatte ich so oft selbst erlebt, wie es einem Menschen Hoffnung geben konnte, das Gefühl, vor dem Beginn von etwas Neuem zu stehen. Oder es ihm zumindest das Loslassen erleichterte.

Ich steckte das glühende Räucherstäbchen in ein Tongefäß und sah zu, wie sich der Rauch zum Fenster hochschlängelte wie vor einem Schlangenbeschwörer. Die übliche Geräuschkulisse aus Sirenengeheul, hysterischem Hupen und hitzigen Gesprächen drang von der Straße herauf.

Mir machte dieser Hintergrundlärm nichts aus – er leistete mir Gesellschaft. Aber plötzlich durchschnitt ein viel selteneres Geräusch das Großstadtgetöse: das Klingeln meines Telefons.

Als ich es unter Georges Bauch auf dem Sofa zutage befördert hatte, leuchtete die Nummer eines Krankenhauses an der Upper East Side auf dem Display.

Ein neuer Auftrag.

Knapp eine Stunde später befand ich mich in der Linie sechs (die ich nur ein bisschen weniger verabscheute als die Linie R) und fuhr ratternd Richtung Norden. Normalerweise war es mir lieber, wenn mindestens zwei Wochen zwischen zwei Aufträgen lagen, eine lose Regel, die ich aufgestellt hatte, nachdem ich vor ein paar Jahren einen höllischen Burn-out erlitten hatte. Es war nicht der Umgang mit dem Tod, der mich so auslaugte, sondern eher die Last, ein Anker zu sein, wenn alle anderen um mich herum, in der Regel trauernde Angehörige, emotional den Halt verloren.

Aber dieser Auftrag würde wahrscheinlich nicht länger als einen Tag dauern. Die Krankenschwester am Telefon hatte erklärt, dass die Patientin, eine sechsundzwanzigjährige Frau ohne festen Wohnsitz namens Abigail, eingeliefert worden war, nachdem sie mit Leberversagen in einem Geldautomatenvorraum in Midtown zusammengebrochen war. Wahrscheinlich war es eine Folge der Zirrhose – und der kompletten Flasche Gin, die sie getrunken hatte. Obwohl Abigail noch bei klarem Verstand war und sprechen konnte, war die Prognose niederschmetternd. Ihre Eltern hatten sich bereits von Idaho aus auf den Weg gemacht, aber sie kämen wahrscheinlich zu spät.

Für diesen Auftrag würde ich nicht bezahlt werden, aber ich konnte sie auf keinen Fall allein sterben lassen. Und in Situationen wie dieser bestand meine Aufgabe einzig und allein darin, die noch verbleibende Zeit über für sie da zu sein. Die Krankenhäuser waren so voll und so chronisch unterbesetzt, dass es einer Krankenschwester praktisch nicht möglich war, sich die ganze Zeit über eines sterbenden Patienten anzunehmen. Also hatten die Kliniken angefangen, Freiwillige einzusetzen, von denen einige wie ich Sterbe-Doulas waren, damit auch diejenigen, die sonst niemanden hatten, auf ihrem letzten Weg begleitet wurden. Leider ist der Tod nicht immer ein friedliches Entschlafen, wie es in Filmen gerne dargestellt wird – oft zieht er sich hin und ist ausgesprochen unschön. Das sensorische Chaos der Körperfunktionen, die ausfallen oder nicht mehr richtig funktionieren. Das Keuchen. Die panischen Blicke, wenn sich die Menschen verzweifelt an ihre letzten Momente klammern. Manchmal wenden sich Familienmitglieder ab oder rennen aus dem Zimmer, weil sie es sich ersparen wollen, dass sich eine solch schockierende Szene als letzte Erinnerung an einen geliebten Menschen in ihr Gedächtnis einbrennt.

Deshalb ist es so wichtig, dass jemand wie ich anwesend ist. Jemand, der nicht wegschaut, ganz gleich, wie qualvoll es wird.

Als ich in der engen Kabine auf Station ankam, schlief Abigail. Abgesehen von dem verräterisch gelblichen Hautton und den schwarzen Ringen unter den Augen wirkte es nicht so, als würde sie auf der Schwelle zum Tod stehen. Aber ich hatte schon oft gesehen, wie gut der Körper einen inneren Tumult verbergen konnte, und die Maschinen, an die sie angeschlossen war, erzählten eine bedrückendere Geschichte.

Ich setzte mich auf den starren Kunstlederstuhl am Bett und holte mein Buch aus meiner prall gefüllten Tragetasche. Ich brachte immer gerne Dinge mit, die einem sterbenden Menschen Trost spenden konnten. Da war der kleine Bluetooth-Lautsprecher, damit ich Musik oder Naturgeräusche abspielen konnte, und ein Tablet, um Bilder von Orten zu googeln, die die glücklichsten Erinnerungen eines Menschen heraufbeschwören konnten, oder um ihnen Passagen ihrer bevorzugten religiösen Texte vorzulesen. Ich hatte auch immer eine Duftlotion dabei, mit der ich ihre Hände massieren konnte, etwas Briefpapier und einen Stift, um Briefe zu schreiben und letzte Wünsche notieren zu können, einige kleine Kerzen, um eine vertrautere Atmosphäre zu schaffen, und natürlich meine Salbeibündel und Palo Santo. Eigentlich war es im Krankenhaus nicht erlaubt, irgendetwas abzubrennen, aber wenn es darum ging, jemandem seinen letzten Wunsch zu erfüllten, brach ich auch gerne mal die Regeln (einmal hatte ich sogar eine Flasche Guinness eingeschmuggelt).

Ich hatte bereits drei Kapitel aus Martha Gellhorns *Reisen mit mir und einem anderen* gelesen, als ich wahrnahm, dass Abigail sich regte. Ihr Gesichtsausdruck war verwirrt und dann besorgt, als sie die Schläuche bemerkte, die sich wie Weinreben an ihren ausgemergelten Gliedmaßen entlangrankten. Einem Bedürfnis nach Flüssigkeit folgend, berührte sie schmatzend mit der Zunge ihren ausgetrockneten Gaumen. Ich drückte den Rufknopf, griff nach dem Pappbecher mit Wasser neben dem Bett und hielt ihr die Spitze des Strohhalms an die Lippen.

Abigail zuckte zusammen, als sie ein Schlückchen trank. »Ich bin ziemlich krank, oder?« Ihre Augen wollten, dass ich ihr widersprach.

Ich spürte ein Stechen im Herzen, lächelte sie aber ruhig an. Meine Aufgabe war es, ihr die letzten Stunden so angenehm wie möglich zu machen, aber das bedeutete nicht, sie anzulügen. Es brachte allerdings auch nichts, ihre Angst zu schüren, also hatte ich mittlerweile gelernt, mitfühlend vage zu bleiben.

»Ja«, sagte ich mit unaufgeregter Stimme. »Aber die Ärzte hier kümmern sich sehr gut um Sie.« Ihre fahle Haut ließ sie viel älter als ihre sechsundzwanzig Jahre aussehen – sicher war der übermäßige Alkoholkonsum schuld daran. »Mein Name ist Clover. Ich bin hier, um Ihnen Gesellschaft zu leisten. Und Sie sind Abigail, richtig?«

Sie nickte.

»Ich habe gehört, Sie kommen aus Idaho«, fuhr ich fort. »Da wollte ich schon immer mal hin.«

Sie lächelte müde und entblößte dabei gerade, aber vernachlässigte Zähne und geschwollenes Zahnfleisch.

»Ja, ich bin aus Sandpoint.« Abigail sah sich in der Kabine um, in der das Neonlicht jeden Fleck auf dem lachsfarbenen Vorhang hervorhob. »Ich vermisse mein Zuhause sehr.«

Sie schien für eine Unterhaltung bereit zu sein, also hakte ich nach.

»Was mögen Sie dort denn am liebsten?« Ich hatte herausgefunden, dass es die Leute meist beruhigte, wenn ich ihnen dabei half, einen geliebten Ort zu visualisieren. Besonders wenn sie sich gerade in einer sterilen Krankenhauskabine befanden.

»Na ja, meine Heimatstadt ist superschön. Sie ist umgeben von Bergen und liegt direkt am See.« Ihr Lächeln verlosch. »Aber als ich jünger war, fand ich es dort zu langweilig, also bin ich hierher nach New York gekommen, um Künstlerin zu werden.«

»Das ist ja ein cooler Berufswunsch«, sagte ich und bemerkte still, dass ihr Herzfrequenzmesser schneller anschlug.

Abigail starrte an die beige Zimmerdecke. »Es war viel härter, als ich gedacht hätte. Ich schätze, mein Fell war einfach nicht dick genug für diese Stadt. Irgendwie hat sie mich verschlungen.«

Da war etwas dran. Als die Krankenhausverwaltung endlich Abigails Eltern ausfindig gemacht hatte, hatten diese schon seit fünf Jahren nichts mehr von ihrer Tochter gehört. Sie hatte den Kontakt zu ihnen abgebrochen, nachdem sie versucht hatten, sie zu einem Alkoholentzug zu bewegen. Sie wussten nicht einmal, dass sie seit einem Jahr auf der Straße lebte.

»New York kann definitiv hart sein.« Ich legte meine Hand sanft auf ihre. Nicht jeder mochte es, berührt zu werden, also war es besser, je nach Reaktion abzuwägen. »Haben Sie sich schon immer für Kunst interessiert?«

Abigail umklammerte fest meine Finger. »Ich habe, eigentlich schon seit ich ein Kind war, jeden Tag gemalt und gezeichnet.« Ihre Worte kamen immer schleppender, weil sie Schwierigkeiten hatte, sich wach zu halten. »Meine Eltern haben erzählt, dass ich alle Wände und die Möbel mit meinen Buntstiften verziert habe. Sie meinten, das Haus war wie eine große Leinwand für mich.« Schmerzen erstickten ihr Lachen, und ihr Gesichtsausdruck wurde ernst. »Kommen sie her?«

Ich nickte zuversichtlich, aber flüchtig. »Sie sind schon auf dem Weg hierher. Sie dürften sehr bald hier sein. Ich weiß, dass sie es kaum erwarten können, Sie zu sehen und in die Arme schließen zu können.«

Hoffnung hatte eine magisch heilsame Wirkung auf Menschen – zumindest half sie ihnen, noch das bisschen länger durchzuhalten. Es war nicht nur für Abigail wichtig, ihre Eltern noch ein letztes Mal zu sehen; ein gütlicher Abschluss war für die Hinterbliebenen genauso wichtig. Wenn einem die Möglichkeit verwehrt blieb, sich von einem geliebten

Menschen zu verabschieden, konnte das hartnäckige emotionale Narben hinterlassen. Auch nach dreizehn Jahren waren meine nicht verheilt – und ich hatte mir selbst geschworen, alles, was in meiner Macht stand, zu tun, um anderen diese Bürde zu ersparen.

»Das ist gut«, sagte Abigail, und ihre Schultern entspannten sich. »Wissen Sie, ich habe so oft daran gedacht, sie anzurufen und zu fragen, ob ich nach Hause kommen kann – und vielleicht sogar einen Entzug zu versuchen –, aber ich habe mich zu sehr geschämt.« Ihre Augenlider flatterten, und ihre Stimme war nur noch ein Murmeln. »Mir war nie bewusst, wie sehr ich sie liebe. Ich wünschte, ich hätte es ihnen gesagt ...«

Es war besser, wenn sie wach blieb, denn es bestand die Gefahr, dass sie nicht mehr zu Bewusstsein kam. Aber der Schlaf übermannte sie, noch bevor ich etwas erwidern konnte. Sie rührte sich nicht einmal bei dem Geräusch von Plastikringen, die an Metall entlangschabten, als ein Pfleger ruckartig den dünnen Vorhang zur Seite schob.

»Sie war wach und kurzzeitig ganz klar«, berichtete ich ihm, während er routiniert Abigails Vitalwerte prüfte. »Und sie hat auch ein paar Schlucke getrunken.«

Der Pfleger nickte grimmig. »Es ist gut, dass Sie da sind.«

Abigails Eltern trafen um kurz nach halb zwei Uhr nachts ein. Ihre Gesichter trugen die müden Kampfspuren einer unerwarteten Reise quer durchs Land und der Orientierungslosigkeit in einer fremden Stadt. Ich rückte ans Fußende des Bettes, um ihnen so viel Platz zu lassen, wie es die beengten Verhältnisse zuließen. Abigails Herzmonitor piepte rhythmisch; ein Metronom, das mit dem Krankenhausgetümmel hinter dem Vorhang Schritt hielt.

»Abigail hat mir erzählt, wie gerne sie Künstlerin ist und wie sehr sie Sie beide liebt und vermisst hat.« Ich lächelte mehr mit meinen Augen als mit den Lippen. Es war eine Art, Wärme und Trost zu vermitteln, ohne die Traurigkeit der Situation zu verleugnen.

Ihre Eltern waren wie erstarrt und konnten nicht fassen, dass das Schicksal ihnen einen so grausamen Schlag versetzte.

»Sie können mit ihr sprechen, sie wird Sie hören«, sagte ich weiter mit leiser, ruhiger Stimme. »Liebesbotschaften dringen immer durch, auch wenn jemand bereits bewusstlos ist.« Leider war es oft das erste Mal, dass diese Liebe zum Ausdruck gebracht wurde. »Ich bin gleich draußen im Wartezimmer, wenn Sie mich brauchen.«

Die beiden nickten und hielten sich aneinander fest wie an einem rettenden Ast in einer Flut. Es war das Einzige, was sie davor bewahrte, weggeschwemmt zu werden.

Abigail fand um 6:04 Uhr ihre letzte Ruhe.

Achtundneunzig. Wieder einmal war meine Arbeit getan.

11

Das hektische Durcheinander der Hauptverkehrszeit gepaart mit meinem heftigen Schlafmangel machte die Heimfahrt aus dem Krankenhaus in der Linie sechs nach Abigails Hinscheiden noch quälender. Während ich versuchte, nicht an die Haltestange gelehnt wegzudösen, sah ich, wie ein Mädchen im Teenageralter wild in einem Notizbuch skizzierte. Sie saß wie in Trance in ihre Kunst vertieft da und schien die ungeduldigen Pendler und das Übelkeit auslösende Schaukeln des Zugwaggons gar nicht wahrzunehmen.

Ich spürte ein Stechen zwischen den Rippen. Eine junge Künstlerin erblühte, während eine andere sich gerade von dieser Welt verabschiedet hatte. Die zerbrechliche Realität des Menschseins trug eine gewisse Schönheit in sich.

Als ich die Treppe aus dem U-Bahn-Schacht erklomm, blendete die Morgensonne meine müden Augen. Ich holte meine Städter-Rüstung, bestehend aus einer Sonnenbrille und beeindruckenden Noise-Cancelling-Kopfhörern, aus meiner Tasche. Augenkontakt war das Einfallstor für Gespräche, und nur die kühnsten Zeitgenossen (normalerweise deutsche Touristen) wagten es, mich nach dem Weg zu fragen, wenn ich meine Montur anhatte. Aber die Kopfhörer dienten nicht bloß der Abschreckung; sie boten mir auch einen mentalen Rückzugsort. Normalerweise hörte ich mir auch gar nichts an, sondern es war das Gefühl, abgegrenzt zu sein, das mich beruhigte. Wenn ich sie aufsetzte, war es, als würde ich mich in meinen eigenen privaten Bereich zurückziehen und von dort aus die Welt eher beobachten, als an ihr teilzuhaben.

Es gefiel mir, wie sich diese Stadt in simultanem und doch

gegensätzlichem Tempo bewegte. Zum einen war da das langsame, faszinierte Schlendern der Besucher, die zum ersten Mal in New York waren und jedes Detail im Straßenbild in sich aufsogen. Zum anderen hatten die Einheimischen eine geschickte Routine des Ausweichens und Überholens dieser Flaneure perfektioniert, um so schnell wie möglich von A nach B zu gelangen. Es war, als würde man Fischen dabei zusehen, wie sie zwischen schwankendem Seegras hindurchschnellten.

Als ich loslief, tauchte die Sonne kurz in eine düstere Ansammlung von Wolken und schuf so eine Atmosphäre, die eher meiner Stimmung entsprach. Auch wenn es mein Beruf war, ging es mir dennoch nahe, zwei Menschen innerhalb einer Woche beim Sterben zu begleiten. Durch meine dunklen Gläser beobachtete ich die Passanten, ihren Gesichtsausdruck, ihre Körpersprache, wie sie mit der Welt in Kontakt traten. Keiner von ihnen schien sich bewusst zu sein, dass er ein brennendes Streichholz war, dessen Flamme jeden Moment unerwartet erlöschen könnte.

Wie um meine Gedanken zu unterstreichen, ertönten hinter mir plötzlich Reifenquietschen und Geschrei. Ein in sein Handydisplay vertiefter Mann hatte die Fahrbahn betreten und wäre beinahe von einem Lieferfahrzeug erfasst worden. Seine Flamme hatte kurz geflackert, aber sie brannte weiter.

Er war einer von denen, die noch mal Glück hatten.

Morgenlicht fiel in mein Apartment, als ich mich in den Lieblingssessel meines Großvaters setzte, um mir Notizen über Abigail zu machen. Seine breiten Schultern hatten den graugrünen Cordsamt abgewetzt, und das Sitzkissen war auf einer Seite stärker eingebuchtet, weil er die Beine immer elegant übereinandergeschlagen hatte. Jeden Morgen hatte er dort gesessen und seine Zeitung gelesen. Über dem Knöchel des übergeschlagenen Beins offenbarte sich, welche seiner Socken er an diesem Tag gewählt hatte. Sie hatten immer Streifen. Der Dampf aus seiner Kaffeetasse tanzte im Sonnenlicht, das immer genau an dieser Stelle ins Wohnzimmer fiel. Als Kind war mir sein Sessel übergroß vorgekommen, und Großvater wie ein Riese. Doch als ich nach seinem Tod wieder in das Apartment gezogen war, schien er geschrumpft zu sein, genau wie er mit dem Alter. Mit seinen eins fünfundneunzig hatte er die Welt überragt, sodass er wie aus Rücksichtnahme den Kopf immer ein wenig gebeugt gehalten hatte. Am Ende war er nur noch gut eins fünfundachtzig gewesen.

Ich kuschelte mich in den Sessel, als würde ich mich in seine Umarmung schmiegen, und überlegte, was ich über Abigail schreiben würde. Normalerweise sind die Menschen sich nicht bewusst, dass die Worte, die sie sagen, ihre letzten sein werden. Oft sind sie recht banal, wie »Es ist kalt hier drinnen« oder »Ich bin müde« oder eine Reihe von unzusammenhängenden Sätzen, hervorgerufen durch das Todesdelirium. Trotzdem dokumentierte ich die offiziellen letzten Worte meiner Klienten in einem meiner Notizbücher, damit alles seine Richtigkeit hatte. Anschließend verfeinerte ich die Aufzeichnung mit all den weiteren bewegenden oder interessanten Dingen, von denen mir die Person erzählt hatte, während ich sie begleitete. Schließlich wäre es unfair, mit einem profanen Satz in Erinnerung zu bleiben, nur weil es zufällig der letzte war, den man über die Lippen gebracht hatte.

Abigails letzte Worte, auch wenn sie sie schon Stunden vor ihrem Tod gesagt hatte, waren ein wiederkehrendes Thema in meinem BEDAUERN-Notizbuch. Wenn ich meine Aufzeichnungen jemals statistisch auswerten sollte – und eines Tages würde ich das vielleicht tatsächlich tun –, dann wäre dieses Thema vermutlich das häufigste.

Ich wünschte, ich hätte ihnen gesagt, wie sehr ich sie liebe.

Viele sprachen dabei von ihren Eltern oder Ehepartnern, manche aber auch von ihren Freunden. In den meisten Fällen lag es daran, dass sie im Leben zu beschäftigt gewesen waren und die Nahestehenden als selbstverständlich betrachtet hatten.

Oder sie hatten einfach nie die richtigen Worte gefunden.

Mit wenig macht man sich verletzlicher als mit einem offen ausgedrückten »Ich liebe dich«. Zumindest ist es das, was ich immer wieder heraushörte, wenn andere Menschen darüber sprachen, denn ich selbst hatte diese Worte noch nie in den Mund genommen, und es hatte sie auch noch nie jemand zu mir gesagt. Meine Eltern hatten ihre Zuneigung nicht gerade offen bekundet, weder verbal noch anderweitig. Und obwohl ich wusste, dass mein Großvater mich mehr geliebt hatte als irgendjemand sonst, hatte er es nie laut ausgesprochen. Soweit ich das also beurteilen konnte, war »Ich liebe dich« eines der schwierigsten Dinge, die man mit Worten ausdrücken konnte. Natürlich nicht, weil es besonders kompliziert auszusprechen wäre (dieser Titel ging meiner Meinung nach an das Wort »Synekdoche«), sondern wegen seiner Bedeutungsschwere. Es scheint einem geradezu auf der Zunge zu zappeln wie ein Kind vor seinem ersten Sprung in ein Schwimmbecken. Das Herz hüpft, der Puls rast, und man fragt sich, ob es zu spät für einen Rückzieher ist.

Eigentlich klang das ziemlich aufregend. Aber andererseits hieß, jemanden zu lieben, unweigerlich auch, dass man ihn eines Tages verlieren würde – wenn nicht durch Zurückweisung oder Betrug, dann ganz sicher letztendlich durch den Tod. Wenn man alleine war, bestand zumindest nicht die Gefahr, verletzt zu werden. Immerhin konnte man nichts verlieren, das man gar nicht hatte.

Am Ende der Straße erklang das Acht-Uhr-Läuten der Kirchenglocken – drei Minuten zu spät wie schon seit Jahren. Ich fragte mich schon lange, ob ich jemanden von der Kirche über die Verspätung informieren sollte, aber irgendwie gefiel mir gerade diese kleine Unvollkommenheit daran. Der Beweis, dass wir alle unser Leben nicht ganz im Gleichklang miteinander lebten.

Nach einer ganzen Nacht ohne Schlaf hätte ich mich am liebsten direkt ins Bett gelegt, aber ich wusste, dass ich meinen Tagesrhythmus nicht so durcheinanderbringen durfte. Ich würde also versuchen, bis mindestens Sonnenuntergang aufzubleiben. Fernsehen würde mich bloß noch müder machen, ich brauchte etwas, das mich wach hielt.

Und ich wusste genau, womit ich mich beschäftigen konnte.

Als ich angefangen hatte, die letzten Worte der Sterbenden aufzuschreiben, war es bloß eine Art Protokoll gewesen. Es war ein Weg für mich, das Leben, das sie gelebt hatten, zu würdigen, ganz gleich, wie fehlerhaft oder chaotisch es gewesen sein mochte, und besonders dann, wenn sie niemanden sonst hatten, der sich an sie erinnern würde. Aber im Verlauf der letzten Jahre hatte ich mir angewöhnt, immer wenn ich voller Ängste oder deprimiert war oder ich mich nach Gesellschaft sehnte, die Eintragungen in meinen Notizbüchern anzusehen. Beim Lesen der letzten Worte dieser Menschen fühlte ich mich ihnen nah, als würden sie mir mit ihren Lebensweisheiten einen Halt geben. Wenn ich mich auf sie konzentrierte, statt auf mich und meine Einsamkeit, gab mir das einen Sinn und eröffnete mir die Möglichkeit, meine Tage mit etwas Bedeutungsvollem zu füllen; es holte mich aus meiner Melancholie. Indem ich mich damit beschäftigte, was Menschen im Rückblick auf ihr Leben als besonders wichtig erachteten, half mir das durch mein eigenes. Von Zeit zu Zeit griff ich also zu dem RATSCHLÄGE-Notizbuch, wählte einen Eintrag aus und versuchte dann, diese Anregung eine Woche lang zu beherzigen. Manchmal war es etwas ganz Simples, wie mir selbst einen

Strauß Blumen zu kaufen, auch wenn sie bloß vom Laden um die Ecke stammten. Die Empfehlung kam von Bruce, einem Klempner mit einer Leidenschaft für Gardenien. Aber manchmal war es auch ergreifender, wie die Worte von Dorothy, einer Hundefriseurin mit bezaubernden Grübchen, die mir gesagt hatte, dass die wichtigste Lektion, die sie im Leben gelernt hatte, die war, mehr zuzuhören, als man selbst sprach. (Zugegeben, für einen introvertierten Menschen wie mich war das recht leicht umzusetzen.)

Bei dem GESTÄNDNISSE-Notizbuch musste ich oft kreativ werden. Ich war mir nicht sicher, ob ich an Karma glaubte, aber es konnte schließlich nicht schaden, das Fehlverhalten eines Klienten wiedergutzumachen. In Guillermos Fall beispielsweise könnte ich in einem Tierheim aushelfen als Wiedergutmachung für den versehentlichen Tod des Hamsters seiner Schwester. Dann war da noch Ronald gewesen, ein unwirscher Buchhalter mit Lungenkrebs, der zugegeben hatte, Straßenmusikanten Geld gestohlen zu haben, wenn diese nicht hinsahen. In seinem Andenken hatte ich immer Zehndollarscheine dabei, die ich in die Hüte und Instrumentenkästen von Straßenmusikern legen konnte, denen ich auf meinem Weg begegnete. Ich versuchte dabei, diskret vorzugehen, indem ich die zehn Dollar in einen Eindollarschein wickelte, sodass derjenige später, wenn er seine Einnahmen zählte, überrascht wurde.

Auch aus dem BEDAUERN-Notizbuch suchte ich mir hin und wieder einen Punkt heraus und versuchte, ihm gerecht zu werden. Denn wenn ich aus ihren Fehlern lernte, waren sie zumindest nicht umsonst gewesen. Da ich dieses Notizbuch bereits auf dem Schoß hatte, schloss ich die Augen und blätterte durch die Seiten, um nach dem Zufallsprinzip einen Eintrag auszusuchen – auf diese Weise fühlte es sich für mich gerechter an.

Camille Salem.

Ja, ich erinnerte mich noch gut an sie. Eine quirlige Frau, die am meisten bereute, dass sie erst mit fünfzig angefangen hatte, Mangos zu essen.

»Ich habe als Kind einmal eine gegessen und fand die schleimige Textur widerlich«, erzählte sie mir ganz niedergeschlagen aus ihrem Krankenhausbett. Die Chemotherapie hatte ihre Wimpern zerstört, aber ihre Augen waren trotzdem noch strahlend grün. »Aber dann hat mich mein Mann auf einer Philippinen-Reise überredet, noch mal eine zu probieren, und ich hatte fast einen Orgasmus, weil sie so köstlich war. Stellen Sie sich vor, wie viele Mangos ich verpasst habe, weil ich sie fünfzig Jahre lang verschmäht habe!«

Ich machte mir, ehrlich gesagt, nicht viel aus Mangos. Ich zog säuerliche Früchte wie Himbeeren vor. Aber heute würde ich in der Stadt eine besonders köstliche Mango suchen und jeden einzelnen Bissen genießen. Dank Camille ersparte ich mir so ein mögliches Bedauern.

Wenn das nur immer so einfach wäre.

12

Mit der Bahn zum Death Café in Harlem zu kommen, war immer eine Herausforderung. Doch als ich aus der feuchten, uringeschwängerten Luft des U-Bahn-Tunnels trat und die braunen Sandsteinhäuser in der Dämmerung sah, war ich froh, dass ich den Weg auf mich genommen hatte.

Leo war in Harlem geboren worden und aufgewachsen. Immer wenn er als Kind auf mich aufgepasst hatte, hatte er mich zu seiner Lieblingseisdiele mitgenommen und mich mit Geschichten über illegale Kneipen und Jazzspelunken beeindruckt, während wir an den Häusern dort entlangspazierten. Jetzt kam er nur noch selten in dieses Viertel, denn er konnte die Spuren der Gentrifizierung in den Straßen seiner Kindheit nur schwer ertragen. Aber ich berichtete ihm gerne, dass es einige der Orte, an die er sich erinnerte, noch gab. Und vielleicht würde ich ihm abends auf dem Heimweg sogar ein Eis mitbringen.

Das Death-Café-Treffen fand in einem zugigen Gemeindesaal statt, der von einem Geruch aus Mottenkugeln und feuchten Handtüchern durchdrungen war. Der Familie des Veranstalters gehörte ein Soul-Food-Restaurant in der Nähe, deshalb gab es bei den Treffen oft frittiertes Hähnchen mit selbst gemachten Brötchen dazu – ein weiterer Grund, warum ich die beschwerliche Anfahrt gerne auf mich nahm. Ich kam extra fünfzehn Minuten früher, um mich über das Büfett hermachen zu können, bevor alle anderen eintrafen. Heute gab es sogar Käsemakkaroni. Mit einem voll beladenen Papierteller ließ ich mich auf einem Stuhl in der Ecke des Saals nieder und konzentrierte mich demonstrativ darauf, das Essen mit der Plastikgabel aufzuspießen. Wie ich es vorhergesehen hatte, drängten sich schon bald darauf sieben Leute am Büfett und konkurrierten um die besten Hähnchenstücke.

In der Mitte des Saals stand ein langer Tisch auf Böcken, um den herum willkürlich zehn Stühle platziert worden waren. Abgesehen von Phil, dem Veranstalter, dessen engelhafte Pausbäckchen und freundlichen Augen ihn ewig jung erscheinen ließen, kannte ich niemanden. Normalerweise war die Fluktuation bei diesen Treffen ziemlich hoch, weil das regelmäßige Reden über den Tod für manche Teilnehmer zu belastend war. Mir gefiel, dass Phil mir nie ein Gespräch aufzwang, obwohl er mich bereits von einigen Treffen kannte. Wir begnügten uns damit, uns gegenseitig zuzunicken. Ich setzte mich in die Runde und hielt, in der Hoffnung, dass der Platz neben mir frei bleiben würde, die Luft an wie in einem Flugzeug kurz vor dem Abheben. Glücklicherweise schien sich der ältere Mann auf der anderen Seite neben mir ebenso wenig aus freundlichem Geplauder zu machen wie ich. Wir saßen schweigen da, während ich überlegte, mir noch ein Stück Hühnchen zu holen, bevor die Vorstellungsrunde begann.

»Clover!«

Mein Nacken kribbelte. Diese begeisterte Männerstimme könnte zu jeder beliebigen Person gehören, und es musste nicht zwangsläufig der sein, von dem ich befürchtete, dass er es war. Ich überlegte, wie unhöflich es wohl wäre, wenn ich einfach nicht darauf reagierte. Leider lag die Antwort weit unterhalb meines akzeptablen Grenzwertes für schlechtes Benehmen.

Sebastian, der mutmaßliche Bestattungsunternehmer / Immobilienmakler / Lebensversicherungshai, nahm gerade seinen Schal ab, als ich mich umdrehte, um die Stimme mit einem Gesicht zu verbinden. Sein breites Grinsen löste einen Anflug von Wut in mir aus. Klapperte er etwa die Death Cafés der Stadt ab, auf der Suche nach ahnungslosen Zielobjekten? Ich war versucht, ihn sofort vor allen Anwesenden bloßzustellen, aber dann hätte ich wenigstens ein paar Beweise vorweisen müssen. Wenn man so viel Zeit alleine mit seinen Gedanken verbrachte, verrannte man sich gerne mal.

»Von allen Death Cafés dieser Welt …«, sagte er in ziemlich schlechter Humphrey-Bogart-Manier. Und ich konnte das durchaus beurteilen, denn ich hatte *Casablanca* mindestens dreißigmal gesehen und kannte den Film inzwischen in- und auswendig.

Ich gab mich verwirrt. »Tut mir leid … kennen wir uns?«

Sebastian zuckte leicht zusammen, aber hielt sein Grinsen aufrecht. »Ja! Wir haben uns bei dem Death-Café-Treffen in der New York Public Library kennengelernt, schon vergessen?« Sein Lächeln erstarb. »Du hattest erwähnt, dass deine Großmutter kürzlich verstorben ist.«

Der hatte Nerven. Wenn ich wirklich eine Großmutter hätte, die vor Kurzem gestorben wäre, dann wäre sie jetzt längst begraben, und ich hätte keinen Bedarf mehr an, was auch immer er verticken wollte. Wollte er etwa herausfinden, ob ich noch weitere kränkelnde, ältere Verwandte hatte?

»So, jetzt nehmen doch alle mal Platz, bitte«, sagte Phil und richtete seinen Blick dabei demonstrativ auf Sebastian.

Als dieser seinen Stuhl näher an den Tisch rückte, wirkte er entspannter als bei unserem ersten Treffen. Wahrscheinlich, weil er nun den Ablauf kannte. Oder hatte das nervöse Neulingsgehabe bloß zu seiner Masche gehört? Bei der Begrüßung tischte er wieder dieselbe Geschichte wie beim letzten Mal auf, nämlich dass in seiner Familie nie über den Tod gesprochen wurde. Auch ich blieb bei meiner Lüge über meine kürzlich verstorbene Großmutter. Immerhin hatte er es gerade in die Runde posaunt, also wäre es seltsam gewesen, wenn ich es nicht bestätigt hätte.

Phils Ansatz war ein bisschen improvisierter als der von anderen Leitern. Anstatt ein Thema vorzugeben, um das Gespräch in Gang zu setzen, stellte er es uns frei, worüber wir sprechen wollten.

»Also, dann legen wir mal los«, sagte er leicht lispelnd. »Wer hat etwas, worüber er gerne reden würde?«

Eine Rothaarige mit wild gemusterter Kleidung hob eifrig die Hand und schwenkte sie sogar, obwohl sie sich gegen niemanden durchsetzen musste. Ich hatte bereits vermutet, dass sie ein bisschen rechthaberisch war, das konnte man gut an der dominanten Körperhaltung einer Person erkennen, den Ellbogen auf dem Tisch und daran, wie jemand auf der Suche nach Blickkontakt in die Runde schaute.

Phil nickte ihr zu und warf einen kurzen Blick in das zerfledderte Notizbuch vor ihm. Ich konnte sehen, dass er sich während der Vorstellungsrunde eine Skizze des Tisches gemalt und die Namen der Anwesenden auf der jeweiligen Position notiert hatte.

»Tabitha, oder?« Die Rothaarige nickte eifrig, als könne sie es kaum erwarten, ein Geheimnis endlich loszuwerden. »Gut, Tabitha, was möchtest du uns mitteilen?«

Tabitha umklammerte den großen rosa Kristall, der um ihren Hals hing.

»Also«, sagte sie und blickte in die Runde zögernder Gesichter. »Habt ihr euch schon mal gefragt, ob es für uns alle einen bestimmten Zeitpunkt gibt, an dem wir sterben werden? So etwas wie ein vorherbestimmtes Schicksal? Manchmal hört man doch von Leuten, die dem Tod knapp entronnen sind, bei einem Flugzeugabsturz oder wenn ein Gebäude einstürzt, und dann sterben sie ein paar Monate später bei irgendeinem Unfall. Als hätte der Tod sie auf seiner Liste, und sie könnten ihm unmöglich entkommen.«

Obwohl ich es ihr gegenüber nie zugeben würde, hatte ich

über diese Frage selbst schon oft nachgedacht. In den letzten Jahren hatte ich genug merkwürdige Dinge miterlebt, die mich vermuten ließen, dass jeder ein vorbestimmtes Ablaufdatum hat. Da war vor ein paar Jahren zum Beispiel dieser Börsenmakler in den Fünfzigern, bei dem eine tödliche Krankheit diagnostiziert worden war und der nur noch drei Monate zu leben hatte. Zum Erstaunen seines Arztes erholte er sich komplett, aber dann, drei Monate später, fiel er zu Hause beim Wechseln einer Glühbirne von der Leiter und starb an der Kopfverletzung, die er sich dadurch zugezogen hatte.

»Ich glaube absolut, dass es so was gibt«, meldete sich eine untersetzte junge Frau mit geschwungenem Lidstrich und wallender schwarzer Kleidung zu Wort. »Und ich bin überzeugt davon, dass dieses Datum schon ab dem Tag unserer Geburt feststeht.« Sie beugte sich über ihre Käsemakkaroni und senkte theatralisch die Stimme. »Die Frage ist: Wenn ihr euer Todesdatum erfahren könntet, würdet ihr es wissen wollen?«

Es wurde ganz still im Raum. Draußen heulte eine Sirene auf, während wir diese Möglichkeit sacken ließen. Das war ein Gedanke, der mir gar nicht gekommen war.

Sebastian brach das Schweigen.

»Auf keinen Fall«, sagte er und schüttelte den Kopf. »Wenn ich wüsste, wann ich sterben muss, dann wäre ich ganz besessen davon, den Ausgang irgendwie zu beeinflussen. So ein Leben stelle ich mir ziemlich elend vor.«

Es ärgerte mich, dass ich ihm da zustimmen musste.

Tabitha musterte Sebastian gleichmütig über den Tisch hinweg. »Ich persönlich«, sagte sie und spielte mit ihrem Kristallanhänger, »glaube, dass ich es wissen wollen würde. Denn das würde mir erlauben, Prioritäten zu setzen. Wenn man genau weiß, wie viel Zeit einem noch bleibt, dann würde man sie doch eher sinnvoll nutzen, oder?«

Am Kopfende des Tisches nickte Phil nachdenklich. »Das

stimmt, Tabitha. Aber die Sache ist doch die: Wir wissen alle, dass wir sterben werden – das ist sicher. Sollten wir also nicht sowieso das Beste aus unserem Leben machen?«

»Ja«, sagte ich, überrascht, dass ich das Wort ergriff, und bereute es auch sofort wieder, als mich alle erwartungsvoll ansahen. »Der Grund, warum so viele Menschen mit großem Bedauern sterben, ist, weil sie leben, als wären sie unsterblich. Den Tod verdrängen sie, bis er kurz bevorsteht.«

Die Menschen vergessen gerne, dass der Tod oft willkürlich und grausam ist. Er schert sich nicht darum, ob man sein ganzes Leben lang freundlich war. Oder ob man sich gesund ernährt, viel Sport gemacht, immer einen Gurt angelegt und einen Helm aufgesetzt hat. Es ist ihm egal, dass ein Hinterbliebener sein restliches Leben lang in traurigen Erinnerungen schwelgt und von den Worten »hätte ich doch« gequält wird. Die Leute reden sich ein, dass sie noch viel Zeit hätten, bis sie irgendeiner leichtsinnigen Handlung zum Opfer fallen – einem Autofahrer am Handy, einem Nachbarn, der eine Kerze angelassen hat. Und dann ist es zu spät.

»Das erinnert mich irgendwie an diesen Film mit Brad Pitt«, warf Sebastian ein. »Der, in dem er der Tod in menschlicher Gestalt ist und Anthony Hopkins holen kommt, sich aber dann in dessen Tochter verliebt.«

Mein Unmut gegenüber Sebastian wuchs aufgrund der Tatsache, dass er mit einem weiteren meiner Lieblingsfilme vertraut war.

Der blonde bärtige Typ neben Tabitha verdrehte die Augen. »Bruder, ich kann nicht glauben, dass du dir den angesehen hast – der ist doch vier Stunden lang.«

»Ich habe drei Schwestern«, sagte Sebastian schulterzuckend. »Und er ist auch eigentlich gar nicht so schlecht. Er hat einen richtig guten Soundtrack – ich glaube, Thomas Newman war der Komponist.«

Der blonde Typ schüttelte noch missmutiger den Kopf und stocherte mit der Gabel in seinem restlichen Hähnchen herum.

Phil klopfte mit seinem Stift auf den Tisch. »Hat jemand noch ein Thema, das er gerne besprechen möchte?« Er vermied absichtlich den Blickkontakt mit Tabitha, die offensichtlich noch mehr zu sagen und keine Skrupel hatte, das Gespräch den ganzen Abend über an sich zu reißen. Die Diskussion verlagerte sich auf praktischere Fragen, wie zum Beispiel, ob man selbst entscheiden sollte, ob man eine Beerdigung möchte.

Der blonde Mann meinte, er wolle keine. »Die sollen lieber ein Bier auf mich trinken oder einen Joint rauchen«, verkündete er.

Wenig überraschend vertrat Tabitha da eine andere Meinung. »Beerdigungen sind ja nicht für die Toten«, betonte sie, »sondern für die Hinterbliebenen, damit sie besser damit abschließen können.«

Sebastian nickte nachdrücklich. »Ja, ich denke, es ist wichtig, dass die Menschen die Möglichkeit haben, sich zu verabschieden. Und abgesehen davon hat man da ja sowieso wenig Einfluss drauf, schließlich ist man tot.«

Hab ich's doch gewusst. Vermutlich war er so ein Typ, der die trauernden Angehörigen noch zu allerlei überflüssigem Kram überredete, der für die Bestattung eigentlich gar nicht nötig war, wie pompöse Blumenarrangements und rührselige PowerPoint-Präsentationen.

Ich konzentrierte mich darauf, meine Zunge im Zaum zu halten, bis Phil die Versammlung schließlich beendete und alle noch einmal einlud, sich am Büfett zu bedienen. Als ich mich gerade über die Reste hermachen wollte, bemerkte ich, wie Sebastian mit dem alten Man redete, der neben mir gesessen hatte. Er überreichte ihm seine Visitenkarte und klopfte ihm auf die Schulter – ich konnte kaum fassen, wie unverhohlen er sein nächstes Opfer ins Visier nahm. Aufgebracht pfefferte ich meinen Pappteller in den Müll und eilte ohne Essen aus dem Gebäude.

Wild entschlossen, mir diesmal nicht wieder vor dem Versammlungsort des Death Cafés auflauern zu lassen, eilte ich im Stechschritt zur U-Bahn. Leos Eis würde ich ihm das nächste Mal mitbringen müssen. Mit gezückter Metrokarte stapfte ich die Stufen hinunter, und mein Puls ging schneller, als ich, am Drehkreuz angekommen, bereits die Bahn einfahren sah. Hastig hielt ich die Karte an das Lesegerät und drückte gegen die Drehstange.

Piiiieeeep. Die grüne Anzeige auf dem Drehkreuz zeigte an, dass ich das Ticket erneut auflegen sollte.

Mein Oberschenkel schmerzte an der Stelle, wo ich gegen die Stange gelaufen war. Ich rieb den Magnetstreifen der Karte an meinem Mantelärmel und legte das Ticket erneut auf.

Piiiieeeep. Die Anzeige wies mich an, den Vorgang zu wiederholen.

Meine Hände zitterten in einer Mischung aus Frustration und Adrenalin, als ich die monotone Ansage aus dem Inneren der Linie eins hörte.

»BITTE. ZURÜCKBLEIBEN.«

Verzweifelt legte ich die Karte noch einmal auf, und das Display verkündete spöttisch sein abschließendes Urteil:

Karte bereits an diesem Terminal benutzt.

Verdammt.

Ich hätte einfach unter dem Drehkreuz durchschlüpfen und zu der sich langsam schließenden U-Bahn-Tür sprinten sollen, aber ich hatte zu lange gezögert und musste nun mürrisch zusehen, wie der Zug zischend aus dem Bahnhof fuhr. Die Abfahrtsanzeige machte meine Enttäuschung noch größer: neunzehn Minuten bis zum nächsten Zug. Außerdem besagte eine perfide Regel der New Yorker Verkehrsbetriebe, dass ich meine Karte nun erst nach achtzehn Minuten wieder durchziehen konnte, da sie als gerade benutzt registriert worden war. Ich wandte mich an den Fahrkartenschalter, um meinen Fall vorzutragen, aber der war nicht besetzt. Zu meinem Pech kam also auch noch die schlecht getimte Pause eines Mitarbeiters der Metropolitan Transportation Authority hinzu.

Während ich meine Optionen durchging, öffnete ein ungepflegter Mann seinen Hosenstall und erleichterte sich seitlich am Ticketautomaten, was den sowieso latenten Uringestank im U-Bahn-Schacht noch verstärkte. Ein dampfender gelber Strahl ergoss sich zwischen seinen Händen, während er mich dreist angrinste.

Auf keinen Fall würde ich hier unten warten.

Ich stapfte die Treppe wieder hinauf an die Oberfläche und überlegte, dass es sich wohl bald lohnen würde, mir einen Fitnesstracker zuzulegen. Das Neonlicht einer Drogerie wies mir einen Zufluchtsort. Ich musste mir sowieso ein paar Vitamine besorgen, um den aktuellen Mangel an Gemüse in meinem Leben auszugleichen. Ich stellte den Timer meines Handys auf fünfzehn Minuten – gerade genug Zeit, um noch rechtzeitig die U-Bahn zu erwischen, inklusive eines kleinen Puffers für eventuelle MetroCard-Pannen.

Eine nasale Country-Ballade drang aus dem Lautsprechersystem des Ladens, während ich mir die farbenfrohen Multivitaminverpackungen ansah.

»So schnell sieht man sich wieder!«

Ich fluchte innerlich.

Mit den Händen in den Manteltaschen stand Sebastian neben mir.

»Hi.« Ich bemühte mich nicht einmal um Freundlichkeit.

»Ich wollte mir was gegen meine Allergie besorgen«, erklärte Sebastian. »Es sind gerade so viele Pollen unterwegs, es ist Wahnsinn. Und das, obwohl noch Winter ist.«

Der leicht rosige Farbton um seine Nasenlöcher schien seinen Vorwand, mir hier aufzulauern, zu bestätigen, aber ich antwortete nicht.

Er versuchte es noch einmal. »Und du deckst dich mit Vitaminen ein?«

Beim Gedanken daran, eine Unterhaltung mit ihm ertragen zu müssen, platzte es aus mir heraus: »Warum verfolgst du mich?« Meine Empörung machte die Frage lauter, als ich beabsichtigt hatte. »Ich hab kein Interesse an was auch immer du mir andrehen willst!«

Sebastian zog perplex die Augenbrauen zusammen. »Andrehen? Was meinst du damit?«

»Bestattungsdienst, Immobilien, Lebensversicherung – was weiß ich. Was du halt so machst, um den Leuten ihr Geld aus der Tasche zu ziehen. Ich hab gesehen, wie du diesem Typen deine Visitenkarte zugesteckt hast.«

Ich knallte den Behälter mit Multivitaminen so heftig zurück ins Regal, dass die daneben umkippten. Wir versuchten beide, die herabstürzenden Behälter aufzufangen wie bei einer unbeholfenen Jongliernummer.

Sebastian schüttelte immer noch irritiert den Kopf, während er die Vitamine zurück ins Regal stellte. »Ich weiß überhaupt nicht, wovon du redest … Ich meine, ich arbeite zwar bei der Notenbank, aber dort berechne ich Wirtschaftsmodelle. Das hat nun wirklich nichts damit zu tun, den Leuten das Geld aus der Tasche zu ziehen.«

Während ich mich bückte, um die restlichen Behälter aufzuheben, wurde mir bewusst, dass ich meiner blühenden Fantasie tatsächlich erlaubt hatte, eine haarsträubende Geschichte über Sebastian zu erfinden.

»Tja, und warum tauchst du dann immer wieder bei diesen Death-Café-Treffen auf?«, fragte ich, zu stolz, um zuzugeben, dass ich mich verrannt hatte.

Als sei die Antwort offensichtlich, zuckte er mit den Schultern. »Wie schon gesagt, ich hatte vorher nie wirklich Gelegenheit, über den Tod zu reden – emotional verkorkste Familie und so. Ich habe von den Death Cafés gehört und gedacht, das könnte hilfreich sein.«

Ein beschämtes Brennen breitete sich auf meinen Wangen aus.

Sebastian blickte hinunter auf seine Schuhe und schabte mit einem Fuß am Boden. »Aber ich schätze, du hast recht – es steckt noch mehr dahinter.«

Das Brennen meiner Wangen wurde schwächer. Am Ende war meine Geschichte vielleicht doch nicht so haarsträubend.

»Da ist etwas, das wir gewissermaßen gemeinsam haben.«

»Oh?« Jetzt war ich perplex.

»Es geht um meine Großmutter. Wir haben vor ein paar Wochen erfahren, dass sie sterben wird, aber keiner aus meiner Familie möchte darüber reden, was meiner Meinung nach total bescheuert ist.«

Zum zweiten Mal an diesem Abend musste ich ihm widerstrebend recht geben – nicht über den Tod zu sprechen, machte es einem nur noch schwerer. Ich verspürte ein Quäntchen Mitgefühl.

»Tut mir leid, das zu hören. Das muss hart für dich sein.«

Meine Schuldgefühle, weil ich das Schlimmste von ihm angenommen hatte, ließen mich ihn plötzlich in einem anderen Licht sehen. Sogar seine streberhaft wirkende Kombination aus Brille und Schal erschien mir mit einem Mal ganz charmant.

»Das ist es.« Sebastian sah mich hoffnungsvoll an. »Aber ich weiß, dass du das nachvollziehen kannst, weil du ja gerade erst deine Großmutter verloren hast.«

Jetzt klumpten sich meine Schuldgefühle im Bauchraum zusammen. Es stellte sich heraus, dass ich von uns beiden die Schwindlerin war. »Na ja, ähm …«

»Wie dem auch sei«, sagte er, »es tut mir wirklich leid, wenn es so ausgesehen hat, als würde ich dich verfolgen. Ich dachte nur, es wäre vielleicht ganz gut, mit jemandem zu reden, der dasselbe durchgemacht hat, und ich fand es nett, dass wir uns heute zufällig wieder über den Weg gelaufen sind. Ich wohne an der Upper West Side, also ist dieses Death Café gar nicht weit weg.«

Unehrlichkeit war eine Sache, aber jemanden, der um einen geliebten Menschen trauerte, zu täuschen, fühlte sich fast schon grausam an.

Ich holte tief Luft. »Um ehrlich zu sein, Sebastian, meine Großmutter ist gar nicht gestorben. Also, sie ist schon gestorben – meine Großmütter sind beide tot –, aber das war noch vor meiner Geburt, ich kannte sie eigentlich gar nicht.«

»Oh.« Sebastian rieb sich das Kinn. »Und warum erzählst du das dann, wenn es gar nicht stimmt?«

»Weil ich nicht so gerne darüber rede, was ich beruflich mache.«

»Aber was hat das denn damit zu tun, dass du zu diesen Death-Café-Treffen gehst? Da redet doch sowieso niemand wirklich über seine Arbeit.«

»Ja, aber mein Geschäft ist quasi der Tod.«

»Was bist du denn, eine Auftragskillerin?« Sein nervöser Ton verriet, dass er nur halb scherzte.

»Nein, ich bin Sterbe-Doula.«

»*Sterbe-Doula?* Wow, das hab ich ja noch nie gehört. Klingt irgendwie ominös.«

Ich kämpfte gegen widerstreitende Gefühle an. Einerseits schämte ich mich, weil meine Fantasie mit mir durchgegangen war und ich beim Lügen ertappt worden war. Dann war da noch Mitgefühl für Sebastian und seine sterbende Großmutter. Und Nervosität, weil ein gut aussehender Mann in meinem Alter mich wahrnahm und mich aufmerksam betrachtete. Plötzlich hatte mein Hirn Schwierigkeiten, meinem Mund einen zusammenhängenden Satz zu diktieren.

Der klingelnde Timer meines Handys war meine Rettung.

»Ich muss los«, platzte ich abrupt heraus und stellte vorsichtig den letzten Behälter Vitamine zurück ins Regal, um eine weitere Lawine zu vermeiden. »Schönen Abend noch.«

»Warte, können wir vielleicht …«

Bevor er den Satz zu Ende gesprochen hatte, war ich bereits durch die automatische Schiebetür der Drogerie verschwunden.

13

Nachdem eine Woche lang eine gräuliche Wolkendecke über der Stadt gehangen hatte, spannte sich schließlich, als ich darauf wartete, die Seventh Avenue überqueren zu können, ein grenzenlos blauer Himmel über mir. Ich war dankbar für diesen Motivationsschub, denn die Sonntage fühlten sich ohne Grandpa noch immer ziemlich bedrückend an. In den ersten Monaten nach seinem Tod hatte ich mich nicht überwinden können, auch nur einen Fuß ins Diner zu setzen. Oder den Buchladen. Unsere wöchentliche Tradition ohne ihn fortzusetzen, hätte mich nur schmerzhaft daran erinnert, dass ich mich am anderen Ende der Welt herumgetrieben hatte, als er mich am meisten gebraucht hätte. Dass ich, auch wenn ich seinen Tod nicht hätte verhindern können, davor wenigstens noch mehr Zeit mit ihm hätte verbringen können.

Ich habe noch nie die Auffassung der westlichen Welt von Trauer als etwas Messbaren, Endlichen verstanden, als ein zu behebendes Problem. Acht Monate nach Grandpas Tod riet mein Arzt mir zu einer Psychotherapie, weil ich noch immer Schwierigkeiten hatte zu akzeptieren, dass er fort war. Nach nur einer Sitzung diagnostizierte der Therapeut prompt eine »anhaltende komplexe Trauerstörung«, auch bekannt als »chronische Trauer«, und legte mir nahe, Antidepressiva einzunehmen. Anscheinend sollte der Trauerprozess, nach Meinung der meisten medizinischen Experten, nicht länger als sechs Monate dauern. Und wenn man anschließend noch nicht darüber hinweg war, musste man daran arbeiten.

Geht's noch?

Es fühlte sich herzlos an, sein Leben ganz normal weiterzuführen, nachdem man einen Menschen verloren hatte, dessen Existenz so unauflösbar verflochten mit der eigenen war. Ich würde Grandpa immer vermissen. Das war einer der Gründe, warum ich dann Sterbe-Doula wurde – meine Trauer fand eher Heimat in der Gesellschaft von Menschen, die auch trauerten, seien es nun Angehörige oder die Sterbenden selbst, die über ein Leben trauerten, von dem sie wussten, dass sie es besser hätten leben können.

Doch sosehr es auch schmerzte, letztendlich merkte ich, dass es einer der wenigen Wege war, mich Grandpa nah zu fühlen, wenn ich unsere Diner- und Buchladen-Tradition fortführte. Nun aß ich also jeden Sonntag, wenn ich nicht arbeitete, alleine in unserer Stammnische zu Mittag und spazierte dann zum Buchladen, und seine Abwesenheit war dabei so deutlich spürbar wie früher immer seine Anwesenheit. Nach über zehn Jahren war der Schmerz mittlerweile zwar etwas verblasst, aber die Trauer war nicht weniger geworden. Sie hatte bloß eine andere Form angenommen.

Ich zog meinen Mantel enger um mich und lief die paar Straßen vom Diner zur Buchhandlung zu Fuß, während der fettige French Toast in meinem Magen mir ein falsches Sättigungsgefühl vorgaukelte. In den zwei Jahrzehnten, seit der Kommerz Einzug in dieses Viertel gehalten hatte, war es vieler seiner Perlen beraubt worden, aber Bessies Buchladen war noch immer da. Bessie selbst, die nun Ende siebzig war, war rüstig wie eh und je – zwar um die Mitte merklich runder, aber ihr Lächeln so einladend wie früher. Und sie versuchte weiterhin, mich mit Süßigkeiten zu locken.

»Clover, Süße!« Bessie schob sich seitwärts zwischen zwei Regalen hindurch, damit ihr üppiger Körperumfang hindurchpasste. »Die Biografie über Georgia O'Keeffe, auf die du wartest, hab ich hinter der Ladentheke für dich. Was fasziniert dich nur so an diesen einsamen Pionierinnen?«

»Danke, Bessie.« Der Vorstellung eines Einsiedlerlebens inmitten der Berge und der Wüste von New Mexico konnte ich durchaus etwas Verlockendes abgewinnen. »Ich schaue mich vielleicht erst noch schnell ein wenig um, damit ich weiß, was es Neues gibt.«

»Nur zu!«

Ich brauchte nicht noch mehr Bücher, aber ich mochte den Dopaminrausch, wenn ich einen neuen Titel entdeckte, den ich auf meine Leseliste setzen konnte. Um die Wissenschaftsabteilung machte ich einen großen Bogen und versuchte mir nicht vorzustellen, wie Grandpas große Gestalt die Regalinhalte studierte.

Zwei junge Männer, beide von kräftiger Statur, stöberten in der Belletristikabteilung zwischen den Buchstaben E und K. Der Kleinere lehnte den Kopf an die Schulter des Größeren, und sie hatten ihre kleinen Finger beiläufig ineinander verschlungen. Ich machte leise einen Schritt zurück, um nicht in ihre Blase der Zweisamkeit einzudringen. Beide zogen, um die Verbindung ihrer kleinen Finger nicht lösen zu müssen, mit der jeweils freien Hand ein Buch heraus und überflogen die Klappentexte, bevor sie sie wieder ins Regal zurückstellten. Ab und zu reichte einer dem anderen ein Buch weiter, lächelte und flüsterte: »Ich glaube, das würde dir gefallen.«

Ich beneidete sie um ihre Intimität. Es war von unschätzbarem Wert, jemanden zu haben, der den eigenen Buchgeschmack kannte. Und eine Schulter, an die man beim Schmökern den Kopf anlehnen konnte.

Eine Leere klaffte in meinem Herzen. Mir war nicht mehr danach, die Regale nach Neuerscheinungen für meine Leseliste zu durchstöbern.

Als ich etwas später um die Ecke des Buchladens bog, den Georgia-O'Keeffe-Wälzer unterm Arm, dachte ich an den Eintrag, den ich an diesem Morgen aus meinem RATSCHLÄGE-

Notizbuch ausgesucht hatte. Er kam von Olive, einer Kartografin mit einem ausgelassenen Lachen und einem aggressiven Melanom. Nachdem sie mir eingetrichtert hatte, immer Sonnencreme zu benutzen (was ich seitdem auch tue), hatte sie noch einen überraschenderen Ratschlag für mich.

»Immer wenn ich in eine neue Stadt gezogen bin oder eine neue Beziehung hatte, habe ich das Parfüm gewechselt«, hatte sie mir erzählt. »Auf diese Weise konnte ich immer, wenn ich den jeweiligen Duft roch, zurückblicken und meine besten Erinnerungen aus der Zeit wachrufen. Also, immer wenn du eine Veränderung spürst oder ein neues Kapitel in deinem Leben aufschlägst, dann such dir ein neues, dazu passendes Parfüm aus.«

Ich hatte noch nie Parfüm benutzt. Und ich zog auch definitiv nicht in eine neue Stadt um oder begann eine neue Beziehung. Aber ich verstand, wie Gerüche sich mit Erinnerungen verknüpfen konnten – die ausgeprägte Würze von Grandpas Aftershave konnte mich in Sekundenschnelle zurückversetzen. Und die Idee, mir ein Parfüm auszusuchen, kam mir wie eine Möglichkeit vor, etwas Abwechslung in mein relativ eintöniges Leben zu bringen. Zumindest könnte ich ja mal ein paar Düfte ausprobieren, um einen zu finden, der zu mir passte.

Auf dem Weg zum nächstgelegenen Kaufhaus spürte ich mein Handy in der Manteltasche vibrieren. Ich kannte die angezeigte Nummer nicht, aber das war nicht ungewöhnlich, wenn ich wegen eines neuen Auftrags angerufen wurde.

Ich stellte mich unter die Markise eines Ladens und wappnete mich innerlich. Mit dem Tod konnte ich umgehen, aber Telefonate verabscheute ich. Warum konnte nicht jeder einfach eine E-Mail schreiben?

»Hallo, Clover hier.«

Am anderen Ende herrschte kurz Schweigen, dann ein Räuspern.

»Ah, hi, Clover.«

Ich erkannte die Stimme sofort.

»Ich bin's Sebastian. Von den Death-Café-Treffen.« Nervöses Lachen. »Und der Vitamin-Abteilung in der Drogerie.«

Ich hätte einfach auflegen können, aber die Neugier hielt mich davon ab. Warum rief er mich an, nachdem ich einen so peinlichen Abgang hingelegt hatte? Und woher hatte er überhaupt meine Nummer?

»Hallo, Sebastian.«

»Äh, tut mir leid, dass ich dich am Sonntag störe ... Ich schätze, du wunderst dich, wie ich dich gefunden habe.«

»Könnte man so sagen.«

»Ich schwöre, ich verfolge dich nicht. Ich meine, irgendwie schon, aber nicht so, wie du denkst.« Peinliches Schweigen. »Nachdem du neulich so schnell verschwunden bist, habe ich zu Hause gegoogelt, was eine Sterbe-Doula genau ist. Und, weißt du, je mehr ich darüber gelesen habe, desto großartiger fand ich es.«

»Verstehe.« Seine Schmeicheleien weichten meine Abwehrhaltung etwas auf, auch wenn sie nicht direkt mir galten.

»Eine Sterbe-Doula ist genau das, was meine Großmutter braucht. Ich glaube, es würde ihr wirklich helfen.« Sebastians Sätze gewannen an Tempo, als versuchte er, noch schnell alles herauszubekommen, bevor er unterbrochen würde. »Sie möchte zu Hause bleiben, also kommt ein Pflegedienst, um ihr rund um die Uhr zu helfen, aber niemand wie du – jemand, der ihr durch die ... Erfahrung hilft. Das ist es doch, was du machst, oder?«

»Ja, so in der Art«, antwortete ich auf der Hut. »Aber wie hast du eigentlich meine Nummer rausgefunden?«

Wieder nervöses Lachen. »Das war nicht so schwer. Ich meine, wie viele Sterbe-Doulas mit Namen Clover gibt es schon in New York? Und Internetrecherche hab ich drauf.«

Eine Schar lärmender Jugendlicher eilte auf dem Gehweg an mir vorbei.

»Aber in New York gibt es viele Sterbe-Doulas, die deiner Großmutter helfen können«, sagte ich und versuchte, meine Stimme gedämpft zu halten. »Ich könnte dir eine empfehlen.«

»Ja, das mag sein, aber ich denke, sie würde dich sehr mögen.« Sebastians Beharrlichkeit war wirklich lästig.

»Du kennst mich doch gar nicht. Das Einzige, was ich dir von mir erzählt habe, war eine Lüge.« Mein Nacken schmerzte, weil ich die Schultern so hochzog.

»Also, nimmst du noch neue Klienten auf?«

Es fiel mir schwer, einen möglichen Auftrag abzulehnen. Lange Phasen zwischen zwei Klienten waren nicht gut für meine finanzielle Lage, obwohl ich sehr sparsam lebte. Sterbe-Doula wird man nicht wegen des Geldes – normalerweise orientierte sich mein Honorar daran, was die Person zahlen konnte. Und manchmal, wie bei Abigail, machte ich es auch umsonst. Aber abgesehen vom Honorar, Sebastians Großmutter hatte es nicht verdient, einsam zu sterben.

»Ja … allerdings habe ich da bereits eine Anfrage bekommen. Aber das ist noch nicht ganz fix.« Ich war eigentlich nie eine Lügnerin gewesen, aber dieser Zug an mir schien immer dann durchzukommen, wenn ich mit ihm sprach.

»Ich würde dir auch mehr zahlen als deinen üblichen Satz. Nenn mir einfach den Preis.«

»Du weißt doch nicht mal, ob ich gut in meinem Job bin.«

»Eigentlich schon«, sagte Sebastian mit irritierender Selbstgefälligkeit. »Ich habe bei meiner Onlinesuche nach deinen Kontaktdetails auch eine Todesanzeige gefunden, in der du lobend erwähnt wirst.«

Wer hatte die wohl aufgegeben? Es kam nicht oft vor, dass ich irgendeine Form der öffentlichen Anerkennung erfuhr.

»Und wie der Zufall so will«, fuhr Sebastian fort, »habe ich einen Freund, der in dem Krankenhaus arbeitet, in dem diese Person, ähm, verstorben ist, und der hat sich dann für mich nach deinem vollen Namen und deinen Kontaktdaten umgehört.«

Es fühlte sich ein bisschen wie ein Eindringen in meine Privatsphäre an. Andererseits würde ich vermutlich keinen weiteren Gedanken daran verschwenden, wenn jemand anderes dasselbe getan hätte, um mich zu finden und mir einen Job anzubieten.

Von meinem Schweigen völlig unbeirrt, redete Sebastian einfach weiter. »Du wurdest mir wärmstens empfohlen, was mich nicht im Geringsten überrascht. Und es würde mir wirklich viel bedeuten, wenn du meiner Großmutter helfen könntest. Ich will einfach dazu beitragen, dass diese Sache für sie so erträglich wie möglich wird.«

Ein Teil von mir wollte unbedingt Nein sagen. Ich fühlte mich in Sebastians Gegenwart unwohl, vor allem seit er mich beim Lügen ertappt hatte. Aber es wäre auch unethisch von mir, jemandem Hilfe zu verweigern, obwohl ich Kapazitäten hatte. Auch wenn er nicht mehr hier war, wusste ich, dass Grandpa sonst enttäuscht von mir gewesen wäre.

Seufzend gab ich meinen Widerstand auf.

»Okay, lass mich drüber nachdenken. Schick mir deine E-Mail-Adresse, und wenn das mit dem anderen potenziellen Klienten nicht klappt, kann ich dir ja mal die ganzen Formulare schicken, und dann schauen wir weiter.« Zum Abschluss noch eine weitere Lüge.

»Super, ich würde mich freuen, wenn wir uns wiedersehen, Clover.«

Ich spürte ein leichtes Flattern in der Brust. Auch wenn Sebastian das im professionellen Kontext gemeint hatte, war es das erste Mal, dass ein Mann so etwas zu mir gesagt hatte.

14

Zu meinem neunten Geburtstag schenkte mir mein Großvater drei Dinge: ein marineblaues ledergebundenes Notizbuch, einen silbernen Füllfederhalter und ein Fernglas. Wir saßen im Diner vor dem leeren Frühstücksgeschirr, und er holte ein Päckchen unterm Tisch hervor und schob es mir hin. »Alles Gute zum Geburtstag, mein Liebling.«

Ich war schon ganz aufgeregt, denn ich hatte das verpackte Geschenk bereits unter seinem Arm erspäht, als wir die Wohnung verlassen hatten, und riss nun eifrig das gestreifte Papier auf. Die schiefen Knickfalten und der großzügige Einsatz von Klebeband waren ein liebenswerter Beweis, dass er es selbst verpackt hatte.

»Mit Intelligenz erreicht man nicht alles im Leben«, sagte Grandpa und schaute mir zufrieden zu. »Und das Gleiche gilt auch für Esprit und Charme. Aber es gibt zwei Dinge, die dir dienlicher sein werden als alles andere.«

Seine betonte Pause ließ mich das Auspacken meiner Schätze unterbrechen und zu ihm aufblicken. Großvater war ein Mann, der nicht viele Worte machte, also wusste ich, dass ich gut zuhören musste, wenn er sich die Zeit nahm, eine seiner Weisheiten mit mir zu teilen.

»Welche sind das?«

Er nippte nachdenklich an seinem Kaffee. »Immerwährende Neugier und eine scharfe Beobachtungsgabe.«

Ich befreite das Notizbuch aus den Papierfalten und fuhr mit den Fingern über den glatten Ledereinband. Eine Schnur aus dem gleichen Leder war zweimal darum geschlungen, und daran war der Füllfederhalter befestigt. Seit Jahren hatte ich beobachtet, dass Grandpa ein fast identisches Tagebuch besaß und sich regelmäßig die Zeit nahm, darin Notizen zu machen, das Leben so zu dokumentieren, wie er es sah.

Und jetzt hatte ich mein eigenes.

»Danke, Grandpa! So schöne Sachen.« Ich hob das Fernglas an meine Augen und betrachtete die Umgebung vor dem Diner.

»Das freut mich, mein Schatz«, sagte Grandpa. »Aber denkt daran, das Fernglas bekommst du nur unter einem Vorbehalt.«

»Was ist ein Vorbehalt?«

»Das ist eine Bedingung oder Regel.«

»Was für eine Regel?«

»Du darfst damit nie die Privatsphäre von jemand anderem verletzen.« Sein Ton war streng. »Ich weiß, dass man sich in dieser Stadt oft auf sehr engem Raum begegnet. Und diese räumliche Nähe kann einen leicht dazu verleiten, auf unangemessene Weise in das Leben anderer einzudringen – oder in ihre Fenster zu spähen. Also, nicht den Nachbarn hinterherspionieren, verstanden?«

»Verstanden.« Ich passte mich seinem feierlichen Tonfall an, obwohl ich insgeheim bedauerte, mein Wort dazu gegeben zu haben. Denn es gehörte zu meinen Lieblingsbeschäftigungen, jeden Abend in die erleuchteten Fenster der braunen Backsteingebäude gegenüber zu blicken, jedes mit seinen eigenen Figuren und Geschichten. Und mit dem Fernglas wäre es noch leichter gewesen, diese Erzählungen zu verfolgen.

»Schön«, sagte Grandpa. Dann griff er in die Jackentasche, holte sein eigenes Notizbuch heraus und schwenkte es einladend. »Ich habe mir gedacht, wir könnten heute einen kleinen Ausflug machen. Was sagst du dazu?«

Ich setzte mich begeistert aufrecht hin. »Ich sage Ja!«

Jedes Jahr ließ sich Grandpa für meinen Geburtstag etwas Denkwürdiges einfallen. Im Jahr zuvor war es ein Ausflug zum New York Aquarium nach Coney Island mit Hotdogs und Funnel Cakes gewesen. Und am Geburtstag davor hatten wir die stillgelegte U-Bahn-Station unter der City Hall erkundet.

»Noch eine Sache, bevor wir gehen«, sagte Grandpa, steckte sein Notizbuch zurück in die Tasche und zeigte mit dem Kinn zur Küche des Diners.

Hilda, meine Lieblingskellnerin aufgrund ihrer aufwendigen Frisuren und fesselnden Persönlichkeit, kam auf unseren Tisch zu und trug etwas in der linken Hand, das sie mit der eingeschweißten Speisekarte in ihrer rechten vor unseren Blicken abschirmte. Dann zog sie die Speisekarte schwungvoll zur Seite und enthüllte einen Red-Velvet-Cupcake mit einer flackernden Kerze darauf. Hilda, die hin und wieder in Shows abseits vom Broadway auftrat, setzte zu einer theatralischen Interpretation von »Happy Birthday« an.

Grandpas weicher, tiefer Bariton, den er für besondere Anlässe reservierte, markierte den Schlusssatz.

Nach dem feierlichen Frühstück saßen Großvater und ich Seite an Seite in der Bahn, die träge in Richtung Upper West Side tuckerte. Wir hatten unsere Ferngläser um den Hals und unsere Notizbücher auf dem Schoß.

In den drei Jahren, die wir nun schon zusammenlebten, hatte ich eine intensive Neugier auf den Inhalt von Grandpas Tagebüchern entwickelt. Manchmal entdeckte ich eines unbeaufsichtigt auf dem Beistelltisch neben seinem Sessel und musste jedes Mal gegen die Versuchung ankämpfen, darin zu lesen. Was konnte im Leben nur so wichtig sein, dass es einer so ausführlichen Dokumentation bedurfte? Als Biologieprofessor an der Columbia University hatte Grandpa eine Leidenschaft für das Kategorisieren von Dingen. Da sein Arbeitszimmer, als ich bei ihm eingezogen war, meinem Kinderzimmer hatte weichen müssen, war jeder freie Zentimeter der Wohnung nun voll mit seinem pädagogischen Anschauungsmaterial. In den Regalen im Wohnzimmer standen unzählige Einmachgläser voller biologischer Proben. Und von dem Tag an, an dem ich den Umgang mit der Etikettiermaschine beherrschte, verpflichtete mich Großvater, ihm bei der Klassifizierung des Inhalts jedes neuen Glases, das er der Sammlung hinzufügte, zu helfen. Er diktierte mir langsam die Schreibweise komplizierter wissenschaftlicher Bezeichnungen, während ich fleißig den Drehknopf hin und her bewegte, um jeden Buchstaben für die Ewigkeit einzuprägen. (An den Ornithorhynchus erinnere ich mich bis heute – auch wenn der winzige Schnabeltierfötus, der in der Flüssigkeit konserviert war, zugegebenermaßen nicht sehr hübsch aussah.)

Wir stiegen an der Haltestelle 81st Street aus und folgten dem Weg durch den Central Park bis in das waldige Gebiet unterhalb von Belvedere Castle. Ich hatte Geschichten von Prinzessinnen, die herumsaßen und auf Prinzen warteten, noch nie besonders reizvoll gefunden, aber mir gefiel die Vorstellung, in einem Schloss zu wohnen mit unzähligen Zimmern und Verliesen, die man erkunden konnte. Gelegentlich stellte ich mir sogar einen Prinzen vor, der mich auf diesen Entdeckungstouren begleitete, aber ich war immer die Anführerin.

Wir flanierten unter dem dichten Blätterdach der Bäume, bis Grandpa bei einem Laternenpfahl stehen blieb.

»Was fällt dir an diesem Laternenpfahl auf?«

Ich untersuchte ihn sorgfältig, ließ den Blick auf und ab wandern, um jedes Detail zu erfassen, bevor ich schließlich meine Antwort gab. Die einzige Sache, die ihn von gewöhnlichen Laternenpfählen unterschied, war eine kleine Zahlentafel am Pfosten.

»Die Zahlen da?«, fragte ich zögerlich und suchte in Grandpas sachkundig unbewegter Miene nach einem Hinweis. Sein

Lächeln bestätigte meine Vermutung, wie eine verborgene Tür, die sich nach dem Nennen eines geheimen Passwortes öffnet.

»Genau.«

Er krempelte seine Hosenbeine hoch und ging auf ein Knie, sodass wir auf Augenhöhe waren. »Falls du dich jemals im Central Park verirren solltest, helfen dir diese Tafeln, den Weg zu finden.«

Ich runzelte die Stirn über die zufällige Zahlenfolge. »Aber wie?«

»Schau dir die letzten beiden Zahlen mal genau an«, sagte er und fuhr mit den Fingern über das geprägte Metall. »Wenn sie ungerade sind, bedeutet das, dass du dich näher an der Westseite des Parks befindest. Und wenn sie gerade sind, bist du eher im Osten.«

»Und was bedeuten die ersten beiden Zahlen?«

»Die stehen für die Querstraße, die uns am nächsten ist.« Er stützte sich mit dem Ellbogen auf dem Knie ab. »Also, wenn da steht ›7751‹, was ist dann die nächste Straße?«

Ich schlenkerte mit den Armen, während ich nachdachte. »West 77th?«

Grandpa zwinkerte mir zu. »Kluges Kind.«

Mit dem neuen Wissen, das sich in meinem Gehirn verankerte, verspürte ich die Befriedigung, ein weiteres der unendlichen Geheimnisse dieser Welt entschlüsselt zu haben. Ich hüpfte fröhlich hinter Grandpa her, der mich zu einer kleinen Lichtung am See führte, an dessen Ufer einige Bänke standen.

Er zeigte auf die letzte Bank in der Reihe. »Setzen wir uns dorthin.«

Meine Beine baumelten in der Luft, während ich mit der Hand über die Rundung der eisernen Armlehne fuhr.

»Hier ist eine der besten Stellen, um Vögel zu beobachten«, erklärte er und tippte wissend auf sein Fernglas. »Und wenn du dein Fernglas auf diese Baumgruppe dort hinten richtest, wirst du wahrscheinlich eine Familie von Rubinkehlkolibris entdecken.«

Ich drückte mir die Gummiumrandung des Okulars fest an die Augen.

»Ich sehe gar nichts«, jammerte ich schon nach wenigen Augenblicken, in denen ich die Baumwipfel abgesucht hatte.

»Tja, das liegt daran, dass dir das wichtigste Element bei der Beobachtung fehlt.«

Ich schaute ihn über das Fernglas hinweg an. »Und das wäre?«

Er wackelte mit den Augenbrauen. »Geduld.«

Seufzend richtete ich meine Linsen wieder auf die Bäume und wartete ab, wild entschlossen zu zeigen, wie geduldig ich sein konnte. Drei Minuten verstrichen, bis ich etwas Purpurfarbenes im Laubwerk aufblitzen sah.

»Ich sehe einen!«, flüsterte ich, um das Tier nicht aufzuscheuchen. »Ich sehe seine rote Kehle.«

Grandpa beugte sich zu mir und senkte die Stimme. »Das bedeutet, dass es ein Männchen ist. Die Weibchen haben weiße Kehlen. Was fällt dir noch daran auf?«

»Er hat einen langen, spitzen Schnabel. Länger als bei anderen Vögeln. Und er ist die ganze Zeit in Bewegung, er sitzt nicht auf einem Zweig.«

»Das liegt daran, dass Kolibris nur selten stillhalten. Sie schlagen bis zu achtzigmal pro Sekunde mit den Flügeln, wodurch ein summendes Geräusch entsteht wie bei einer Libelle.«

»Boa, das ist aber schnell.«

Als der Vogel wieder in den Bäumen verschwunden war, legte ich das Fernglas auf meine Knie und schaute Grandpa in der Hoffnung auf eine Fortsetzung dieser Lektion erwartungsvoll an.

»Damit wir die Natur begreifen, müssen wir ihre Muster beobachten. Von den Vögeln wissen wir, dass sie zu einer bestimmten Jahreszeit auftauchen und dass sie bestimmte Baumarten und bestimmtes Futter bevorzugen.« Er schlug eines seiner langen Beine über das andere, wodurch eine blau-grün gestreifte bis über den Knöchel hochgezogene Socke zum Vorschein kam. »Oder nimm zum Beispiel die Jahreszeiten. Woran erkennt man, dass Herbst ist?«

»Daran, dass die Blätter sich verfärben und herunterfallen.«

»Genau. Jedes Jahr passiert genau dasselbe. Und wenn die Blätter fallen, dann zeigt uns das, welche Jacke wir anziehen oder welches Gemüse wir anpflanzen sollten.«

»Oder dass bald Halloween ist.«

»Richtig. Der beste Weg, die Welt zu verstehen, ist also, dass man nach ihren Mustern sucht.« Er klopfte auf sein Notizbuch. »Und dafür ist das hier gedacht. Wenn du alles Interessante, was du siehst, aufschreibst, wirst du irgendwann feststellen, dass die Dinge mit einer gewissen Regelmäßigkeit auftreten. Und das hilft dir dabei zu verstehen, wie sie funktionieren. Wollen wir uns ein paar Notizen darüber machen, was wir bisher beobachtet haben?«

»Ja!« Ich hatte es schon den ganzen Vormittag kaum abwarten können, etwas in mein Notizbuch zu schreiben, also schraubte ich den Deckel meines Füllers ab und begann, ganz sorgfältig und in Schönschrift den Laternenpfahl zu beschreiben.

»Weißt du, nicht nur die Natur hat Muster.« Grandpa zeigte mit dem Kinn zur Lichtung, wo sich mehrere Menschengrüppchen aufhielten. »Man kann auch viel über Menschen lernen, nur indem man sie beobachtet.«

Ich hob mein Fernglas wieder an die Augen und betrachtete ein Mädchentrio auf einer Picknickdecke. Grandpa legte die Hand auf das Gehäuse und schob es sanft nach unten.

»Denk daran, was ich gesagt habe: keine Menschen ausspähen.«

»Der Vor-be-halt«, sagte ich stolz, dass ich mir das Wort eingeprägt hatte.

»Ja, genau, der Vorbehalt. Aber wir können aus der Ferne beobachten.« Er hatte den Arm auf der Banklehne ausgestreckt und zeigte unauffällig zu einer Familie, die auf einer der Bänke auf der anderen Seite der Lichtung saß. »Sag mir, was du dort drüben siehst.«

Ich runzelte die Stirn. »Einen Mann und seine Frau mit zwei Kindern.« Ich war ein wenig beleidigt, dass er mich etwas so Offensichtliches fragte.

»Aber, sag mir, was machen sie da deiner Meinung nach?«

»Er redet … aber es sieht nicht so aus, als würde sie ihm wirklich zuhören.«

»Woran erkennst du das?«

»Na ja, sie hat den Körper von ihm weggedreht und schaut woandershin.«

Grandpa nickte. »Und siehst du, wie seine Beine ihr zugewandt sind und er sich in ihre Distanzzone beugt, aber je mehr er sich zu ihr lehnt, desto weiter rückt sie von ihm ab?«

»Ja, ich seh's.«

»Das Interessante daran ist, dass sich vermutlich keiner von beiden darüber bewusst ist, was da passiert. Man kann viel lernen, wenn man die Körpersprache von Menschen beobachtet – oft verrät sie einem viel mehr als ihre Worte.«

»Ich denke, ihre Körpersprache will sagen, dass er nicht besonders interessant ist«, folgerte ich und hielt dann inne, um diese Tatsache zu notieren.

Grandpa schmunzelte. »Da könntest du recht haben.«

Ich betrachtete die zwei kleinen Mädchen zu Füßen des Paares. »Aber sie nimmt auch keine Notiz von ihren Kindern.« Diese Beobachtung schmerzte ein wenig – ich war mir ziemlich sicher, dass ich denselben Ausdruck der Gleichgültigkeit auf dem Gesicht meiner eigenen Mutter gesehen hatte. »Vielleicht ist sie unzufrieden. Es wirkt so, als wolle sie nicht hier sein.«

Grandpa öffnete den Mund, um zu antworten, hielt dann aber inne, als hätte er eine Angelschnur ausgeworfen und würde sie nun wieder einholen. »Ja, das könnte sein.« Er blickte blinzelnd über die Baumwipfel. »Leider gibt es viele Menschen auf dieser Welt, die unzufrieden mit ihrem Leben sind.«

»Das ist echt traurig, Grandpa.« Ich streckte meine Beine aus und tippte die Turnschuhe zusammen. »Kann man denn nichts tun, um ihnen zu helfen?«

»Manchmal schon, aber es ist nicht immer an uns, das zu tun.«

Ich blickte frustriert zu ihm auf. »Aber das ist nicht besonders fair ihren Kindern gegenüber.«

Er rieb sich eine Weile nachdenklich die Bartstoppeln.

»Ich erzähle dir jetzt ein Geheimnis über Erwachsene, Clover«, sagte er schließlich. »Auch wenn es so scheint, als wüssten sie, was sie tun, bemühen sie sich oft einfach nur, ihr Leben auf die Reihe zu bekommen. Und ganz besonders gilt das für Eltern – ich glaube, jede Mutter und jeder Vater wünscht sich wahrscheinlich, dass er oder sie irgendwann einmal etwas anders gemacht hätte, auf die eine oder andere Weise.«

Ich schaute wieder zu der Frau und ihren Kindern hinüber. »Du meinst, meine Eltern hätten sich vielleicht gewünscht, mehr Zeit mit mir verbracht zu haben? Oder dass sie mich mit auf ihre Reisen genommen hätten?«

»Das ist sehr gut möglich.« Ich bemerkte, dass er leicht das Gesicht verzog. »Weißt du, als deine Mutter ein kleines Mädchen war, bin ich auch viel beruflich unterwegs gewesen. Und das bedeutet, dass ich nicht so viel Zeit mit ihr verbracht habe, wie ich mir gewünscht hätte.«

»Aber du hast viele Abenteuer erlebt.« Ich liebte die Geschichten, die er mir erzählte, von seinen Biologie-Expeditionen in entlegene Urwälder auf einsamen Inseln. »Vielleicht waren die ja zu gefährlich für ein kleines Mädchen?«

Grandpa schien überrascht über meine Logik. »Ja, das stimmt. Und dasselbe gilt vielleicht auch für die Abenteuer deiner Eltern.«

Darüber dachte ich einen Moment lang nach. »Und wenn sie mich mit nach China genommen hätten, dann wäre ich jetzt vielleicht nicht hier bei dir.«

Er rieb sich wieder den Stoppelbart. »Ich schätze, das werden wir nie wirklich wissen«, meinte er. »Aber was ich weiß, ist, dass ich sehr froh bin, dass du hier bei mir bist.«

Ich blickte strahlend zu ihm auf und schlang meine Hand unter seinen Arm. »Ich auch.«

Wir saßen eine Weile da und beobachteten, wie die Kinder zu Füßen ihrer Eltern spielten, bis er mit seinem Stift auf mein Notizbuch pochte.

»Und daraus lernen wir, mein Schatz, dass man fast alles begreifen kann, wenn man intensiv genug darüber nachdenkt. Sogar menschliche Wesen. Einige Menschen haben eine natürliche Begabung dafür, andere zu lesen und sie zu verstehen, aber für den Rest von uns ist es hilfreich, nach ihren Mustern Ausschau zu halten.«

»Welche Muster meinst du?«

»Nun, wenn du im Laufe deines Lebens mehr Menschen triffst, wirst du erkennen, dass es viele verschiedene Persönlichkeiten auf der Welt gibt, und das bedeutet, dass du nicht jedem auf die gleiche Weise begegnen kannst. Zum Beispiel sitzen wir beide doch gerne da und lesen in Ruhe unsere Bücher, nicht wahr?«

»Klar!«

»Aber für manche Leute wäre das die reinste Qual, weil sie

am liebsten immer von ganz vielen Menschen umgeben sind und sich mit ihnen unterhalten wollen.«

Ich war skeptisch. »Wirklich?« Ein Leben ohne Bücher klang für mich unvorstellbar.

»Ja, wirklich«, sagte Grandpa. »Wenn du also in deinem Leben mit Menschen zu tun hast, dann nimm dir immer die Zeit, sie zu beobachten. Schau dir an, wie sie leben. Fallen sie gerne auf, oder bleiben sie lieber im Hintergrund? Gehen sie Probleme kreativ oder intellektuell an? Was wühlt sie auf, und was beruhigt sie?«

Mein Füller schwebte bereits über dem Blatt, aber Grandpa redete weiter. »Wenn du diese Muster lernst, wirst du den Menschen am meisten von Nutzen sein können. Du wirst sie zwar nie komplett verstehen, denn wir Menschen sind nun mal ein komplizierter Haufen, aber es wird dir Hinweise darauf geben, wie sie so ticken.«

»Menschen, Muster, Hinweise – verstanden«, sagte ich und notierte mir die Worte wie eine komplizierte mathematische Formel.

Ich hatte das Gefühl, dass diese spezielle Geburtstagslektion mir noch einmal nützlich sein würde. Noch kannte ich nicht viele Menschen, aber eines Tages vielleicht schon. Und ich konnte es kaum erwarten, herauszufinden, wie ich der Welt am meisten von Nutzen sein konnte.

15

Ich dachte schon, du hättest dich in Luft aufgelöst«, zog Leo mich auf und begutachtete die zwischen uns auf dem Esstisch verteilten Mah-Jongg-Spielsteine. Er drehte einen davon zwischen Daumen und Zeigefinger, während er seinen nächsten Zug abwog. »Ich hab dich bestimmt eine Woche nicht zu Gesicht bekommen. Hast du überhaupt mal deine Wohnung verlassen?«

»Natürlich!« Mein Ton war ungestümer als beabsichtigt, aber er stichelte mit Absicht. »Ich bin jeden Tag mit George Gassi gegangen – zweimal.«

»Das zählt nicht, wenn du dabei mit keinem menschlichen Wesen in Kontakt getreten bist.« Leo legte den Spielstein wieder zurück und warf stattdessen den daneben raus. »Ich verstehe nicht, wie du so viel Zeit zu Hause verbringen kannst, ohne irgendwen zu sehen.«

»Nicht jeder ist so gesellig wie du, Leo. Warum muss ich überhaupt mit jemandem reden? Ich bin nun man gerne nur für mich.«

Leo lehnte sich auf seinem Stuhl zurück und verschränkte die Arme vor der Brust wie ein abweisender Türsteher. »Weißt du, ich kann einfach nicht verstehen, warum du deine Welt so kleinhältst. Es gibt so viele interessante Menschen da draußen.«

Ich merkte, wie ich mich verspannte. Leo war im letzten Monat zunehmend philosophisch geworden, als hätte er erst jetzt realisiert, dass er langsam alt wurde und noch nicht alle großen Fragen des Lebens durchdrungen hatte. Leider bedeutete das, dass er auch über mein Leben zu philosophieren begann.

Schulterzuckend nahm ich einen Spielstein von der Mah-Jongg-Mauer. »Ich bin meistens einfach gerne nur für mich.«

Das war fast die Wahrheit. Der Vorteil daran, dass ich meine Eltern so früh verloren hatte, wenn es denn überhaupt einen gab, war eine sehr ausgeprägte Selbstgenügsamkeit. Und auch vor ihrem Unfall waren meine Eltern viel zu sehr mit ihrem eigenen Leben beschäftigt gewesen, als dass sie für mich Treffen mit anderen Kindern arrangiert hätten. Also wusste ich, als ich dann ins Schulalter kam, wenig über die Kunst oder den Sinn darin, Freundschaften zu schließen. Und als meine Klassenkameraden mich dann nach Mr Hylands Tod mieden, zog ich mich einfach noch weiter in meine Fantasiewelt zurück und wurde so eigenständig, dass ich praktisch niemanden mehr brauchte. Sicher, auf meinen Reisen während meiner Collegezeit hatte ich einige interessante Menschen kennengelernt und war sogar eine Weile per E-Mail mit ihnen in Kontakt geblieben – bis mein Großvater starb. Und dann lernte ich auf die harte Tour, dass die Leute, die einen nach dem Tod eines geliebten Menschen fragen, wie es einem geht, es eigentlich nicht wirklich wissen wollen. Im Wesentlichen wollen sie nur hören, dass man drüber hinweg ist, weil sie es nicht aushalten können, den Schmerz zu sehen. Und als ich nicht darüber hinwegkam, versiegten die E-Mails nach und nach.

Leo ließ das Thema nicht auf sich beruhen. »Aber du kannst so gut mit Menschen umgehen – schau dir doch die tolle Arbeit an, die du leistest.« Er kniff mich in die Wange, als wäre ich noch immer das kleine Mädchen, als das er mich kennengelernt hatte. »Du musst dich nur ein bisschen mehr öffnen.«

Ich wich seiner Hand aus. »Es ist leicht, gut mit Menschen umgehen zu können, wenn sie im Sterben liegen. Ich kann ihnen helfen und weiß, was sie brauchen: Trost, Gesellschaft und jemanden, der ihnen zuhört.« Zur Untermauerung zählte ich die Punkte an meinen Fingern ab.

Leo grunzte missbilligend. »Ich glaube, du unterschätzt, wie selten deine Fähigkeiten sind, Kind. Jeder geht anders mit seinem Tod um. Himmel, die meisten von uns wollen nicht einmal darüber reden, bevor er an die Tür klopft. Man muss schon ein sehr besonderer Mensch sein, wenn man bereit dazu ist, anderen dabei zu helfen, den Sterbeprozess auf ihre eigene, ganz individuelle Weise zu bewältigen.«

»Richtig. Aber ich bin gut darin, weil das mein Job ist.« Sein unermüdliches Drängen war ermüdend. »Im Umgang mit Sterbenden muss man sich nicht verstellen. Und es gibt keinen Druck, ein gutes Bild abzugeben, weil sie schon bald nicht mehr da sein werden, um sich an dich zu erinnern.« Das bedeutete auch, dass ich kein Risiko eingehen musste – ich kannte den Ausgang der Beziehung, bevor sie überhaupt begonnen hatte.

»Wenn du mich fragst, gehst du da zu sehr auf Nummer sicher«, sagte Leo. »Was für ein Leben führst du, wenn du nie jemandem dein wahres Ich zeigst?«

Ich musste mich bemühen, mich nicht sichtlich zu winden. Ich wusste, dass seine Frage berechtigt war.

»Du kennst mein wahres Ich.« Wieder fast die Wahrheit.

»Und ich bin außerdem mehr als doppelt so alt wie du – ich werde nicht ewig da sein.« Er schüttelte den Kopf. »Willst du dein Leben nicht irgendwann mal mit jemandem teilen?«

Ich zuckte mit einer Schulter und hoffte, dass es unbeeindruckt rüberkam. »Ich schätze, darüber habe ich noch nie wirklich nachgedacht.«

Natürlich hatte ich darüber nachgedacht, wie es wäre, jemanden zu haben, dessen Tag besser ist, weil ich da bin. Jemanden, der an mich denkt. Jemanden, der darauf vertraut, dass ich sorgsam mit seinem Herz umgehe – und darauf achtet, meines genauso zu behandeln.

»Ich will ja nicht großväterlich werden, aber vielleicht solltest du das tun. Es gibt nichts Schöneres, als verliebt zu sein – selbst wenn es nicht so lange hält, wie du es dir wünschst.« Leos Augen glänzten, als er hoch zu dem glamourösen Porträt seiner verstorbenen Frau Winnie schaute, die über unsere Mah-Jongg-Spiele wachte. In den Fünfziger- und Sechzigerjahren waren die beiden in der Jazzszene recht bekannt gewesen, aber ihre beneidenswerte Liebesgeschichte (von der ich nie müde wurde zu hören) endete vorzeitig, als Winnie mit fünfunddreißig bei einem Autounfall ums Leben kam. Und mehr als fünfzig Jahre später trug Leo noch immer seinen Ehering. Ich glaube, das war ein weiterer Grund, warum er und ich uns so gut verstanden – unsere Trauer existierte nebeneinander. Mir gefiel es sehr, dass er den Ring anbehielt, auch wenn manche Leute meinten, es wäre an der Zeit, ihn abzunehmen. Es frustrierte mich, dass die Gesellschaft der Trauer unbedingt einen Zeitwert beimessen wollte, als könnte die Liebe einfach so nach einer Weile verschwinden. Und dass sie einem vorschreiben wollte, dass die Trauer um jemanden, den man nur flüchtig kannte, ebenso flüchtig sein sollte. Doch eine Mutter, die eine Fehlgeburt erleidet, hatte zwar nie die Gelegenheit, dieses Kind im Arm zu halten, aber dafür genug Zeit, es zu lieben, von ihm zu träumen und zu hoffen. Und das bedeutet, dass ihre Trauer eine doppelte ist – sie trauert nicht nur um das Kind, sondern auch um das Leben, das ihr verwehrt bleibt.

Was gibt uns das Recht, jemandem zu sagen, sein Schmerz sei unangemessen?

Leo warf Winnie auf dem Foto eine Kusshand zu und wandte sich dann stirnrunzelnd wieder seinen Spielsteinen zu. »Weißt du, alle reden davon, dass sie ewig leben wollen, aber keiner denkt daran, wie es ist, wenn der Partner und alle Freunde gestorben sind und man als Einziger noch übrig bleibt. Es ist einsam.«

Ich spürte ein Stechen in der Brust. Ich brauchte nicht ewig zu leben, um zu wissen, wie sich Einsamkeit anfühlte.

Später am Abend stand ich am Herd, wärmte Milch für eine heiße Schokolade auf und grübelte über das Gespräch mit Leo nach. So gut ich mich in der Theorie, zumindest mit fiktiven Liebesgeschichten, auskannte, war mir im echten Leben noch nie eine begegnet. Oder, genauer gesagt, hatte ich sie noch nie selbst erlebt. In meiner Fantasie hingegen genügte ein Blick oder ein Schulterstreifen, damit der Funke einer Tagtraum-Verliebtheit übersprang. Davon hatte ich im Laufe der Jahre einige gehabt – Baristas, Bibliothekare, Busfahrer, Supermarktkassierer –, aber meistens wussten sie nicht einmal, dass ich existierte. Und ich war zu schüchtern, um mich bemerkbar zu machen; ich war nicht mal sicher, ob ich es überhaupt wert war. Also zog ich es stattdessen vor, mich meinen Fantasien hinzugeben, die Menschen um mich herum oder ihre Beziehungen auf dem Bildschirm zu beobachten. So war es sicherer.

Ich schloss die Augen und atmete den Dampf von Milch mit Zimt ein, die in der Kupferkasserolle leise vor sich hin köchelte. Der Griff war an zwei Stellen angelaufen, das Ergebnis von zwei Jahrzehnten Gebrauch durch meinen Großvater und mich. Die cremige braune Flüssigkeit bildete einen meditativen Wirbel, als ich sie aus dem Schnabel am Topfrand goss.

Als ich meine Hände um den Keramikbecher legte, nagte eine vertraute Sehnsucht an mir. Ein unvereinbares Tauziehen zwischen meinem Wunsch nach Zurückgezogenheit und meinem Bedürfnis nach emotionaler Verbundenheit – ich wollte keine Gesellschaft, aber ich wollte mich auch nicht einsam fühlen.

Ich rückte einen Stuhl an die Ecke des Fensters, stellte meine Tasse auf dem Sims ab und wickelte mich in die Alpakadecke ein. Ich löschte alle Lampen im Wohnzimmer, sodass nur noch das Licht der Straßenlaterne hereinfiel, und zog ganz langsam die Jalousien hoch. Die Bewegung durfte von außen kaum wahrnehmbar sein. George kam angewackelt, um seine Rolle in dieser ihm wohlbekannten Routine zu übernehmen. Ich zog ihn auf meinen Schoß und hob das Fernglas an die Augen.

Im gegenüberliegenden Wohnzimmer brannte helles Licht, ein Leuchtturm für mein Schiff. Dort saßen sie, wie immer um diese Zeit, über Eck an ihrem Esstisch.

Julia und Reuben.

Das waren natürlich nicht ihre richtigen Namen. Zumindest vermutete ich das, denn ich hatte sie nie persönlich getroffen. Aber ich kannte sie sehr gut. Ich wusste, dass Reuben meistens das Kochen übernahm, während Julia den Wein auswählte – in der Regel einen roten – und zwei Gläser trank, er eines. Dass sie während des Essens immer kurz innehielten und sich küssten, als wäre es ein Zwischengang. Und wenn sie gemeinsam auf dem Sofa saßen und fernsahen – Reuben immer zu Julias Linken –, malte er gedankenverloren kleine Kreise auf ihren Rücken, während sie ihm zärtlich mit den Fingern durchs Haar strich.

An diesem Abend beobachtete ich, wie Reuben Julia beim Abwasch von hinten umarmte und ihr eine verirrte Locke aus dem Sichtfeld strich, damit sie es nicht mit ihren nassen Spülhandschuhen tun musste. Und später dann, wie sie abwechselnd ihre Löffel in den Eiscremebecher tauchten, während der Vorspann eines Films über ihre Gesichter flimmerte. Ich blühte in ihrer intimen Verbundenheit auf – einer Liebe, die eher angedeutet als erklärt wurde –, als ob es meine wäre.

Und allmählich ließ die Sehnsucht in meiner Brust nach.

16

Ich verstehe es. Es ist ein bisschen seltsam, dass ich sechsunddreißig bin und keine Freunde habe, außer meinem siebenundachtzigjährigen Nachbarn. Für jeden, der immer Freunde hatte, ist es vermutlich schwer vorstellbar, wie man ohne sie durchs Leben gehen kann. Aber eigentlich ist es leichter, als man denkt. Die Wahrheit ist, dass sich das einsame Leben bei mir eingeschlichen hat. So, wie aus ein paar harmlosen Wassertropfen irgendwann eine problematische Pfütze werden kann.

Gewohnheiten geben den Menschen Geborgenheit – deshalb kann man sie anhand ihrer Muster verstehen, so, wie Grandpa es mir beigebracht hatte. Das Problem ist bloß, dass man, wenn man erst einmal denkt, man hätte jemanden oder etwas durchschaut, diese Mutmaßung nicht mehr gerne infrage stellt. Ich etwa hatte nicht alle meine Mittagspausen mit einem Buch unter einem Baum verbracht, weil ich meine Klassenkameraden nicht mochte. Ich tat es, weil sich das Lesen für mich wie das größte Abenteuer angefühlt hatte – es war eine Möglichkeit, neue Welten zu erkunden und das Leben mit den Augen anderer Menschen zu sehen. In meiner Vorstellung war ich eine unerschrockene Entdeckerin, während meine Mitschüler mich wahrscheinlich für eine sonderbare Einzelgängerin hielten. Und weil sie keinen Kontakt zu mir suchten, blieb ich lieber für mich allein.

Fairerweise muss man sagen, dass meine Faszination für den Tod der Sache nicht zuträglich war – vor allem während der Highschool. Wahrscheinlich war es nicht klug, mich bei allen drei Sozialkundeprojekten der neunten Klasse auf das Thema Tod zu konzentrieren. Oder im Englischunterricht ein

Gedicht aus der Perspektive eines Bestatters zu schreiben. Aber da der Tod, seit ich fünf Jahre alt war, mein Leben geprägt hatte, wollte ich ihn genau in Augenschein nehmen, ihn entschlüsseln. Ich wollte einen Sinn in dieser Sache finden, die sich so sinnlos anfühlte.

Nur in der Highschool hatte ich einmal versucht, eine Freundschaft zu schließen. Priya war Anfang der Zehnten in meine Klasse gekommen, nachdem ihre Familie aus Singapur nach Manhattan gezogen war.

An dem Nachmittag, an dem der Vertrauenslehrer sie in unseren Sozialkundeunterricht brachte, hatte ich aus dem Fenster gestarrt und beobachtet, wie sich die Gewitterwolken über den Hudson River wälzten. Im Klassenzimmer roch es damals immer nach der holzigen Würze von Bleistiftspänen, gepaart mit den Ausdünstungen von Jungs im Teenageralter, die irgendwie an nassen Hund erinnerten.

Mein Herz machte einen Sprung, als die Lehrerin Priya an den Tisch neben mich setzte. Den Tisch, der immer leer war.

»Hey.« Sie lächelte schüchtern, als sie sich auf den Stuhl schob.

»Hi«, erwiderte ich genauso schüchtern und versuchte, mir den Schock darüber, dass sie mich angesprochen hatte, nicht anmerken zu lassen. »Wahrscheinlich regnet es bald.«

Priya blickte verlegen aus dem Fenster. »Oh, ja … sieht ganz danach aus.« Dann wandte sie sich ihren schicken Gelstiften und Heften zu und arrangierte sie auf ihrem Platz.

Während ich sie dabei beobachtete, überkam mich ein tiefes Gefühl der Dankbarkeit. Ein Neuzugang in der Klasse bedeutete auch eine gerade Anzahl von Schülern, und das hieß, dass ich von nun an, wenn wir pärchenweise zusammenarbeiten mussten, nicht mehr in die Verlegenheit käme, immer diejenige zu sein, die übrig blieb. Oder den mitleidigen Blick unserer Lehrerin Ms Lynd zu ertragen, wenn sie an die Zweiergruppe neben mir appellierte, mich doch mitmachen zu lassen und, wenn auch widerstrebend, ein Trio zu bilden.

Aber Priya war auch ein unbeschriebenes Blatt. Sie kannte das soziale Gefüge unserer zehnten Klasse noch nicht. Und wusste auch nicht, dass ich den Spitznamen »Grufti-Clover« weghatte, den mir zwar nie jemand ins Gesicht sagte, den ich aber trotzdem in Form von Gekicher und Geflüster auf dem Flur mitbekam. Also dachte ich, als wir uns für eine Partneraufgabe zusammensetzten, dass es nun endlich so weit wäre: Ich würde meine erste Freundschaft schließen. Priya war beeindruckt von all den Fakten, die ich über Singapur wusste (Grandpa hatte mir oft von seinem einjährigen Aufenthalt dort lange vor meiner Geburt erzählt), und war begeistert, dass ich Mah-Jongg spielen konnte. Und als sie mir dann noch erzählte, dass sie gerne Virginia Woolf und Joan Didion las, wusste ich, dass wir perfekt zusammenpassten. Als ich an diesem Nachmittag am Fluss entlang nach Hause lief, malte ich mir bereits aus, wie mein Leben mit einer Freundin in meinem Alter wohl aussehen würde.

Mir waren Priyas Ohrringe, ihre lackierten Nägel und der farbige Lipgloss aufgefallen, und ich hatte beobachtet, wie sie kicherte und ihren Pferdeschwanz zwirbelte, wenn die Jungs in unserer Klasse Witze machten. Und ich brauchte definitiv jemanden, mit dem ich über solche Dinge reden konnte. Jetzt, wo ich ein Teenager war, kam mir der Verdacht, dass mir vielleicht einige grundlegende Kenntnisse fehlten, weil es keine Mutter gab, die mir etwas davon hätte beibringen können. Bisher hatte ich die Hürden der Pubertät mithilfe von Büchern aus der Schulbibliothek gemeistert (Grandpa hatte mir zwar eine wissenschaftliche Erklärung angeboten, was mit meinem Körper geschah, und mir Geld gegeben, damit ich die nötigen Menstruationsprodukte kaufen konnte, war mir darüber hinaus aber keine Hilfe). Und als meine Klassenkameradinnen angefangen hatten, sich zu schminken, versuchte ich, es ihnen mit ein paar Produkten, die ich wahllos in der Drogerie zusammengesammelt hatte, nachzumachen. Aber da es niemanden gab, der mich unterstützte, schwor ich nach mehreren unbeholfenen und weitestgehend erfolglosen Versuchen dem Make-up ab. Mit Priya als meiner Freundin würde sich das nun vielleicht ändern.

Aber ich wollte sie auch nicht zu sehr bedrängen – oder zu verzweifelt wirken. Also gab ich mich zunächst cool. Ich lächelte sie an, wenn ich ihr auf dem Schulflur begegnete, wechselte vor Unterrichtsbeginn ein paar Worte mit ihr und empfahl ihr Bücher, von denen ich dachte, dass sie ihr gefallen könnten. Ich wollte zwei Wochen abwarten und sie dann vielleicht fragen, ob sie nach der Schule mal mit mir in Bessies Buchladen gehen wollte. Und dann könnte ich auch beiläufig vorschlagen, dass wir mal zusammen einen Kaffee trinken oder ins Kino gehen, und von da an wären wir Freundinnen. Vielleicht würde sie mich sogar zum Abendessen zu sich nach Hause einladen. Ihre Mutter war sicher genauso kultiviert wie sie. Wahrscheinlich müsste ich mir sogar ein Klapphandy zulegen wie die anderen aus meiner Klasse, jetzt, da ich endlich jemanden außer meinem Grandpa hatte, der mich erreichen wollte. Er war noch immer mein bester Freund, und ich fand es toll, dass er immer Zeit für mich hatte, aber ich war bereit, neue Wege einzuschlagen und endlich eine richtige Freundin zu haben.

Ich konnte mich nicht erinnern, mich jemals so beflügelt gefühlt zu haben.

Zwei Wochen später wartete ich nach dem Schlussgong bei Priyas Schließfach. Vorher hatte ich einen Zwischenstopp in der Schultoilette eingelegt, um noch einmal zu überprüfen, ob die Clipohrringe, die ich von einem Schmuckstand in der Canal Street hatte, noch ordentlich saßen.

Als sie mich sah, wirkte sie überrascht.

»Oh, hey, Clover, wie geht's?« Der Glitzerpulli, den sie anhatte, sah teuer aus.

»Hey, Priya.« Ich versuchte, mich lässig an das Schließfach neben ihrem zu lehnen, verlor dabei aber beinahe das Gleichgewicht. »Ich wollte nach der Schule in meinen Lieblingsbuchladen im West Village gehen und hab mich gefragt, ob du vielleicht mitkommen willst?«

Sie konzentrierte sich ganz darauf, ihre Bücher, eins nach dem anderen, in ihr Fach zu legen. »Danke, aber heute kann ich nicht.«

»Okay«, sagte ich. »Wir könnten auch morgen hingehen – oder irgendwann nächste Woche?«

Priya schloss langsam ihren Spind und ließ den Türschnapper vorsichtig einrasten. Dann drehte sie sich zu mir und sah mich an. »Es tut mir wirklich leid, Clover, aber ich glaube nicht, dass ich überhaupt was mit dir machen kann.« Sie blickte hinunter auf ihre makellosen hohen Sneaker. »Es ist echt unfair, was die anderen über dich sagen, aber ich muss auch versuchen, mich anzupassen. Ich denke, es ist besser, wenn wir uns nur im Klassenzimmer treffen.«

»Oh, okay«, sagte ich leise, während die Scham über die Ablehnung in meiner Brust zu brennen begann. »Verstehe.«

Sie lächelte mich kleinlaut an. »Danke. Dann sehen wir uns morgen in Sozialkunde, schätze ich.«

Ich schaute ihr verloren nach, wie sie sich auf der anderen Seite des Flures zu einer Gruppe von Mädchen gesellte, die ich schon seit der Grundschule kannte. Als sie sich um sie scharten, um ihren Pullover zu bewundern, verspürte ich einen Anflug von Neid und schämte mich plötzlich für meinen schäbigen Old-Navy-Pulli.

Das war der Tag, an dem mir bewusst wurde, wie schwer es war, aus vorgefassten Mustern auszubrechen.

17

Meine türkis verfärbte Nagelhaut schien im grellen Bernsteinlicht auf der Treppe vor meinem Haus regelrecht zu leuchten. Ich kam gerade von dem Kurs für abstrakte Malerei, für den ich mich angemeldet hatte, um das Bedauern einer achtzigjährigen Biochemikerin namens Lily zu würdigen. Sie war ihrer Leidenschaft für die Malerei nie nachgegangen, weil ihr Lehrer in der neunten Klasse einmal unverblümt festgestellt hatte, sie hätte kein Talent und solle sich lieber an die Wissenschaft halten. Ein paar Tage vor ihrem Tod hatte ich Lily eine Leinwand und Farben mitgebracht, damit sie endlich ihre unterdrückte Kreativität ausleben konnte. Aber ihre Arthritis hatte ihre Hände mittlerweile so sehr geschwächt und war so schmerzhaft, dass es sie noch trauriger machte, es nicht früher versucht zu haben.

Bislang zeigte ich selbst zwar kein allzu großes Talent für die Malerei, aber ich konnte immerhin sagen, dass ich es versucht hatte.

Der würzige Duft von Leos Meeresfrüchtesuppe wehte wie jeden Freitag durchs Treppenhaus und wurde auf meinem verstohlenen Weg hinauf in meine Wohnung immer intensiver. Ich hatte es geschafft, Sylvie mehrere Wochen nicht mehr über den Weg zu laufen.

Gerade als ich dachte, ich hätte den ersten Stock sicher passiert, und meine Erleichterung in Selbstgefälligkeit überging, vergaß ich, der lautesten Diele auszuweichen, und hinter mir ging quietschend die Tür auf.

»Clover, hey!«, rief Sylvie durch den Hausflur.

Widerstrebend drehte ich mich zu meiner neuen Nachbarin um, die in einem grauen T-Shirt mit irgendeinem Bandnamen darauf in der Türöffnung lehnte.

»Oh, hi, Sylvie.« Ich war dankbar, dass mein Hausschlüssel meinen Händen etwas zu tun gab. »Schön, dich mal wiederzusehen.«

»Finde ich auch!« Sylvie strahlte, und ich fragte mich, ob sie immer von allem so begeistert war. »Ich hatte schon gehofft, dich wiederzutreffen, aber irgendwie habe ich dich immer verpasst. Glücklicherweise habe ich jetzt deine Schritte vor meiner Tür gehört – ich wusste, dass es nicht Leo sein konnte, weil er die Stufen nicht so schnell hinaufgehen könnte.«

»Oh, richtig«, sagte ich, enttäuscht von mir selbst. »Also ... wie läuft es so bei dir?« Ich konnte nicht verhindern, etwas von ihrer Freundlichkeit zurückzuspiegeln, als wäre sie ansteckend.

»Der Umzug ist endlich geschafft! Na ja, ein paar Kisten muss ich schon noch auspacken. Aber ich freu mich drauf, das Viertel besser kennenzulernen – und natürlich meine Nachbarn.«

»Super – ich weiß, dass Leo immer gern neue Kontakte knüpft.« Ich hoffte, dass sie den kleinen Wink verstand.

»O ja, Leo ist ein alter Charmeur – und er liebt eindeutig Meeresfrüchte«, sagte Sylvie, verdrehte die Augen zur Decke und rümpfte die Nase. »Aber ich würde gerne mehr über dich erfahren. Vielleicht könnten wir ja morgen endlich mal zusammen einen Kaffee trinken?«

Es würde richtig schwer werden, ihr weiterhin aus dem Weg zu gehen. Und Leo hatte recht: Er würde nicht für immer hier sein, und dann hätte ich niemanden mehr. Zumindest bräuchte ich jemanden, den ich als Notfallkontakt auf Anmeldeformularen angeben könnte. Allein aus diesem Grund wäre es sinnvoll, eine neue Bekanntschaft zu schließen. Abgesehen davon war die Vorstellung, die nächsten Jahre durchs Treppenhaus zu schleichen und mich vor Sylvie verstecken zu müssen, anstrengend. Ich konnte es immerhin auf einen Versuch ankommen lassen. Schließlich musste ich mich ja nicht gleich mit ihr anfreunden – oder zu viel von mir preisgeben.

»Sicher«, sagte ich also, obwohl ich alles andere als das war. »Das wäre nett.« Jetzt gab es kein Zurück mehr.

»Super!«, sagte Sylvie. »Treffen wir uns morgen früh um zehn unten?«

Meine Gliedmaßen wurden ganz weich. Es war dieser Cocktail aus Adrenalin und Nervosität, der mich immer überkam, wenn ich ein Risiko einging. Ich hatte ihn schon lange nicht mehr verspürt.

»Ja, das passt.« Wahrscheinlich hätte ich so tun sollen, als müsste ich erst meinen Terminkalender checken.

»Perfekt – bis dann!« Sylvie lächelte mich noch einmal strahlend an, bevor sie die Tür schloss.

Es war ein ungewohntes Gefühl, wirklich mit jemandem ein Café zu betreten – eigentlich nahm ich immer direkt Kurs auf einen Einzeltisch in der Ecke. Ich betrachtete die Leute, die in Zweier- oder Dreiergrüppchen an den Tischen saßen, und beneidete sie um ihre Unbekümmertheit. Sah man mir an, dass dies eine meiner ersten echten Café-Verabredungen mit jemandem war? Merkte Sylvie es?

Kaum hatten wir uns hingesetzt, fing ich an, mit den Zuckertütchen auf dem Tisch herumzuspielen, um mich von meiner Nervosität abzulenken.

»Also«, sagte Sylvie, die meine Unbeholfenheit nicht zu bemerken schien, »ich weiß, dass es Doulas gibt, die bei Geburten dabei sind, aber was genau macht eine Sterbe-Doula?«

Leo musste Sylvie erzählt haben, was ich beruflich tat. Ich wappnete mich für den verurteilenden Blick voller Abscheu, dem ich erfahrungsgemäß begegnete, immer wenn ich meinen Beruf preisgab, aber er kam nicht. Sylvies Gesichtsausdruck war offen und freundlich, als würde sie sich aufrichtig für die Antwort interessieren. Trotzdem tastete ich mich vorsichtig vor.

»Na ja, im Grunde ist es das Gleiche, aber eben irgendwie umgekehrt«, sagte ich und arrangierte die Zuckertütchen in einer Reihe. »Eine Geburts-Doula begleitet einen Menschen auf seinem Weg ins Leben, und eine Sterbe-Doula hilft dabei, friedlich davon Abschied zu nehmen.«

Sylvie zog neugierig die Augenbrauen hoch. »Aber du bist keine Ärztin, richtig? Musstest du da vorher irgendeinen medizinischen Lehrgang absolvieren?«

»Einige Sterbe-Doulas machen das, aber mein Fokus liegt nicht auf der medizinischen Begleitung. Was ich tue, beruht eher … auf Erfahrung«, erklärte ich, nach den richtigen Worten suchend. »Ich bin nur da, um ihnen Gesellschaft zu leisten und zuzuhören. Ich unterstütze sie dabei, über ihr Leben zu reflektieren, wenn sie das möchten. Und ich helfe ihnen auch dabei, Frieden zu schließen mit Dingen, die sie bereuen – so in der Art. Und wenn sie sonst niemanden haben, bin ich da, um ihre Hand zu halten, wenn sie sterben.«

»Wow, das ist heftig«, stellte Sylvie fest. »Ist das nicht deprimierend? Ich glaube nicht, dass ich es aushalten würde, immer wieder Menschen beim Sterben zuzusehen. Das würde mich fertigmachen.«

»Ich schätze, ich habe einfach gelernt, meine Gefühle rauszuhalten.« Darauf war ich stolz. »Wenn ich emotional nicht zu sehr beteiligt bin, geht es besser.«

Jetzt verrieten Sylvies Augenbrauen Skepsis. »Und du vergießt nicht hin und wieder auch mal eine Träne? Du weißt schon, bei den wirklich herzzerreißenden Fällen?«

»Nein«, sagte ich schulterzuckend. »Eigentlich weine ich nie.«

»Niemals? Also, allgemein nie im Leben? Nicht mal bei traurigen Filmen?«

Ich schüttelte den Kopf. »Nein.« Eine weitere Tatsache, die ich wie ein Ehrenabzeichen trug.

Sylvie beäugte mich neugierig. »Also, ich weiß ja nicht, ob das gesund ist. Nur weil du deine Gefühle nicht zulässt, heißt das ja nicht, dass sie nicht existieren.«

»Für mich funktioniert es.« Die Abwehr in meiner Stimme überraschte mich.

»Wenn du das sagst«, meinte Sylvie, aber sie war ganz offensichtlich nicht überzeugt. »Wie dem auch sei, ich wette, du hast schon ziemlich wilde Geschichten gehört.«

Ich dachte an die Notizbücher in meinem Regal. Inzwischen sammelte ich schon seit Jahren Geständnisse, einige heikler als andere. Aber ich nahm meine ethische Verpflichtung sehr ernst – ich würde keiner Menschenseele je auch nur ein Wort davon verraten. »Ich schätze, da hat es ein paar gegeben.«

Sylvie beugte sich über den Tisch zu mir. »Hat dich schon mal jemand gebeten, irgendwas total Verrücktes zu machen?«

Ich ertappte mich dabei, wie ich ihre Bewegung spiegelte, als teilten wir ein Geheimnis. »Ich habe schon Leute dabei unterstützt, schwierige Telefonate zu führen oder Entschuldigungsbriefe zu schreiben. Aber oft endet es in einer Enttäuschung, weil sie meistens zu lange warten und die Person dann nicht mehr rechtzeitig ausfindig gemacht werden kann.«

»O Mann, das ist traurig. Ich hoffe, dass mir das nie passiert.« Sylvies Fröhlichkeit erfuhr einen kurzen Dämpfer. »Aber andererseits fällt es mir wirklich schwer, nachtragend zu sein. Normalerweise habe ich schon nach ein paar Tagen vergessen, warum ich überhaupt sauer war.«

Das wunderte mich überhaupt nicht – wenn Sylvie ein Hund wäre, würde sie ununterbrochen mit dem Schwanz wedeln. Ihre grundsätzliche Begeisterung für das Leben zog mich unweigerlich in ihren Bann. Es versöhnte mich etwas mit der Welt.

Ich suchte nach einer Überleitung zu einem anderen Thema als mich. »Also, Leo hat erwähnt, dass du Kunsthistorikerin bist.« Die meisten Menschen liebten es, über sich selbst zu reden, also bemerkten sie selten, wenn ich die Aufmerksamkeit auf sie umlenkte.

»Ja, bin ich!«, rief Sylvie, neigte dann aber den Kopf und musterte mich aufmerksam, als suchte sie nach der Bedeutung eines Kunstwerks. »Aber glaub nur nicht, ich hätte nicht gemerkt, dass du das Thema wechselst.«

»Stimmt, sorry.« Ich wurde rot, etwas betreten, weil ich so leicht zu durchschauen war. »Kommst du aus New York?«

»Nee – Chicago«, sagte sie mit leicht stolzgeschwellter Brust. »Ich habe mir immer geschworen, nie nach New York zu ziehen, aber da bin ich. Zwei Jahre lang habe ich in einem Kunstmuseum in Tokio gearbeitet, und dann hat mir die Frick Collection ein Angebot gemacht, das ich nicht ablehnen konnte. Sag niemals nie, was?«

»Ich liebe Tokio. Ich war da während dem Studium ein Semester lang.« Ich hatte nicht erwartet, so schnell eine Gemeinsamkeit mit Sylvie zu finden.

»Moment – was studiert man denn, um eine Sterbe-Doula zu werden?«

Ich duckte mich vor dem prüfenden Blick des Kellners, der unseren Kaffee abstellte.

»Wie gesagt, jeder hat da seinen eigenen Weg.« Ich wartete, bis der Kellner wieder weg war, bevor ich fortfuhr. »Aber ich habe mein Diplom in Thanatologie gemacht.«

»Und das ist …?«

»Die Wissenschaft vom Tod.«

»Nicht dein Ernst. Das ist ein richtiges Studienfach? Cool.«

Cool. Kein Wort, das ich jemals in Bezug auf mich gehört

hatte. »Na ja, man kann da viele verschiedene Schwerpunkte setzen, aber ich habe vor allem die Sterbetraditionen in den unterschiedlichen Kulturen studiert. Deswegen war ich auch in Japan.«

Ein Fluchen vom Nachbartisch zog unsere Aufmerksamkeit auf sich. Eine lockige Engländerin rubbelte verzweifelt an einem Kaffeefleck herum, der sich über ihr weißes Kleid ergossen hatte, während ihr Begleiter versuchte, den See auf dem Tisch einzudämmen.

»Hier, nehmen Sie die.« Sylvie reichte der Frau mitfühlend eine Handvoll Papierservietten und wandte sich dann wieder mir zu. »Also reist du viel?«

»Nicht mehr wirklich … wegen meines Jobs.«

Die Frau vom Nebentisch machte den Fleck mit dem Herumreiben nur noch schlimmer.

»Ja, wann Menschen sterben, ist vermutlich schlecht planbar, was?« Sylvie streute Zucker über ihren Milchkaffee. »Dir ist schon klar, dass ich dir jetzt eine Million Fragen über deinen Job stellen werde, oder?«

Dass sie mich auch nur ansatzweise interessant fand, war schmeichelhaft. »Was willst du denn wissen?«

»Zunächst einmal, wie kamst du vom Herumreisen und Studieren der weltweiten Sterbetraditionen hierher nach New York, um als Sterbe-Doula zu arbeiten?«

Ich rührte in meinem schwarzen Kaffee, unsicher, ob ich mich weiter auf dieses Thema einlassen wollte. »Mein Großvater starb allein, während ich im Ausland war«, sagte ich leise. »Da wurde mir klar, wie vielen Menschen es ebenso ergehen musste und dass ich der Welt als Sterbebegleiterin viel nützlicher sein könnte. Und außerdem war mir nach seinem Tod einfach nicht mehr so nach Reisen – ich habe wohl irgendwie die Lust daran verloren. In New York zu bleiben, hat mir geholfen, mich ihm weiterhin nah zu fühlen.«

»Tut mir leid – Leo hat erzählt, dass ihr beide sehr eng wart.«

»Ja, das waren wir.« Ich fragte mich, ob es irgendetwas gab, das Leo ihr nicht erzählt hatte. »Egal. Wo in Tokio hast du denn gewohnt?«

Diesmal ließ Sylvie meinen offensichtlichen Themenwechsel gnädig durchgehen. »In Ginza größtenteils. Ich hatte ein total süßes Apartment – nächstes Mal zeige ich dir ein paar Fotos davon.«

Nächstes Mal. Der Gedanke, mich wieder mit ihr zu treffen, löste ein ungewohntes Gefühl von Möglichkeiten in mir aus. Es war ein wenig so, als würde man zum ersten Mal in einen steifen neuen Lederschuh schlüpfen – er passt zwar, aber es ist noch etwas ungewohnt.

Fühlte sich so der Beginn einer Freundschaft an?

18

Als ich Sebastian entdeckte, der am schmiedeeisernen Zaun eines Stadthauses in der West 84th Street lehnte, überlegte ich, ob ich von unserer Vereinbarung absehen und zurück zur U-Bahn fliehen sollte. Aber da winkte er mir auch schon zu, und meine Beine trugen mich vorwärts. Er wirkte gutmütig und selbstbewusst zugleich, die Hände lässig in den Taschen, als wäre er sich sowohl seines Platzes als auch seiner Bestimmung in der Welt sicher.

Als uns nur noch knapp ein Meter trennte, blieb ich abrupt stehen.

»Hi, Sebastian.«

Normalerweise hätte ich bei einem neuen Klienten meine professionelle Rolle eingenommen und wäre sofort zur Klärung der Details übergegangen, in dem Wissen, dass ich gut in meinem Job war und genau wusste, was ich tat. Aber diesmal war ich aufgeregter als gewöhnlich.

»Hey, Clover, schön, dich zu sehen!«

Sebastian machte einen halben Schritt auf mich zu, als wolle er mich umarmen. Aber er musste meinen bestürzten Blick bemerkt haben, denn stattdessen streckte er rasch einen Arm aus und schüttelte meine Hand.

»Ich muss dir noch was sagen«, meinte er, als wir die Eingangsstufen hinaufgingen. »Meine Großmutter weiß zwar, dass du kommst, aber nicht, dass du eine Sterbebegleiterin bist.«

Die Alarmglocken in meinem Kopf wurden lauter. »Was glaubt sie denn, wer ich bin?«

»Eigentlich hab ich ihr gesagt, dass du eine Freundin von mir bist, die sich für ihre Fotografien interessiert.«

»Aber ich hab doch keine Ahnung von Fotografie.« Die Vorstellung, mich in eine Lüge hineinziehen zu lassen, gefiel mir ganz und gar nicht. Denn wenn ich schon unehrlich sein musste, dann sollte es wenigstens meine eigene Entscheidung sein.

»Das bekommst du schon hin«, sagte Sebastian weniger überzeugt, als mir lieb gewesen wäre. »Wenn sie erst mal ins Reden und Schwelgen gekommen ist, fällt ihr das sowieso nicht mehr auf.«

Es ärgerte mich, dass er mich damit so überfiel, aber es war zu spät, um jetzt noch abzuspringen – seine Großmutter erwartete uns bereits.

Sebastian führte mich durch einen viel vornehmeren Flur, als ich vermutet hätte.

Die Einrichtung war geradezu spärlich im Vergleich zu meiner vollgestopften Wohnung, aber das war gewollt – jeder Gegenstand schien mit Bedacht ausgewählt und mit Präzision platziert worden zu sein.

»Deine Großmutter hat aber ein hübsches Haus«, stellte ich fest, als ich mir in Erinnerung rief, dass Sebastian im Prinzip mein Auftraggeber war und ich trotz seiner Schwindelei ein wenig höfliche Konversation betreiben sollte.

»Ja, das stimmt wohl.« Sebastian blickte sich um, ohne wirklich hinzusehen. »Mein Großvater hat es in den Fünfzigern gekauft, aber ich glaube, es ist mindestens hundert Jahre alt. Als Kind habe ich viel Zeit hier verbracht – meine Eltern haben mich so ziemlich jede Ferien hergeschickt.«

Da ich hinter ihm ging, konnte ich ihn heimlich mustern. Vermutlich war er in meinem Alter – bei Männern war das oft schwer zu sagen – und nur etwas größer als ich. Bisher hatte er jedes Mal, wenn ich ihn getroffen hatte, das Gleiche angehabt: ein schwarzes Button-down-Hemd, eine schwarze Chinohose, seine Goldrandbrille und einen dunkelgrauen Schal. Vermutlich war er einer dieser Typen, die der Einfachheit halber dasselbe Kleidungsstück fünfmal im Schrank hatten.

Den Flur entlang hingen in Reih und Glied einzelne Fotografien. Ich hätte mit spießigen Familienfotos gerechnet, aber die Schwarz-Weiß-Aufnahmen waren atmosphärische Tore zu fernen Welten. Ein steigendes muskulöses Pferd in einer Wüstenlandschaft, dessen glänzende Mähne wie Flammen im Wind flatterte. Der sengende Blick eines Mannes mit Turban, in dessen Gesicht sich die Linien emotionaler Turbulenzen eingegraben hatten.

»Du hast in deiner Mail geschrieben, deine Großmutter war Fotojournalistin?«

Sebastian blieb stehen und warf einen Blick auf das Foto, das ich gerade betrachtete. »Ja, sie war eine der wenigen Fotojournalistinnen ihrer Zeit. Bevor sie meinen Großvater heiratete, bereiste sie die Welt und machte Fotos für Zeitungen.«

»Und die hier stammen alle von ihr?«

»Klar.« Er stand mit leicht stolzgeschwellter Brust neben mir. »So ziemlich jedes Foto, das du hier siehst, ist von ihr.« Er ging weiter. »Ich führ dich später noch mal richtig herum, aber vorher solltest du meine Großmutter kennenlernen. Der Garten ist ihr Lieblingsplatz.«

Durch die Flügeltür, die die Küche vom Garten trennte, sah ich eine ältere Frau in einem Korbstuhl sitzen. Ein kornblumenblaues Tuch umhüllte ihre Schultern, und eine dicke tannengrüne Decke lag über ihren Knien. Sie saß mit dem Gesicht zur Sonne gewandt da, die Augen geschlossen, und ein friedliches Lächeln umspielte ihren Mund. Es kam mir fast unhöflich vor, sie zu stören.

Doch Sebastian schien das nicht zu kümmern.

»Hi, Grandma!« Er ging auf sie zu und drückte ihr einen Kuss auf jede Wange. Sie berührte ihn zärtlich am Kinn. Man merkte, dass die Zuneigung auf Gegenseitigkeit beruhte.

»Hallo, mein Schatz.« Ihre klare, kräftige Stimme wollte nicht recht zu ihrer zierlichen, greisen Statur passen. »Ich habe den Vögeln gelauscht und versucht, noch ein paar Sonnenstrahlen zu ergattern, bevor das unweigerliche Grau des Winters zurückkehrt.«

Sebastian winkte mich zu ihnen. »Grandma, das ist die Freundin, von der ich dir erzählt habe – Clover.«

»Ich freue mich sehr, Sie kennenzulernen, Mrs Wells.« Ich streckte ihr die Hand entgegen.

»Oh, bitte, nenn mich Claudia«, sagte sie und ergriff meine Hand. »Ich bekomme selten die Gelegenheit, jemanden von Sebastians Freunden zu treffen.«

Sebastians Blick wanderte zufrieden zwischen uns hin und her. »Clover und Claudia – das klingt doch gut.«

»Wie zwei eigensinnige Schwestern aus einem Jane-Austen-Roman«, stellte Claudia fest.

»Freut mich, dich kennenzulernen, Claudia«, sagte ich, entzückt von ihrer Ungezwungenheit. »Ich hab mir schon immer eine Schwester gewünscht.«

Claudia beugte sich keck vor. »Dann reden wir mal besser nicht über den Altersunterschied zwischen uns.« Sie wies auf den Korbstuhl neben sich. »Nimm doch Platz, Clover. Sebastian, bist du so lieb und machst uns Kaffee?«

Gehorsam nickend verschwand er wieder im Haus.

»Mein Enkel hat mir erzählt, dass du dich für Fotografie interessierst«, meinte Claudia und zog das Tuch fester um ihre Schultern. Unter dem gestrafften Stoff trat die knochige Rundung ihres Rückens noch deutlicher hervor. Ich verspürte einen Anflug von Unmut, weil Sebastian mich gezwungen hatte, eine so liebenswerte alte Dame zu täuschen. Hoffentlich liefen meine Wangen nicht rot an und verrieten mich dadurch.

»Das tue ich«, sagte ich so unverkrampft wie möglich, was

mir jedoch nicht sonderlich gut gelang. Ich fand Fotografie wirklich interessant, also war es vielleicht keine komplette Lüge. »Aber hauptsächlich würde ich gerne mehr über deine Karriere als Fotojournalistin erfahren. Das war doch sicher eine ausgesprochen unkonventionelle Berufswahl für eine Frau in den Fünfzigerjahren.«

»Das kannst du laut sagen.« Claudia verdrehte die Augen finster zum Himmel. »Mein Vater hätte mich beinahe verstoßen, als ich ihm erzählte, dass ich diesen Weg einschlagen würde. Glücklicherweise hatte ich den Eigensinn meiner Mutter geerbt, und sie hat meinem Vater verboten, es mir zu verbieten.«

»Da war deine Mutter ihrer Zeit voraus.« Mir gefiel sehr, dass Claudia roten Lippenstift trug, obwohl sie bloß in ihrem eigenen Garten saß.

»Ja und nein«, erwiderte sie, die Handgelenke elegant in den Schoß gelegt. »Mutter riet mir zu studieren und meiner Leidenschaft nachzugehen, solange es mir möglich war – also bis ich einen Ehemann fand. Ihrer Meinung nach durfte der Beruf einer Frau ihren ehelichen Pflichten nicht im Wege stehen. Eigentlich war es für Frauen aus unserer Gesellschaftsschicht nicht vorgesehen, überhaupt einen Beruf zu ergreifen – es sei denn, man zählt ›gesellschaftliche Verpflichtungen‹ zu den Berufen. Ich nehme an, dass es durchaus gewisse Fähigkeiten erfordert, Galas zu organisieren und schicke Abendessen auszurichten, aber das war nie, was ich anstrebte.«

»Und wie hast du deinen Mann kennengelernt?«

»Er war mit meinem Bruder befreundet«, sagte Claudia. »Nach dem Studium machte ich ein Praktikum bei einem Nachrichtenmagazin hier in der Stadt – ich war ihre erste Praktikantin –, und er lebte bereits hier. Mein Bruder und mein Vater baten ihn, ein Auge auf mich zu haben, und …«

»Ihr habt euch ineinander verliebt?« Die Aussicht auf eine

romantische Geschichte jagte eine Endorphinwelle durch meinen Körper.

»Nicht ganz. Damals war Liebe nicht zwangsläufig eine Voraussetzung für die Ehe«, sagte Claudia trocken und zupfte erneut ihr Schultertuch zurecht. »Man könnte sagen, dass wir uns gegenseitig schätzten, aber am wichtigsten war die Tatsache, dass meine Eltern ihn für eine passende Partie hielten. Und sobald die Entscheidung gefällt war, fand mein kurzes Abenteuer als Fotojournalistin auch schon ihr Ende. Ihr jungen Frauen heutzutage habt Glück – ihr müsst euch nicht mehr zwischen einer Karriere und einer eigenen Familie entscheiden.«

Na ja, um ehrlich zu sein, hatte sich mir die Option mit der eigenen Familie nie geboten, also hatte ich mich nie entscheiden müssen. Dadurch konnte ich mich jetzt glücklich schätzen – oder unglücklich.

Aber hier ging es ja nun um Claudias Lebensgeschichte und nicht um meine.

»Du hast recht«, räumte ich ein. »Wir haben heute viel mehr Freiheiten. Wenn auch nicht so viele, wie wir haben könnten und sollten.« Sobald ich die Worte ausgesprochen hatte, bereute ich es auch schon, meine persönlichen politischen Überzeugungen preisgegeben zu haben. Normalerweise versuchte ich immer, neutral zu bleiben.

Doch Claudias zustimmendes Lächeln zeigte mir, dass ich nichts zu befürchten hatte.

»Ich denke, wir werden uns gut verstehen, meine Liebe.«

19

Als Claudia in der Sonne eindöste, ging ich ins Haus zurück. Sebastian hatte uns allein gelassen, damit wir uns »besser kennenlernen« konnten, während er sich einer Reihe kleinerer Reparaturen im Haus annahm, die sie ihm aufgetragen hatte. In der Bibliothek gab es eine Glühbirne auszuwechseln, und im Badezimmer war der Wasserhahn locker.

Während ich allein durch das Haus wanderte, konnte ich dem Drang nicht widerstehen, in die Zimmer zu spähen, die von dem luftigen Flur abgingen. Im Wohnzimmer herrschten dieselben neutralen Farben vor – schlichtes mattes Weiß und blasse Grautöne –, die einzigen Farbakzente wurden durch sorgfältig arrangierte Hortensien in schlichten eckigen Vasen gesetzt. Das Ganze erinnerte mich an die gewissenhaft bewahrten Häuser berühmter Persönlichkeiten, die ich während meiner Reisen besichtigt hatte – von Monet in Giverny oder Elvis in Graceland –, wo von Seilen abgesperrte häusliche Stillleben in der Zeit angehalten wurden, als hätten die Bewohner nur vorübergehend das Haus verlassen. Alles an diesem Haus fühlte sich nüchtern an, unberührt und vollkommen unvereinbar mit der warmherzigen, lebhaften Frau, die ich im Garten getroffen hatte.

Ich hörte langsame Schritte auf der Marmortreppe und huschte eilig aus dem Wohnzimmer zurück in den Flur. Schuldgefühle ließen meinen Puls hämmern. Sebastian kam gerade mit einem großen Cellokoffer die letzte Stufe herunter und hatte die Hände unbeholfen um die Verjüngung in der Mitte des Instruments geschlungen, als versuche er, mit einer kurvigen Partnerin Walzer zu tanzen. Als er mit dem Koffer an die Wand stieß, verzog er das Gesicht, doch es war unklar, ob er sich eher um das Cello sorgte oder um den makellosen weißen Anstrich.

»Oh, hey!« Er stellte das bauchige Ende des Koffers ab. »Ist mit Grandma alles in Ordnung?«

»Ja, sie macht bloß ein Nickerchen in der Sonne. Ich dachte mir, ich lasse sie dabei besser in Ruhe.« Neugierig betrachtete ich den Instrumentenkasten. »Ist das ihr Cello?«

»Nein, eigentlich ist es meins«, sagte Sebastian. »Grandma hört mich gerne spielen, also nehme ich es manchmal mit her und … na ja, spiele ihr was vor.«

Ich fand die Vorstellung schön, und sie milderte ein wenig meine Verärgerung über ihn. Ich schätze, er hatte seine Gründe fürs Lügen, genau wie ich.

»Das ist ja süß von dir«, sagte ich. »Musik wirkt manchmal sehr beruhigend auf Sterbende.«

Bei meinem letzten Wort zuckte Sebastian zusammen. »Ist keine große Sache, aber ich glaube, sie fühlt sich dann besser. Manchmal will sie, dass ich ihr stundenlang vorspiele, und sie sitzt einfach mit geschlossenen Augen da und hört zu. Dann wirkt sie so friedlich – als hätte sie einen schönen Traum oder so etwas.«

Ich lächelte ihm aufmunternd zu. »Solche kleinen Freuden sind für Menschen in diesem Stadium oft besonders bedeutsam.«

Ein unangenehmes Schweigen breitete sich zwischen uns aus, und wir schauten überall hin, bloß nicht uns gegenseitig an.

Sebastian blickte auf die Uhr. »Ich müsste dann wieder los.« Er lehnte das Cello an die Haustür und holte sein Handy heraus. »Fährst du zurück in die Innenstadt? Ich kann dich im Taxi mitnehmen.«

»O nein, schon okay. Ich nehme einfach die U-Bahn.« Zusammen mit Sebastian auf einem Taxirücksitz zu sitzen, und die Tatsache, dass er dann meine Adresse kannte, fühlte sich ein bisschen zu … vertraulich an.

»Ist echt kein Problem. Du wohnst doch in der Nähe vom West Village, oder? Ich habe gehört, wie du es Grandma gegenüber erwähnt hast. Meine Kammerorchesterprobe ist gleich bei der New York University, also kann ich dich auf dem Weg dorthin absetzen.«

Es wäre eine zu offensichtliche Lüge, wenn ich behaupten würde, dass ich lieber die U-Bahn nähme. Vielleicht könnte ich schnell noch irgendeine andere »Sache« aus dem Hut zaubern, die ich an der Upper West Side zu erledigen hätte. Aber wir mussten sowieso über meine zukünftigen Besuche bei Claudia reden – diese Vorspiegelung falscher Tatsachen musste aufhören.

»Wenn du mich beim Washington Square Park absetzen könntest, wäre das super. Danke.«

Sebastian strahlte. »Cool! Ich ruf uns schnell ein Taxi.«

Nach einem kurzzeitigen Drama, bei dem es darum ging, das Cello im Kofferraum des Taxis zu verstauen, fuhren wir auf dem Rücksitz eines lavendelfarbenen Toyota Sedan die Columbus Avenue hinunter. Rhonda, eine Blondine mittleren Alters, saß am Steuer. Als wir hinter dem Museum of Natural History vorbeikamen, überfiel mich Traurigkeit – wie viele Nachmittage hatte ich dort mit Grandpa verbracht? Wieder einmal erfasste die Trauer mein Herz, wenn ich am wenigsten damit rechnete. Ich schaute hinüber zu Sebastian. In ein paar Jahren würde er Trost in der Tatsache finden, dass er seiner Großmutter in der letzten Phase ihres Lebens beigestanden hatte. Aber wahrscheinlich wäre selbst das nicht annähernd genug.

»Also, deine Großmutter hat erzählt, du seist der Einzige aus eurer Familie, der in New York lebt.«

Sebastian wirkte überrascht, dass ich das Schweigen brach. »Ja, nur ich. Meine Eltern und meine drei älteren Schwestern wohnen alle noch in Connecticut, wo ich aufgewachsen bin.«

»Und sie kommen nicht oft nach New York?«

»Schon, zu bestimmten Anlässen wie Feiertagen und so was.« Er nestelte an dem Knopf an seinem Hemdsärmel herum. »Mein Vater war hier, als wir Grandma zum Gastroenterologen gebracht haben – den kannte er noch aus der Uni, und ich glaube, er hat seine Beziehungen spielen lassen, um einen Termin für sie zu bekommen.«

»Was war die Diagnose?«

Der Blick aus seinen braunen Augen verdüsterte sich. »Bauchspeicheldrüsenkrebs im vierten Stadium.«

»Das tut mir leid.« Ich ließ die Worte ein paar Sekunden lang so stehen. »Wie viel Zeit geben sie ihr noch?«

»Höchstens zwei Monate.«

»Das muss ein Schock für euch alle gewesen sein. Vor allem für sie.«

»Schau, das ist ja das Verrückte daran.« Sebastians Körper verspannte sich. »Der Arzt hat die Diagnose zuerst meinem Vater mitgeteilt, und der hat ihn gebeten, meiner Großmutter nicht zu sagen, dass sie sterben wird.«

»Was?!« Ich kämpfte gegen den Drang an, meine Missbilligung darüber deutlich zum Ausdruck zu bringen – es war schließlich mein Job, vorurteilslos zu bleiben. »Das ist wirklich …«

»Unethisch? Ja. Ich war so wütend, als er mich schwören ließ, ihr nichts zu sagen. Aber er bestand felsenfest darauf, dass es besser für sie wäre, wenn sie es nicht weiß. Ich glaube allerdings, dass er es einfach nicht fertigbringt, es ihr zu sagen.« Sebastian nahm seine Brille ab und fing an, sie mit seinem Schal zu putzen. »Ich hätte mehr mit ihm debattiert, aber es ist ja seine Mutter, über die wir hier sprechen. Und in unserer Familie war es schon immer so, dass gemacht wird, was mein Vater sagt.« Aus seinem Ton klang Bitterkeit.

»Aber sie weiß schon, dass sie krank ist, oder?«

»Sie weiß, dass sie Krebs hat, aber sie weiß nicht, wie schlimm es ist.«

»Und obwohl deine Familie weiß, dass sie sterben wird, kommt sie nicht öfter her?« Ich nahm Sebastian ganz schön in die Mangel, aber ich musste diese Dinge wissen, wenn ich Claudia weiter besuchen würde. Mich durch komplizierte Familiendynamiken zu manövrieren, war auch Teil meines Jobs.

Er nickte. »Wie gesagt, so ist meine Familie schon immer mit dem Tod umgegangen – nicht darüber reden und so tun, als gäbe es ihn nicht. Wir sind irgendwie nicht ganz normal.«

»Das ist sogar ziemlich normal, zumindest in der westlichen Welt. Hier ist es weniger normal für die Menschen, offen darüber zu reden.«

Das Taxi hielt an der Ampel vorm Lincoln Center, und Sebastian betrachtete den Springbrunnen, der das Wasser elegant in die Luft spritzte.

»Wahrscheinlich kommt meine Familie her, wenn es dann wirklich dem Ende zugeht«, sagte er, als die Ampel umschaltete. »Letztes Jahr haben sie versucht, sie dazu zu überreden, in ein Pflegeheim zu ziehen. Das war noch, bevor das alles hier passiert ist, aber sie hat sich strikt geweigert. Also haben sie einen ambulanten Pflegedienst beauftragt – Selma kommt morgens und hilft Grandma beim Duschen und Anziehen und allem, und um sechs Uhr abends kommt Joyce und bleibt über Nacht.«

»Und bei dieser Rundumpflege wird Claudia nicht misstrauisch?«

»Ich glaube nicht. Zumindest hat sie nichts gesagt. Mein Vater meinte nur zu ihr, wenn sie weiter in ihrem Haus leben will, muss sie das akzeptieren. Und sie hat ja auch genug Platz.«

»Aber wozu brauchst du dann mich?« Claudia hatte ganz offensichtlich ausreichend Hilfe von Menschen, die nicht vorgeben mussten, sie würden sich für Fotografie interessieren.

»Na ja, Selma und Joyce sind toll, aber sie kümmern sich eben hauptsächlich um ihr körperliches Wohlergehen und ihre täglichen Bedürfnisse. Sie setzen sich jetzt nicht mit ihr hin und führen lange Gespräche über das Leben.«

Ich spürte den Drang, sie zu verteidigen – Pflegepersonal hatte einen echt harten Job. »Das ist ja auch schwer, wenn man sich um so viele andere Dinge kümmern muss.«

»Ja, natürlich«, sagte Sebastian fast entschuldigend. »Ich hatte irgendwie nur gehofft, dass du meiner Großmutter auf einer persönlicheren Ebene helfen kannst. Sodass sie, wenn die Zeit gekommen ist, besser … vorbereitet ist.«

Mein Mitgefühl wallte wieder auf. »Sie hat Glück, dass sie dich hat.«

Er zuckte mit den Schultern. »Sie war wirklich gut zu mir, als ich klein war – wie so eine Art Anker für mich, in vielerlei Hinsicht. Also ist es das Mindeste, was ich tun kann.«

»So war das auch bei mir und meinem Großvater.« In der Regel erzählte ich meinen Klienten keine persönlichen Details über mich, aber die Worte waren mir einfach so herausgerutscht.

»Ihre beide standet euch sehr nahe, oder?«

»Tatsächlich hat er mich sogar aufgezogen.«

»Wow, was war mit deinen Eltern?« Kaum hatte er die Frage gestellt, hielt er die Hand hoch, als wolle er den Verkehr anhalten. »Nein, warte, vergiss das – es war super unsensibel von mir, das zu fragen.«

»Nein, schon okay. Es hat keinen Sinn, so zu tun, als würde der Tod nicht existieren. Und außerdem habe ich dir ja auch gerade all diese Fragen über deine Großmutter gestellt.« Ich konnte mich nicht erinnern, wann ich das letzte Mal mit jemandem über meine Eltern gesprochen hatte. »Sie sind bei einem Bootsunfall ums Leben gekommen, während einer Chinareise. Ihre Leichen wurden nie gefunden.«

»Das tut mir leid – das ist wirklich schlimm.« Die Freundlichkeit in seinen Augen wirkte echt.

Ich atmete tief durch. »Niemand möchte seine Eltern verlieren, aber ich habe eigentlich nicht mehr viele Erinnerungen an sie. Ich war erst sechs, als sie gestorben sind.«

»Meine Güte, das ist hart«, sagte Sebastian.

Rhonda schaute neugierig in den Rückspiegel. Weil ich meine Lebensgeschichte nicht weiter vor zwei Fremden ausbreiten wollte, lenkte ich das Gespräch wieder auf Claudia.

»Ganz ehrlich, Sebastian – ich weiß nicht, wie das mit meinen Besuchen bei deiner Großmutter funktionieren soll, wenn sie nicht die Wahrheit kennt. Ihr mein Interesse für Fotografie vorzugaukeln, ist ja schon schlimm genug. Und wie du schon sagtest, es ist eigentlich auch unethisch.«

Sebastian verzog wieder das Gesicht. »Das verstehe ich. Aber könntest du uns nur ein paar Wochen geben? Ich weiß, dass sie es irgendwann vermutlich sowieso herausfindet, aber ich möchte ihr diesen glücklichen Zustand der Ahnungslosigkeit noch eine Weile ermöglichen. Auch wenn man das, was sie gerade durchmacht, nicht gerade als Glück bezeichnen kann.«

»Ich verstehe, was du meinst.« Seine guten Absichten waren nicht von der Hand zu weisen, auch wenn sie moralisch nicht einwandfrei waren. »Aber es klingt ein bisschen weit hergeholt, wenn wir ihr sagen, ich würde sie mehrmals die Woche besuchen kommen, nur um mit ihr über Fotografie zu sprechen. Und außerdem würde es mich daran hindern, meinen Job richtig zu machen, schließlich besteht der Sinn meiner Arbeit darin, Menschen darin zu unterstützen, mit ihrem bevorstehenden Tod umzugehen, und nicht darin, das Unausweichliche zu verleugnen.«

»Ich weiß, ich weiß.« Er seufzte tief. »Ich rede mit meinem Vater darüber, aber bitte besuch sie vorerst einfach so, okay? Ich fühle mich etwas hilflos. Und dich zu beauftragen, Zeit mit ihr zu verbringen, ist zumindest etwas, das ich tun kann, ohne die Wünsche meines Vaters zu missachten.«

Ich dachte an Grandpa. Ich hätte alles getan, um ihm seine letzten Tage und Stunden angenehmer zu machen. Und ich könnte Bessie bitten, mir ein paar Bücher über Fotografie zu empfehlen.

»Okay«, willigte ich schließlich seufzend ein. »Ich gebe euch zwei Wochen.«

20

Nachdem Rhonda und Sebastian mich am Washington Square abgesetzt hatten, blieb ich noch eine Weile, um die Hunde im Park zu beobachten. Das war noch so eine Tradition, die Grandpa und ich ins Leben gerufen hatten, als ich noch klein war. Jeden Sonntag wurden wir zu Zuschauern des Hundepark-Spektakels und kommentierten die sozialen Hierarchien seiner tierischen Protagonisten. Es gab immer einen unbekümmerten Welpen, der die anderen Hunde mit seinem angeborenen Selbstvertrauen in Bann zog. Aber dann war da auch oft der scheue Hund, dem das Ganze zu viel war und der am Rande des Parks stand und seinem Besitzer verübelte, dass er ihn einer solchen Tortur unterzog. Ich konnte mich am besten mit dem letztgenannten Archetypus identifizieren. Am Leben auf dieser Welt teilzunehmen, war manchmal einfach eine Herausforderung.

Da ich nicht dazugekommen war, Vitamine zu kaufen, nachdem ich Sebastian zufällig in der Drogerie begegnet war, machte ich auf der Sixth Avenue noch einen kleinen Abstecher in eine Apotheke.

Durch einen der Gänge hindurch sah ich eine vertraute Gestalt an der Ladentheke lehnen, um die junge Apothekerin mit einer Geschichte über »die guten alten Zeiten« zu erfreuen. Ich wartete, bis er sich zum Abschied an die Hutkrempe getippt und zu mir umgedreht hatte.

»Hallo, Fremde!«, begrüßte Leo mich mit seinem breiten, fröhlichen Grinsen. Immer wenn er das machte, stellte ich mir das »Bing«-Geräusch vor, das gern in Filmen zu hören war, wenn jemand seinen Goldzahn aufblitzen ließ.

Ich stupste ihn spielerisch am Arm. »Jetzt bist aber du derjenige, der sich in Luft aufgelöst hat.« Es war ungewöhnlich, dass wir uns mal eine Woche nicht zum Mah-Jongg-Spielen trafen oder uns zumindest im Treppenhaus begegneten.

»Ja, ja«, sagte er. »Du weißt ja, wie es ist, wenn man Besuch hat. Die wollen dann immer herumgeführt werden und Geheimtipps von uns Einheimischen bekommen.«

Da ich noch nie in meinem Leben Besuch gehabt hatte, wusste ich es nicht.

Mein Blick fiel auf die weiße Papiertüte mit einem angehefteten Rezept in seiner Hand. »Ist alles in Ordnung?«

»Und ob.« Leo schüttelte die Tüte, sodass sie wie Maracas rasselte. »Hab mich bloß wieder mit den üblichen Cholesterinpillen eingedeckt, damit ich weiterhin meine Cheeseburger verputzen kann.«

»Ich bin mir nicht sicher, ob das der Sinn von Cholesterinmedikamenten ist, Leo. Ich denke, es funktioniert so, dass man sie nimmt *und* aufhört, fettig zu essen.«

»Pah, da gefällt mir meine Interpretation aber besser«, spöttelte er. »Apropos, was hast du denn jetzt vor? Hättest du Lust, im Diner einen Happen mit mir essen zu gehen?«

Wie auf Kommando knurrte mein Magen. »Ja, hätte ich.« Die Vitamine konnten warten.

Abgesehen davon, dass es etwas von seinem Glanz eingebüßt hatte, sah das Diner noch fast genauso aus wie früher. Die verblassten Farben der Resopaltische und Vinylbezüge wirkten wie auf einer Postkarte, die zu lange in der Sonne gelegen hatte. Mir gefiel, dass es sich kaum verändert hatte – wie eine Zeitkapsel, die auch meine Sehnsucht stillte.

Leo war ganz in seinem Element und versorgte mich mit dem neuesten Nachbarschaftsklatsch. Obwohl Grandpa Leos Geschwätz über das Leben anderer Leute nicht unterstützte, ließ ich mich hin und wieder gern darauf ein.

»Also, zunächst einmal wäre da ein echtes Katzendrama«, erzählte Leo.

»Oh, das klingt spannend.« Er brauchte zwar keine Ermunterung, aber er schätzte ein gebanntes Publikum.

»Du weißt doch, diese fette, rot getigerte Katze im Eckladen drüben in der Grove Street?«

»Die, die zwischen ein paar Chipstüten ihre Jungen zur Welt gebracht hat?«

»Genau die.« Er hob den oberen Teil seines Cheeseburgers an, um die Gürkchen herauszunehmen, und warf mir dann einen geheimnisvollen Blick zu. »Sie ist letzten Dienstag verschwunden.«

»Gestohlen oder entlaufen?«

»Das weiß keiner. Aber der Clou ist, dass sie drei Tage später auf mysteriöse Weise wieder aufgetaucht ist.«

»So mysteriös ist das jetzt auch wieder nicht, Leo«, sagte ich und schüttete Sirup über meinen French Toast. »Katzen verschwinden doch gerne mal.«

»Stimmt, das machen sie.« Er ertränkte seine Pommes in Ketchup. »Aber kommen sie mit einem anderen Geschlecht zurück?«

»Du meinst, die Katze, die zurückkam, war ein Kater?«

Leo lehnte sich, zufrieden mit der Enthüllung dieser Wendung, zurück. »Jap.«

»Wow, also hat sie jemand vertauscht.« Jetzt war ich neugierig. »Wer macht denn so was? Gibt's da keine Überwachungskameras?«

»Überall, nur nicht in dem Gang mit den Chips.«

»Also, was ist deine Theorie?«

»Ein Katzenzüchterring, würde ich sagen. Mal sehen, ob es dieses Jahr mehr rothaarige Kätzchen in den Zoohandlungen gibt.«

Als wir später die paar Straßen nach Hause spazierten, ging Leo noch langsamer als sonst. Ich war es schon gewohnt, mein Tempo anzupassen, wenn ich mit ihm unterwegs war, aber heute hatte ich das Gefühl, für zwei seiner Schritte nur einen machen zu können. Ich fasste ihn am Ellbogen, während wir uns durch die entgegenkommenden Fußgänger schlängelten, und er stützte sich mehr als einmal an mir ab.

Wie es sich für launisches Märzwetter gehörte, zog sich die Sonne ohne Vorwarnung zurück.

Dicke Regentropfen platzten auf den Gehsteig vor uns, erst nur vereinzelt, aber schon nach wenigen Minuten unablässig. Doch als ich versuchte, Leo unter das schmale Vordach eines Jazzclubs zu ziehen, weigerte er sich.

»Das ist doch nur ein bisschen Wasser, Kind. Und abgesehen davon hat man in seinem Leben nicht so oft die Gelegenheit, im Regen zu tanzen.« Er hob das Gesicht grinsend zum Himmel. »Also, genieß ich es besser, solange ich kann.«

Ich machte einen geistigen Schnappschuss von diesem Moment, damit ich ihn immer in Erinnerung behielt.

»Du hast recht«, sagte ich, drückte seinen Arm fester und folgte mit den Augen seinem Blick hinauf zum Himmel.

Und für die nächsten zehn Minuten standen wir einfach so Seite an Seite und ließen uns die Regentropfen über die Wangen laufen.

21

Hey C., ich bin zu faul, um zu dir hochzulaufen. ;) Willst du morgen mit zum Yoga kommen? Ich brauche jemanden, der auf mich aufpasst, haha.

Die Nachricht ging am frühen Samstagabend summend auf meinem Handy ein. Einerseits war Yoga eine gute Möglichkeit, mich recht unverbindlich mit Sylvie zu treffen – und ich war auch erleichtert, dass ich sie bei unserem Kaffeetreffen nicht verschreckt hatte. Andererseits hatte ich Yoga noch nie ausprobiert und wollte mich nicht lächerlich machen.

Ich schaute hoch zu meinen Notizbüchern und dachte an den Rat, den mir ein sanftmütiger Gärtner namens Arthur gegeben hatte, kurz bevor er gestorben war.

»Wenn du etwas möchtest, das du nicht hast«, hatte er gesagt, »dann musst du etwas tun, das du noch nie gemacht hast.«

Ich hatte noch nie wirklich Zeit mit einer Frau meines Alters verbracht (zumindest mit keiner, die nicht im Sterben lag). Das könnte meine Chance sein, endlich eine Freundschaft zu schließen.

Nachdem ich Sylvies Nachricht ein paarmal gelesen hatte, tippte ich mit den Daumen meine Antwort.

Klar. Um wie viel Uhr?

Drei Punkte, dann keine Punkte mehr. Dann eine Nachricht.

8 Uhr ... iiieh. Zu früh für dich?

Ich spielte mit dem Gedanken, höflich abzulehnen.

Schon okay. Aber ich war noch nie beim Yoga.

Besser, ich dämpfte die Erwartungen ein bisschen.

Sylvies Antwort folgte augenblicklich, und ich fragte mich, wie sie so schnell tippen konnte.

Kein Problem! Ich kann dir ein paar Tipps geben. Wir treffen uns um 7:40 unten.

Anstatt mir die romantische Komödie aus Frankreich anzuschauen, wie ich geplant hatte, ackerte ich mich durch eine Reihe von Yoga-Videos auf YouTube um mir ein paar Haltungen einzuprägen, damit ich morgen nicht wie eine totale Anfängerin aussah. Ich war nicht gerade die Gelenkigste – leider hatte ich nichts von der tänzerischen Anmut meiner Mutter geerbt, dafür etwas von Grandpas Größe (genau genommen einen Meter fünfundsiebzig davon), aber dadurch fühlten sich meine Gliedmaßen etwas zu lang für meinen Körper an.

Als ich am nächsten Morgen hinunterkam, erwartete mich Sylvie bereits auf der Eingangstreppe. Sie hatte eine Yogamatte auf dem Rücken, einen Thermokaffeebecher in der Hand und blies kleine Atemwolken in die Luft wie ein geschmeidiger Drache mit einem kessen Pferdeschwanz.

»Clover, hi!«

»Oh, hey, Sylvie.«

Sie reichte mir den Thermobecher. »Ich dachte mir, du möchtest vielleicht Kaffee.«

»Danke – das ist echt sehr aufmerksam.« Ich fühlte mich unerwartet umsorgt.

Sylvie machte eine »Nicht der Rede wert«-Geste, drehte sich um und hüpfte, zwei Stufen auf einmal nehmend, die

Treppe hinunter. »Immerhin habe ich dich auch so früh rausgescheucht.«

Während wir die zwei Blocks zum Yogastudio gingen, redete Sylvie munter vor sich hin. »Also, ich erzähl dir mal was über die üblichen Verdächtigen. Ich war zwar erst vier- oder fünfmal dort, aber ich glaube, die meisten habe ich schon kennengelernt.« Ein Nicken von mir reichte ihr, um fortzufahren. »Die Lehrerin ist super – sie hat in Indien studiert –, aber sie hat einen neuseeländischen Akzent, und aus irgendeinem Grund nervt mich das während der geführten Meditation total. Allein die Art, wie sie ›Kokon‹ sagt.«

In den YouTube-Videos war nicht von Kokons die Rede gewesen. Hoffentlich konnte ich das improvisieren. Mein Selbstvertrauen begann zu schwinden.

Sylvie setzte ihre Zusammenfassung fort. »Und dann ist da noch dieser echt heiße Typ, der sich immer einen Platz ganz vorne sucht und *super*gelenkig ist. Allerdings weiß er auch genau, dass er heiß und supergelenkig ist, und, na ja, das ist jetzt nicht besonders attraktiv.«

Ich lachte nervös. »Klar.«

»Ach, übrigens, wusstest du, dass sie in dem Studio auch Doga anbieten? Du solltest unbedingt mal George mitnehmen! Der würde Hundeyoga bestimmt lieben.«

Ich war mir ziemlich sicher, dass George ganz und gar nicht begeistert wäre.

Als wir in dem Yogastudio in der unteren Etage eines Sandsteinhauses ankamen, verspannten sich meine ohnehin schon schmerzenden Muskeln vor Panik noch mehr. Ich war ja schon öfter an Scharen von in Elasthan gewandeten Yogis vorbeigelaufen und hatte ihre Bewegungen sogar gern aus der Ferne beobachtet, aber tatsächlich mitzumachen – schlimmer noch, von ihnen dabei gesehen zu werden –, ließ mich vor Angst fast erstarren.

Die Studiotür schloss sich hinter uns und schaffte es durch ihre meisterhafte Schalldämpfung, den Großstadtlärm draußen zu halten. Dank eines unauffällig platzierten Diffusors lag eine subtile Mischung aus Eukalyptus-, Lavendel- und vielleicht Myrrheduft in der Luft. Das beruhigende Summen tibetischer Klangschalen drang aus ebenfalls gut versteckten Lautsprechern.

Sylvie lächelte dem Mann hinter dem minimalistischen Empfangstresen aus Holz zu, auf dem ein einsamer Bonsaibaum die einzige Deko darstellte. Sein rotbraun melierter Bart war erstaunlich gepflegt, und ich fragte mich, ob er zum Frisieren seines Bartes und seines Männerdutts wohl denselben Kamm verwendete.

»Sylvie Anderson und Clover Brooks«, meldete sie uns an und warf mir dann einen verschmitzten Seitenblick zu. »Deinen Nachnamen weiß ich von deinem Briefkasten.«

»Warte«, sagte ich, als wir anschließend unsere Schuhe und Taschen in den Fächern unter einer gepolsterten Bank verstauten, »wie viel schulde ich dir für die Stunde?«

Sylvie schüttelte den Kopf. »Keine Sorge, das geht auf mich. Du kannst die nächste Stunde übernehmen.«

Die nächste Stunde? Ich war mir noch bei dieser hier unsicher.

Wir schlenderten in einen Raum mit Eichenparkettboden und künstlich verwitterten Betonwänden.

Gleichmäßig zusammengerollte Yogamatten lagen wie Holzscheite zu einer Pyramide aufgestapelt in einer Wandnische. Sylvie reichte mir eine und führte mich auf eine Seite des Übungsraumes. »Ich platziere meine Matte gerne am Fenster, damit ich was zu gucken habe, wenn sie einen die Positionen zehn Minuten lang halten lassen und mir langweilig wird.«

Während sie sich einer Reihe von kunstvollen Dehnübungen widmete (ich musste das Video verpasst haben, in dem gesagt wurde, dass man sich vor einem Kurs, der ausschließlich aus Dehnübungen besteht, dehnen soll), setzte ich mich auf meine Matte und studierte die anderen Leute im Raum. Ihre Kleidung schmiegte sich vorteilhaft an jeden ihrer durchtrainierten Muskeln, und ihre Haut strahlte, sei es nun vor innerem Frieden oder durch teure Hautpflegeprodukte.

Sylvie zeigte mit dem Kinn zur Mitte des Raumes. Dort machte ein muskulöser Mann mit glatter Haut gerade einen gekonnten Handstand. »Der heiße, supergelenkige Typ«, flüsterte sie. »Sobald es hier drinnen auch nur ansatzweise warm wird, zieht er sein Shirt aus – sicher zur Freude aller anderen. Aber nicht mein Typ. Mir gefällt eher der dürre Künstlertyp, aber vielleicht ist er ja nach deinem Geschmack?« Sie wackelte mit den Augenbrauen und widmete sich beim Stretching ihrem anderen Handgelenk.

Ich verschränkte die Arme vor der Brust und versuchte, unauffällig herauszufinden, ob der Kerl »mein Typ« war. Das war ich noch nie gefragt worden.

»Das ist von hier aus schwer zu sagen«, meinte ich und hoffte, dass eine vage Antwort sie zufriedenstellen würde. Aber da unterbrach ein seidenweicher neuseeländischer Akzent unser Gespräch.

»Guten Morgen, allerseits.« Eine zierliche, sehnige Frau in die Figur betonendem Weiß stand am Eingang des Übungsraumes. Ich überlegte, wie man wohl die passende Unterwäsche zu diesem Outfit fand.

»Mein Name ist Amelie, und es ist mir eine große Freude, euch alle hierzuhaben«, sagte die Frau, als würde sie ein Baby in den Schlaf lullen. »Danke, dass ihr euch entschieden habt, diesen Tag gemeinsam mit mir und dieser wundervollen Yogapraxis zu beginnen.«

Sylvie hüstelte auffällig.

Nach den ersten Übungen war ich ziemlich zufrieden mit

mir, weil ich die meisten Bewegungen ganz gut hinbekam. Es half, dass wir sie immer öfter wiederholten und ich bei allen um mich herum abschauen konnte. Die Herausforderung bestand eher darin, meine Tagträume in Schach zu halten. Zum Beispiel grübelte ich darüber nach, warum die Frau vor mir sich ausgerechnet für ein Leguan-Rückentattoo entschieden hatte und ob sie es bereute. Oder ob ich mir auch eine dieser Himalaja-Salzlampen zulegen sollte, auch wenn ihr Effekt letztlich wohl kaum über ein wohliges Gefühl hinausging. Sylvie musste mich mehrmals anstupsen, weil wir bereits zu einer anderen Pose übergegangen waren. Um meine Gedanken zu ankern, versuchte ich mir etwas weniger Anregendes vorzustellen.

Einen Stein. Einen grauen, langweiligen Stein.

»Darf ich dich anfassen?«

Die überraschende, geflüsterte Frage kam von Amelie, die durch den Raum wanderte und die Haltung der Teilnehmer korrigierte.

Noch eine Frage, die mir noch nie gestellt worden war. Meine Ohren fingen an zu brennen.

»Ähm, klar, okay«, flüsterte ich zurück, den Ton der Lehrerin übernehmend, denn es gab hier offensichtlich eine unausgesprochene Regel, dass man nicht in normaler Lautstärke sprach.

Amelie kniete sich hinter mich und legte ihre Hände auf meinen vorgebeugten oberen Rücken. Der warme, feste Druck stellte ein ungewohntes, aber angenehmes Gefühl dar, und mein Körper erwachte knisternd zum Leben.

Es bestand keine Gefahr mehr, dass ich mich in Tagträume verlor.

»So ist es gut«, gurrte Amelie. »Atme einfach in die Dehnung hinein.«

Ich versuchte, mich daran zu erinnern, wann ich das letzte Mal auf so lange, bedeutsame Weise berührt worden war. Ich hatte meinen Klienten oft zum Trost die Hand gehalten oder ihnen auch mal aus einem Sessel oder Bett herausgeholfen, aber da war immer ich die Kümmernde gewesen.

Das hier war das erste Mal seit Jahren, dass ich mit so viel Fürsorge und Energie von jemand anderem berührt wurde.

Die Yogastunde endete mit einer geführten Meditation, bei der Amelie noch monotoner und hauchender sprach.

»Stell dir vor, du bist umhüllt von schöööönem, heilendem Licht wie in einem Ko-kong.«

Sylvie stieß ein unterdrücktes Schnauben aus.

»Dieser Ko-kong ist dein sicherer, heilender Ort, wo dir nichts passieren kann.«

Ich öffnete ein Auge und schielte zu Sylvie hinüber, die sich die Nase zuhalten musste, um sich das Lachen zu verkneifen. Ihr ganzer Körper zuckte.

Sylvies stakkatoartige Betonung des Wortes »Kokon« erinnerte an den Refrain von »So long, Farewell«, das die Trapp-Kinder in *The Sound of Music* singen. Ich versuchte, mich nicht von Sylvies Glucksen anstecken zu lassen, aber umso mehr ich es mir verbat, desto stärker wurde der Drang. Erst tropften mir die Tränen, dann strömten sie mir übers Gesicht.

Amelie räusperte sich demonstrativ. »Denk immer daran. Der Friede beginnt mit dir. In deinem goooldenen Ko-kong.«

Das war zu viel für Sylvie. Sie setzte sich auf und berührte mich an meiner vor unterdrücktem Lachen noch immer zuckenden Schulter. »Lass uns von hier verschwinden«, flüsterte sie.

Ohne uns gegenseitig – oder Amelie – anzuschauen, rollten wir unsere Matten zusammen und schlichen uns dann auf Zehenspitzen zwischen den liegenden, meditierenden Körpern hindurch aus dem Saal. Während wir noch schnell unsere Sachen zusammenrafften und nach draußen stürmten, spürte ich, wie das warme Gefühl von Komplizenschaft langsam meine Schuldgefühle darüber, die Stunde gestört zu haben, verdrängte. Wir eilten im Laufschritt die Straße hinunter, als bestünde die Gefahr, dass Amelie uns in einem meditativen Wutanfall verfolgen könnte.

Sobald wir um die nächste Ecke gebogen waren, verlangsamte Sylvie ihren Schritt zu einem Schlendern.

»Also, was hast du die Woche so vor?«, fragte sie und löste ihren Pferdeschwanz, um ihn gleich darauf erneut zu binden. »Hast du immer noch ›Urlaub‹?«

»Ich habe eine neue Klientin, die ich morgen besuche.«

»Oooh, erzähl mir mehr.«

»Es handelt sich um eine alte Dame von der Upper West Side. Sie war früher in den Fünfzigern Fotojournalistin.«

»Was? Wie cool! Die würde ich auch gerne mal kennenlernen – ich wette, bei dem Job muss sie eine ziemlich resolute Frau gewesen sein.« Sylvie zupfte den Riemen ihres Rucksacks zurecht. »Wie bist du auf sie gekommen? Wie kommt eine Sterbe-Doula überhaupt zu ihren Klienten?«

»Ich habe ihren Enkel kennengelernt. Anscheinend bekommt sie außer ihm kaum noch Besuch.«

»Meine Güte, ist das traurig.« Doch dann verwandelte sich Sylvies verdrossener Gesichtsausdruck in ein verschmitztes Grinsen. »Enkel, was? Ist er heiß?«

Meine Wangen flammten auf. »Vielleicht ein bisschen?«

»Vielleicht? Also meiner Erfahrung nach ist jemand entweder heiß, oder er ist es nicht.«

Ich hatte natürlich darüber nachgedacht, aber den Gedanken sofort im Keim erstickt, als mir bewusst wurde, wie unprofessionell das war. Schließlich ging es hier um meinen Auftraggeber.

Ich suchte händeringend nach einer Möglichkeit, das Thema zu wechseln. »Also … und wie läuft's in deinem neuen Job bei der Frick Collection?«

»Ach, weißt du, im Großen und Ganzen okay. Wenn man einen neuen Job antritt, dauert es immer eine Weile, bis man die Persönlichkeit von allen kennt und so. Und dann sind da ja auch noch diese ganzen ungeschriebenen Gesetze, mit denen man sich erst einmal auseinandersetzen muss. Im Kunstgeschichtsbereich herrscht eine ziemlich harte Konkurrenz.« Sylvie winkte einem Dackel zu, aber ignorierte dessen Besitzer.

»Ja, mein Großvater war Prof an der Uni, und er erzählte mir immer, wie hinterhältig manche Akademiker sein können.«

»Absolut. Und das Schlimmste ist, dass alle so passiv-aggressiv sind. Ich bin immer dafür, die Dinge offen anzusprechen, aber vermutlich kann das neue Team mit meiner brutalen Ehrlichkeit nicht richtig umgehen.«

Mir gefiel Sylvies Offenheit, weil ich so nicht herumrätseln musste, was sie dachte. Das erleichterte mir den Umgang mit ihr enorm. Ich war sogar ein wenig enttäuscht, dass wir schon in unserem Hausflur angekommen waren.

»Danke, dass du dich aus dem Bett gequält hast und mit mir zum Yoga gekommen bist. Ich fand's echt lustig!« Sylvie steckte den Schlüssel in ihr Türschloss. »So habe ich schon lange nicht mehr gelacht. Lass uns das bald wiederholen – falls Amelie uns noch reinlässt.«

»Das wäre toll«, erwiderte ich, überrascht darüber, dass ich es auch tatsächlich so meinte.

Als ich die Treppe hinaufging, brannten meine Oberschenkel von den neu erweckten Muskeln, und meine Wangen waren von den Lachtränen noch immer ganz klebrig. Mir fiel auf, dass ich noch nie so lange am Stück mit jemandem außerhalb meines Jobs Zeit verbracht hatte, außer mit Leo.

Ich dachte an Olive und ihren Tipp mit dem Parfüm. Ich hatte noch immer keinen Duft gefunden, der mir gefiel, aber zum ersten Mal seit Jahren hatte ich das Gefühl, dass etwas in meinem Leben in Bewegung geriet.

22

Als an meinem zweiundzwanzigsten Geburtstag die Sonne hinter den Vulkanen aufging, die sich über Antigua in Guatemala erhoben, ließ das Licht die tiefen Ockertöne der barocken Architektur noch satter erscheinen. Meine Schritte hallten auf dem kalten Kopfsteinpflaster wider, bis ich vor dem verschnörkelten Eisentor eines Innenhofes stehen blieb, in dem üppiges Blattwerk einen verfallenen Kachelbrunnen überwucherte. Um den Brunnen herum saßen die Bewohner des Anwesens – alte Menschen oder *abuelos,* die ohne Geld oder Familienmitglieder, die sich um sie kümmern konnten, ihren Lebensabend in diesem Gemeindepflegeheim verbrachten. Einige starrten in die Ferne, während andere in der warmen Sonne dösten. Wie immer folgte dort alles einem geruhsamen Tempo, und es herrschte eine friedliche Atmosphäre.

Ich hatte mir zwischen meinem zweiten und dritten Studienjahr zwei Monate Zeit genommen, um als Freiwillige in dem unterfinanzierten Pflegeheim mitzuarbeiten, während ich ein paar Straßen weiter bei einer einheimischen Familie wohnte. Es war der erste Geburtstag, den ich nicht mit meinem Großvater verbrachte, seit ich bei ihm eingezogen war. Die letzten beiden Jahre hatte ich Soziologie an der McGill University in Montreal studiert – eine Möglichkeit, meine Flügel ein wenig auszubreiten und nur wenige Flugstunden von New York City entfernt eine andere Kultur kennenzulernen. Mein Plan bestand damals darin, in Grandpas akademische Fußstapfen zu treten, bloß dass ich mich nicht der Biologie widmen würde, sondern um die Welt reisen und die verschiedenen kulturellen Traditionen rund um den Tod erforschen wollte.

»Guten Morgen, Clover!« Flora, die Pflegerin, die mir das Tor geöffnet hatte, war in meinem Alter und nutzte jede Möglichkeit, um ihr Englisch zu verbessern. Wie ich träumte auch sie davon, die Welt zu bereisen, und sie wusste, dass die englische Sprache ihr dabei nützlich sein konnte. Da aber ihr gesamtes Gehalt in die Unterstützung ihrer Geschwister floss, konnte sie sich keinen Unterricht leisten, also ergriff sie jede Gelegenheit, die Sprache mit Freiwilligen wie mir zu üben. Und obwohl ich eigentlich mein Spanisch verbessern wollte, kam ich ihrem Wunsch immer nach. Ich fühlte mich etwas schuldig, weil ich meine Familie nicht finanziell unterstützen musste wie sie und mein Großvater mir auch noch mein Studium bezahlte.

»Hallo, Flora! Toll siehst du aus heute«, sagte ich, als sie das Tor hinter mir wieder verschloss.

Weder ihr verwaschener Kittel noch ihre Gummiclogs konnten ihrer natürlichen Schönheit etwas anhaben. Sie hatte glänzendes schwarzes Haar, strahlende Haut und ein fröhliches Lächeln. Und weil sie so entwaffnend offen und ungekünstelt war, konnte man ihr das unmöglich verübeln.

»Oh«, sagte sie und senkte verlegen den Blick. »Sehr nett von dir, Clover. Du siehst aber auch toll aus.« Obwohl ich wusste, dass sie es auch so meinte, kam es mir wie maßlose Beschönigung vor.

Flora schaute auf ihre Uhr. »Ich fange besser mal an, allen ihre *medicina* zu geben – wir sehen uns!«, rief sie noch und eilte dann nach drinnen.

Als ich durch den Innenhof ging, drängten sich einige der *abuelos* aufgeregt um mich. Da ich noch immer ein relativ neues Gesicht in ihrem monotonen Alltag war, war meine Anwesenheit eine willkommene Abwechslung. Die vergnügteste Begrüßung kam, wie immer, von Rosita, einer zarten Frau von nicht mehr als einem Meter fünfzig Körpergröße, die mit funkelnden Augen und einem zahnlosen, freudestrahlenden Grinsen auf mich zugetänzelt kam. Obwohl sie taub war und nicht sprechen konnte, fiel es Rosita nicht schwer, ihre fortwährende Lebenslust zu übermitteln. Zur Begrüßung schlang sie ihre zerbrechlichen Arme um meine Taille, und mir ging das Herz über. Ich mochte ihre täglichen Umarmungen – wenn sie nur wüsste, wie sehr mir das, was sie so offenherzig zu geben bereit war, in meinem Leben fehlte.

Aber nicht alle begrüßten mich so fröhlich wie Rosita. Andere Heimbewohner blieben still sitzen und starrten stoisch vor sich hin, als wappneten sie sich für die Demütigung, ignoriert zu werden, weil sie wussten, dass sie vom Rest der Gesellschaft bereits vergessen worden waren. Doch als ich anhielt und jedem von ihnen einen guten Morgen wünschte, schmolz ihr Gleichmut dahin, und die Traurigkeit in ihren Augen verwandelte sich in Hoffnung, wenn sie meinen Gruß in gemurmeltem Spanisch dankbar erwiderten.

Der vergangene Monat hatte mich schon eine meiner wichtigsten Lektionen im Leben gelehrt. In den ersten Wochen überwältigte mich die Traurigkeit über die bedauernswerten Lebensumstände dieser Menschen, und es fiel mir schwer, über ihre belastenden Krankheiten und langsam verwelkenden Körper hinwegzusehen. Doch allmählich begann ich zu begreifen, dass mein Mitleid mit ihnen ihren Schmerz nicht lindern würde. Das Netteste, was ich für sie tun konnte, war, ihnen in die Augen zu blicken und sie einfach als Menschen anzuerkennen. Damals schwor ich mir, mich niemals vom Leid eines anderen abzuwenden, sosehr ich es auch wollte.

»*Buenos días,* Clover«, rief eine eindeutig amerikanische Stimme hinter mir.

Mein Puls pumpte, während ich mich umdrehte und mich zwang, cool zu bleiben. »Oh, hey, Tim«, stammelte ich. »Ich meine, *buenos días.*«

Tim kam aus Seattle und war auch ein Freiwilliger, der eine Woche nach mir in dem Pflegeheim angefangen hatte. Da ich an seinem ersten Tag die Aufgabe bekommen hatte, ihn herumzuführen, hatten wir uns recht gut kennengelernt. Es war immer viel leichter für mich, mit Leuten in Kontakt zu treten, wenn ich einen konkreten Anlass hatte. Außerdem entdeckte ich einen der Vorteile daran, an einem Ort zu sein, wo einen niemand kennt – die Anonymität, die damit einherging, eine Fremde zu sein, die Möglichkeit eines Neuanfangs. Denn in Guatemala war ich keine komische Einzelgängerin; ich war lustig, selbstbewusst und abenteuerlustig. Zumindest war das die Rolle, die ich in den letzten Wochen versucht hatte zu spielen.

»Mann, ich hab so einen üblen Kater«, sagte Tim, auch wenn sein gebräunter Schwimmerkörper dem widersprach.

»Warst du gestern Abend aus?« Ich überlegte, was ich sonst noch sagen könnte, damit es nicht so klang, als wollte ich ihn ausfragen. »Mit einem Kater zu arbeiten, kann ganz schön unangenehm sein.« Zumindest hatte ich das gehört.

»Ja.« Er nahm seine Seahawks-Kappe ab und kratzte sich am Kopf. »Ich und ein paar andere Freiwillige waren gestern Abend noch in einer Tequila-Bar.«

»Oh, okay.« Ich hatte nichts davon mitbekommen.

Er drückte meinen Arm. »Wir hätten dich auf jeden Fall gefragt, aber es war total kurzfristig.«

Ich setzte ein Lächeln auf. »Kein Ding – ich war gestern sowieso beschäftigt.« Damit, in mein Tagebuch zu schreiben, aber technisch gesehen stimmte es. Rosita, die immer noch an meiner Taille hing, griff nach oben und zupfte spielerisch an Tims Rucksackriemen.

Tim schaute zu ihr hinunter, als wüsste er nicht, wie er darauf reagieren sollte. »Oh, hey, Juanita.« Er sah sich unbehaglich um. »Ich gehe mich mal besser anmelden. Ich muss sichergehen, dass es erfasst wird, darum bin ich ja hier.« Er beugte sich zu mir und senkte die Stimme. »Die großen Finanzfirmen lieben es, wenn ihre neuen Mitarbeiter ein bisschen was Wohltätiges im Lebenslauf haben.«

Die morgendliche Feuchtigkeit brachte den Duft von gelbem Jasmin mit sich und erfüllte den Innenhof mit einer subtilen Süße, als ich mit Rosita hineinging. Meine Schicht an diesem Tag bestand aus dem, was man wohlwollend »Beschäftigungstherapie« nennen konnte. Im Grunde half ich den *abuelos,* Puzzles zusammenzusetzen oder Kunstwerke aus gespendeten Materialien wie Plastikbesteck, Papptellern und alten Knöpfen zu fertigen. Aber meistens war ich bloß da, um ein Auge auf sie zu haben, während sie wie gebannt mexikanische Seifenopern auf dem Röhrenfernseher verfolgten, der oben auf dem Materialschrank stand.

Als ich an diesem Tag den Raum betrat, waren die *abuelos* bereits mit ihren Bastelarbeiten beschäftigt.

Alle Pflegeheimbewohner wurden mit der gleichen Standardgarderobe ausgestattet. Die Männer trugen graue Oberteile mit V-Ausschnitt und Hosen und die Frauen einfache Hauskleider aus demselben geblümten Stoff. Ich fragte mich immer, wie all diese Menschen wohl in ihrer Jugend gewesen waren, lange bevor sie auch nur daran gedacht hätten, dass die Gesellschaft sie einmal vergessen oder zumindest nicht mehr wertschätzen würde. Indem ich beobachtete, wie sie sich verhielten, konnte ich Aspekte ihrer ursprünglichen Persönlichkeit herauslesen. Während manche aufgegeben hatten, sich zu pflegen, oder nicht mehr in der Lage dazu waren, legten andere noch immer Wert auf ihr Äußeres, wie José mit seinen ordentlich zur Seite gekämmten kurzen Haaren oder Pilar mit ihren zu einem kunstvollen Dutt zusammengebundenen Zöpfen. Und dann waren da noch die kleinen, aber bedeutungsvollen Details an ihrer ansonsten einheitlichen Bekleidung: Valerías

Rüschenschürze, Carmens Perlenkette oder Fernandas selbst gehäkelte Strickjacke.

Wovon hatten sie wohl geträumt, als sie in meinem Alter waren? Was hätten sie im Rückblick gerne anders gemacht, jetzt, da das Ende nah war?

In einer der Zimmerecken saß ein Mann mit einem runden Gesicht auf einem ramponierten Sessel und hatte die Hände ordentlich im Schoß gefaltet, während er geduldig auf meine Ankunft wartete. Arturo hatte mir letzte Woche stolz erzählt, dass er ein Dichter sei, aber jetzt, da ihm die Arthritis in den Knöcheln saß, war er nicht mehr in der Lage, seine Werke zu Papier zu bringen. Also hatte ich mich bereit erklärt, seine Schreiberin zu sein, und die letzten paar Vormittage damit verbracht, seine poetischen Beobachtungen über das Leben und die Liebe sorgsam zu notieren. Das heutige Gedicht drehte sich um das Wissen, dass da draußen eine große Liebe auf einen wartete, auch wenn man sie noch nicht gefunden hatte.

»Bis wir uns treffen, betrachte ich den Mond, denn er ist das Einzige, was uns beide verbindet«, verkündete er mit leuchtenden dunklen Augen auf Spanisch.

»Wie romantisch«, staunte ich, entzückt von seiner unverhohlenen Sentimentalität.

»Ich bin sicher, du hast schon jemand Besonderen kennengelernt«, sagte er und stupste mich mit dem Ellbogen an.

»Vielleicht habe ich das«, antwortete ich und stupste ihn übermütig zurück.

Das hatte ich wirklich – und ich war mir ziemlich sicher, dass Tim genauso empfand. Im Laufe der vergangenen zwei Wochen hatte ich mir alle Anzeichen dafür akribisch in mein Tagebuch notiert. Die Art, wie er beiläufig den Arm um mich legte, während er mit mir sprach. Oder wie er mich bat, ihm die Schultern zu massieren, wenn er verspannt war. Oder dass er, wenn er eine Vertretung für seine Schicht brauchte, immer zuerst mich fragte, nicht weil ich besonders gut darin war, mit den *abuelos* umzugehen, sondern weil er wusste, dass er sich auf mich verlassen konnte. Und dann war da noch das eine Mal, als wir mit allen Freiwilligen etwas trinken gegangen waren und er sich unbedingt neben mich hatte setzen wollen. Nachdem ich seine Getränke bezahlte hatte, weil er seine Brieftasche vergessen hatte, drückte er sogar mein Knie.

Als moderne, unabhängige Frau hatte ich beschlossen, dass ich nicht darauf warten musste, dass er den ersten Schritt machte. Und mein Geburtstag schien dafür nun die beste Gelegenheit zu sein. Am Ende der heutigen Schicht, nachdem wir den Bewohnern ihr Abendessen serviert hätten, wollte ich ihm sagen, dass ich Geburtstag hatte, und ihn fragen, ob er mit mir zur Feier des Tages in dem winzigen Restaurant an der Ecke essen gehen wollte.

Und dann würde ich ihm offenbaren, was ich für ihn empfand.

Ich hatte mir sogar schon Gedanken darüber gemacht, wie wir unsere Fernbeziehung aufrechterhalten könnten, wenn er nach Seattle und ich nach Montreal zurückkehren würde. Es wäre eine Herausforderung, aber ich war bereit, all die Mühen auf mich zu nehmen. Vielleicht könnten wir es sogar so einrichten, dass wir unsere Abschlussarbeiten in derselben Stadt schrieben. Und die Chancen standen nicht schlecht, dass es ihn anschließend nach New York verschlagen würde – eine der Finanzhauptstädte der Welt.

Ich war ziemlich aufgeregt. Endlich würde ich meinen ersten Kuss bekommen.

Das Läuten der Essensglocke kündigte im Pflegeheim das Abendessen an. Wie immer schlurften die *abuelos* in den kahlen Speisesaal und nahmen an den langen Gemeinschaftstischen Platz.

Ich spürte, wie jemand meine Schulter drückte.

Mir wurde ganz schwindelig, als Tim sich nah zu mir beugte und mir etwas ins Ohr flüsterte.

»Hey, *señorita* Clover, könntest du mich vielleicht für eine Viertelstunde vertreten? Ich müsste schnell Besorgungen machen.«

Falter flatterten in meinem Bauch, als ich mich ebenfalls zu ihm beugte, um inmitten des Durcheinanders im Speisesaal zurückzuflüstern.

»Natürlich.«

Er drückte erneut meine Schulter. »Du bist die Beste.«

Es war stressig, mich sowohl um seine als auch meine Tische zu kümmern und den Bewohnern ihre Standardportionen Reis und Bohnen und hinterher noch ihre Schälchen mit Crème Caramel zu servieren. Aber ich nahm es gerne auf mich. Beziehungen erforderten Opfer – dies war meine Chance, ihm zu zeigen, dass ich bereit war, die Extrameile zu gehen.

Als Tim eine Dreiviertelstunde später noch immer nicht zurück war, bot ich mich an, auch den Abwasch für ihn zu übernehmen. Er musste aufgehalten worden sein – in Antigua tickten die Uhren nun mal langsamer.

Also stopfte ich mein Haar unter ein Haarnetz und ließ heißes Wasser in das riesige Industriewaschbecken laufen. Doch da bemerkte ich, dass die Spülmittelflasche fast leer war, und weil alle anderen in der Küche beschäftigt waren, machte ich mich selbst auf die Suche nach einem Ersatz. Auf dem Weg durch den engen Flur, der zur Abstellkammer führte, blieb ich kurz stehen, um eine Kakerlake zu zertreten. Die Tür zur Kammer war geschlossen, was ungewöhnlich war, aber vermutlich war da jemand so naiv zu glauben, so das Ungeziefer fernhalten zu können. Als ich die Tür aufmachte und innen nach dem Lichtschalter tastete, hörte ich ein Kichern und dann einen erschrockenen Laut, als die Neonröhre hell aufflackerte.

In der Ecke kauerten Tim und Flora, die Beine ineinander verschlungen, und einige ihrer Kleidungsstücke fehlten. Ihre Haut leuchtete im grellen Licht.

Ich rückte so selbstbewusst wie möglich mein Haarnetz zurecht, ging hinein und nahm das Geschirrspülmittel aus dem Regal. Dann verließ ich den Raum ohne ein Wort und zog die Tür leise hinter mir zu.

Als ich mit stechender Brust draußen vor der Abstellkammer stand, lernte ich eine zweite wichtige Lektion fürs Leben.

Es war leichter, dem Schmerz anderer Menschen ins Auge zu blicken, als sich seinem eigenen zu stellen.

23

Die Flasche Pinot Noir in meiner Hand fühlte sich schwer an, als ich vor Sylvies Tür stand. Zum ersten Mal war ich im Namen der Freundschaft offiziell bei jemandem zum Abendessen eingeladen, und es fühlte sich ziemlich bedeutsam für mich an.

Da ich ihren Weingeschmack nicht kannte, hatte ich dem Typen im Spirituosenladen eine kurze Einschätzung von Sylvies Persönlichkeit gegeben. Daraufhin hatte er mir als kühne, anspruchsvolle Wahl den tasmanischen Pinot Noir empfohlen.

»Die meisten gehen auf Nummer sicher mit einem kalifornischen Merlot oder einem Cabernet Sauvignon«, hatte er mit der hemmungslosen Herablassung erklärt, die wohl eine Voraussetzung für die Arbeit in einer Weinhandlung war. »Aber da Ihre Freundin offenbar weit gereist ist, wird sie dieser Rote eher beeindrucken.«

Meine Freundin. Ich ließ mir den Begriff auf der Zunge zergehen und verspürte ein leichtes Nervenflattern.

Die Hand schon zum Klopfen an Sylvies Tür erhoben, überprüfte ich ein letztes Mal mein Outfit. Ich verließ ja nicht wirklich das Gebäude, also sollte es nicht so aussehen, als hätte ich mir übermäßig Mühe gegeben. Aber ich wollte auch nicht so wirken, als wäre es mir egal – und meine Wohlfühlklamotten waren tendenziell eher schludrig. Also hatten eine Jeans und mein schönster Wollpulli das Rennen gemacht.

Ich holte Luft und klopfte dreimal. Meine Nervosität steigerte sich, als Schritte auf der anderen Seite zu vernehmen waren. Die Tür ging auf, und da stand Sylvie mit ihrem typischen strahlenden Lächeln. Ich wusste natürlich, dass Sylvie immer lächelte, ganz gleich, wer vor ihr stand, doch ihr warmer, direkter Blick gab mir trotzdem das Gefühl, interessanter zu sein, als ich eigentlich war.

»Clover! Wie schön, dass du da bist – ich hab mich schon den ganzen Tag auf unser Treffen gefreut.« Sylvie trat zur Seite und machte eine einladende Bewegung mit dem Arm. »Der Tag in der Arbeit war ziemlich beschissen, und am liebsten will ich ihn einfach vergessen. Es tut so gut, ein nettes Gesicht zu sehen!«

»Danke für die Einladung.« Ich war es nicht gewohnt, dass meine Anwesenheit bejubelt wurde. Verlegen streckte ich ihr die Weinflasche entgegen. »Die hab ich dir mitgebracht.«

»Oh, danke«, sagte Sylvie und drehte die Flasche in der Hand, um das Etikett zu betrachten. »Ein australischer Roter – gute Wahl.«

Ich hätte das Kompliment gerne angenommen, aber das war eine Lüge, die ich leicht vermeiden konnte. »Der Typ im Weinladen hat mir bei der Auswahl geholfen.«

Sylvie kniff ein Auge zu. »Du meinst den in der West Third? Dieser nervige Typ, der mit einem redet, als hätte man noch nie eine Weintraube gesehen, geschweige denn eine Flasche Wein?«

»Er war etwas herablassend.« Ich war froh, dass nicht nur ich diesen Eindruck gehabt hatte.

»›Etwas‹ ist eine glatte Untertreibung«, meinte Sylvie. »Manchmal würde ich am liebsten hingehen und ihn nach irgendwelchen Fantasieweinen fragen, nur um zu sehen, wie er ins Schwitzen kommt. Meine Stiefmutter ist Winzerin, also vertraue ich ihrem Urteil mehr, als ich seinem je vertrauen würde.« Sie hielt die Flasche hoch. »Ich wette, er wäre total angepisst, wenn er wüsste, dass du den für mich gekauft hast.«

Ein nervöses Lachen war alles, was ich herausbekam.

»Los, machen wir sie auf«, meinte Sylvie und stapfte hinüber zum Küchentresen. »Auf die Gefahr hin, wie eine Pedantin zu klingen, würde es dir etwas ausmachen, die Schuhe auszuziehen?«

Ich hielt mitten im Schritt inne, ohne den Fuß auf den Boden zu setzen, und wich zurück zur Tür, beschämt darüber, Sylvies Hausregeln missachtet zu haben.

»Natürlich, Entschuldigung.« Waren Socken erlaubt? Ich zog sie mir vorsichtshalber aus.

»Kein Ding«, Sylvie grinste. »Weißt du, ich hätte selbst nie gedacht, dass ich einmal zu diesen superpedantischen Leuten gehören würde, die immer alle zwingen, ihre Schuhe auszuziehen. Aber nachdem ich ein paar Jahre in Japan gelebt habe, kann ich mich nicht mehr durchringen, sie zu Hause anzuhaben.« Sie zeigte auf die Barhocker am Küchentresen. »Setz dich doch.«

Die Wohnung hatte denselben Grundriss wie meine, allerdings war ihre in den letzten zwanzig Jahren modernisiert worden. (Ich beschränkte die Wartungsanfragen auf das Allernötigste wie überschwemmte Toiletten, damit mein Vermieter keinen Grund hatte, meine unglaublich niedrige Miete zu erhöhen.) Aber ästhetisch war Sylvies Wohnung das komplette Gegenteil von meiner. Wir hatten genau die gleiche Anzahl von Fenstern mit demselben Ausblick, aber ihre Wohnung war auf unerklärliche Weise lichtdurchfluteter, sogar jetzt in der Dämmerung.

»Bist du noch am Einrichten?«, erkundigte ich mich und betrachtete die minimalistische Ausstattung. Die Farbpalette der Wohnung bestand ausschließlich aus Weiß, Beige, Hellgrau oder Holz. Ein einzelnes abstraktes Gemälde hing über dem Sofa, aber sonst waren die alabasterfarbenen Wände kahl. Auf dem Couchtisch und der Anrichte waren Bücher gestapelt, deren Buchrücken auch allesamt dem vorherrschenden Farbschema folgten. Die Bücherregale waren vergleichsweise leer, abgesehen von ein paar vereinzelten, gut platzierten Gegenständen wie glatten Keramiken, einer teuer aussehenden Kerze und einer Glasvase mit getrockneten Eukalyptusblättern. Und trotzdem fühlte es sich irgendwie wohnlich an.

Sylvie lachte. »Nein, das ist es schon – vermutlich hat der ganze japanische Minimalismus auf mich abgefärbt. Auch wenn mein Geschmack schon immer ein bisschen in Richtung Agnes Martin ging.« Sie sah sich in ihrer Wohnung um. »Meine Güte, ich bin das totale Millennial-Klischee, oder?«

»Sammelst du gar keine Souvenirs von deinen Reisen, oder so was?« Selbst wenn es bloß ein Kühlschrankmagnet war, brachte ich immer gerne irgendein Andenken an die Orte, die ich besucht hatte, mit zurück. Eine Weile hatte ich Steine und Muscheln gesammelt, bis mir klar wurde, welche weitreichenden Folgen das mitunter nach sich ziehen konnte.

Sylvie verzog das Gesicht. »Nee, ich bin kein großer Fan von … Zeug. Mir reichen die Erinnerungen an das, was ich dort erlebt habe. Aber ich versuche überall, wo ich bin, einen Kochkurs zu machen, um ein lokales Gericht zubereiten zu können. Apropos …« Der Duft von würziger Kokosmilch und Zitronengras erfüllte die Luft, als sie den Deckel von dem vor sich hin köchelnden Topf nahm. »Ich hoffe, du magst Thailändisch.«

Nach dem Essen, das wir auf Kissen um ihren Couchtisch herum sitzend eingenommen hatten, hockten wir uns aufs Sofa und tranken eine Flasche Syrah von Sylvies Mutter. Meine Wangen fühlten sich bereits rosig an, was bedeutete, dass ich schon leicht beschwipst war. Wenn ich nicht die ganze Zeit Angst gehabt hätte, das makellose Sofa meiner Nachbarin zu bekleckern, wäre es ein richtig entspannter Abend geworden.

»Wie läuft es mit deiner neuen Klientin?«, erkundigte sich Sylvie, die langen Beine seitlich angewinkelt.

»Du hattest recht«, sagte ich – mir fielen ihre elegant lackierten Zehennägel auf, und ich überlegte, ob ich das mit meinen auch einmal versuchen sollte. »Claudias Geschichten aus ihrer Zeit als Pressefotografin sind wirklich interessant.«

Sylvie spähte verschmitzt über den Rand ihres Glases. »Und was ist mit diesem Enkel? Wie war sein Name noch gleich?«

»Sebastian.« Es laut auszusprechen, machte mich ganz verlegen. »Dem geht's gut. Warum?«

»Ich dachte nur, dass du ihn ein bisschen näher kennengelernt hast und dass es vielleicht sogar zwischen euch funkt.«

»Er ist mein Auftraggeber«, sagte ich und hatte das Gefühl, klarstellen zu müssen, dass mein rotes Gesicht bloß vom Wein kam.

»Ja, aber seien wir ehrlich – der Job ist doch zeitlich begrenzt«, meinte Sylvie. »Wenn seine Großmutter stirbt, dann ist er nicht mehr dein Auftraggeber, also kannst du mit ihm anstellen, was du willst. Selbst wenn du nur auf ein bisschen Spaß aus bist. Sozusagen eine Freundschaft mit gewissen Vorzügen.«

»Oh.« Ich richtete meine Aufmerksamkeit auf das Kunstwerk über dem Sofa und tat so, als wäre ich fasziniert von seiner harmonischen Geometrie.

»Aber vielleicht ist so was ja nicht dein Ding.« Sylvies Lächeln war beruhigend. »Viele Leute sind reine Beziehungstypen.«

»Na ja …« Ich war mir nicht sicher, ob ich schon bereit war, dieses Gespräch zu führen. Aber wenn ich weiterhin Zeit mit Sylvie verbringen würde – und das wollte ich –, dann musste ich wohl früher oder später da durch. »Es ist eher so, dass … ich das eigentlich noch nie hatte.«

»Was, du meinst Sex? Oder eine Beziehung?«

»Äh, weder noch.« Vielleicht war es weniger schockierend, wenn ich es ganz leise nuschelte.

»Oh, verstehe.« Sylvies Reaktion war nicht so verurteilend, wie ich erwartet hätte. »Also, bist du ace?«

»Ace?«

»Ja, du weißt schon, asexuell? Das ist total in Ordnung. Ich bin mit ein paar Leuten befreundet, die ace sind.«

Ich hatte nie darüber nachgedacht, welches Label ich mir verpassen würde. »Nein, ich glaube nicht. Ich meine, ich fühle mich schon von Leuten angezogen.«

»Typen? Frauen? Oder beides? Ich persönlich halte mir ja ganz gerne die Optionen offen.« Sylvie grinste. »Ich hatte nie das Bedürfnis, mich festzulegen.«

Ich ging alle Schwärmereien durch, die ich über die Jahre gehabt hatte – fiktive Figuren, Fremde in der U-Bahn, Profs an der Uni, Tim. »Ich steh auf Männer, schätze ich.« Das war jetzt keine sensationelle Enthüllung, aber die Worte auszusprechen, schien etwas in mir wachzurufen, das ich absichtlich hatte schlummern lassen.

Sylvie drehte sich so auf dem Sofa, dass sie mich ansehen konnte. »Und was hat dich davon abgehalten, dich mal auf jemanden einzulassen? Du bist doch sicher begehrt, oder? Klug, weltgewandt, liebenswürdig, einfühlsam, witzig, humorvoll …«

Die Beschreibung schmeichelte mir, denn im Vergleich zu Sylvies unbändiger Energie kam ich mir eher langweilig und verhalten vor.

»Ich hab einfach nie wirklich verstanden, wie man das anstellt«, sagte ich schulterzuckend. »Ich weiß, man soll einfach abwarten, und dann passiert es, wenn man es am wenigsten erwartet, aber das habe ich gemacht, und es ist nie passiert. Niemand hat mich je auf diese Weise wahrgenommen.«

Sylvies Blick war freundlich ohne Mitleid. »Ich bin mir sicher, dass du vielen Menschen aufgefallen bist, Clover. Vielleicht musst du dich nur ein bisschen mehr öffnen, um es wahrzunehmen. Und dann darauf reagieren.«

»Aber das mit den Verabredungen ist einfach so verwirrend. Ich mochte schon immer lieber Dinge, die man studieren und lernen kann, bei denen es feste Regeln gibt.« Ich merkte, dass ich etwas aus der Fassung geriet. »Aber Liebe ist nicht so ... Ich weiß einfach nicht, wie das geht.«

»Wie das geht? Tja, das ist wahrscheinlich der Punkt. Niemand versteht die Liebe. Jeder, der behauptet, er täte es, lügt oder will es nicht wahrhaben. Das findet man nur nach und nach heraus.«

»Aber was, wenn ich einen Fehler mache? Oder einfach total schlecht darin bin?« Jetzt gab es sowieso kein Zurück mehr, also konnte ich auch brutal ehrlich sein. »Ich hab noch nicht mal jemanden geküsst.«

»Du wirst nie gut darin werden, wenn du nicht da rausgehst und es ausprobierst.« Sylvie verteilte den restlichen Wein auf unsere Gläser. »Liebe ist so was wie ein juckender Mückenstich – schmerzhaft und euphorisierend zugleich. Du musst bloß den Kopf ausschalten und auf dein Herz hören.«

Ich machte mir gar nicht erst die Mühe, mein Unbehagen zu verbergen. »Aber es ist auch irgendwie beängstigend.«

»Natürlich ist es das! Und genau das macht es so lohnenswert«, sagte Sylvie voller Überzeugung. »Du hörst doch immer von Sterbenden, was sie in ihrem Leben bereuen, oder? Ich wette, du würdest es bereuen, es gar nicht erst versucht zu haben.«

Ich wusste, dass sie recht hatte, aber dann dachte ich wieder an das eine Mal, als ich es doch versucht hatte – oder zumindest fast.

Ich hatte auf mein Herz gehört statt auf meinen Kopf, und am Ende hatte ich es bereut.

24

Es regnete in Strömen, als ich um Punkt zwei bei Claudia zu unserem dritten Termin eintraf. Eine Frau in einem geblümten Pflegekittel und mit einem espressobraunen Dutt öffnete mir die Tür.

»Du bist Clover, richtig? Ich bin Selma. Sieht so aus, als würden wir uns jetzt öfters sehen.« Sie klang patent. »Claudia ist in der Küche. Sie meinte, ich soll dich durchschicken.«

»Danke – und nett, dich kennenzulernen.« Ich sah zu, wie sie in eine dunkelblaue Windjacke schlüpfte, und bemerkte das Logo des Pflegedienstes auf ihrer linken Schulter.

»Ich geh kurz auf einen Kaffee, aber in einer halben Stunde bin ich wieder zurück. Sie soll den Salat essen, den ich ihr zum Mittagessen gemacht habe – lass dich nicht von ihr überreden, ihr irgendwelches Junkfood zu besorgen.«

»Verstanden.«

Meine Schritte hallten nach, als ich durchs Haus ging, und machten die Abwesenheit von Menschen und Gegenständen noch deutlicher. Die Schwarz-Weiß-Fotos an den Wänden erinnerten mich an die Lügengeschichte, die ich fortführen musste – ich war letzte Nacht lange wach geblieben, um mir die Grundlagen der Fotografie einzutrichtern.

Blende, Drittel-Regel. Weißabgleich.

Mein Plan war, Claudia so viele Fragen wie möglich zu stellen und damit das Gespräch am Laufen zu halten. Wenigstens hatte ich jetzt eine Requisite, die mir half, den Schwindel zu bedienen. Sylvie besaß zwar nur wenige Dinge, aber eines davon war zufällig eine einigermaßen gute Spiegelreflexkamera. Und sie hatte sie mir bereitwillig ausgeliehen.

»Machst du Witze? Du kannst meine borgen!«, hatte Sylvie gesagt, als ich sie gefragt hatte, ob sie sich mit dem Kauf von Fotokameras auskannte. »Ich bin total angefixt von dieser Geschichte mit der sterbenskranken Frau und ihrem Enkel. Es wäre mir eine Ehre, eine kleine Rolle in diesem Spiel zu übernehmen.«

Claudia saß in der Frühstücksecke der Küche und sah zu, wie die Regentropfen die Fensterscheibe hinunterrannen.

»Clover, Liebes.« Ihr Gesicht hellte sich auf. »Ich freue mich so, dass du da bist. Komm, setz dich.«

»Hallo, Claudia!« Ich rutschte neben sie auf die Bank. »Ich habe Selma an der Tür getroffen.«

»O ja, Selma. Immer sehr geschäftig, diese Frau. Hält mir ständig Vorträge darüber, dass ich auf mich achten und mein Gemüse essen soll, als wäre ich ein Kind.«

»Ich bin mir sicher, sie meint es gut.« Die Arbeit mit starrköpfigen älteren Menschen erforderte gewöhnlich ein gewisses Maß an Durchsetzungsvermögen. Kein Wunder, dass Selma so schroff war.

»Ich weiß, ich weiß, sie macht nur ihren Job.« Claudia zwinkerte mir zu. »Aber ein paar Diskussionen machen das Leben interessanter. Ich sehe in ihr eher eine würdige Gegnerin.«

Ich zwinkerte zurück. »Verstehe.«

»Also, da meine gestrenge Wächterin weg ist, wie wäre es, wenn wir uns ein wenig amüsieren?«

»Was schwebt dir denn da vor?« Ich hielt mich besser bedeckt, bis ich wusste, worauf ich mich einließ.

Claudias Lächeln hatte etwas Verschlagenes. »Wie wäre es, wenn du mir dabei hilfst, die Vorschriften ein wenig zu umgehen?«

»Oh?«

»Ich hätte Lust auf eine kleine Leckerei.« Sie zeigte mit dem

Kinn zu einem großen Keramikgefäß auf dem Regal über der Spüle. »Da oben hat Maxwell, der nette Mann, der mir die Haare macht, ein paar Donuts für mich versteckt. Gönnen wir uns einen oder zwei, ja?«

Ich überlegte, welche Optionen ich hatte. Im Grunde war ich Claudia verpflichtet, nicht Selma. Und es war mein Job, Claudias letzte Tage so angenehm wie möglich zu gestalten, auch wenn sie das nicht wusste.

Ich tat also so, als schaute ich mich verstohlen um – als bestünde die Gefahr, dass wir erwischt würden –, obwohl ich wusste, dass Selma erst in einer halben Stunde zurückkommen würde.

»Ich bin dabei.«

Nachdem ich die leeren Donut-Verpackungen sicher in meiner Tasche hatte verschwinden lassen, setzten wir uns an den Tisch vor ein provisorisches Stillleben, bestehend aus einer Obstschale und einer Teekanne aus Porzellan.

»Ich war noch nie ein Freund davon, solch leblose Dinge abzufotografieren«, sagte Claudia. »Aber so lernst du am besten, wie du die Tiefenschärfe und den Brennpunkt verändern kannst.«

»Was fotografierst du denn dann am liebsten?« Ich spähte durch den Sucher und stellte mit Daumen und Zeigefinger die Blende ein.

»Menschen natürlich«, sagte Claudia, als wäre die Antwort offensichtlich. »Die sind viel interessanter als ein Apfel oder eine Banane. Oder als Landschaftsaufnahmen.«

»Das ist sicher noch mal eine ganz andere Herausforderung.« Ich stellte die Kamera auf dem Tisch ab. »Die Porträts an der Wand im Flur sind atemberaubend. Was ist das Geheimnis hinter einem guten Porträtfoto?«

Claudias Augen leuchteten. »Geduld.«

Ich musste kurz an meine Geburtstagslektion mit Grandpa im Park denken. Ich verdrängte den Schmerz und konzentrierte mich auf Claudia.

»Wie kann man sich das vorstellen?«

»Immer wenn ich Fotos von Menschen gemacht habe, habe ich mir zuvor die Zeit genommen, sie kennenzulernen. Ich habe nach ihren Kindheitsträumen gefragt, nach ihren liebsten Erinnerungen, den Menschen, denen sie sich am meisten verbunden fühlen«, erklärte Claudia. »Und dann, während sie darüber sprachen, drückte ich auf den Auslöser.«

»Also bist du praktisch zu ihrem inneren Wesen vorgedrungen.«

»Ganz genau. Mit Menschen ehrlich in Kontakt zu treten, hilft ihnen, ihre Schutzmauern runterzufahren und sich verletzlich zu machen, zu fühlen, sich auszudrücken. Und darum geht es eigentlich in der Fotografie – dass sich die Menschen gesehen fühlen. Natürlich betrachten wir jeden Tag Menschen, aber nur selten halten wir inne, um wirklich dahinterzublicken, wer sie sind.«

»Das klingt einleuchtend.«

Trotzdem fragte ich mich, wie es wäre, wenn mich jemand so durchschauen würde. Ich bemühte mich immer sehr, meine Gefühle zu verbergen, um niemanden damit zu belasten und damit sich meine Klienten wertgeschätzt und verstanden fühlten. Abgesehen von Grandpa und Leo hatte ich noch nie jemanden so nah an mich herangelassen, dass er dasselbe für mich tun konnte.

»Das Traurigste daran, mein Liebe, ist«, sagte Claudia und löste das goldene Armband, das sich an ihrem Ärmel verfangen hatte, »dass die meisten von uns das auch im Umgang mit ihren Liebsten so machen. Wir hängen in unseren vorgefassten Annahmen über sie fest und sehen sie so, wie wir sie kennengelernt haben, ohne zu erfassen, welcher Mensch sie geworden sind oder gerne sein möchten. Wie schrecklich, das jemandem anzutun, den man liebt.«

»So habe ich das noch nie betrachtet.« Hatte ich das mit Grandpa auch so gemacht? Vielleicht war er ein ganz anderer Mensch gewesen als der, an den ich mich ständig erinnerte. Ich hatte nie wirklich darüber nachgedacht, wer er außerhalb seiner Rolle als mein Ersatzelternteil und Lehrer war.

»Es ist befreiend, sich so zu öffnen«, sagte Claudia. »Das erlebt nicht jeder im Leben.«

»Aber es klingt so, als hättest du es schon erlebt?«

Claudia sah zu, wie die Regentropfen gegen das Fenster prasselten. »Vor sehr langer Zeit.« Sie tätschelte meine Hand. »Und ich bete, dass es dir auch passiert – und hoffe, dass du es dann besser machst als ich und die Person, die dir das schenkt, nicht loslässt, nur weil du Angst hast, das Risiko einzugehen.«

Selma kam zehn Minuten früher als erwartet in die Küche gewuselt. Reflexartig legte ich die Hand auf meine Tasche und hoffte, dass kein Puderzucker auf dem Tisch zurückgeblieben war.

»Zeit für Ihre Medikamente, Claudia.« Sie hatte einen kleinen Plastikbecher mit Pillen in der Hand. »Sie dürfen sie diesmal sogar mit Erdnussbutter nehmen.«

»Und was, wenn ich sie lieber mit Himbeermarmelade möchte?«, konterte Claudia.

Selma seufzte voller Ungeduld. »Erdnussbutter hat wenigstens ein paar Proteine. Himbeermarmelade ist bloß Zucker.«

Die Frauen starrten sich herausfordernd an, keine wollte nachgeben. Um kein Urteil fällen zu müssen (und um mein schlechtes Gewissen zu verbergen, dass ich mich zur Komplizin von Claudias Zuckerkonsum gemacht hatte), klickte ich mich durch die Fotos auf meiner Kamera. Ich war recht zufrieden mit meinen Fortschritten – vielleicht hatte dieses alberne Täuschungsmanöver ja doch einen Wert.

Die kurze Pattsituation löste sich auf, als Selma einlenkte. »Okay, Sie können einen Teelöffel Marmelade und einen mit Erdnussbutter haben.«

»Ich schätze, das ist ein fairer Kompromiss«, räumte Claudia zufrieden ein.

Nachdem sie die in Frühstücksaufstrichen verpackten Medikamente verabreicht hatte, wuselte Selma wieder aus dem Zimmer.

Claudia beugte sich zu mir. »Eigentlich mag ich Erdnussbutter lieber. Aber es macht so Spaß, sie zu provozieren.«

»Sie versucht bloß, ihren Job zu machen.« Ich fühlte mich erneut verpflichtet, Selma zu verteidigen. Pflegedienstmitarbeiter mussten oft äußerst undankbare Aufgaben erfüllen, die ich glücklicherweise nicht übernehmen musste, vor allem wenn der Körper eines Klienten langsam nicht mehr mitspielte.

»Oh, du hast ein so reines Herz«, sagte Claudia schmunzelnd. »Aber ich will noch ein bisschen Spaß haben, bevor ich gehe.«

Ich wartete einen Augenblick und fragte dann in möglichst neutralem Ton. »Wohin?«

Das tiefe Yves-Saint-Laurent-Rot ihres Lippenstifts hatte sich in den Fältchen um Claudias Mund abgesetzt. »Weil du so reinen Herzens bist, meine liebe Clover, werde ich dich aus diesem Täuschungsmanöver erlösen.«

Schweiß kribbelte in meinen Achselhöhlen. »Täuschungsmanöver?«

»Ich weiß, dass ich sterbe«, sagte Claudia ruhig. »Und ich weiß auch, dass meine Familie denkt, ich wäre mir dieser Tatsache nicht bewusst.«

»Was meinst du damit?« Instinktiv versuchte ich, Unwissen vorzutäuschen.

»Mein Sohn hat den Arzt angewiesen, mir die Diagnose zu verheimlichen. Das ist natürlich höchst unethisch, aber mein

Junge hat manchmal recht fragwürdige Moralvorstellungen. Ich hatte den Verdacht, dass man mir nicht die ganze Geschichte erzählt hat, und habe selbst im Krankenhaus angerufen.«

Ich ärgerte mich insgeheim über Sebastian, weil er mich in diese Situation gebracht hatte und ich es nun ausbaden musste. Ich hatte keine Wahl und musste die Karten auf den Tisch legen.

»Es tut mir leid, Claudia.«

»Oh, du bist die Letzte, der ich Vorwürfe mache.« Sie nickte zur Tür, durch die Selma vor Kurzem verschwunden war. »Und ich weiß Sebastians Bemühungen zu schätzen, mir etwas anregende Gesellschaft zu verschaffen, abgesehen von den Menschen, die für meine Gesundheit zuständig sind. Ich genieße deine Besuche sehr.«

»Ich auch.« Aber ich fühlte mich an dieser Täuschung noch immer mitschuldig.

»Die Frage ist«, sagte Claudia und suchte meinen Blick, »bist du wirklich nur eine Freundin von ihm mit einem aufkeimenden Interesse für Fotografie?«

Ich wand mich voller Unbehagen. »Na ja, ich interessiere mich schon für Fotografie. Aber nein, nicht wirklich.«

»Das habe ich mir gedacht«, sagte Claudia selbstzufrieden. »Und?«

»Ich bin … Sterbebegleiterin.«

Ihre drahtigen Brauen schnellten nach oben. »*Sterbebegleiterin*«, als spreche sie dieses Wort zum ersten Mal aus. »Also, das war keine der vielen Theorien, die ich über deine Identität hatte. Ich muss sagen, diese Wendung ist durchaus faszinierend.«

»Ich bin froh, dass du es so siehst«, sagte ich noch immer beschämt. »Es tut mir leid, dass ich dir nicht früher die Wahrheit erzählt habe.«

»Was geschehen ist, ist geschehen«, meinte sie und machte eine Handbewegung, als verscheuche sie eine lästige Fliege. »Und jetzt erzähl mir, was genau deine Aufgabe hier ist, wenn es nicht darum geht, etwas über Fotografie zu lernen.«

»Äh, na ja, wie du schon gesagt hast, ich bin hier, um dir Gesellschaft zu leisten, aber auch, um dir dabei zu helfen, alle noch offenen Fragen anzugehen, die du in der Zeit, die dir bleibt, möglicherweise klären willst. Aber auch, um nur darüber zu reden, wenn du bereit dazu bist.«

Claudia lachte halbherzig. »Vermutlich hat dich mein Enkel darüber informiert, dass meine Familie nie offen dafür war, über den Tod zu sprechen. Das ist bei uns, wie man so schön sagt, einfach nicht üblich.« Sie strich sich eine graue Haarsträhne aus dem Gesicht. »Und obwohl ich mit der Entscheidung meiner Familie, mich im Unklaren über meinen wirklichen Zustand zu lassen, nicht einverstanden bin, kann ich ihre Beweggründe durchaus nachvollziehen. Wir sind Angloamerikaner mit protestantischem Hintergrund und neigen dazu, unsere Liebe auf recht merkwürdige Weise auszudrücken.«

»Das ist wirklich verständnisvoll von dir. Gibt es denn irgendetwas, über das du gerne reden willst oder das du mich fragen möchtest?«, erkundigte ich mich behutsam. »Und fürs Protokoll: Kein Thema ist zu abwegig.«

»Danke, meine Liebe. Lass uns für heute einfach unsere Fotografie-Stunde beenden. Du hast vielversprechende Ansätze – schade, dass du es nicht weiterverfolgen wirst.«

»Man weiß ja nie … vielleicht hast du mich auf den Geschmack gebracht.« Ich hielt kurz inne und nahm nachdenklich die Kamera in die Hand. »Aber zuerst muss ich dich fragen, ob du überhaupt willst, dass ich dich weiterhin besuchen komme.«

»Natürlich will ich das«, sagte Claudia. »So jemand Interessantes wie du ist mir seit Jahren nicht mehr begegnet. Das gebe ich doch nicht einfach auf.«

Ich hätte mich gerne erleichtert gefühlt, aber irgendwie hegte ich den Verdacht, dass ich mit dieser Familie schon persönlicher verstrickt war, als es eigentlich sein sollte.

25

Als Claudias Haustür klackend hinter mir ins Schloss fiel, flackerte ein Gefühl des Grolls in mir auf. Mein Instinkt sagte mir, es wegzuschieben und meine Emotionen zum Wohle anderer zu unterdrücken, so, wie ich es immer tat. Doch als ich zur U-Bahn ging, konnte ich nicht verhindern, dass es an die Oberfläche sprudelte. Das Gefühl zuzulassen hatte eine befreiende und seltsam süchtig machende Wirkung.

Sebastian hatte nicht nur von mir verlangt, Claudia falsche Tatsachen vorzuspiegeln. Er hatte mich dadurch auch in eine Situation manövriert, in der ich mit den Folgen dieser Täuschung umgehen musste, als sie ans Licht kam. Ich hatte Claudia einfach nur helfen wollen und war unfreiwillig in die Heimlichkeiten ihrer Familie verwickelt worden. Ich tastete in meiner Manteltasche nach meinem Handy. Dieser Austausch konnte nicht per Textnachricht stattfinden. Ich atmete die frische Abendluft ein. Ihre Kühle beruhigte mich.

Sebastian nahm schon nach dem ersten Klingeln ab.

»Clover, hey!« Sein munterer Tonfall ging mir sofort auf die Nerven. »Wie läuft es mit Grandma?«

Ich holte noch einmal tief Luft, in dem Versuch, meine Stimme ruhig klingen zu lassen. »Sie weiß es.«

Pause. »Was meinst du?«

»Dass wir sie angelogen haben.«

Ein Knistern in der Leitung durchbrach Sebastians Schweigen. »O Mann. Woher?«

»Sie hat selbst bei dem Spezialisten angerufen und ihn aufgefordert, ihr die wahre Diagnose mitzuteilen.« Ich konnte noch immer nicht glauben, dass dieser Arzt sich überhaupt dazu bereit erklärt hatte, sie anzulügen.

Sebastian stieß einen leisen Pfiff aus. »Auweia, okay. Wie hat sie es aufgenommen?«

»Eigentlich ziemlich großmütig.«

»Puh, das ist ja prima! Ich hatte irgendwie gehofft, dass sie es selbst herausfindet, damit keiner von uns es ihr sagen muss. Auch wenn ich mich nicht gerade darauf freue, meinem Vater davon zu erzählen.«

Es traf mich, dass er keinen Gedanken darauf verschwendete, wie ich mich dabei gefühlt hatte.

»Du kannst dich glücklich schätzen, dass sie es euch nicht übel nimmt. Sie hätte auch sehr schlecht darauf reagieren können, weißt du.«

»Tja, Grandma war schon immer zäh. Es wundert mich nicht, dass sie es mit Fassung trägt.« Sein Lachen klang unangenehm aufgesetzt. »Aber es ist ihr trotzdem recht, dass du sie weiterhin besuchst, oder?«

»Ja, schon.« Und ich musste zugeben, dass ich mich durchaus darauf freute, Zeit mit ihr zu verbringen, ohne die Täuschung aufrechterhalten zu müssen. »Aber du hättest mich trotzdem nicht in diese Situation bringen dürfen. Und dabei ist es irrelevant, dass Claudia die Nachricht gut aufgenommen hat, denn wenn es nicht so gewesen wäre, hätte ich die Konsequenzen tragen müssen. Hast du das überhaupt bedacht?«

Noch während ich die Worte sagte, dämmerte es mir, dass ich nicht wirklich verärgert darüber war, in die Lüge verwickelt worden zu sein – es war offensichtlich, dass Sebastian gedacht hatte, er würde Claudia damit einen Gefallen tun. Was mich mehr verletzte, war, dass es ihn offenbar überhaupt nicht kümmerte, wie es sich auf mich auswirken würde, wenn sie es herausfand.

»Oh, wow, ich schätze, das habe ich nicht.« Wieder knisterte es in der Leitung. »Du hast recht, Clover – es tut mir leid, dass ich dich da mit reingezogen habe.«

Seine direkte Entschuldigung überraschte mich. Vielleicht hatte ihn einfach die Tatsache, dass seine Großmutter sterben würde, so sehr belastet, dass er kaum noch an etwas anderes hatte denken können. Jetzt kam ich mir fast ein wenig schäbig vor, weil ich mich in den Vordergrund gedrängt hatte.

»Schon okay, wirklich«, sagte ich. Mein Groll hatte sich in Verlegenheit verwandelt. »Letztendlich ist ja alles gut ausgegangen.«

Ich war froh, dass in diesem Moment ein Müllauto vorbeirumpelte und unser Gespräch einen Moment unterbrach.

»Also, eigentlich bin ich froh, dass du angerufen hast«, sagte Sebastian, als der Lärm sich legte.

»Oh?«

»Ja … weil ich mich gefragt habe, ob du dich vielleicht morgen Abend auf einen Drink mit mir treffen willst? Es könnte doch nett sein, etwas zu unternehmen, nur wir beide?«

Diese Wendung hatte ich definitiv nicht erwartet. Schlug er ein berufliches Treffen vor, damit wir besprechen konnten, wie es mit Claudia weiterging, jetzt wo die Wahrheit raus war? Oder meinte er etwas anderes? War es ein Armutszeugnis, dass ich in meinem Alter noch nicht sagen konnte, ob ich gerade auf ein Date eingeladen worden war? So oder so war die Vorstellung, sich mit Sebastian in irgendeiner lauten Bar zu treffen, einschüchternd.

»Ich glaube, ich habe morgen Abend schon etwas vor«, sagte ich unbeholfen. Ich brauchte Zeit, um seine Einladung zu verarbeiten – und um sie mit Sylvie zu besprechen.

»Kein Ding«, meinte Sebastian unbeirrt. »Wir können es auch übermorgen machen. Oder den Abend darauf.«

Er war ziemlich hartnäckig, aber vielleicht interpretierte

ich auch zu viel hinein. Ich hatte ihm ja schon in der Vergangenheit ziemlich wilde Geschichten angedichtet. Würde ich es am Ende bereuen, wenn ich ablehnte? Vielleicht hatte Sylvie ja recht: Das war meine Chance, mal ein Risiko einzugehen.

»Übermorgen könnte klappen«, sagte ich, bevor ich es mir selbst wieder ausreden konnte. »Schick mir einfach eine Nachricht mit den Details.« Ich gab mich lieber locker für den Fall, dass es sich bloß um ein berufliches Treffen handelte.

»Super, ich freu mich drauf!«

Ich versuchte, der Begeisterung in seiner Stimme nicht zu viel Gewicht beizumessen.

»Sebastian, tut mir leid, aber meine Bahn ist da, ich muss los.«

»Kein Problem – bis bald.«

»Schönen Abend.«

Ich tippte auf den roten Kreis auf meinem Handydisplay, und während ich den restlichen Weg zur U-Bahn-Station zurücklegte, fragte ich mich, ob das Schwindelgefühl, das ich verspürte, Vorfreude oder Angst war.

26

Seit meinem Telefonat mit Sebastian hatte sich ein Unbehagen in meinem Magen eingenistet.

Sylvies Einschätzung zufolge handelte es sich bei seiner Einladung definitiv um ein Date, denn er hatte ausdrücklich »nur wir beide« gesagt. Doch ich war der Auffassung, dass es sich bloß um ein zwangloses Treffen mit meinem Auftraggeber handeln konnte. Ich war noch nie zuvor von jemandem zu einem Date eingeladen worden. Warum sollte Sebastian da eine Ausnahme machen?

Aber für den unwahrscheinlichen Fall, dass Sylvie recht behielt, hatte ich ihr Angebot angenommen, mir eines ihrer Kleider zu leihen, das »gerade genug der Fantasie überlässt«. Allein die Vorstellung, Gegenstand der Fantasie eines anderen zu sein, ließ mich vor Angst erstarren.

Als ich dann vor der unscheinbaren Fassade der Bar in der Lower East Side stand, wünschte ich, ich könnte in den pockennarbigen Backsteinen verschwinden. Das schwarze Kleid schnürte mich in der Mitte ein, und die Nähte kratzten an meinen Oberschenkeln. Es kam mir ein wenig so vor, als steckte ich in der Haut eines anderen Menschen, die an den falschen Stellen locker saß, und meine Gliedmaßen fühlten sich noch schlaksiger an als sonst. Ich beneidete die anderen Gäste, die ganz selbstverständlich die Bar betraten, um ihren ganz persönlichen Stil und ihr Selbstvertrauen. Bestimmt erkannten sie alle sofort, dass ich eine Hochstaplerin war.

Sebastian hatte mir acht Uhr gesagt. Jetzt war es zwanzig Uhr dreiundzwanzig, und das hieß, dass die fünfzehn Minuten Spielraum, die man in New York City wegen des unzuverlässigen U-Bahn-Systems jedem zugestehen musste, längst verstrichen waren. Sicherlich war ich nicht verpflichtet, noch länger zu warten. Ich überlegte, Sylvie zu schreiben und sie nach ihrer Meinung zu fragen, aber ich kannte ihre Antwort bereits. Sie würde eine solche Missachtung ihrer Zeit nicht tolerieren und wäre schon längst gegangen.

Doch dann entdeckte ich Sebastians inzwischen vertraute Gestalt, die mit in der Abendkälte zusammengezogenen Schultern auf mich zugeeilt kam. Erwartungsgemäß war er Ton in Ton gekleidet, aber irgendwie machten die aufeinander abgestimmten Schwarztöne heute einen eleganteren und formelleren Eindruck als sonst. Sogar seine Schuhe wirkten noch blank geputzter, aber im spärlichen warmen Licht der Straßenlaterne war das letztlich schwer zu beurteilen.

»Hey, tut mir leid, dass ich zu spät bin«, sagte er mit errötetem Gesicht. »Ich wurde in der Arbeit aufgehalten.«

»Schon okay.« Ein Date hätte geschrieben, um mir Bescheid zu geben, oder? Wir standen uns unbeholfen gegenüber wie zwei Teenager auf einer Tanzveranstaltung.

Schließlich öffnete Sebastian die Tür zur Bar. »Du wirst diesen Ort lieben – ich komme oft hierher.«

Meine Füße fühlten sich auf dem schmutzigen Gehsteig wie festgenagelt an. Schalt einfach den Kopf aus, ermahnte Sylvies Stimme mich.

Der Gehsteig löste seinen Griff.

Der dunkle Laden war nur wenig breiter als ein Schulbus. Eine Auslage mit Austern auf Eis säumte den engsten Teil der Bar, und ein Mann mit Weste, weißem Hemd und gewachstem Schnurrbart schüttelte betont lässig einen kupfernen Cocktailshaker. Fasziniert saugte ich alles in mich auf. Für mich hatte es bisher noch nie einen Anlass gegeben, eine solche Bar zu betreten, aber ich hatte mich schon oft gefragt, was sich wohl hinter den dafür typischen Fassaden verbarg.

Sebastian führte mich in den hinteren Teil, der entlang der Wände von Lederbänken eingefasst war. In der Mitte standen winzige Tische in der Größe von Melkschemeln, auf denen jeweils eine Kerze flackerte. Im vorherrschenden Halbdunkel war es schwer, etwas zu erkennen, aber ich vermutete, dass die Patina an den Wänden und der Decke eher künstlichen Ursprungs war.

Drei brünette junge Frauen räumten soeben den Tisch in der Ecke. Die kleinste der Gruppe starrte uns überrascht an.

»Sebastian! Hi!!!«

Ich konnte die überzähligen Ausrufezeichen fast hören.

Sebastians Körperhaltung versteifte sich. »Oh, hey … Jessie.« Die kleine Pause ließ mich vermuten, dass er sich gerade noch rechtzeitig an ihren Namen erinnert hatte. »Wie läuft's denn so?«

»Super!« Jessie zeigte auf ihre Freunde. »Wir haben Mädelsabend!« Ihr Blick wanderte zu mir.

»Oh«, sagte Sebastian steif. »Jessie, das ist Clover.«

»Hey, Clover«, sagte Jessie mit so süßlicher Stimme, dass es unecht klang. Sie wandte sich wieder an Sebastian und zupfte mit übertriebenem Schmollmund an seinem Revers. »Wir haben uns so lange nicht mehr gesehen – es wird Zeit, dass du mich mal wieder anrufst.«

»Ähm, klar.« Er nestelte an seinem Schal herum. »Man sieht sich, Jessie.«

»Bis *bald*.«

Als sie mit ihren Freundinnen im Schlepptau an uns vorbeiging, streifte sie mit der Hand seinen Unterarm.

Sebastian schob mich schnell zu der nun frei gewordenen Bank und wartete, bis die Frauen sicher außer Hörweite waren.

»Wir sind letztes Jahr ein paarmal miteinander ausgegangen«, sagte er, als hätte ich ein Geständnis eingefordert. »Nett, aber ein bisschen langweilig.«

Unsicher, wie ich auf diese ungebetene Information reagieren sollte, nahm ich Platz und studierte die Cocktailkarte, die in Schreibschrift auf künstlich auf alt gemachtes Papier geschrieben war. »Wow, hier gibt es ja ziemlich raffinierte Cocktails.«

»Ja, die Barkeeper hier wissen, was sie tun«, meinte er und setzte sich neben mich. Sollte ich rutschen und ihm mehr Platz machen, oder ging es eben darum, dass er dicht neben mir saß? Ich wünschte, ich könnte Sylvie heimlich texten und sie um Rat fragen, aber Sebastian wandte den Blick nicht von mir ab. Also wählte ich den Mittelweg und rückte ein bisschen weg, aber nicht zu weit.

Nachdem ich meinen ersten Cocktail – eine seltsame Mischung mit Bourbon und Rosmarin – getrunken hatte, ließ die Anspannung in meinem Körper etwas nach.

»Ich wollte mich bei dir bedanken für alles, was du für Grandma tust. Sebastian stützte seinen Ellbogen oben auf der Banklehne ab, direkt neben meiner Schulter, aber ohne mich zu berühren. »Es ist viel besser, jetzt nachdem alles ans Licht gekommen ist – auch wenn mein Vater immer noch nicht wirklich drüber reden will.«

»Freut mich, wenn ich helfen konnte – das ist schließlich mein Job«, erwiderte ich, abgelenkt von seiner Armposition. »Also, seit wann spielst du schon Cello?« Hoffentlich war meine Taktik, das Gesprächsthema von mir wegzulenken für ihn weniger offensichtlich als für Sylvie.

»Schon seit meiner Kindheit.« Er schwenkte seinen tropischen Cocktail – eine Getränkewahl, die ich von einem Mann in den Dreißigern nicht erwartet hätte, aber ich war schließlich keine Expertin. »Ich war nie wirklich sportlich – diese Gene haben alle meine Schwestern abbekommen –, außerdem hatte ich alle möglichen Allergien, also behielt mich meine Mom viel drinnen. Und zu meinem zehnten Geburtstag hat mich Grandma mit in einen Instrumentenladen genommen, damit ich mir eines aussuchen konnte, das ich erlernen wollte, und ich hab mich für das Cello entschieden. Weil ich damals das kleinste Kind der Klasse war und es so groß und imposant aussah, dachte ich, wenn ich darauf Musik machen könnte, würde ich den anderen vielleicht auch imponieren.«

Jetzt stocherte er mit dem Strohhalm in seinen Eiswürfeln herum. »Rückblickend hätte ich wirklich etwas Cooleres wählen sollen – eine Gitarre zum Beispiel – oder zumindest ein Instrument, das leichter zu tragen ist. Mit einem Cello durch die Stadt zu kommen, ist die Hölle.«

»Das glaub ich gern.« Bei der Vorstellung, wie Sebastian versuchte, ein so großes Instrument in die überfüllte New Yorker U-Bahn zu quetschen, musste ich ein Lächeln unterdrücken.

Er nippte an seinem Getränk und leckte sich über die Lippen. »Spielst du auch ein Instrument?«

»Mein Großvater hatte ein altes Banjo, und ich hab mir das Spielen praktisch selbst beigebracht.« Ein weiteres meiner YouTube-Abenteuer, das – der Tatsache nach zu urteilen, dass meine Haustiere den Raum verließen, sobald ich anfing zu spielen – nicht gerade von Erfolg gekrönt war. »Ich würde gerne Klavier spielen lernen, aber dafür ist eigentlich kein Platz in meiner Wohnung.«

»Nicht mal für ein elektrisches Keyboard?«

»Meine Wohnung ist jetzt schon ziemlich voll.«

»Oh, du lebst mit jemandem zusammen?« Sebastians Tonfall klang betont beiläufig.

»Nur mit meinen Haustieren. Ich habe zwei Katzen und einen Hund.«

»Wow, das sind ja jede Menge Tiere.«

»Hast du keine Haustiere?« Ich würde auf keinen Fall erwähnen, dass ich darüber nachdachte, noch einen Kakadu zu adoptieren, den ich in den Kleinanzeigen entdeckt hatte.

Sebastian schüttelte den Kopf. »Ich bin allergisch gegen Katzen und Hunde, also wäre das nichts für mich.« Er rieb sich die Nase, als würde allein schon der Gedanke daran einen Niesreflex bei ihm auslösen.

»Das tut mir leid für dich«, sagte ich mit ehrlichem Bedauern. »Ich könnte mir nicht vorstellen, keine Haustiere zu haben.« Sie waren es, die mein Leben lebenswert machten – lebendige Wesen, zu denen ich jeden Tag nach Hause kam.

Er zuckte mit den Schultern. »Ich war sowieso nie ein großer Tierfreund, also fehlt mir nichts.«

Später, gegen Ende des Abends und nach drei Cocktails, war ich immer noch nicht zu einem endgültigen Schluss gekommen, ob wir nun ein Date hatten. Sein Arm war jetzt hinter mir ausgestreckt und so nah, dass ich die Wärme seiner Achselhöhle spüren konnte, ohne dass er mich wirklich berührte. Jedes Mal, wenn er sich vorbeugte, um an seinem Getränk zu nippen, nahm ich die Duftnote wahr, die ich mittlerweile schon mit ihm verband – eine Mischung aus würzigem Duschgel, Kleidung, die zu lange in einer Schublade gelegen hatte, und einem Hauch von Schweiß.

Ich betrachtete sein Gesicht, während er sprach, und versuchte zu entscheiden, ob ich ihn attraktiv fand, denn Sylvie würde morgen wahrscheinlich Details einfordern. Die Art und Weise, wie ihm sein Haar in die Stirn fiel, war auf eine jungenhafte Weise recht charmant. Und sein Intellektuellenstil – die goldgerahmte Brille und der locker um den Hals geschlungene Schal – erinnerte mich an den Besitzer einer meiner Lieblingsbuchläden in Paris. Aber es war schwer, eine endgültige Einschätzung vorzunehmen, da das Licht so schummrig war. Ich fand ihn definitiv nicht unattraktiv. Und gegen seine Gesellschaft hatte ich nichts einzuwenden. Wahrscheinlich war eine Romanze im echten Leben eher ein langsames Aufflammen als ein Blitzschlag wie im Film. Als Gewohnheitstier brauchte ich ohnehin bei den meisten Dingen eine Weile, um mit ihnen warm zu werden.

»Cool«, sagte Sebastian und steckte die Quittung in seine Tasche, nachdem er darauf bestanden hatte, die Rechnung zu übernehmen. »Sie haben vergessen, uns eines der Getränke zu berechnen.«

»Sollten wir das dem Kellner nicht sagen?«

»Nee – die hätten besser aufpassen müssen.« Er stand auf und zog seinen Mantel an. »Können wir los?«

»Ich komme gleich nach«, sagte ich und behielt meine Jacke überm Arm. »Ich geh nur kurz zur Toilette.«

Eigentlich musste ich gar nicht, aber ich verbrachte ein paar Minuten damit, mir die Hände zu waschen und sie mit der Lotion aus den schicken bernsteinfarbenen Flaschen an der Wand einzucremen. Als ich mich durch das Gedränge aus hippen Großstädtern durch die Bar schlängelte, räumte unser Kellner – ein schlaksiger Student – gerade die leeren Gläser von unserem Tisch ab. Im Vorbeigehen steckte ich ihm einen Zwanzigdollarschein zu.

Sebastian lehnte an einem Hydranten und scrollte durch sein Handy. »Und? Startklar?«

»Ja, ich würde dann jetzt zur U-Bahn gehen.« Um alle Peinlichkeiten zu vermeiden, hätte ich mir wirklich eine solidere Exit-Strategie für diesen Teil des Abends zurechtlegen sollen.

»Oh, ich wollte eigentlich ein Taxi nehmen. Ich kann dich absetzen.« Seine Worte verhallten in der Nacht.

»Nein, schon in Ordnung – das wäre ein Riesenumweg für dich. Die U-Bahn-Station ist nur einen Block von hier entfernt. Aber trotzdem danke.«

Sebastian wrang betreten seinen Schal. »Bist du sicher?«

»Absolut.« Mein Versuch, bestimmt und selbstbewusst aufzutreten, geriet leicht aggressiv, aber ich wollte auf keinen Fall, dass er mich spätabends bei mir absetzte, selbst wenn das hier ein Date war. Das machte mir zu viel Druck.

Sebastian nickte artig. »Okay, cool – ich begleite dich noch zur U-Bahn und rufe mir von dort aus ein Taxi.«

Zu dieser galanten Geste konnte ich nicht Nein sagen.

Auf dem Weg fing Sebastian an, mir eine Geschichte von einem Studienfreund zu erzählen, der eines der neuen Hochhäuser im Viertel entworfen hatte, aber ich konnte mich nicht auf seine Worte konzentrieren. Mein Puls pochte in meinen Ohren, und plötzlich verspürte ich den Drang, dringend auf die Toilette zu müssen, obwohl das eben noch nicht der Fall gewesen war.

Wie verabschiedete man sich unter solchen Umständen? Ein Händeschütteln erschien mir zu formell nach drei Cocktails. Erwartete er eine Umarmung? Er ging viel dichter neben mir als jemals zuvor. Die Ungewissheit überforderte mich so sehr, dass ich am liebsten weggerannt wäre. Als die grünen Lampen des U-Bahn-Eingangs in Sicht kamen, überschlug sich die Nervosität in meinem Magen. Das Heulen einer vorbeifahrenden Sirene – ein Geräusch, gegen das ich normalerweise immun war – mischte sich auf irritierende Art und Weise mit dem schrillen Gelächter zweier Frauen, die auf dem Bordstein standen.

Ich wünschte mir, ich wäre zu Hause auf dem Sofa mit meinen Tieren und würde das Leben von jemand anderem auf dem Bildschirm verfolgen – oder durch ein Fenster. Ich fragte mich, wie das erste Date von Reuben und Julia wohl verlaufen war. Sie wirkten immer so entspannt zusammen, als würde die Welt nur für sie existieren. Ich konnte mir nicht vorstellen, dass sie sich je so unwohl gefühlt hatten.

»Also, was sagst du dazu?« Sebastian sah mich erwartungsvoll an.

Ich war verwirrt. »Zu was?«

»Zu der Architektur?«

Meine Wangen brannten. »Toll?«

Wir blieben am Abgang zur U-Bahn stehen und wichen den Pendlern aus, die hektisch die Treppe hinunterrannten, nur für den Fall, dass das Quietschen, das von unten heraufdrang, ihren Zug ankündigte. Sebastian stand dicht vor mir, und ich spürte fast das kalte Metall des Geländers in meinem Rücken. Ausnahmsweise war mir das Schweigen unangenehmer als ihm.

»Tja«, fing ich an, »es war schön, dich zu sehen.«

»Ja«, sagte Sebastian leise. Ich war mir ziemlich sicher, dass er mich intensiv ansah, doch durch die Reflexion der Straßenlaternen in seinen Brillengläsern konnte ich das unmöglich erkennen.

Er machte einen Schritt vor und verringerte so den Abstand zwischen uns weiter. Unwillkürlich wich ich einen Schritt zurück, aber da war schon das Geländer. Seine Hand schob sich in meinen offenen Mantel und legte sich um meine Taille. Sie fühlte sich kalt an, sogar durch mein Kleid hindurch.

Dann beugte er sich vor und drückte seine Lippen auf meine.

Zuerst verspürte ich den Drang, mich loszumachen. Aber dann überwog die Neugier.

Das also war ein Kuss. Mein erster Kuss.

Ich hatte ihn mir in Tausenden von Versionen ausgemalt – und da war er nun endlich.

Es fühlte sich fast surreal an. Ich war mir noch immer nicht sicher, ob ich speziell Sebastian küssen wollte. Aber, wie Sylvie gesagt hatte, würde ich nicht herausfinden, ob es mir gefiel, wenn ich es nicht wenigstens auf einen Versuch ankommen ließ. Ich beschloss, es einfach weiter zu beobachten, als würde ich es anschließend in meinem Notizbuch dokumentieren, wie Grandpa es mir beigebracht hatte.

Es fühlte sich besser an als erwartet, und sein Speichel schmeckte ganz leicht nach dem Ananassaft seines Cocktails. Mir waren an seinem Kinn nie Stoppeln aufgefallen, aber nun spürte ich sie, rau wie Bimsstein. Seine Hände ruhten zu beiden Seiten an meiner Hüfte und zogen mich zu ihm heran. Ich fragte mich, was ich mit meinen anstellen sollte. In Filmen fuhren die Frauen oft mit ihren Händen durch das Haar des Mannes, aber das schien mir übertrieben. Sollte ich mich am Revers seines Mantels festhalten? Nein, das wirkte irgendwie zu offensiv. Und ich wollte nicht den Anschein erwecken, dass ich es genoss, bis ich wirklich entschieden hatte, ob ich das tat.

Um auf Nummer sicher zu gehen, ließ ich meine Arme hängen.

Dann spürte ich seine Zunge an meinen Lippen, nachdrücklich, als wolle sie weiter vordringen. Sollte ich dem nachgeben, weil ich mich auf den Kuss eingelassen hatte? Als Experiment tat ich es. Es war nicht wirklich unangenehm, aber es entfachte auch nicht das innere Feuerwerk, das ich mir für ein solches Szenario immer vorgestellt hatte. Vielleicht war auch das Küssen etwas, das sich erst nach und nach entwickelte.

»Nehmt euch ein Zimmer!«

Der von der U-Bahn-Treppe kommende Ruf beendete den Kuss abrupt. Erschrocken wich ich zurück, und Sebastian löste den Griff um meine Taille. Mit glühendem Gesicht machte ich einen Schritt zur Seite, sodass ich nicht mehr zwischen ihm und dem Geländer feststeckte.

Plötzlich fühlte sich alles ein bisschen zu real an. Meine Gedanken wanderten zu Claudia und der Tatsache, dass es definitiv einen Interessenkonflikt darstellte, ihren Enkel zu küssen, der zufällig auch mein Auftraggeber war.

»Ich muss los«, sagte ich, den Augenkontakt vermeidend. »Danke für die Einladung.«

Ich stürmte die Treppe hinunter, und in meinem Kopf drehte sich alles – ob vom Alkohol, von dem Kuss oder dem Schamgefühl, bloßgestellt worden zu sein, wusste ich nicht.

»Clover, warte!«

Orientierungslos rannte ich zum Drehkreuz und dankte allen Göttern und den Kräften des Universums, dass meine MetroCard problemlos funktionierte und die Drehstange mich entkommen ließ.

27

Als ich um die Ecke in Claudias Straße bog, nahm ich kaum wahr, dass sich an den einsamen Ästen der Bäume bereits die ersten Frühlingsvorboten abzeichneten. In mir herrschten widerstreitende Gefühle – Erleichterung darüber, dass ich in meinem Job keine falschen Tatsachen mehr vorspiegeln musste, und Panik, weil ich nicht wusste, was ich Sebastian sagen sollte, wenn ich ihn das nächste Mal sehen würde.

Seit ich ein Kind war, hatte ich mir ausgemalt, was ich bei meinem ersten Kuss wohl empfinden würde: Freude, Euphorie, Aufregung. Panik gehörte nicht dazu.

So, wie ich mir im Laufe der Jahre Hunderte von Filmküssen angesehen hatte, spielte ich den Kuss mit Sebastian in meinem Kopf noch einmal durch. Nicht, dass er schrecklich gewesen wäre, ich hatte nur ein etwas berauschenderes Gefühl erwartet, dass eine Art elektrisierende Spannung durch meinen Körper jagen würde. Aber vermutlich hatte ich es in meiner Fantasie so aufgebauscht, dass nichts Reales diesen Erwartungen gerecht werden konnte. Oder vielleicht war die Popkultur auch einfach nur eine schlechte Referenz, weil sie das Klischee bediente, alle Küsse wären wunderbar.

Ich sammelte mich kurz, bevor ich mich zu Claudia in den Garten gesellte. Im kalten Licht des Tages kam es mir unprofessionell vor, überhaupt mit Sebastian ausgegangen zu sein.

»Hallo, meine Liebe«, begrüßte mich Claudia fröhlich.

Schattensprenkel tanzten auf ihrer Haut, und sie schloss kurz die Augen, um in dem durchsickernden Sonnenlicht zu schwelgen. »Ich habe mich schon darauf gefreut, dass du kommst.«

Die innige Begrüßung schürte noch meinen inneren Konflikt. »Ich freue mich auch, dich wiederzusehen.«

»Ich muss sagen, dass mich dein Beruf wirklich sehr fasziniert«, sagte Claudia und rieb sich die Hände. »Wie wollen wir uns dem Gedanken an den Tod heute nähern? Meine Güte, es ist einfach so befreiend, darüber reden zu können. Ich bedauere, dass ich so lange damit gewartet habe – es hätte alles so viel leichter gemacht.«

Claudias Einstellung war bewundernswert, aber ich glaubte ihr nicht. Genauso wie Guillermos Wut eine Maske für seine Angst und Einsamkeit war, versuchte sie mit ihrer Unbekümmertheit wahrscheinlich zu verbergen, wie verletzlich sie sich fühlte.

»Nun«, begann ich vorsichtig, »da ich weiß, dass es deiner Familie schwerfällt, darüber zu sprechen, dass du sterben wirst, dachte ich, es könnte hilfreich sein, wenn du eine Sterbemappe zusammenstellen würdest.«

Claudia hob mit spitzen Fingern ihre Teetasse. »Und was, meine Liebe, ist eine Sterbemappe?«

»In einer Sterbemappe sammelt man alle Dokumente und Informationen, die die Hinterbliebenen vielleicht brauchen könnten: Sozialversicherungsnummer, Geburtsurkunde, Bankkontodaten, Passwörter und natürlich das Testament. Aber sie kann auch noch mehr enthalten, wie zum Beispiel eine Liste der Menschen, die nach dem Tod benachrichtigt werden sollen.«

»Verstehe.«

»Außerdem kann es hilfreich sein, Anweisungen zu hinterlassen, die die Planung deiner Beerdigungszeremonie erleichtern, falls du denn eine willst. Ob du einen offenen Sarg wünschst, und, wenn ja, wie du gekleidet sein möchtest. Und wie man sich an dich erinnern soll. Hast du ein Lieblingslied, Gedicht oder Gebet? Oder eine Lieblingsblume. Solche Dinge eben.«

»Das klingt alles sehr morbide, Clover«, sagte Claudia leicht amüsiert, »und doch redest du so offen darüber.«

Ich errötete beschämt. Ich hätte das Thema behutsamer angehen sollen. Die ganze Sache mit Sebastian hatte mich wirklich aus dem Konzept gebracht.

»Es tut mir leid, so sollte das nicht klingen. Es ist nur so, dass es für die trauernde Familie schwer sein kann, sich an diese Details zu erinnern. Also stellt es oft für alle eine emotionale Entlastung dar, wenn wir sie jetzt dokumentieren.«

»Mir gefällt deine sachliche Herangehensweise«, sagte Claudia. »Und so eine Sterbemappe scheint mir eine sehr sinnvolle Sache zu sein. Ich weiß, dass alle zumindest die Testamentseröffnung nicht erwarten können, aber über viel mehr haben sie sich vermutlich kaum Gedanken gemacht.«

»Ich denke, dass sie mehr umtreibt als dein Testament«, erwiderte ich sanft. »Nach dem, was Sebastian erzählt, wirst du sehr geliebt.«

»Oh, das weiß ich«, schmunzelte Claudia. »Mein Sohn und meine Enkelkinder mögen Probleme haben und ein wenig seltsam sein, aber sie lieben mich alle auf ihre ganz eigene Art. Auch wenn ich sie kaum zu Gesicht bekomme. Und wer könnte es ihnen auch verdenken, dass sie ein Auge auf dieses Haus geworfen haben?« Sie nippte an ihrem Darjeeling.

»Es ist wirklich ein schönes Haus.« Ich schaute auf die Ziegelverblendung an der Rückseite und war selbst neugierig, wie Claudia ihr kleines Vermögen und ihre New Yorker Immobilien-Goldgrube aufteilen würde. Als Claudias treuester Enkel könnte Sebastian möglicherweise einen guten Teil davon abbekommen.

Die Panik kehrte zurück, als mir der Kuss der vergangenen Nacht wieder durch den Kopf ging.

Claudia legte energisch die Handflächen auf den Tisch wie

ein Geschäftsführer, der Aufmerksamkeit einfordert. »Also, wo fangen wir an?«

Dankbar, eine konkrete Aufgabe zu haben, auf die ich mich konzentrieren konnte, zückte ich ein Notizbuch und einen Stift. »Nun, zunächst einmal, hast du darüber nachgedacht, ob du begraben oder eingeäschert werden willst?«

»Eingeäschert.« Es klang so beiläufig, als bestelle sie Essen von einer Menükarte. »Es ist vollkommen unnötig, noch übermäßig viel Platz auf dieser Welt einzunehmen, wenn man nicht mehr da ist. Obwohl ich sagen muss, dass auch eine Seebestattung einen gewissen Reiz hätte.«

»Das lässt sich einrichten, wenn das dein Wunsch ist.«

»Zu viel Aufwand für alle. Außerdem werden die meisten in meiner Familie furchtbar seekrank. Es wäre kein besonders ergreifender Abschied, wenn alle Trauernden über der Reling hängen würden, oder?«

»Guter Punkt.« Ich konnte mir ein Lächeln über ihren Pragmatismus nicht verkneifen. »Dann also eine Feuerbestattung. Und gibt es einen besonderen Ort, an dem deine Asche verstreut werden soll?«

Wehmut trübte Claudias Blick.

»Ich möchte, dass sie vor den Klippen von Bonifacio verstreut wird.«

»Auf Korsika?«

»Du scheinst dich mit Geografie ja gut auszukennen.«

»Das ist eine meiner Lieblingsgegenden auf der Welt – ich war ein paarmal dort, während ich meine Masterarbeit in Paris geschrieben habe. Bonifacio ist eine hübsche kleine Stadt.«

»Nun, ich habe die meiste Zeit dort auf einem Boot verbracht, aber es war trotzdem sehr reizvoll«, sagte Claudia mit geheimnisvoller Stimme. »Was steht als Nächstes auf der Liste?«

»Mal sehen … wir könnten die Liste der Leute zusammenstellen, die benachrichtigt werden sollen, und ich kann ihre Kontaktdaten ausfindig machen, falls du sie nicht hast.«

»Glücklicherweise sollte das für uns beide relativ schnell erledigt sein«, meinte Claudia. »Wenn man schon fast einundneunzig ist, sind die meisten Freunde und Bekannten bereits verstorben.«

Darüber beklagte Leo sich auch immer. »Das muss hart sein. Aber ich kann mir vorstellen, dass du im Laufe deines Lebens einige wunderbare Freundschaften geschlossen hast.«

»Einige, ja. Bei anderen wünschte ich, ich hätte sie beendet, lange bevor sie sich auf natürliche Weise lösten.« Ihre Hand zitterte, als sie die Teetasse zum Mund führte. »Eine weitere Lektion für dich, Clover – wähle deine Freundschaften mit Bedacht. Ich bin sicher, dass du viele Freunde hast.«

Verlegen starrte ich auf die schmiedeeisernen Verzierungen des Gartentisches. »Nicht wirklich – ich schätze, man könnte mich als Einzelgängerin bezeichnen. Die wenigsten Menschen verbringen ihre Zeit gerne mit jemandem, der die ganze Zeit mit dem Tod zu tun hat.«

»Ach, wirklich – ein einsamer Wolf?« Claudia lehnte sich zurück und betrachtete mich. »Das hätte ich bei einer so hübschen und umgänglichen jungen Dame gar nicht erwartet. Insbesondere mein Enkel scheint sehr angetan von dir zu sein.«

Mein Magen verkrampfte sich. War das ein Test? Was hatte Sebastian Claudia erzählt?

Besser, ich stellte mich taub.

»Ich schätze, ich war einfach immer gern für mich«, sagte ich, noch immer verunsichert. »Ich war ein Einzelkind, also musste ich mich die meiste Zeit mit mir selbst zufriedengeben.«

»Und deine Eltern haben dich nicht ermuntert, Freundschaften zu schließen?«

»Sie sind bei einem Unfall ums Leben gekommen, als ich sechs war – von da an habe ich bei meinem Großvater hier in New York gelebt.« Ich fuhr mit dem Finger über das Metallmuster des Tisches.

»Es muss schwer gewesen sein, ohne Mutter aufzuwachsen«, meinte Claudia behutsam. »Gott weiß, meine hat mir das Leben manchmal schwer gemacht, aber ich kann mir nicht vorstellen, wie es ohne sie gewesen wäre.«

Ich zuckte mit den Schultern. »Wir haben nicht wirklich viel Zeit miteinander verbracht, bevor sie starb. Es ist schwer, etwas zu vermissen, das man nie wirklich hatte.«

»Nun, ich bin froh, dass du deinen Großvater hattest.«

»Ich auch. Er war ein wunderbarer Mann«, sagte ich. »Aber er war auch ein Einzelgänger. Also habe ich das wahrscheinlich von ihm gelernt.«

»Kinder neigen dazu, den einflussreichsten Personen in ihrem Leben nachzueifern.« Claudia tätschelte mir die Hand. »Aber das mit der Erziehung seiner Enkeltochter hat er offensichtlich sehr gut gemacht. Es ist nicht leicht, ein Kind großzuziehen, vor allem, wenn es unerwartet kommt. Ich bin mir sicher, er wäre sehr stolz auf dich.«

»Danke.« Ich spürte Claudias papierartige Haut, als ich ihre Finger drückte. »Er hat getan, was er konnte.«

Ich wusste, dass das stimmte. Aber während wir im Garten saßen und den Spatzen beim Spielen zusahen, überlegte ich, wie schwer es für Großvater gewesen sein musste, aus heiterem Himmel die Verantwortung für ein sechsjähriges Mädchen zu übernehmen. Und führte ich wirklich ein Leben, auf das er stolz gewesen wäre?

Als ich an diesem Nachmittag zur U-Bahn zurückging, dachte ich über Claudias Eltern nach und über meine. Meine Mutter hatte die Elternrolle zwar biologisch erfüllt, aber ich glaube nicht, dass sie sie jemals instinktiv angenommen hatte.

In den sechs Jahren, die wir zusammen hatten, konnte ich mich an keine Gesten der Zärtlichkeit und Fürsorge erinnern, die Müttern in Filmen so selbstverständlich von der Hand gehen.

Keine herzlichen Umarmungen, kein liebevolles Binden von Haarschleifen, kein Backen von Cupcakes. Manchmal malte ich mir aus, dass sie vielleicht so gewesen wäre, wenn sie die Gelegenheit bekommen hätte, in ihrer Mutterrolle aufzugehen. Wenn man sich etwas oft genug vorstellte, kann es sich beinahe wahr anfühlen.

Großvater hatte die Rolle des Vaters in meinem Leben mehr als ausgefüllt – er hatte die Art und Weise, wie ich die Welt sah und erlebte, unauslöschlich geprägt. Aber ich habe mich oft gefragt, was meine Mutter mir beigebracht hätte. Wahrscheinlich wäre ich trotzdem nicht gut darin, mich zu schminken, oder würde mir nicht viel aus Kleidung machen, aber womöglich hätte ich einen besseren Zugang zu meiner Intuition. Und vielleicht würde es mir leichter fallen, meine Gefühle auszudrücken.

War ich vielleicht weniger eine Frau, weil ich nie ein Vorbild gehabt hatte, an dem ich mich orientieren konnte?

28

Mach meinen Drink nicht zu stark, Leo.« Ich setzte mich an seinen Esstisch, bereit für unsere nächste Runde Mah-Jongg.

Er beugte sich emsig über seinen Barwagen und rührte in einer Bourbon-Kreation wie ein Zauberer in seinem Kessel. Eis klirrte im Glas, und das Geräusch erinnerte an ein Windspiel. Mit einem zufriedenen Grinsen schob er den Drink vor mich. Wie immer verströmte seine Haut den wohligen Geruch von Seife.

»Wie läuft es mit deinem neuen Auftrag?«

»Mit Claudia? Sie ist eine wirklich interessante Frau – sie erinnert mich übrigens ein bisschen an dich.«

Leo beäugte mich mit einem skeptischen Lächeln. »Eine reiche weiße Frau von der Upper West Side erinnert dich an mich?« Sein Ton war scherzhaft, aber die Botschaft klar.

»Okay, ich meinte, ihr scharfzüngiger Sinn für Humor, ihre Sehnsucht nach der guten alten Zeit und ihre Vorliebe, die Regeln zu umgehen, erinnern mich an dich.«

»Tja, schuldig in allen Anklagepunkten.« Leo nippte an seinem Drink und schmatzte dann ein paarmal prüfend mit den Lippen. »Ein bisschen zu viel Limette, denke ich.«

Zögerlich nippte ich an meinem Glas. »Er ist köstlich.« Ich grinste ihn an. »Enttäusche ich dich mit meinem wenig anspruchsvollen Gaumen?«

»Du lernst es schon noch, mein kleiner Schützling.«

Ich reichte ihm die Würfel. »Du zuerst.«

Er nahm sie in seine Hände und schwenkte sie theatralisch neben jedem Ohr, als schüttelte er eine Kokosnuss.

»Ich habe gehört, dass du viel Zeit mit unserer neuen Nachbarin verbringst.«

Er ließ die Würfel über den Tisch rollen. Eine Zwei und eine Vier.

»Mit Sylvie? Ja, sie ist wirklich nett.« Ich sammelte die Würfel ein und schüttelte sie seitlich neben dem Körper zwischen meinen Handflächen. »Wir haben uns ein paarmal getroffen. Wir sind Kaffee trinken gegangen, waren bei einem Yogakurs, und sie hat mich zu sich zum Abendessen eingeladen – so was eben.«

Ich klatschte zufrieden in die Hände, als mein Wurf eine Fünf und eine Sechs ergab. Leo funkelte mich gespielt wütend an.

»Wenn du mich fragst, hört sich das nach dem Beginn einer Freundschaft an.«

Verlegenheit ließ meine Wangen aufglühen. »Es ist wahrscheinlich noch zu früh, es so zu bezeichnen.« Ich hoffte, mein Achselzucken wirkte lässig genug.

»Also, ich finde, Sylvie passt gut in unser Haus.« Leo nippte erneut an seinem Bourbon. »Nicht zuletzt, weil sie meine Vorliebe für Nachbarschaftsklatsch teilt.«

»Heißt das, dass du mir ab jetzt nicht mehr so oft mit pikanten Geheimnissen aus der Nachbarschaft in den Ohren liegst?«

»Ich weiß, dass du nur so tust, als würdest du das ablehnen. Natürlich hätte sich ein Gentleman wie dein Großvater niemals zu so etwas herabgelassen. Aber weißt du was?« Leo beugte sich vor und senkte die Stimme. »Ich glaube, tief im Inneren fand er es genauso unterhaltsam wie du, nur würde keiner von euch das je zugeben.«

Ich errötete. Es hatte durchaus einige Vorteile, wenn man die Neuigkeiten aus der Nachbarschaft erfuhr, ohne mit Fremden Small Talk machen zu müssen.

»Ich vermisse ihn.«

»Ich auch«, sagte Leo. »Der gute alte Patrick. Kaum zu glauben, dass nun schon dreizehn Jahre ohne ihn vergangen sind.«

Wir unterbrachen das Spiel, während wir unseren Gedanken nachhingen.

»Leo, hat Grandpa jemals mit dir darüber gesprochen, wie es war, mich ganz allein großzuziehen?« Die Eiswürfel in meinem Glas bildeten einen trägen Strudel. »Ich meine, er wurde ja völlig damit überrumpelt. Vorher hatte ich ihn vielleicht zweimal gesehen.«

Leos Augen strahlten eine Mischung aus Mitgefühl und Traurigkeit aus. Er holte tief Luft, als wollte er etwas sagen, machte dann aber einen Rückzieher, bevor die Worte über seine Lippen kamen. Ich glaube, ich hatte ihn noch nie so verlegen gesehen.

Nach einem bedächtigen Schluck fing er an zu reden. »Warum fragst du das?«

»Etwas, das Claudia gesagt hat, hat mich nachdenklich gemacht. Es muss schon schwer für ihn gewesen sein, sich plötzlich mit einem sechsjährigen Mädchen auseinandersetzen zu müssen.« Ich stellte mein Glas ab und betrachtete die Linien in meinen Handflächen. »Glaubst du, dass ich vielleicht irgendwie … sein Leben ruiniert habe?«

Leo atmete geräuschvoll aus. »Ich will dich nicht anlügen – es war manchmal eine echte Herausforderung für ihn. So wie die Erziehung eines Kindes für alle Eltern auch mal zur Herausforderung wird.«

»Ja, schon, aber meistens haben die sich dafür entschieden, Kinder zu haben.« Ich schämte mich, dass ich nie darüber nachgedacht hatte, wie es für ihn gewesen sein musste, plötzlich allein für ein kleines Mädchen verantwortlich zu sein, das er kaum kannte.

Leo blickte zur Decke, als beratschlagte er sich mit einer höheren Macht.

»Clover, ich glaube, du bist das Beste, was deinem alten Großvater je passiert ist. Nach allem, was er mir erzählt hat, hat er viel gearbeitet, als deine Mama klein war, also hat er kaum etwas davon mitbekommen, wie sie aufwuchs.«

Ich nickte und dachte an das Gespräch mit ihm während meines Geburtstagsausflugs in den Central Park. »Ich erinnere mich, dass er mir erzählt hat, er sei viel gereist, als sie klein war.« Das war eines der wenigen Male, an die ich mich erinnern konnte, dass er über ihre Beziehung gesprochen hatte.

»Jap. Und deine Mutter war ein wenig eigensinnig – es klang so, als dachte sie nur an sich selbst. Dein Großvater war nie damit einverstanden, dass sie und dein Vater ständig auf Reisen waren und dich bei dieser Nachbarin ließen. Er war nicht der Meinung, dass sie sich richtig um dich kümmern. Und es war schmerzhaft für ihn, das zu sehen, weil er sich fragte, ob sie seinem eigenen Beispiel folgte und die Arbeit über die Familie stellte. Ich glaube, er fühlte sich deswegen sehr schuldig.«

Ich nahm einen unvorsichtig großen Schluck von meinem Cocktail.

»Und als sich dann herausstellte, dass er die einzige Familie war, die du noch hattest«, fuhr Leo fort, »glaube ich, dass er es als zweite Chance sah. Als hätte er die Möglichkeit, an dir wiedergutzumachen, was er bei deiner Mutter versäumt hat, und dich zu dem besten Menschen zu erziehen, der du sein kannst.«

Diese Enthüllung ließ mein Herz noch schwerer werden. »Das wusste ich gar nicht.«

»Wie solltest du auch? Du hast getan, was du konntest, um mit deinem schwierigen Schicksal zurechtzukommen. Aber ich erinnere mich, dass er manchmal auf einen Drink hierherkam, nachdem du eingeschlafen warst, und sich die Haare raufte, weil er keine Ahnung hatte, was er tat. Er hatte solche Angst, dass er es mit dir auch vermasseln würde.«

»Aber er wirkte immer so selbstsicher bei allem, was er mir beibrachte.«

»Natürlich – er wollte, dass du dich auf ihn verlassen kannst, egal, was passiert.« Leos Augen blitzten amüsiert auf. »Weißt du, für die ganzen Frauendinge – wie deinen ersten BH kaufen und so weiter – hat er sich Insiderwissen geholt von dieser Bessie aus dem Buchladen, in dem ihr immer wart.«

»Echt?« Langsam fügten sich die Puzzleteile zusammen, die mein ganzes Leben lang verstreut gewesen waren.

»Ja, wirklich. Hör zu, ich habe deinem Großvater versprochen, dass ich immer auf dich aufpassen werde – und ich denke, dazu gehört auch, dass ich ehrlich zu dir bin.« Er blickte wieder nach oben. »Ich bin mir ziemlich sicher, dass er damit einverstanden wäre.«

»Danke, Leo«, sagte ich leise, und mein Kopf brummte ein wenig, weil ich meine Kindheit jetzt durch eine neue Brille betrachtete. »Das weiß ich zu schätzen. Ehrlich.«

Er zwinkerte mir zu. »Schon in Ordnung.«

Unsicher, ob ich noch mehr von Leos Wahrheiten ertragen konnte, konzentrierte ich mich auf die Spielsteine zwischen uns. »Spielen wir?«

»Oh, und ob.« Leo rieb sich die Hände, zuckte dann aber zusammen und fasste sich an den Nacken.

»Alles okay, Leo?«

Er lehnte sich mit zusammengekniffenen Augen auf seinem Stuhl zurück und wartete, bis es vorbei war. Als er die Augen wieder öffnete, merkte ich, dass er um Fassung rang.

»Ich bin fit wie ein Turnschuh, wie ich dir immer sage. Bloß ab und zu ein paar Nackenschmerzen. Das Alter eben.«

Ich war nicht überzeugt. »Wir müssen heute Abend nicht mehr spielen, wenn du keine Lust hast. Wir könnten uns stattdessen einen dieser alten Buddy-Filme ansehen, die du so gerne magst?«

»Ich sehe schon, du willst mich zum Aufgeben bringen.« Leo drohte mir verschmitzt mit dem Finger. »Glaub ja nicht, dass ich meinen Vorsprung so leicht preisgebe.«

»Leo …«

Er setzte ein trotziges Grinsen auf. »Du bist dran, Kind.«

In Leos Gesellschaft blühte ich für gewöhnlich auf, aber als ich an diesem Abend nach unserem Spiel meine Wohnungstür schloss, fühlte ich mich völlig erschöpft. Vor einem Monat schien das Leben noch so viel einfacher zu sein. Jetzt kam es mir ein bisschen so vor, als befände ich mich im freien Fall.

Das Fernglas lag im Regal, vollkommen harmlos für andere, aber für mich hatte es etwas Verbotenes und Verlockendes zugleich. Ein paar Minuten würden schon nicht schaden. Bloß ein kurzer Check, ob Julias und Reubens häusliches Glück noch intakt war. Dass wenigstens etwas in meiner Welt noch so war wie immer.

Ich folgte genau meiner Routine: Licht aus, Stuhl auf Position, Jalousien langsam hochgezogen.

Sie hatten Besuch zum Abendessen. Etwas, das Julia und Reuben hin und wieder gerne machten. Immer dieselben Leute, immer Pärchen. Die besonderen Nuancen der Körpersprache eines jeden Paares waren ein geheimnisvolles Rätsel, das darauf wartete, von mir entschlüsselt zu werden.

Ja, das war genau das, was ich jetzt brauchte.

Und dann waren da noch Julia und Reuben, die während der Unterhaltung mit ihren Gästen Händchen hielten und deren stille Hingabe zueinander so stark brannte wie eh und je.

Ich kuschelte mich in eine Decke, machte es mir gemütlich und suchte Trost in der einzigen Liebesbeziehung, auf die ich zählen konnte.

29

Als Sylvie mir vorschlug, auf den letzten Drücker bei einem Tanzkurs mitzumachen, schockierte ich mich selbst mit meiner Zusage. Seit meinem sehr öffentlichen Kuss mit Sebastian und Leos Enthüllungen über meinen Großvater hatte mein Gehirn zu viele Gefühle zu verarbeiten. Etwas Energie loszuwerden, bedeutete eine willkommene Ablenkung für mich.

»Wahrscheinlich ist der erste Kuss in neunzig Prozent der Fälle mies«, sagte Sylvie, als wir im Schneidersitz auf dem Boden eines kleinen Tanzstudios in Chelsea saßen. »Meiner war jedenfalls schrecklich – allerdings muss ich zugeben, dass wir zwölf waren. Aber leider gibt es immer noch Typen, die auch in ihren Dreißigern noch nicht gelernt haben, wie man jemanden richtig küsst. Man würde doch vermuten, dass ihm das irgendwer mal gesagt hätte.«

Ich fühlte mich, als wäre ich einem Geheimclub beigetreten, dem »Club der miesen ersten Küsse«, deren Mitgliederzahl mich überraschte. Meine Enttäuschung ließ ein wenig nach.

»Also, was soll ich machen?«

Sylvie glättete eine Falte in ihren glänzenden Leggings.

»Du bist dir absolut sicher, dass du keinerlei Chemie zwischen euch gespürt hast? Vielleicht war es nur schwierig, das hinter dem schlechten Kuss wahrzunehmen?« Ein verschmitzter Ausdruck huschte über ihr Gesicht. »Vielleicht bist du ja diejenige, die ihm beibringen wird, wie man es richtig macht.«

Ich musste mich zusammenreißen, damit man mir mein

Unbehagen nicht ansah. »Ich weiß nicht. Es ging alles so schnell. Und ich hab ja auch keinen Vergleich.« Vor allen Dingen war es enttäuschend gewesen. Ich hatte nichts gegen Sebastians Gegenwart, und seine enge Beziehung mit Claudia war liebenswert, aber ich fühlte mich nicht so zu ihm hingezogen, wie ich es bei dem ersten Mann, den ich je geküsst hatte, erwartet hätte.

»Geh noch einmal mit ihm aus und schau, wie es sich anfühlt«, sagte Sylvie. »Das ist deine Chance zum Experimentieren. Sieh es einfach als Lernprozess. Und wenigstens weißt du jetzt sicher, dass es ein Date ist!«

»Das könnte ich machen«, sagte ich zögerlich. »Aber nicht, solange ich noch mit Claudia arbeite. Ich muss das trennen.« Abgesehen davon gab das meinen Gefühlen Zeit, sich in etwas Konkreteres zu verwandeln.

Der abblätternde Lack des Holzbodens fühlte sich rau an meinen Händen an, als ich die anderen Frauen im Tanzstudio betrachtete. In dem Yogakurs, bei dem wir gewesen waren, hatten alle ruhige neutrale Töne getragen. Hier herrschte die Ästhetik von drapierten schwarzen Stoffen und Edelsteintönen vor, die die Kurven der Frauenkörper betonten. Ich hoffte, dass ich mit meinen marineblauen Leggings und dem weiten grauen T-Shirt im Hintergrund verschwinden konnte. Doch dann bemerkte ich etwas, das mich noch mehr einschüchterte als meine Mitschülerinnen: zwei Metallstangen in der Mitte des Raumes.

»Ich kann die Angst in deinen Augen sehen.« Sylvie stupste mich amüsiert an. »Keine Sorge, das hier ist keine Pole-Dancing-Stunde. Obwohl wir das unbedingt ausprobieren sollten. Es macht Riesenspaß!«

Ihr Zuspruch trug nichts zur Beruhigung meiner Nerven bei. Verlegen zupfte ich an meinen Leggings herum und überlegte, ob ich mir das T-Shirt an der Taille knoten sollte wie einige der anderen Frauen im Studio.

»Wie heißt der Kurs noch mal genau?«

»Sensual Synch«, sagte Sylvie und wackelte mit den Augenbrauen. »Im Prinzip bewegt man sich wie eine Stripperin, nur dass man sich nicht auszieht.«

»Warte … du hattest doch gesagt, es wäre eine Aerobic-Dance-Stunde.« Ich hatte mir eher etwas wie Zumba vorgestellt, aber doch kein Strippen.

»Ich sagte Aerobic wie in ›es erhöht den Sauerstoffbedarf deines Körpers‹. Der Rest war deine eigene Interpretation.« Sylvie grinste. »Außerdem war mir klar, dass du nicht mitgekommen wärst, wenn du genau gewusst hättest, was das für ein Kurs ist. Aber vertrau mir, es wird dir so was von guttun. Tanzen ist die beste Möglichkeit, mit dem eigenen Körper in Verbindung zu treten. Na ja, abgesehen von Sex. Aber du wirst es lieben – es macht total Spaß und ist so was von befreiend.«

Wie aufs Stichwort wurde das Licht gedimmt, und Kerzen, die strategisch im Raum verteilt waren, verwandelten das Ambiente im Raum so, dass es eher an ein romantisches Restaurant erinnerte. Ich hatte gar nicht bemerkt, dass jemand sie angezündet hatte.

Der stampfende, heißblütige Bass eines Beyoncé-Songs ertönte. Es würde ganz fürchterlich werden. Im Gegensatz zu vielen anderen Dingen, die ich mir erfolgreich selbst beigebracht hatte, hatte sich mein nicht vorhandenes Rhythmusgefühl als unbesiegbarer Gegner erwiesen. In der Theorie wusste ich, dass man auf zwei klatschen sollte, aber in der Praxis war das nicht so einfach umzusetzen.

Eine Frau tänzelte in die Mitte des Raumes, als hätten ihre Hüften die Kontrolle über sie übernommen. Sie fuhr sich mit den Händen seitlich am Körper entlang, als genieße sie die Berührung.

»Yeeesss«, flüsterte Sylvie anerkennend. »Das wird super!«

»Ladys, seid ihr bereit, eure Körper richtig zu spüüüren?«, schnurrte die Frau mit genüsslich geschlossenen Augen.

Alle im Raum antworteten mit verschiedenen enthusiastischen Versionen von »Wuhu!«.

Außer ich. Ich war mir ziemlich sicher, mich gleich übergeben zu müssen. Meiner Schätzung zufolge war die Tür ungefähr drei Meter von mir entfernt. Ich hätte durchaus noch die Möglichkeit, abzuhauen und nie mehr an dieses Ereignis zurückzudenken.

Aber bevor ich dem Impuls folgen konnte, packte mich Sylvie an der Hand und zog mich hoch. »Ich freu mich so, dass wir das zusammen machen, Clover!«

Die Anspannung in meinem Körper und die Übelkeit ließen langsam nach. Sylvie schaute mich so aufrichtig begeistert an, dass ich sie nicht enttäuschen konnte. Also beschwor ich meine Nerven, sich zu beruhigen, und konzentrierte mich auf das gemeinsame Erlebnis mit meiner Freundin.

»Ich mich auch.« Ich lächelte schwach, beflügelt und entsetzt zugleich. Es war, als würde ich mich an einem Strauß Heliumballons festklammern und den festen Boden unter den Füßen verlieren.

Soweit ich das beurteilen konnte, gab es in der Stunde keinen festen Ablauf. Sie bestand hauptsächlich daraus, sich zum Takt der Musik zu räkeln (oder in meinem Fall etwas aus dem Takt), auf dem Boden herumzukrabbeln wie Raubkatzen (ich wünschte mir, ich hätte Knieschoner mitgebracht) und sich lasziv durch die Haare zu fahren (sehr unpraktisch, wenn man wie ich einen strengen Dutt hatte). Sylvie, die anscheinend mit perfektem Rhythmusgefühl geboren worden war, machte alles mit großer Begeisterung mit, ebenso wie ihr Pferdeschwanz, der ebenfalls genau im Takt zu wippen schien. Von Zeit zu Zeit stieß sie mich mit der Schulter an und warf mir ein aufmunterndes Lächeln zu, bevor sie selbstbewusst davontänzelte, als läge ihr die Sinnlichkeit im Blut und als wäre es überhaupt keine große Sache.

Nach zwanzig Minuten merkte ich, dass ich es zeitweise schaffte, mich der Musik hinzugeben. Es half, dass wir die Augen schließen sollten (und uns »einfach geeehen« lassen sollten), und wenn ich doch mal blinzelte, achtete niemand im Raum auf jemand anderen als sich selbst. Wie befreit, erlaubte ich meinem Körper, sich mit einer flüssigen Leichtigkeit zu bewegen, die ich so noch nie erlebt hatte. Meine Hände über meine Oberschenkel und die Taille gleiten zu lassen, fühlte sich ungewohnt erotisch an … geradezu berauschend.

Ich ließ mich so gehen, dass ich in einem unerwarteten Moment meinen Dutt löste.

Als Sylvie und ich anschließend unsere Sachen aus der Umkleide holten, war ich in einer geradezu euphorischen Stimmung.

»Ha, ich wusste, dass du es lieben würdest«, sagte Sylvie mit einem Blick auf mein neues Strahlen. »Sieh nur, wie entspannt du bist.«

»Ja, ich schätze, es war besser, als ich erwartet hätte.« Ich wollte nicht zu begeistert klingen, damit sie nicht auch noch versuchte, mich zu dem Pole-Dancing-Kurs zu überreden. Doch als ich die kalte Abendluft auf meiner Haut spürte, während wir zur Eighth Avenue schlenderten, war ich mir meines Körpers sehr bewusst. Wie sich meine Kleidung daran anfühlte, wie er sich bewegte. Einen ähnlichen Rausch verspürte ich, wenn ich mir einen Liebesfilm anschaute oder aus der Ferne die zärtlichen Küsse von Julia und Reuben beobachtete.

Aber trotzdem irgendwie anders.

Diesmal kam das Gefühl von innen.

30

Sebastians Name leuchtete zum zweiten Mal an diesem Vormittag auf meinem Handy auf. Beim ersten Mal hatte ich bloß auf das Display gestarrt und gehofft, dass es aufhörte. Es gefiel mir nicht, dass er sich ohne Vorwarnung in meinen Tag drängte. Er hatte nicht einmal eine Nachricht hinterlassen.

Auch seinen zweiten Anruf nahm ich nicht entgegen, wartete fünfzehn Minuten und schrieb ihm stattdessen eine Textnachricht.

Hi, Sebastian, hast du versucht, mich anzurufen? Ich war unter der Dusche.

Die Sprechblase mit den drei Punkten erschien unter meiner Nachricht. Gott sei Dank – eine Nachricht würde mir wenigstens Zeit verschaffen, über meine Antwort nachzudenken. Aber dann verschwanden die Punkte wieder, und sein Name leuchtete zum dritten Mal auf dem Display auf. Ich hatte keine Wahl, ich musste drangehen.

»Hey, Clover!« Der Klang seiner Stimme löste bei mir erneut die Nervosität aus, die ich bei unserem letzten Treffen gespürt hatte. »Ich dachte mir, es wäre einfacher zu telefonieren, statt hin und her zu schreiben. Wie läuft dein Vormittag so?«

»Ganz gut, danke.« Ich wartete darauf, dass er mir den Grund für seinen Anruf verraten würde.

»Also, das neulich Abend hat echt Spaß gemacht …« Er sagte es, als wäre er noch unsicher.

»Ja, stimmt.« Zumindest teilweise.

Auf Sebastians Seite bimmelte ein Eiswagen im Hintergrund.

»Wie dem auch sei«, er räusperte sich, »ich trete morgen Abend mit einem Celloquartett auf und wollte dich fragen, ob du vielleicht mitkommen willst … mit Grandma? Sie ist immer so gerne zu meinen Konzerten gekommen, und ich dachte mir, es wäre doch auch schön für sie, das noch, ähm, ein letztes Mal zu erleben.«

Tja, das konnte ich Claudia nicht abschlagen. Meine Nerven beruhigten sich etwas – plötzlich fühlten sich Sebastian und sein Anruf nicht mehr aufdringlich an.

»Was für eine schöne Idee«, sagte ich. »Ich gehe gerne mit ihr hin.«

Da Sebastian schon früh zu dem Konzert musste, blieb ich noch über meine übliche Besuchszeit hinaus und würde anschließend mit Claudia zusammen im Taxi zum Veranstaltungsort in einer Galerie in Chelsea fahren.

Ich beobachtete sie, wie sie vor dem goldumrandeten Spiegel über ihrem Schminktisch saß. Ihren roten Lippenstift trug sie so routiniert auf, wie andere ihren Namen schrieben, dann tupfte sie sich Parfüm auf die Handgelenke, hinter die Ohren und aufs Dekolleté. Irgendwie fühlte ich mich wie ein Kind, das seiner Mutter beim Zurechtmachen zusah und das vor Bewunderung für ihre Schönheit und Eleganz überschäumte. Doch es weckte keine schmerzlichen Erinnerungen an etwas, das ich mit meiner eigenen Mutter nie erlebt hatte – zumindest erinnerte ich mich nicht daran –, sondern es fühlte sich an, als ob eine Leere in mir gefüllt wurde.

»Hilfst du mir bitte damit, meine Liebe?«, fragte Claudia und hielt mir eine Perlenkette hin.

Ich nahm sie und öffnete den Verschluss, während sie sich die Haarsträhnen hochhielt, die ihr aus der Hochsteckfrisur in den Nacken fielen. Als ich fertig war, tätschelte ich ihre Schulter. »Das hätten wir.«

Claudia legte ihre Hand auf meine, drückte sie und suchte im Spiegel meinen Blick.

»Danke, meine Schöne. Was für ein Glück, dass ich dich habe.«

Mit solchen Worten hätte ich nie gerechnet. Ein kleiner Kloß bildete sich in meinem Hals.

»Ich bin auch sehr froh, hier zu sein«, sagte ich, unfähig auszudrücken, wie sehr mich ihre Worte wirklich berührt hatten. »Aber wir sollten uns beeilen, damit wir rechtzeitig da sind.«

Ich half Claudia aus dem antiken Windsor-Sessel hoch und nahm den Duft von Bergamotte und Tuberose ihres frisch aufgetragenen Parfüms wahr. Mein Blick fiel auf den Namen auf dem eleganten Flakon mit der smaragdgrünen Kappe: Creed Fleurissimo. Zu glamourös für mich.

»Also«, sagte sie und strich die Falten an ihrem Rock glatt, »wie sehe ich aus?«

»Perfekt«, sagte ich und betrachtete ihre elegante Silhouette. Wie bei Leo war auch Claudias Stil fest in den Sechzigerjahren verankert, aber bei ihr war es weniger *Mad Men* als Joanne Woodward. Heute Abend trug sie eine raffinierte, hochgeschlossene Seidenbluse, dazu einen wadenlangen Rock und Pumps mit Blockabsatz. »Ich bitte Selma, uns zu helfen, dich nach unten zu bringen, bevor sie geht. Dein Rollstuhl steht schon unten im Foyer bereit.«

Claudia machte eine abwehrende Geste. »Kein Rollstuhl für mich heute Abend – es könnte das letzte Mal sein, dass ich ausgehe, also bin ich wild entschlossen, es mit Stil zu tun!«

Ohne den Rollstuhl geriet unser großer Auftritt in der Galerie etwa schleppend, wobei ich den Arm fest um Claudias Taille geschlungen hatte, um ihr zu helfen, das Gleichgewicht zu halten. Und trotzdem strahlte sie eine solche Anmut und Würde aus, dass es den im Eingangsbereich versammelten Besuchern nicht verborgen blieb und alle sie anerkennend anstrahlten.

Wie war es wohl, die Blicke so auf sich zu ziehen, mit so viel Charisma aufzutreten, ohne Angst gesehen und bewundert zu werden?

Drinnen waren Klappstühle mit Blick auf den hinteren Teil der Galerie in Reih und Glied aufgestellt. In der Mitte befand sich ein Durchgang. Als Sebastian durch diesen Gang auf uns zukam, begann ein Schwarm Falter in meinem Bauch zu flattern. Ich war so mit Claudia beschäftigt gewesen, dass ich keine Zeit gehabt hatte, mir Gedanken darüber zu machen, wie ich reagieren würde, wenn ich ihn wiedersah.

»Hallo, Grandma!« Er küsste sie zur Begrüßung auf die Wangen und wandte sich dann an mich.

Aus Furcht, dass er versuchen könnte, mich vor Claudia zu küssen, streckte ich ihm eilig die Hand entgegen.

»Hi, Sebastian«, sagte ich.

Er wirkte einen Augenblick lang irritiert, erholte sich dann aber schnell und nahm das Telefon, das er hielt, in die andere Hand, damit er meine schütteln konnte.

»Ich freue mich sehr, dass ihr beide hier seid«, sagte er, obwohl sein Blick die meiste Zeit auf mich gerichtet war. »Ich habe euch Plätze in der ersten Reihe reserviert.«

Er stellte sich an die andere Seite von Claudia, stützte sie am Ellbogen, und gemeinsam begleiteten wir sie langsam zu ihrem Platz. Als wir uns vergewissert hatten, dass sie bequem saß, blieb Sebastian verlegen stehen, die Hände hinter dem Rücken, als wollte er noch etwas sagen. Ich fing an, in dem fotokopierten Programmheft zu blättern, das auf unseren Plätzen lag.

»Bachs *Cellosuiten*«, las ich laut vor.

Sebastian lächelte verschämt. »Ja, ich weiß, es ist die klischeehafteste Cellokomposition überhaupt. Ich wollte eigentlich Faurés *Pavane* spielen.« Er zeigte auf die anderen Zuschauer, die um uns herum ihre Plätze einnahmen. »Aber man muss dem Publikum geben, wonach es verlangt – vor allem, wenn man es dazu bewegen will, für einen guten Zweck zu spenden.«

Ich hatte nicht gewusst, dass es sich um eine Wohltätigkeitsveranstaltung handelte – es war nett von ihm, dass er sich daran beteiligte. Seine Verlegenheit wirkte jetzt noch sympathischer.

»Bach war der Lieblingskomponist meines Großvaters«, versuchte ich ihn zu beruhigen, da ich wahrscheinlich einer der Gründe war, warum er so nervös wirkte. »Als Kind hat er mich oft zu Konzerten in der New Yorker Philharmonie mitgenommen.«

Grandpa und ich hatten immer auf dem Balkon gesessen, während er mir flüsternd alle Orchesterteile und ihre verschiedenen Instrumente erklärte. Mein Lieblingsdirigent war einer, der sich so von der Musik mitreißen ließ, dass es aussah, als ob er tanzte. Manchmal musste er zwischendurch sogar seine Hose hochziehen.

Sebastians Gesicht leuchtete auf. »Da hat mich Grandma auch immer mit hingenommen! Vielleicht waren wir ja sogar mal bei demselben Konzert.«

Ich stellte mir uns als zwei schlaksige Kinder vor, die in der Lobby des Lincoln Centers aneinander vorbeiliefen.

Claudia blickte zu ihrem Enkel auf. »Ich habe ja immer versucht, ihm Jazz schmackhaft zu machen, aber er beharrte auf klassische Musik – genau wie sein Großvater.«

»Ja«, Sebastian grinste. »Mein Großvater hasste Jazz und hat sich geweigert, ihn zu hören.« Ein weiterer faszinierender Einblick in die Beziehung zwischen Claudia und ihrem Ehemann.

Ein untersetzter Mann tippte Sebastian auf die Schulter und zeigte zu der provisorischen Bühne hinüber, auf der vor Stühlen vier Cellos standen.

»Oh, richtig«, sagte Sebastian. »Wir sollten uns besser bereithalten.« Er drehte sich noch mal zu mir und Claudia um. »Viel Spaß beim Konzert!«

Wir sahen, wie er in einem Seitenzimmer verschwand.

Als die Lichter ausgingen und das Publikum verstummte, schloss ich die Augen und gab mich den leichten Wellen der Vorfreude hin, die mich immer vor einer Live-Vorstellung erfasste. Diese geteilte Intimität unter Fremden, wenn alle in einer gemeinsamen freudigen Erwartung für einen Moment den Ballast ihres Lebens abwerfen, um ganz und gar präsent zu sein. Ich atmete das wohltuende holzige Aroma der Instrumente ein und den Geruch der frisch geharzten Bögen.

Die Seitentür ging auf, und Sebastian und seine Musikerkollegen, die allesamt schwarz gekleidet waren und ein wenig streberhaft wirkten, kamen heraus und beugten beim warmen Applaus, der sie empfing, verlegen die Köpfe.

Die Frau links neben Sebastian zählte an und begann mit dem *Prélude* von Bachs *Cellosuite Nr. 1,* wobei ihre Finger anmutig über den Hals des erhabenen Instruments glitten, als würde sie die Klänge aus ihm herausstreicheln. Als der vertraute Refrain durch den Galerieraum hallte, gab sich das Publikum mit einem kollektiven Seufzer der Umarmung durch die Musik hin.

Dann setzten die anderen drei Musiker mit ein, und ich nutzte die Gelegenheit, Sebastian in Bewegung zu beobachten. Die Art und Weise, wie er sich seitlich zum Cello hinunterbeugte, als flüstere er ihm ein Geheimnis zu. Wie er konzentriert sein Gesicht zusammenkniff und mit dem Fuß den Takt vorgab, indem er abwechselnd mit den Zehen und der Ferse klopfte, während sich sein restlicher Körper hin und her wiegte. Mir war klar, dass ich da jemanden beobachtete, der etwas tat, das er wirklich liebte.

Zu beobachten, wie sich jemand von etwas mitreißen ließ,

für das er brannte und das er darüber hinaus auch beherrschte – etwas, das oft als »Flow« bezeichnet wird –, war eines der größten Privilegien des Lebens. Daraus entsprang eine Energie, eine Art Zauber. Als würde derjenige sein Herz vollkommen öffnen und mit der Welt in seiner reinsten Form in Kontakt treten – unbelastet von Unsicherheiten, von Anspannung und Bitterkeit. Als stehe die Zeit still, und als erlaubte er es sich, vollkommen darin aufzugehen.

Sebastian mit seinem Cello zu beobachten, ließ mich ihn anders sehen als je zuvor. Und anstatt ständig darüber nachzudenken, was ich für ihn empfinden könnte, ließ ich mich einen Moment lang darauf ein, seinem Beispiel zu folgen und mich einfach von der Musik mitreißen zu lassen.

Nach der Aufführung setzten Claudia und ich uns auf eine Bank draußen vor der Galerie und warteten auf Sebastian.

»Was für ein wundervolles Konzert – danke, meine liebe Clover, dass du mich begleitet hast«, sagte Claudia und hakte sich bei mir unter. »Ich hoffe, mein Enkel bezahlt dir diese Überstunden auch.«

Meine Schultern verspannten sich vor schlechtem Gewissen, wenn ich an meinen anderen Abend mit Sebastian dachte, für den ich definitiv keine Überstunden in Rechnung gestellt hatte.

»O nein«, entgegnete ich und überlegte fieberhaft, was ich als Nächstes sagen sollte. »Wir sind ja schließlich für einen guten Zweck hier. Dafür könnte ich kein Geld annehmen.«

»Du hast das Herz wirklich am rechten Fleck, Liebes«, sagte sie. Dieses unverdiente Kompliment machte mich verlegen. »Aber wir wollen dich nicht länger aufhalten. Sicher möchtest du endlich Feierabend machen. Ich kann alleine hier auf Sebastian warten.«

Ich war versucht, die Gelegenheit zu nutzen, mich davonzustehlen, aber ich wollte auch nicht die Gelegenheit verpassen, Sebastian noch einmal zu sehen.

»Ich warte wenigstens noch so lange, bis Sebastian herauskommt«, sagte ich. »Ich würde dich ungern ganz alleine lassen.«

Claudia sah sich skeptisch in dem piekfeinen Galerieviertel um. »Glaub mir, ich war schon in viel brenzligeren Situationen.«

Die Tür der Galerie öffnete sich, und ein Cellokasten schob sich heraus, gefolgt von Sebastian.

»Ah, da seid ihr ja!« Er lehnte sein Instrument an das Schaufenster der Galerie. »Ich hab euch schon drinnen gesucht.«

»Ich meinte gerade zu Clover, dass sie ruhig schon gehen kann«, sagte Claudia. »Wir wollen ihre Zeit nicht übermäßig in Anspruch nehmen, es ist spät genug. Und es ist auch ganz schön kalt hier draußen.«

Ich konnte nicht entziffern, was sein Gesichtsausdruck mir sagen wollte, als sein Blick zwischen mir und Claudia hin und her wanderte.

»Oh, klar, natürlich.« Er zückte sein Handy. »Ich rufe uns ein Taxi.«

»Ach, ich nehme einfach die U-Bahn«, wehrte ich schnell ab, um zu vermeiden, eingequetscht zwischen Sebastian und Claudia auf dem Rücksitz eines Wagens zu landen und so tun zu müssen, als wäre alles ganz normal. »Es sind nur ein paar Haltestellen.«

Sebastian hielt sein Handy hoch. »Aber das Taxi ist in einer Minute da – wir könnten dich auf dem Weg absetzen.«

»Nein, nein«, beharrte ich. »Es ist eine ganz andere Richtung. Die U-Bahn zu nehmen, macht mir wirklich nichts aus.«

Claudia legte die Hand auf Sebastians Arm. »Lass der Frau ihre Unabhängigkeit, Liebling.« Sie zwinkerte mir zu. »Clover hat bestimmt langsam genug von uns.«

Ich sah, dass Sebastians Wangen rot anliefen. »Klar, entschuldige.«

»Aber danke für das Angebot«, sagte ich. »Und danke für die Einladung – es war wirklich ein schönes Konzert.« Ich sah Sebastian verlegen an. »Du bist wirklich ein begabter Musiker.«

Zum ersten Mal, seit ich ihn kannte, schien er um Worte verlegen.

Die Tatsache, dass Claudia unser Gespräch beobachtete, machte mich nervös. »Wie dem auch sei, ich sollte jetzt mal besser nach Hause zu meinem Hund«, sagte ich und knöpfte meinen Mantel zu. »Gute Nacht!«

Und dann lief ich mal wieder vor Sebastian weg die Straße hinunter, was mittlerweile fast schon zu einer Gewohnheit geworden war. Nur dieses Mal war ich mir nicht sicher, vor was genau ich eigentlich davonlief.

31

Als ich am darauffolgenden Mittwoch bei Claudia ankam, empfing mich Selma an der Tür.

»Claudia hat heute starke Schmerzen.« Selma sprach mit gesenkter Stimme. »Natürlich weigert sie sich trotzdem, im Bett zu bleiben, also haben wir es ihr in der Bibliothek bequem gemacht.« Sie zeigte ans Ende des Flurs. »Zwei Stockwerke hoch und dann auf der linken Seite.«

Die Bibliothek, die locker fast so groß war wie meine gesamte Wohnung, schien direkt meinen Tagträumen zu entspringen. Imposante Walnussregale voll mit Ehrfurcht einflößenden Büchern reichten bis unter die Decke. Eine geschmackvolle Sitzgruppe aus Plüsch lud zu stundenlangem Schmökern ein. Durch die Bogenfenster fiel Sonnenlicht herein und tauchte den Raum in sanftes Licht. Und in der Ecke lehnte Sebastians Cello.

Ich versuchte noch immer, den Wandel meiner Gefühle während des Konzerts einzuordnen. Hatte ich nur sein Talent bewundert oder mich auch auf eine andere Weise zu ihm hingezogen gefühlt? Es war schwer zu sagen, ob die Abwehr, die ich noch immer spürte, mehr mit Sebastian selbst zu tun hatte oder eher mit der Tatsache, dass ich mit Claudia arbeitete. Ich wünschte mir, ich hätte Vergleichswerte dazu. Aber da ich noch nie mit einem Mann meines Alters befreundet, geschweige denn zusammen gewesen war, kannte ich den Unterschied zwischen platonischer Bewunderung und dem leisen Aufflackern romantischer Gefühle nicht.

Claudia lag auf einer Chaiselongue aus Mahagoniholz. Mit ihrem dahinschwindenden Körper wirkte sie fast wie eine auf einem Haufen verzierter Kissen hochgebettete Puppe. Sie hatte die Jacquarddecke bis unter die Achseln hochgezogen. Obwohl sie die Augen geschlossen hatte, klopfte ihre Hand im Takt zu dem Duke-Ellington-Riff, der aus einem kleinen Lautsprecher auf dem Beistelltisch erklang. Das Quietschen der alten Dielen unter meinen Füßen kündigte ihr mein Erscheinen an, und sie begrüßte mich mit einem müden Lächeln.

»Ich habe Duke Ellington mal auf einer Party kennengelernt«, sagte Claudia mit matter Stimme wie im Traum.

»Ich wette, das ist eine interessante Geschichte.« Ich nahm ihr gegenüber in einem plüschigen Ohrensessel Platz.

»Eigentlich erinnere ich mich hauptsächlich an den Streit, den ich an diesem Abend mit meinem Mann hatte«, sagte Claudia und versuchte sich aufzusetzen. Ich erhob mich, um ihr behilflich zu sein, und stützte sie ab, während ich die Kissen hinter ihr zurechtrückte. »Er mochte es nicht, wenn ich mich mit anderen Männern unterhielt, egal, wie interessant sie auch sein mochten. Das war ein Knackpunkt in unserer Beziehung – einer von vielen –, denn ich plauderte gern mit Fremden. Das war es schließlich auch, was mich zu einer guten Fotojournalistin gemacht hatte.«

»Es muss schwer gewesen sein, diese Karriere aufzugeben«, sagte ich. »Kanntest du damals viele andere Fotografinnen?«

»Zu meiner Zeit gab es nur eine Handvoll, wie du dir vorstellen kannst. Und es waren Frauen wie Margaret Bourke-White, Dorothea Lange und Martha Gellhorn, die den Weg für den Rest von uns ebneten.«

»Ich habe Martha Gellhorns Buch *Reisen mit mir und einem anderen* gelesen. Was für eine faszinierende Frau.« Es war eines von mehreren Büchern furchtloser, unabhängiger Frauen, die Bessie mir empfohlen hatte. »Hast du sie je persönlich kennengelernt?«

»Wir sind uns in den Fünfzigern ein paarmal begegnet. Sie

war ziemlich kratzbürstig. Aber sie war auch die Einzige von Hemingways Frauen, die vernünftig genug war, sich von ihm scheiden zu lassen.«

»Ich kann nur erahnen, wie hart es damals gewesen sein muss, als Frau Kriegsreporterin zu sein«, sagte ich. »Da musste man vermutlich schon allein zum Selbstschutz kratzbürstig sein.«

»Du bist ziemlich aufgeweckt, Clover«, sagte Claudia. »Das gefällt mir so an dir.«

»Hast du nie daran gedacht, wieder als Fotografin zu arbeiten? Als dein Sohn dann älter war?«

»Eher nicht«, antwortete sie erschöpft. »Damals schickte es sich für Frauen aus unseren Kreisen nicht, überhaupt einem Beruf nachzugehen, geschweige denn, dass sie ohne ihre Familien in der Weltgeschichte herumreisten, um Fotos von Fremden zu machen. Mein Mann hätte das niemals zugelassen. Es ist nicht verwunderlich, dass Gellhorn und Bourke-White beide zweimal geschieden waren. Als Journalistin und Fotografin muss man eine gewisse Vertrautheit zu seinen Objekten aufbauen, was die Männer damals einfach nicht verstanden.«

»Aber du hast doch bestimmt ein paar ziemlich spannende Geschichten von deinen Reisen zu erzählen, aus der Zeit, bevor du verheiratet warst.« Ich blickte zu den Bücherregalen, die neben der Chaiselongue standen. »Ich würde gerne mal mehr von deinen Fotos sehen.« Ich hoffte, es würde ihr helfen, über ihr Leben zu reflektieren.

Claudia nickte zu einem großen Teakholztisch auf der anderen Seite des Raumes hinüber. »Unter dem Briefbeschwerer befindet sich ein Schlüssel. Die meisten meiner Fotos sind im Keller weggesperrt – ich schätze, jetzt wäre kein schlechter Zeitpunkt, um sie zu sortieren, schließlich tickt die Uhr. Weiß Gott, meine Sippschaft wird sie sonst wahrscheinlich einfach wegschmeißen, sobald ich weg bin.«

»Ich glaube nicht, dass Sebastian das zulassen würde.« Ich wusste, er war zu sentimental für ein so skrupelloses Verhalten.

»Ah ja, er ist sicher ein engagierter Enkel, auch wenn er in anderen Bereichen seines Lebens ein bisschen verkorkst ist«, sagte Claudia. »Ich hatte gehofft, er findet jemanden, mit dem er sein Leben verbringen kann, bevor ich gehe. Es wäre schön zu wissen, dass er glücklich ist. Aber auch wenn seine Freundinnen immer ganz entzückend sind, scheint nie die Richtige für ihn dabei zu sein. Ich habe manchmal den Verdacht, dass es bei seinen Beziehungen weniger darum geht, ob sie zusammenpassen, sondern eher um die Tatsache, dass er nicht gern alleine ist.«

Ich musste an die Frau denken, der wir in der Bar begegnet waren – ich hatte keine Ahnung, ob sie gut zu Sebastian gepasst hätte. Mir wurde bewusst, dass ich mich auch nicht gefragt hatte, ob er zu mir passen würde. Und was bedeutete das überhaupt? Es fühlte sich unfair an, jemandem seine Haustierallergien anzukreiden, aber das würde eine Beziehung mit ihm definitiv erschweren.

Ich ging eilig zu dem Tisch hinüber und fand den Schlüssel unter einem kleinen Wal aus Messing. »Wonach soll ich im Keller genau suchen?«

»Vielleicht musst du ein bisschen wühlen, aber irgendwo müssen ein paar Archivboxen herumstehen – wenn sie nicht schon alle zerfallen sind. Es ist Ewigkeiten her, dass sich jemand dafür interessiert hat.«

»Alles klar.« Ich flitzte aus der Tür, bevor Claudia sich noch weiter in Sebastians Beziehungsleben vertiefen konnte.

Das Gerümpel im Keller schien der Schwerkraft zu trotzen. Möbel, Kunstwerke, alte Lederkoffer und Schneeausrüstung hielten nur mühsam das Gleichgewicht, als reichte schon der winzigste Stupser, um alles zum Einsturz zu bringen. Also das war das Geheimnis hinter einem eleganten minimalistischen Zuhause – man verstaute all seine echten Besitztümer einfach außer Sichtweite.

Die dicke Staubschicht auf jeder Oberfläche bedeutete wohl auch, dass sich der allergieanfällige Sebastian vermutlich eher selten hier hinunterwagte. Sogar ich mit meiner eigentlich sehr robusten Konstitution reagierte darauf irritiert und musste gleich viermal hintereinander niesen. Während ich mich durch diese Krypta der vergessenen Dinge bewegte, machte ich mir eine gedankliche Notiz, dass ich zu einem späteren Zeitpunkt eine Bestandsaufnahme der Dinge hier unten machen würde. Claudia würde vermutlich wollen, dass bestimmte Dinge nicht einfach bei einem Nachlassverkauf verhökert wurden oder als Sperrmüll endeten. Es war nicht offiziell Teil meiner Aufgaben, aber ich hatte schon oft gesehen, wie ein ganzes Leben voller Erinnerungen kurzerhand weggeworfen wurde von trauernden Angehörigen, die das Haus eines kürzlich Verstorbenen so schnell wie möglich loswerden wollten. Die Aussicht auf einen Batzen Geld entledigte die Leute oft ihrer Skrupel. Die fraglichen Boxen befanden sich verkeilt unter einem alten Holzschlitten. Die tiefen Einkerbungen durch die Kufen des Schlittens ließen darauf schließen, dass die Kisten seit Jahrzehnten nicht mehr angerührt worden waren. Vorsichtig befreite ich sie und kehrte mit einigen Spinnweben im Haar triumphierend in die Bibliothek zurück.

»Du siehst aus, als kämst du von einem Abenteuer zurück«, bemerkte Claudia. »Ich hoffe, die Mühe hat sich gelohnt.«

»Bestimmt«, sagte ich, wischte mir einen Rest Staub aus den Augen und versuchte, die Spinnweben aus meinen Haaren zu entfernen. Ich stellte die erste Kiste auf den Couchtisch aus Glas. »Wollen wir?«

Claudias Gesichtsausdruck verriet die Verletzlichkeit eines

Künstlers, der sein Werk zum ersten Mal der Öffentlichkeit präsentierte. »Ich denke, ja.«

In der Kiste befanden sich um die dreihundert Fotoabzüge. Die meisten matt, allesamt schwarz-weiß, und viele waren so verblichen, dass man nur noch geisterhafte Umrisse erkennen konnte. Ich wählte einen Stapel Fotos aus, die mit einer Schnur zusammengebunden waren, und begann, sie durchzublättern.

Das erste war das Bild einer Frau in einem afrikanischen Kleid, die am Straßenrand saß und vor sich zwei üppige Bananenbüschel liegen hatte.

Ich las die Inschrift auf der Rückseite. »*Tunesien, 1956* … Wow, du warst in Tunesien?«

»Meine erste und einzige Reise nach Nordafrika.« Claudia strahlte. »Ich war in Marseille stationiert und habe meinen Redakteur angefleht, mich dorthin zu schicken, um über das Ende der tunesischen Unabhängigkeitsbewegung zu berichten. Als er ablehnte, reiste ich auf eigene Faust dorthin, indem ich mir den Zugang zu einem Boot erflirtete. Ich schickte ihm dann ein Telegramm aus Tunis, um ihn erneut um Erlaubnis zu bitten. Da hatte er keine Wahl mehr.«

»Ich glaube nicht, dass ich den Mumm dazu hätte.« Aber ich vermisste das Gefühl, in einem fremden Land anzukommen, in dem mich nichts als Unbekanntes erwartete. Das hatte ich schon so lange nicht mehr gemacht.

»Na ja, tief drinnen wusste ich, dass es mein letztes Gastspiel war.« Das Leuchten in Claudias Augen wurde schwächer. »Nach diesem Sommer sollte ich nach Hause zurückkehren und heiraten. Meine kurze Fotografinnenkarriere neigte sich also bereits dem Ende entgegen, und so dachte ich mir: ›Was soll's?‹«

»Wie alt warst du da?«

»In dem August bin ich fünfundzwanzig geworden, was damals schon ziemlich alt war, um zu heiraten. Mein späterer Mann hat mir den Antrag gemacht, als ich dreiundzwanzig war, aber ich sagte ihm, dass ich mich noch zwei Jahre der Fotografie widmen wollte. Und wenn er mir das ermöglichen würde, versprach ich ihm, von da an die treu sorgende, gesellschaftlich anerkannte Ehefrau zu werden, die er sich wünschte.«

»Und du hast dein Versprechen gehalten.«

Claudia nickte. »Ich wusste, dass ich Kinder haben wollte, und mir war es auch wichtig, dass sie in einem stabilen Umfeld aufwachsen. Also hatte ich bloß die Wahl zu heiraten. Ihr Frauen heutzutage könnt eure Eizellen einfrieren lassen und es dann irgendwann in euren Dreißigern oder Vierzigern alleine angehen, wenn ihr das wollt. Wenn das damals schon eine Option gewesen wäre, hätte ich sie ernsthaft in Betracht gezogen.«

Ich hatte noch nie darüber nachgedacht, meine Eizellen einfrieren zu lassen. Vermutlich sollte ich es wenigstens mal googeln, schließlich ging ich bereits auf die vierzig zu.

»Diese zwei Jahre habe ich für meine geistige Gesundheit gebraucht«, fuhr Claudia fort. »Ich habe mir gesagt, ich packe so viele Erfahrungen und Erinnerungen wie möglich in diese Zeit, damit ich mein restliches Leben davon zehren kann.« Ein ironischer Blick. »Natürlich rechnete ich nicht damit, dass ich so lange leben würde.« Als wir die Fotostapel durchblätterten, wurde mir klar, was für einen feinen fotografischen Blick Claudia hatte. Die Menschen, die sie fotografiert hatte, strahlten eine Unverfälschtheit aus, als würden sie zum ersten Mal überhaupt wahrgenommen. Liebenswerte Schüchternheit zeigte sich in leicht gesenkten Köpfen, aber hoffnungsvollen Gesichtern. Andere wirkten lebensüberdrüssiger, und ihre Augen verrieten tiefe Traurigkeit. Jedes Bild transportierte Gefühle – Freude, Sehnsucht, Schmerz, Bitterkeit –, und ich spürte sie alle sehr deutlich.

Die Fotos aus Tunesien gingen über in herkömmlichere Fotos von der Côte d'Azur. Kinder, die im seichten Wasser des wellenlosen Mittelmeeres planschten. Ein alter Mann, der unter einem Olivenbaum schlief. Ein Hund, der ein Baguette stibitzte. Im Prinzip die analoge Version eines frankophilen Pinterest-Boards.

»In Südfrankreich waren die Motive insgesamt weniger abenteuerlich«, erklärte Claudia, als läse sie meine Gedanken.

Mein Blick blieb auf dem Foto eines jungen lockigen Mannes mit einem typischen bretonischen Streifenoberteil hängen, der stoisch am Bug eines Bootes stand. »Ich weiß nicht«, sagte ich und reichte Claudia das Foto, »aber dieser braun gebrannte Herr wirkt auf mich ziemlich abenteuerlich.«

Die markige Antwort, die ich erwartet hätte, blieb aus. Stattdessen legte Claudia die Hand an die Brust, während sie das Foto betrachtete.

»Alles okay, Claudia?« Ich stand alarmiert auf. »Soll ich Selma rufen? Brauchst du einen Arzt?«

Claudia fasste mich am Arm. »Nein, meine Liebe, alles bestens.« Ihre Atmung beruhigte sich. »Es ist nur, na ja, ich habe seit mehr als sechzig Jahren kein Foto mehr von ihm gesehen.«

»Wer ist das?«

Claudia sprach mit untypisch flüsternder Stimme. »Sein Name war Hugo Beaufort.«

32

»Also, ich hab neulich jemandem aus der Arbeit erzählt, wie cool dein Job ist«, sagte Sylvie, während wir vor einem minimalistischen Lokal in SoHo Schlange standen. »Und dabei ist mir bewusst geworden, dass ich noch so viele Fragen dazu habe.«

»Welche denn?«, fragte ich, geschmeichelt darüber, dass Sylvie so interessiert war.

»Stimmt es zum Beispiel, dass die Leute oft kurz vor ihrem Tod davon reden, noch eine Reise zu machen?«

»Manchmal.«

»Versuchst du dann, es ihnen auszureden?«

»Nein, normalerweise biete ich ihnen an, beim Packen zu helfen.«

Sylvie wirkte skeptisch. »Ernsthaft?«

»Natürlich – und außerdem verreisen sie ja auch irgendwie. Wer weiß, wohin, aber es ist besser, wenn sie sich auf die Reise freuen können und das Gefühl haben, dass sie darauf vorbereitet sind.«

»Ja, das klingt einleuchtend.« Sylvie wartete, bis das ohrenbetäubende Poltern eines vorbeifahrenden Lkw verklungen war. »Und stimmt es auch, dass die Leute noch alles hören können, was gesagt wird, auch wenn sie nicht mehr bei Bewusstsein sind?«

»Das weiß ich nicht sicher, aber ich hatte schon Klienten, die im Koma lagen und mitbekommen haben, wie ihre Angehörigen Geheimnisse über sie offenbarten.«

»O mein Gott, das musst du mir unbedingt näher erzählen.«

Ich merkte, dass ich gerne ein gebanntes Publikum hatte – vielleicht unterschied ich mich da gar nicht so sehr von Leo.

»Na ja, da war dieser eine Typ, der im Koma lag, und seine Frau erzählte ihrer Schwester, dass sie ihm nie verraten hatte, dass ihre Tochter eigentlich von einem anderen Mann war. Sie dachte, ihr Mann würde nicht mehr aufwachen, doch er tat es und konnte sich an jedes Detail ihres Gesprächs erinnern. Er hat dann seinen Anwalt beauftragt, seine Frau und die Tochter aus dem Testament zu streichen. Am nächsten Tag ist er verbittert gestorben.«

Sylvie zuckte zusammen. »Das ist ja schrecklich. Für alle. Ich wette, es war unangenehm für dich, dabei gewesen zu sein.«

»Ja, es war ziemlich schlimm.« Ich hatte mich sogar ein bisschen mehr in die Angelegenheit verwickeln lassen, als ich es hätte tun sollen, aber es war schließlich das gute Recht dieses Mannes, sein Testament zu ändern. Und ich hatte damals fälschlicherweise angenommen, ihm damit einen Gefallen zu tun, ihm Frieden zu bringen. Ich bedauerte es noch heute, dass ich ihn nicht dazu ermutigt hatte, mit seiner Familie darüber zu reden – anstatt ihm vor seinem Tod über seine Verbitterung hinwegzuhelfen, hatte ich sie, fürchte ich, nur noch zementiert.

»Ich habe mal von einer Frau gelesen, die sich noch auf dem Sterbebett scheiden lassen wollte, weil sie nicht als unglücklich Verheiratete sterben wollte.«

Ich nickte. »Das passiert häufiger, als man denkt«, sagte ich. »Übrigens hat mir Claudia gestern etwas Interessantes erzählt. Sie meinte, sie bereue es, einen Mann nicht geheiratet zu haben, den sie mit Anfang zwanzig in Frankreich kennengelernt hat.«

»Das klingt ja romantisch«, meinte Sylvie. »Aber es ist auch total traurig, dass sie mit dem Typen, den sie geheiratet hat, unglücklich war.«

»Ich glaube nicht, dass sie wirklich unglücklich war. Die Frauen damals hatten weniger Wahlfreiheit, also hat sie sich für die vernünftigere Variante entschieden.«

Sylvie hakte sich bei mir unter, während wir uns mit der Schlange nach vorne schoben. »Erzähl mir alles.«

Ich fühlte mich ein wenig schuldig, weil ich Claudias gut gehütetes Geheimnis ausgeplaudert hatte, aber es gefiel mir auch, Sylvie zu beeindrucken, ihrer Vorstellung von mir gerecht zu werden. Außerdem kannte sie Claudia ja nicht persönlich.

»Okay«, sagte ich ganz berauscht von Sylvies Aufmerksamkeit. »Ich erzähl dir die Geschichte genau so, wie sie sie mir erzählt hat.«

Obwohl sie Hugo Beaufort vor mehr als sechzig Jahren kennengelernt hatte, hatte Claudia mir den Tag so lebhaft beschrieben, als wäre es erst letzte Woche passiert. Es handelte sich eindeutig um eine Erinnerung, die sie im Laufe der Jahre Tausende Male abgerufen hatte.

Die Geschichte begann im Jahr 1956 mit einem dreibeinigen Hund, der vor einer Buchhandlung in Marseille angebunden war. Es wehte kein Lüftchen, und die Hitze des ohnehin schon drückenden Julitages war kaum auszuhalten. Sogar die eitelsten Seelen hatten die Sorge um ihr Aussehen aufgegeben. Alle überzog die gleiche glänzende Schweißschicht, also hatte man keine Wahl, als sie zu akzeptieren.

Claudia ärgerte sich darüber, an diesem Tag eine Hose angezogen zu haben. Seit sie in Europa als Fotojournalistin arbeitete, hatte sie sich aus praktischen Gründen angewöhnt, Hosen zu tragen. Ein weißes Hemd und eine Leinenhose waren einfach viel praktischer und ließen sich leichter einpacken. Abgesehen davon, weckten die missbilligenden Kommentare ihrer männlichen Kollegen über ihren unangemessenen Aufzug auch ihre rebellische Ader. Immer wenn sie wieder jemand mit gerunzelter Stirn tadelnd ansah, steckte sie die Hände in die Hosentaschen und schlenderte trotzig vorbei.

An diesem Tag jedoch bereute Claudia ihre Kleidungswahl und träumte in der drückenden Hitze von der Luftigkeit eines hübschen Sommerkleides.

Kurz bedauerte sie auch, es abgelehnt zu haben, sich von ihrem aufdringlichen Vermieter zum Bahnhof fahren zu lassen. Da es ihr bisher gelungen war, seine Annäherungsversuche während ihres gesamten Aufenthalts in Marseille abzuwehren, wollte sie ihm nun nicht die Genugtuung gönnen, ihr Gepäck tragen zu dürfen. Als ihr der lederne Griff des abgewetzten Koffers beinahe aus der schwitzigen Hand rutschte, packte sie entschlossen fester zu und rückte die prall gefüllte Umhängetasche auf ihrer Schulter zurecht. Ihre Unabhängigkeit war ihr ein wenig Unbequemlichkeit wert. Außerdem hatte sie noch eine letzte Sache zu erledigen, bevor sie in den Zug nach Paris stieg. Eine letzte Besorgung, die ihr die lange Heimreise nach New York verkürzen sollte.

Die Buchhandlung *Le Bateau Bleu* lag ungefähr fünf Minuten von Marseilles Altem Hafen und zehn von der winzigen Dachmansarde entfernt, die Claudia für überraschend wenig Geld gemietet hatte. Der Laden war zu ihrem Rückzugsort geworden, ihrer Oase, ihrem Prellbock gegen die Anflüge von Heimweh und Einsamkeit. In Büchern hatte sie auch schon während ihrer turbulenten Kindheit mit Eltern, die sich gegenseitig nicht ausstehen konnten, Trost gefunden. Inmitten der ständigen verbalen Auseinandersetzungen, die durch die Wände ihres Elternhauses drangen, hatte sich Claudia oft mit einem Kissen und einer Taschenlampe bewaffnet in ihren Schrank verkrochen und sich in einer Geschichte verloren. Später als Erwachsene flüchtete sie sich, wann immer sie einen Moment der Ruhe brauchte, in die nächste Buchhandlung (sie kannte die meisten in Manhattan). Und auch wenn ihr Verlobter sich nicht wirklich für das Lesen interessierte, wusste er doch immer, wo sie zu finden war, wenn sie sich gestritten hatten.

Claudias Herz schlug höher, als sie in die schmale Straße einbog, wo sich auf halbem Weg den Hügel hinauf das *Le Bateau Bleu* befand. Das knallige Rot der Markise verärgerte die Puristen, weil es nicht zu den verträumten mediterranen Pastelltönen der übrigen Stadt passte. Aber dieser rebellische Geist verstärkte Claudias Liebe zu der Buchhandlung nur.

Ein schmaler Schatten – die verzerrte Silhouette eines Laternenpfahls – fiel auf den brütend heißen Gehsteig vor dem Laden. Ein zotteliger Jack Russell hatte sich so ausgestreckt, dass er halbwegs darin Platz fand und die rosa Ballen seiner Hinterläufe zum Himmel zeigten. Der Hund öffnete müde ein Auge, als Claudias Schatten ihn streifte. Sie stellte den Koffer hin, wischte sich die feuchten Handflächen an der Leinenhose ab (zumindest waren sie für etwas gut) und ging neben dem struppigen Hund in die Hocke. Seine Distanzzone respektierend, hielt sie ihm behutsam die Hand hin, damit er daran schnüffeln konnte. Doch der Hund verzichtete auf alle Förmlichkeiten und schmiegte seinen Kopf dankbar in ihre Handfläche. Als er sich zum Sitzen aufrichtete, sah Claudia, dass sich seine rechte Schulter einfach zur Brust hin rundete, als hätte er dort nie ein Bein gehabt.

Sie holte eine Flasche aus ihrer sorgfältig gepackten Tasche hervor und goss sich etwas lauwarmes Wasser in die hohle Hand.

Der Hund schleckte dankbar und hielt zwischendurch nur inne, um ihr wie als zusätzliches Dankeschön das Handgelenk zu lecken. Als sie schließlich selbst einen Schluck aus der Metallflasche nehmen wollte, waren nur noch ein paar Tropfen übrig. Doch sie bereute nicht, den letzten Rest mit ihm geteilt zu haben.

Mit einem fröhlichen Klingeln öffnete sich die Tür der Buchhandlung, und Claudia stand auf, um nicht im Weg zu sein. An der Art und Weise, wie der Hund munter wurde, erkannte sie, dass der junge Mann, der in der Tür stand, wohl sein Besitzer war. Seine wirren Locken passten auch zum zotteligen Fell des Jack Russells.

»Matelot!« Der Mann begrüßte seinen treuen Freund begeistert, bückte sich zu ihm hinunter und nahm seine Schnauze zwischen seine sonnengebräunten, schwieligen Hände. Doch dann, als ob er sich plötzlich an seine gute Kinderstube erinnerte, richtete er sich auf. Sein Lächeln offenbarte eine kleine Lücke zwischen den oberen Schneidezähnen.

»Guten Tag, Miss.« Er sprach das englische Wort mit starkem französischem Akzent, aber ohne Mühe aus.

Peinlich berührt, dass sie so offensichtlich als Amerikanerin zu erkennen war, wünschte sich Claudia, sie hätte mehr an ihrem Französisch gearbeitet.

»Guten Tag«, erwiderte sie und bemerkte die sichelförmige Narbe, die die Bartstoppeln an seinem Kinn durchtrennte. »Ich habe gerade Ihren Freund hier begrüßt. Matelot haben Sie gesagt, heißt er, richtig?«

»Ja, Matelot! Es bedeutet Matrose. Wie ich!« Die Narbe zog sich bei seinem Grinsen zusammen. »Er ist mein Deckshelfer.«

Claudia fand die Vorstellung, dass dieser Mann mit seinem zotteligen dreibeinigen Deckshelfer über die Meere segelte, hinreißend. Claudia nickte zu den Büchern unter seinem Arm. »Ich nehme an, Sie haben auf dem Schiff viel Zeit zum Lesen?«

»Ja, ich segle morgen nach Korsika hinüber.« Er drückte die Bücher an seine Rippen. »Und die hier leisten mir dabei Gesellschaft.«

»Korsika soll eine sehr schöne Insel sein, habe ich gehört«, sagte Claudia. »Leider war ich noch nie dort.«

»Nun, es ist nie zu spät, wissen Sie. Wie ich sehe, haben Sie Ihr Gepäck schon dabei.«

Bei anderen Männern hätte sie eine solche Direktheit geärgert. Doch bei diesem schlaksigen jungen Franzosen war sie verführerisch. »Leider bin ich gerade auf dem Weg zum Bahnhof«, sagte Claudia, die ihre Enttäuschung kaum verhehlen konnte.

»Eigentlich«, antwortete er und betonte jede Silbe, »sind Sie gerade auf dem Weg in die Buchhandlung.«

»Touché.«

»Aber vielleicht gehen Sie zwischen der Buchhandlung und dem Bahnhof noch etwas mit uns trinken?« Sowohl Mann als auch Hund sahen sie hoffnungsvoll an.

»Na ja, ich kenne Sie ja gar nicht.«

»Dann lassen Sie uns das ändern.« Der Mann wischte sich die freie Hand an seinem Hemd ab und reichte sie ihr. »Ich bin Hugo.«

Auch sie wischte sich erst die Hand ab, bevor sie seine nahm. »Und ich bin Claudia.«

»Es ist mir ein Vergnügen, Sie kennenzulernen, Claudia.« Die Narbe verschwand in einem Grübchen. »Und, wenn ich mir die Bemerkung erlauben darf, mir gefällt Ihre Hose.«

Als ich Sylvie die Geschichte von Claudia und Hugo erzählt hatte, waren wir vorne im Café angekommen. Wir folgten dem Kellner ans Ende eines langen Eichentisches und nahmen auf den Aluminiumhockern Platz.

»Wenn ich mir die Bemerkung erlauben darf, mir gefällt Ihre Hose«, sagte Sylvie mit einem gekünstelten französischen Akzent. »Was für ein Anmachspruch. Hugo klingt echt galant – kein Wunder, dass sie darüber nachgedacht hat, sich von ihrem kontrollsüchtigen Verlobten zu trennen.« Sie faltete die Serviette auseinander und breitete sie auf ihrem Schoß aus. »Stell dir mal vor, vielleicht lebt dieser Hugo noch irgendwo auf seinem Boot und hat auch Sehnsucht nach ihr.«

Diese bittersüße Vorstellung versetzte meinem Herzen einen Stich. Wie es wohl war, eine Liebe zu empfinden, die sechzig Jahre lang Bestand hatte?

33

Der nahende Tod ist ein unberechenbarer Zustand. Jemand, der eine tödliche Diagnose bekommen hat, kann heute lebhaft und robust sein, nur damit sich seine Sterblichkeit am nächsten Tag rapide bemerkbar macht. In den drei Tagen, seit ich sie das letzte Mal gesehen hatte, war Claudia eindeutig dieser rasanten Entwicklung ausgesetzt gewesen. Sie saß zwar wie üblich in ihrem Korbgartenstuhl, aber der wirkte im Vergleich zu ihr überdimensioniert. Ihr Körper hatte alles überschüssige Gewicht verloren, was ihre zierliche Gestalt erschreckend kantig erscheinen ließ. Ihre Haut wirkte bleich, fast durchscheinend. Eine ausgeprägte Schwermut trübte das sonst so freche Funkeln in ihren Augen. Auch wenn ich diesen raschen Verfall schon oft miterlebt hatte, war es immer wieder erschütternd, wie jemand zu einem Schatten seiner selbst wurde. Und diesmal, da es Claudia war, schmerzte es mich noch ein bisschen mehr. Ich hatte mich auf eine für mich ganz ungewöhnliche Weise mit ihr angefreundet. Möglicherweise lag es an meiner Verwicklung mit Sebastian, ihrer vereitelten Romanze mit Hugo oder an etwas ganz anderem. Auch ohne medizinisches Fachwissen hatte ich intuitiv gelernt, abzuschätzen, wie viel Zeit jemandem wohl noch blieb. Sie würde das Ende des Monats wahrscheinlich nicht mehr erleben.

»Ich blase heute ein wenig Trübsinn«, sagte Claudia, als ich mich zu ihr an den Gartentisch setzte.

»Tut mir leid, das zu hören.« Ich merkte, wie sie in dem kaum vorhandenen Luftzug zitterte und es fast nicht schaffte, sich die warme Mohairdecke hochzuziehen. Ich schob sie ihr bis zur Brust.

»Was bedrückt dich denn so?«

»Du meinst, abgesehen davon, dass meine Tage gezählt sind?« Ihr Körper mochte stark abgebaut haben, aber ihrem trockenen Humor schien das nichts anhaben zu können. Sie zupfte an der Decke herum, und die Knochen unter ihrer Haut traten wie verknotete Seile hervor. »Weißt du, als ich es erfuhr, war ich nicht überrascht – schließlich bin ich einundneunzig –, und ich habe ja schon länger bemerkt, dass mein Körper nicht mehr so funktioniert wie früher.« Sie atmete rasselnd. »Es ist nur so, dass ich mich, nun ja, ein wenig schuldig fühle.«

»Schuldig?«

»Ich habe viel länger gelebt als viele meiner Zeitgenossen – mein Mann eingeschlossen –, und eigentlich sollte ich dankbar sein, für das, was ich hatte, und dem Ende mit Haltung entgegensehen.«

»Vielleicht«, sagte ich und widerstand dem Drang, zu beschwichtigen. »Aber Dankbarkeit befreit uns nicht unbedingt von Traurigkeit – oder von unseren Ängsten.«

Claudia seufzte düster. »Es ist die Ungewissheit, die mir zu schaffen macht. Der Arzt hat gesagt, ich hätte noch etwa zwei Monate, aber es könnte auch mehr oder weniger sein.« Ich war froh, dass sie mich nicht erwartungsvoll ansah. »Manchmal habe ich das Gefühl, dass ich nur herumsitze und auf den Tod warte. Und dass alle anderen um mich herum – auch du – ebenfalls nur darauf warten. Manchmal wache ich morgens auf und bin fast enttäuscht darüber, dass ich noch hier bin.«

»Ich kann dir nachfühlen, dass du so empfindest«, sagte ich und betrat damit einen mir wohlbekannten Gesprächsweg. »Wie würde das denn für dich aussehen, dem Tod mit Haltung zu begegnen?«

»Ich weiß es nicht, meine Liebe«, sagte Claudia mit einem

Anflug von Verzweiflung. »Ich nehme an, mit Haltung zu gehen bedeutet, das Beste aus meinen letzten Tagen hier zu machen, mich nicht zu sehr auf das zu konzentrieren, was ich im Leben bedauere – und dabei natürlich einen fabelhaften Schal zu tragen.«

Ich ließ ihre Worte einen Moment lang auf mich wirken. »Was gibt es denn, das du bedauerst?«

Claudia beäugte mich misstrauisch. »Aber du willst mich jetzt nicht dazu bringen, das Positive daran zu erkennen, oder?«

»Ob du's glaubst oder nicht, du darfst sowohl an das Gute wie auch an das Schlechte denken.«

Erleichterung entspannte ihren Kiefer etwas. »Es ist schon komisch, ich merke, wie ich mich im Kreis drehe und an ganz banale, belanglose Dinge denke«, sagte sie und beobachtete die Nachbarskatze, die auf dem Zaun wie auf einem Drahtseil entlangbalancierte. »Zum Beispiel wünschte ich, ich hätte als Kind weiter Ballettunterricht genommen. Oder dass ich besser Arabisch gelernt hätte. Oder dass ich nicht so viel Zeit damit vergeudet hätte, so zu tun, als würde ich Shakespeare mögen, nur um gebildet zu wirken.«

»Jeder tut so, als ob er Shakespeare mag.«

Der Scherz bescherte mir ein kleines Lächeln von ihr.

»So egoistisch es auch klingen mag«, sagte Claudia, »am meisten bedaure ich, dass ich die Bedürfnisse anderer über meine eigenen gestellt habe. Aber als Frau wurde mir das so beigebracht. Dein Mann, deine Kinder, deine Eltern – ihr Glück war immer wichtiger. Man war immer eher die Ehefrau, Mutter oder Tochter von jemandem als man selbst. Es ist, als hätte ich mein Leben nicht für mich gelebt. Als hätte ich vergeudet, was mir gegeben wurde.«

»Du hast das getan, was von dir erwartet wurde, für die Menschen, die du geliebt hast. Das würde ich nicht als Vergeudung bezeichnen.« Ich hatte in meinem Leben noch nicht die Gelegenheit gehabt, viele Menschen zu lieben, aber ich stellte mir vor, dass ich es als Privileg empfinden würde, ihnen zu ihrem Glück zu verhelfen.

»Wenn du erst einmal dein Leben gelebt hast, wirst du die Dinge vielleicht anders sehen.«

Ein Schwarm Stare zog anmutig über den Himmel, und wir lehnten uns beide zurück, um ihren Flug zu beobachten.

»Ich habe das noch nie jemandem erzählt«, sagte Claudia zögernd, als würde sie sich noch nicht recht zu ihren nächsten Sätzen bekennen wollen. »Aber als mein Sohn noch ganz klein war, setzte ich mich jeden Abend, nachdem ich ihn gefüttert, gebadet und ihm mehrere Gutenachtgeschichten vorgelesen hatte – denn das tat immer ich, nie sein Vater –, zu ihm und sah ihm beim Schlafen zu. Und jeden Abend versuchte ich, die Bitterkeit, die in mir aufwallte, zu verdrängen, weil ich ihm nicht die Schuld geben wollte für das verpasste Leben, von dem ich wusste, dass ich es nie leben würde. Wenn ich beobachtete, wie sich sein kleiner Brustkorb hob und senkte, und die süßen Engelslocken betrachtete, die sich um sein Gesicht legten, dann flüsterte ich ihm immer wieder zu: ›Ich werde es dir nicht übel nehmen. Ich werde es dir nicht übel nehmen‹.« Die Schuldgefühle standen ihr ins Gesicht geschrieben. »Aber ganz gleich, wie oft ich es sagte, ich hörte nie auf, es zu fühlen. Ich habe es ihm übel genommen, ich habe es meinem Mann übel genommen, und vor allem habe ich es diesem Haus übel genommen, weil es mir alles genommen hat. Es fühlte sich wie ein Gefängnis an.«

Ich nahm ihre Hand in meine und lächelte sie beruhigend an. Bei dieser Art von Offenbarungen erwarteten die Leute gewöhnlich keinen Kommentar von mir. Sie brauchten einfach jemanden, der ihnen Gehör schenkte, ohne sie zu verurteilen.

Auch wenn der Drang oft groß ist, das Problem zu lösen und sie aufzumuntern. Aber die Wahrheit ist, dass man nie das Richtige sagen kann, weil es das Richtige gar nicht gibt. Die Tatsache, dass man da ist und zuhört, bedeutet so viel mehr.

Dennoch versetzte mir das, was Claudia mir gesagt hatte, unwillkürlich einen kleinen Dämpfer. Ich war nicht so naiv zu glauben, dass alle Ehen glücklich waren, aber in letzter Zeit schien es so, als würde das echte Leben alles tun, um meine romantischen Ideale zu widerlegen.

»Mein Leben hätte ganz anders verlaufen können«, fuhr Claudia fort. »Vielleicht wäre ich jetzt, statt hier mit dir zu sitzen, mit Hugo irgendwo auf einem Boot im Mittelmeer. Falls er überhaupt noch am Leben ist.«

Ich war froh, dass sie Hugo wieder erwähnte – ich brannte regelrecht darauf, mehr über ihn zu erfahren. »Was genau ist denn passiert, nachdem du ihn vor der Buchhandlung kennengelernt hast?«

Es war, als hätte Claudia eine Adrenalinspritze bekommen. Sie richtete sich in ihrem Stuhl auf, und ihr Gesicht war plötzlich wieder voller Leben. »Er hat mich zum Mittagessen in ein nahe gelegenes Café eingeladen, und ich habe zu viel Pastis getrunken und am Ende meinen Zug nach Paris verpasst. Um ehrlich zu sein, glaube ich, dass ich ihn verpassen wollte – um mir ein letztes Abenteuer zu gönnen, bevor ich nach Hause musste, um zu heiraten. Und bei ihm spürte ich eine Energie, die ich so noch nie zuvor empfunden hatte. Als er mir also vorschlug, mit ihm nach Korsika zu segeln, konnte ich nicht widerstehen. Ich hätte eigentlich noch zehn Tage bei einer befreundeten Familie in Paris verbringen sollen, bevor mein Schiff nach New York ging. Ich wollte mir die Haare schneiden lassen und mir neue Anziehsachen kaufen. Stattdessen verbrachte ich die Zeit mit Hugo auf einem Segelboot.« Ihr verschmitztes Strahlen kehrte zurück. »Den Rest überlasse ich deiner Fantasie.«

»Wie kam es, dass du dich sofort zu ihm hingezogen gefühlt hast?«

»Ich weiß es nicht … Ich habe so lange nicht mehr an ihn gedacht.« Claudia beobachtete wieder die Stare und hing ihren Gedanken nach. »Mir gefiel, dass alles mit ihm einfach war – er genoss das Leben, obwohl seines hart war. Die Narbe an seinem Kinn stammte daher, dass ihn sein betrunkener Vater mit einer Flasche geschlagen hatte. Und mir gefiel, dass er klug war, nicht aufgrund einer formalen Ausbildung, sondern weil er draußen in der Welt Erfahrungen gesammelt hatte. Englisch hatte er auf den Fischerbooten gelernt, auf denen er gearbeitet hatte, seit er dreizehn war, und alles andere brachte er sich mithilfe von Büchern bei, die die anderen Matrosen ihm überließen.« Sie seufzte tief. »Aber hauptsächlich lag es daran, wie ich mich in seiner Nähe fühlte – unabhängig, begehrenswert, intellektuell angeregt, ermutigt. Er gab mir das Gefühl, frei zu sein, ich selbst zu sein, wie es mein Mann nie getan hatte.«

»Er klingt wirklich umwerfend.« Ich verspürte wieder einen Funken Hoffnung – vielleicht hatte ich das Potenzial der romantischen Anziehungskraft doch nicht verklärt.

»Das war er«, kicherte Claudia, dann wurde sie ernst. »Aber andererseits kann ich auch nicht sicher wissen, wie ein Leben mit ihm am Ende ausgesehen hätte. Er sagte mir zwar, ich solle meine Karriere als Fotografin nicht aufgeben, aber möglicherweise hätte sich seine Einstellung geändert, sobald wir Kinder bekommen hätten. Es ist leicht, den Weg, den man nicht eingeschlagen hat, zu verklären. Schließlich haben wir nur zehn Tage miteinander verbracht.« Ihre Wangen bekamen etwas Farbe. »Aber ich habe es geliebt, die Narbe auf seinem Kinn zu küssen.«

Claudia schloss die Augen und lächelte vor sich hin, als würde sie in einen angenehmen Traum versinken.

Während sie döste und ich ihre Hand hielt, fragte ich mich, ob es nicht vielleicht eine Möglichkeit gäbe, sie wenigstens von einem Bedauern zu befreien, bevor sie starb.

34

Das energische Klopfen an meiner Haustür deutete darauf hin, dass es etwas Dringendes war. Widerwillig befreite ich mich aus meiner Decke auf dem Sofa und schob George von meinen Knien.

Nach einer kurzen Pause klopfte es erneut, immer fünfmal schnell hintereinander. Ich wünschte mir, ich hätte einen Spion in meiner Tür, damit ich mich wenigstens für das Drama wappnen könnte, das mich hinter der Tür zu erwarten schien.

Als ich öffnete, stand Sylvie vor mir. Sie hatte ein breites Grinsen im Gesicht und einen Laptop unterm Arm. Ihr zerzauster Dutt, die Pyjamahose und die gepunkteten Socken wirkten zwanglos und beruhigend auf mich. Eine stillschweigende Bestätigung dafür, dass wir eine Freundschaftsebene erreicht hatten, auf der wir nicht mehr um Äußerlichkeiten bemüht sein mussten.

»Ich habe Hugo gefunden!«, verkündete Sylvie. »Darf ich reinkommen?«

Ich zögerte kurz. Es war nicht so, dass ich nicht wollte, dass Sylvie in meine Wohnung kam. Doch außer Leo und dem Hausmeister hatte noch nie jemand meine Wohnung betreten. Außerdem waren mir die ästhetischen Unterschiede zwischen Sylvies minimalistischer Einrichtung und meiner chaotischen schmerzlich bewusst. Und dann war da auch noch dieser unverkennbare Geruch nach Katzenstreu.

Aber die Neuigkeit war zu verlockend – vor allem, weil ich sie gebeten hatte, der Sache nachzugehen.

»Natürlich.«

Sylvie stürmte herein und blieb dann abrupt stehen. »Wow.

Deine Wohnung erinnert irgendwie an ein Museum.« Neugierig starrte sie auf die Glasgefäße, Steine und Fossilien, die in den Regalen standen. »Ich wusste gar nicht, dass du dich für solche Dinge interessierst. Aber irgendwie passt es auch zu jemandem, der beruflich mit dem Tod zu tun hat.«

Ich sträubte mich gegen das Klischee. »Eigentlich gehörte das meiste davon meinem Großvater. Ich bin nur noch nicht dazu gekommen, es auszusortieren«, sagte ich steif. »Möchtest du eine Tasse Tee oder etwas zu essen?« Hatte ich überhaupt irgendetwas Geeignetes in meinem Vorratsschrank? Sylvie würde sich vermutlich nicht mit Crackern und Cheddarkäse zufriedengeben.

»Grüner Tee wäre toll, wenn du welchen hast! Aber warte, erst will ich dir erzählen, was ich über Hugo herausgefunden habe.« Sie klopfte auf das Sofa zwischen sich und den dösenden George. Ich setzte mich.

Mit dem tückischen Grinsen von jemandem, der drauf und dran war, ominösen Klatsch zu verbreiten, klappte Sylvie ihren Laptop einen Spaltbreit auf. »Also, da ist dieses Mädchen, mit dem ich im Studium einen Sommer lang zusammen war – ich war auch mit ihrem Bruder zusammen, aber das ist eine andere Geschichte. Jedenfalls lebt dieses Mädchen mittlerweile in Frankreich und arbeitet als Kunsthistorikerin in einem Museum in Marseille. Du hast doch gesagt, dort hat Claudia Hugo kennengelernt, richtig?«

»Stimmt«, sagte ich leicht verwirrt. Es war nicht leicht, bei Sylvies umfangreicher Dating-Historie den Überblick zu behalten.

Sie machte eine dramatische Pause. Aufgeschreckt von seinem eigenen Schnarchen, erwachte George.

»Na ja, durch ihren Job hat sie Zugang zu allen möglichen städtischen und historischen Archiven, also habe ich ihr seinen Namen und sein ungefähres Alter geschickt. Ich hab mal geschätzt, dass er etwa so alt sein muss wie Claudia, das heißt, dass er 1956 Mitte zwanzig war.«

»Das könnte hinkommen.« Ich wollte nicht zu begeistert klingen. »Ich glaube, Claudia meinte, sie war vierundzwanzig, als sie ihn kennenlernte.«

»Sie musste ein bisschen suchen, aber schließlich hat sie das hier gefunden …« Sylvie klappte ihren Laptop vollständig auf und drehte ihn auf ihren Knien zu mir hin. Auf dem Bildschirm war ein Schwarz-Weiß-Foto zu sehen, das einen jungen Mann mit dunklen Locken zeigte, der am Bug eines Bootes stand und einen Fischerpullover anhatte. Auf der linken Seite seines Kinns durchschnitt eine Narbe die Bartstoppeln. Und zu seinen Füßen saß ein zotteliger Jack Russell, dem das rechte Vorderbein fehlte.

Ich sah ihn mir genauer an. »Das könnte wirklich Hugo sein.«

»Das ist auf jeden Fall Hugo!«, sagte Sylvie und verdrehte die Augen. »Es kann nicht sein, dass es in Marseille zwei Typen mit einer so auffälligen Narbe am Kinn und einem dreibeinigen Hund gab. Und ich muss sagen, der Mann sieht echt gut aus in seinem Pulli.«

»Was hast du über ihn herausgefunden? Ist er noch am Leben?«

»Also, jetzt wird es noch verrückter. Es hat sich herausgestellt, dass sie nicht viele Unterlagen über diesen Typen, Hugo Beaufort, haben. Denn, rate mal …«, wieder machte sie eine dramatische Pause, »… er ist 1957 in die USA ausgewandert.«

»Was? Er hat die ganze Zeit hier gelebt?«

»Jap. Also habe ich auf eigene Faust ein wenig weiter recherchiert.«

»Und?« Ich fühlte mich unwohl – das war eindeutig ein Eingriff in Claudias Privatsphäre –, aber ich wollte unbedingt mehr erfahren.

»Ich habe herausgefunden, dass es einen Hugo Beaufort gibt, der 1931 in Frankreich geboren wurde und als Einwohner von Lincolnville in Maine aufgeführt ist.« Sylvie wartete, bis ich es begriffen hatte. »Das heißt, wir könnten ihn möglicherweise noch für Claudia aufspüren, bevor sie stirbt.«

»Oh, wow.«

»Es gibt nur einen Haken.« Sie machte ein entschuldigendes Gesicht. »Bei meiner Suche konnte ich einfach keine Telefonnummer zu seinem Namen finden. Ich habe zwar eine Adresse, aber die ist mindestens zehn Jahre alt, also ist es fraglich, ob er noch dort wohnt.«

Mein Gewissen kämpfte mit sich selbst. »Ist es überhaupt eine gute Idee, es Claudia zu erzählen? Vielleicht fühlt sie sich nur noch schlechter, wenn sie erfährt, dass er die ganze Zeit so nah bei ihr war.«

»Stimmt.« Sylvie klappte ihren Laptop zu. »Aber vielleicht hilft es ihr auch. Es kann doch kein Zufall sein, dass er, ein Jahr nachdem sie sich kennengelernt haben, hierhergezogen ist. Oder besser gesagt, ein Jahr nachdem sie ihren Verlobten fast für ihn verlassen hätte.«

»Ich schätze, da hast du recht.« Ich kaute auf meiner Unterlippe. »Aber ihr Gesundheitszustand verschlechtert sich von Tag zu Tag. Wahrscheinlich hat sie nur noch weniger als zwei Wochen. Ich weiß nicht, ob wir ihr das überhaupt zumuten sollten.«

»Andererseits«, gab Sylvie zu bedenken, »hältst du ihr vielleicht die Möglichkeit vor, Frieden mit ihrer Vergangenheit zu schließen, wenn du es ihr nicht sagst? Ich würde es zu hundert Prozent wissen wollen. Du doch auch, wenn es die Liebe deines Lebens wäre, oder?«

»Das weiß ich nicht«, meinte ich leise. »Ich war noch nie verliebt.« Irgendwie klangen die Worte aus meinem Mund erbärmlich.

»Ja, aber du hast es eine Million Mal indirekt erlebt, durch all die Liebesfilme, die du verschlungen hast.«

Es überraschte mich, dass Sylvie mich auf eine Art und Weise zu verstehen schien, die ich nicht einmal selbst durchschaute. »Ich denke darüber nach.«

Erst musste ich mir noch einmal die Logistik und die ethischen Aspekte hinter dem, was Sylvie mir da eröffnet hatte, durch den Kopf gehen lassen. Aber ein lange verschollener Liebhaber, der an der Küste von Maine lebte, klang wie die ultimative Liebesgeschichte – auch wenn es ein paar Klischees gab.

»Ja, aber denk nicht zu lange darüber nach – Claudia hat einen versöhnlichen Abschluss verdient. Ich meine, ist das nicht der Sinn deines Jobs?«

Ich warf einen Blick auf meine Notizbücher. »Zumindest ein Aspekt davon.«

Sylvie stand auf und schritt ehrfürchtig durchs Zimmer. »Was, sagtest du, hat dein Großvater noch mal gemacht?«

»Er war Biologieprofessor an der Columbia.«

»Hm.« Sie nahm eines der Gefäße in die Hand und betrachtete das Außenskelett darin, wobei sie das Glas über ihrem Kopf drehte, als würde sie eine Glühbirne festschrauben. »Cool, dass du zur Erinnerung an ihn all seine Sachen aufbewahrst. Aber hast du nicht mal überlegt, na ja, den Ort mehr zu deinem eigenen Zuhause zu machen? Ich will ehrlich sein: Für eine sechsunddreißigjährige Frau ist das schon ein bisschen gruselig.«

Ihre Worte trafen mich. »Es ist mein Zuhause. Ich lebe hier mit Unterbrechungen, seit ich sechs Jahre alt war. Ich bin mit all diesen Dingen aufgewachsen.«

»Das verstehe ich, ehrlich, aber das alles hier hat doch nichts mit dir zu tun.« Sylvie zog ein Buch aus dem Regal und las den Titel. »Ich meine, hast du dieses Buch hier über Insekten jemals gelesen?«

»Nein«, sagte ich, und meine Wangen flammten auf wie glühende Kohlen, in die man hineinpustet. »Aber vielleicht habe ich es ja eines Tages noch vor.«

Sylvie verdrehte erneut die Augen. »Stimmt, ich bin mir sicher, das Buch strotzt nur so vor Romantik.« Sie stellte es wieder an seinen Platz und fuhr mit dem Finger die Reihe der Buchrücken entlang, bis sie bei meinen drei Notizbüchern hängen blieb.

»BEDAUERN ... RATSCHLÄGE ... GESTÄNDNISSE ... Hey, was sind das denn für welche?« Sylvie schnappte sich das erste.

Ich stürzte zu ihr hin. »Bitte, fass die nicht an.«

Sylvie dabei zuzusehen, wie sie meine Wohnung so nüchtern inspizierte, gab mir das Gefühl, bloßgestellt zu werden. Jeder einzelne Gegenstand war ein Faden, der mich mit meinem Großvater verband. Und jedes Mal, wenn Sylvie einen davon anfasste, verspürte ich ein Ziehen im Herzen, als würde die Festigkeit des Fadens auf die Probe gestellt werden.

Sylvie stellte das Notizbuch an den falschen Platz und trat gehorsam zurück. »Entschuldige, sind das deine Tagebücher oder so etwas?« Sie hob beschwichtigend die Hände. »Wenn das so ist, respektiere ich deine Privatsphäre natürlich vollkommen. Ich bin total für Grenzen.«

»Es sind nicht direkt meine Tagebücher.« Ich konnte es nicht lassen, die Bücher wieder in die richtige Reihenfolge zu bringen. »Es sind eher, na ja, ich notiere mir sozusagen die letzten Dinge, die meine Klienten zu sagen haben, bevor sie sterben. Du weißt schon, so was wie ihre weisen letzten Worte oder so. Und ich finde, es wäre ein Eingriff in ihre Privatsphäre, wenn ich sie jemand anderen lesen lassen würde.«

Sylvie nickte, schaute mich aber verwundert an. »Aber all diese Leute sind doch tot, oder? Woher sollten sie es also wissen?«

»Ich würde es wissen.« Ich blickte zu Grandpas Sessel hinüber, und mein Eigensinn nahm zu. »Nur weil es niemand mitbekommt, ist es noch lange nicht okay.« Das meiste, was in diesen Notizbüchern stand, waren Dinge, die Menschen in ihren verletzlichsten Momenten mit mir geteilt hatten. Dieses Vertrauen könnte ich niemals missbrauchen.

Wir sahen uns ein paar Sekunden lang verhalten an, bevor Sylvie zu grinsen anfing.

»Wow, Clover, ich finde es toll, wie zuverlässig dein moralischer Kompass funktioniert, selbst wenn ich versuche, dich zu verleiten. Eine sehr bewundernswerte Charaktereigenschaft. Ich wünschte, ich könnte sagen, ich wäre immer so anständig wie du. Aber irgendwie macht es einfach mehr … Spaß, auch mal die Regeln zu brechen.« Sie zwinkerte, als sie zum Fenster ging und die Jalousien mit zwei Fingern so spreizte, dass ein rautenförmiger Ausschnitt des Nachthimmels draußen zu sehen war.

»Hey, wusstest du, dass du direkt in das Gebäude gegenüber sehen kannst?«

Ich bemühte mich, beiläufig zu klingen. »Hm, das ist mir noch gar nicht aufgefallen.«

So viel ich auch von mir halten mochte, in letzter Zeit hatte ich das Gefühl, ständig hemmungslos zu lügen.

»Auf jeden Fall läuft auf dem Bildschirm da drüben *Game of Thrones*. Jemand sollte ihnen sagen, dass sie bloß ihre Zeit verschwenden. Das Ende ist derart enttäuschend. Aber wahrscheinlich schauen sie es sowieso nur wegen der heißen Sexszenen.«

»Hm, ja, vielleicht.«

Sylvie holte das Fernglas zwischen den Gefäßen mit den Tierföten hervor. »Sollen wir uns das mal genauer ansehen?«

Meine Füße fühlten sich wie auf dem Teppich festgenäht an. War das ihr Ernst? Wusste sie Bescheid?

Sylvie schwenkte das Fernglas an seinen Riemen und lachte. »Gott, du solltest dein Gesicht sehen!« Sie stellte es wieder auf die Fensterbank und ließ sich zurück aufs Sofa plumpsen. »Natürlich weiß ich, dass du nie jemanden ausspionieren würdest – so anständig, wie du bist!«

Als ich in die Küche ging, um Wasser aufzusetzen, machte sich Schamgefühl in meinem Körper breit.

Zwei Stunden später lag ich im Bett, und meine Gedanken drehten sich endlos im Kreis. Sylvie hatte recht. Ich war es Claudia schuldig, ihr dabei zu helfen, mit der Sache abzuschließen – und ich wusste, dass ich es bereuen würde, wenn ich es nicht wenigstens versuchte. Aber ich wollte auch nicht, dass sie vor ihrem Tod noch mehr Kummer erleiden musste, und die Informationen, die Sylvie aufgespürt hatte, waren bestenfalls vage.

Ich versuchte alles, was ich konnte, um mein Gedankenkarussell in den Griff zu bekommen. Ich drehte mein Kopfkissen um, sodass die kühlere Seite nach oben zeigte. Ich machte eine Reihe von Atemübungen. Ich zählte in Siebenerschritten von tausend rückwärts, erst auf Englisch, dann auf Japanisch. Aber der Schlaf blieb mir verwehrt.

Frustriert schälte ich mich aus dem Bett und stapfte barfuß ins Wohnzimmer.

Dort lag das Fernglas auf der Fensterbank, genau dort, wo Sylvie es zuvor hingelegt hatte. Vielleicht waren ein paar Minuten mit Julia und Reuben das Heilmittel, das mein rastloser Geist gerade brauchte.

Licht aus. Jalousie hoch. Mein Herz schlug höher.

Obwohl es schon nach Mitternacht war, waren sie noch wach – ich hatte es gewusst. Schließlich waren sie Nachtschwärmer. Der Fernseher war aus, und sie standen eng umschlungen in der Mitte des Zimmers und wiegten sich hin und her. Ich brauchte die Musik nicht zu hören, um ihren Rhythmus zu spüren. Er lag in der Bewegung ihrer Hüften, in ihren Schritten von einer Seite zur anderen, während sich ihre Körper aneinanderschmiegten.

Die beiden, versunken in ihrer eigenen Welt.

Und ich, allein in meiner.

35

Da ich Sebastian immer dann begegnete, wenn ich es nicht wollte, war ich nicht sonderlich überrascht, als er am nächsten Nachmittag vor Claudias Zimmertür erschien.

»Hey, Clover.« Die tiefen Augenringe in seinem Gesicht ließen ihn ein wenig älter erscheinen.

Es war das erste Mal seit dem Konzert, dass ich ihn sah, und meine Gefühle ihm gegenüber waren noch immer zwiespältig. Ich wünschte mir, ich hätte mehr Zeit gehabt, über alles nachzudenken, aber gerade hatte ich so viel anderes im Kopf.

»Oh, hi.« Ich schloss die Schlafzimmertür hinter mir und schob ihn in den Flur. »Claudia hat fast den ganzen Tag geschlafen. Heute Morgen war ein Arzt da und hat sie ziemlich lang untersucht – da kann dir Selma die Einzelheiten erläutern. Ich denke, es ist gut, dass deine Familie dieses Wochenende kommt.«

»Ja, ich habe gerade mit meinen Schwestern gesprochen«, sagte Sebastian. »Sie fahren morgen Abend nach der Arbeit her.«

»Was ist mit deinen Eltern?«

»Die kommen erst am Sonntag hier an. Ich glaube, mein Vater schiebt das so lange hinaus, wie er kann.«

»Es ist bestimmt schwer für ihn, seine Mutter so zu sehen.«

»Das verstehe ich ja.« Sebastian runzelte die Stirn. »Aber es kommt mir auch ein bisschen egoistisch vor, weißt du? Dass er sich davor drückt, für sie da zu sein, nur weil er sich nicht damit auseinandersetzen will.«

»Jeder hat eine andere Art, mit seinem Kummer umzugehen.« Sebastians Vater klang immer noch wie ein Idiot.

Wir standen schweigend im Flur, und das Gewicht dessen, was nicht gesagt wurde, lastete auf uns. Alles war so viel einfacher gewesen, als ich noch niemanden in mein Leben gelassen hatte. Ich wusste, dass ich es ansprechen musste.

»Sebastian, es tut mir leid, dass ich so schnell verschwunden bin, nachdem wir neulich was trinken waren«, zwang ich mich zu sagen. »Und nach dem Konzert.«

Er vergrub die Hände in den Taschen und zuckte mit den Schultern. »Ist schon okay, ich verstehe das – das kam alles ein wenig überstürzt. Wir sollten es langsamer angehen lassen.«

Meine Gedanken kreisten, und mir wurde klar, dass, für Claudia da zu sein, das Einzige war, was ich gerade sicher wollte – besonders jetzt, wo sie sich ihrem Ende näherte. »Ich denke, es wäre besser, wenn wir unseren Kontakt vorerst auf das Berufliche beschränken würden. Ich muss mich jetzt voll und ganz auf deine Großmutter konzentrieren.«

»Aber …«

»Es tut mir leid, aber ich muss los. Ich bin mit meiner Nachbarin verabredet.« Ich fühlte mich wie ein Feigling, als ich mich an ihm vorbeidrücken und zur Treppe gehen wollte.

»Clover, warte.« Er packte meinen Arm, ließ ihn dann aber schnell wieder los.

Reflexartig versteckte ich die Hände hinterm Rücken, als ich mich umdrehte. »Ja?

»Wer ist Hugo?«

Mein Magen fühlte sich an wie in einer Achterbahn. »Was?«

»Ich habe gehört, wie du mit Grandma über einen Typen namens Hugo gesprochen hast. Es klang … persönlich.«

Meine Achseln wurden feucht, während ich meine Optionen durchging. Das Verhältnis von Sebastian und mir war bereits von Unehrlichkeit geprägt, aber jetzt bekam ich die Chance, das zu ändern. Außerdem wollte ich nicht, dass er dachte, der Grund, warum ich abwarten wollte, sei jemand anderes.

Ich sah ihm fest in die Augen, so, wie Grandpa es mir beigebracht hatte, wenn ich etwas zugeben musste.

»Als wir letzte Woche die alten Fotos deiner Großmutter durchgesehen haben, habe ich ein Bild von diesem Mann gefunden. Es stammt noch aus der Zeit, als sie in Frankreich lebte.«

»Wer war er?«

»Ich wusste nicht, ob ich es dir sagen soll – er war …«, ich senkte meine Stimme noch weiter, »… ihr Liebhaber.«

»Was?« Erschrocken bedeutete Sebastian mir, ihm weiter den Flur hinunter zu folgen, und fuhr dann im Flüsterton fort. »Wie kann das sein? War sie nicht schon mit meinem Großvater verlobt, als sie in Frankreich lebte?«

»Doch.«

Er schüttelte energisch den Kopf, als ob das etwas an der Wahrheit ändern könnte. »Wow. Ich meine, ich bin mir ziemlich sicher, dass mein Großvater untreu war – er hatte nicht die moralischsten Prinzipien –, aber Grandma? Das hätte ich nie gedacht.« Er schien tatsächlich etwas baff zu sein.

»Anscheinend war sie wirklich in diesen Kerl verliebt. Sie dachte sogar daran, für immer in Frankreich zu bleiben, anstatt nach Hause zurückzukehren und deinen Großvater zu heiraten.«

»Kein Wunder, dass sie eine so unglückliche Ehe führten.« Sebastian rieb sich bestürzt den Hinterkopf. »Aber jetzt kann ich sie zumindest ein bisschen besser verstehen.«

»Da ist eigentlich noch mehr.« Jetzt hatte ich das Pflaster bereits abgerissen, also konnte ich ihm auch gleich alles erzählen.

»O Gott, sag mir nicht, dass es ein geheimes Kind gibt oder so etwas.«

»Nein, nichts dergleichen.« Wenigstens war das, was ich ihm gleich sagen würde, nicht ganz so schlimm, wie er vermutete. »Es hat sich herausgestellt, dass dieser Hugo in den späten Fünfzigern in die USA ausgewandert ist. Und es könnte sein, dass er heute noch in einer kleinen Stadt in Maine lebt.«

Sebastian konnte seine Skepsis nicht verbergen. »Woher weißt du das alles?«

Die Schuldgefühle machten sich wieder unter meiner Haut bemerkbar. »Ich habe meiner Nachbarin Sylvie davon erzählt, weil …« Es fiel mir schwer zu erklären, warum. Weil es ein schönes Gefühl war, etwas Interessantes mit einer Freundin teilen zu können? »… weil es eine wirklich romantische Geschichte ist.« Das schien mir zwar keine ausreichende Entschuldigung dafür, die Privatsphäre eines Menschen zu verletzen, aber es war alles, was ich vorzuweisen hatte. »Sylvie ist Kunsthistorikerin, also hat sie Zugang zu allen möglichen Archiven. Sie hat das für mich recherchiert.«

»Und was soll das jetzt heißen?«

»Die Sache ist die, obwohl sie so dankbar für deinen Vater und dich ist – für all ihre Enkelkinder –, hat mir Claudia anvertraut, dass Hugo, nun ja, die Liebe ihres Lebens war. Und ein Teil von ihr wünscht sich immer noch, sie hätte es ihm damals gesagt.«

Sebastian runzelte die Stirn. »Verstehe.«

»Ich weiß, dass du das wahrscheinlich nicht gerne hörst, aber ich habe mir gedacht, ich könnte versuchen, ihn zu kontaktieren.«

Trotz seines Stirnrunzelns verriet Sebastians geneigter Kopf auch Neugierde. »Hast du eine Telefonnummer von ihm?«

»Nein, leider nicht. Wir haben versucht, sie herauszufinden. Alles, was wir haben, ist eine Adresse in einer Stadt namens Lincolnville.«

Er vergrub erneut die Hände in den Taschen. »Was wollt ihr jetzt tun?«

War meine Idee lächerlich? Sie war mir erst vor ein paar Stunden gekommen, und ich hatte sie zugegebenermaßen noch nicht durchdacht. »Da deine Familie dieses Wochenende hier sein wird, habe ich mir überlegt …«

»Ja?« Er wurde langsam ungeduldig.

»Vielleicht könnte ich nach Maine fahren und nach ihm suchen.« Ich konzentrierte mich auf die Schnörkel des Teppichmusters.

Sebastian nahm die Brille ab und putzte sie mit einem Hemdzipfel. Es war seltsam, sein Gesicht ohne Brillengläser zu sehen – jetzt wirkte er gar nicht mehr so streberhaft, wie ich ihn bisher kennengelernt hatte.

»Wie lang würde es denn dauern, dorthin zu fahren?«

»Etwa sieben Stunden. Ich würde frühmorgens losfahren und am nächsten Tag wiederkommen.«

»Aber was machst du, wenn du ihn findest?«

»Da bin ich mir noch nicht sicher.« Es war mir peinlich, dass ich nicht so weit geplant hatte. »Das wollte ich mir auf dem Weg dorthin überlegen. Aber wenn ich ihn wirklich finden sollte, könnte ich vielleicht ein Telefonat mit Claudia arrangieren – das heißt natürlich, wenn beide offen dafür sind.«

»Ich weiß nicht. Vielleicht stichst du damit in ein Wespennest, besonders bei meiner Familie.«

»Klar, das verstehe ich.« Es war seine Großmutter, also lag die Entscheidung allein bei ihm. Es war anmaßend von mir, mich einzumischen. »Macht nichts – die Idee war sowieso albern.«

»Es ist nur ein bisschen viel auf einmal.« Er setzte die Brille wieder auf. »Das eröffnet eine ganz andere Seite von Grandma, die ich gar nicht kannte. Lässt du mich eine Weile darüber nachdenken?«

»Natürlich«, sagte ich und war dankbar für den Aufschub

der Unterhaltung. »Ich muss sowieso nach Hause. Ich schätze, wir sprechen uns später.«

Ich eilte die Treppe hinunter, während ich in Gedanken die Möglichkeiten abwog. Ich könnte trotzdem fahren, ohne es ihm zu sagen. Als ich draußen auf dem Bürgersteig ankam, googelte ich bereits nach Autovermietungen, und mein Adrenalinspiegel schoss in die Höhe bei der Vorstellung, dass es auch nur die geringste Chance gab, Hugo zu finden. Sylvie würde sich freuen.

»Clover, warte mal kurz.«

Ich blickte auf und sah, wie Sebastian die schwere Eingangstür des Stadthauses hinter sich schloss.

Ich ließ mein Handy schnell in der Tasche verschwinden und hoffte, dass er mir nicht ansehen würde, dass ich mich bereits gegen seinen erklärten Willen entschieden hatte.

»Ja?«

Er kam die Treppe herunter und sagte leise: »Ich denke, du solltest es machen – ich denke, du solltest nach Maine fahren.«

Die Falter begannen wieder in meinem Bauch zu flattern. »Wirklich?«

»Ja«, sagte er mit fester Stimme. »Wenn es eine Möglichkeit gibt, Grandma dabei zu helfen, Frieden zu finden, müssen wir es zumindest versuchen. Sie hat etwas Glück verdient.«

»Das ist großartig!« Fast hätte ich ihn umarmt, aber ich hielt mich zurück.

Sebastians Augen leuchteten auf. »Und ich werde dich begleiten.«

36

Ich stand vor dem Leckerli-Regal der Zoohandlung und konnte mich nicht entscheiden. Mochte Lionel wohl lieber die Meeresfrüchtevariation oder den Party-Mix? Er war ein so launenhafter Kater, dass er wahrscheinlich bei beidem die Nase rümpfen würde.

Aber ich konnte keine Zeit mehr damit verschwenden. Sebastian würde mich am nächsten Morgen ganz früh abholen, und ich musste nach Hause, um zu packen. Also schnappte ich mir die Meeresfrüchtevariation, dazu ein paar Kausnacks für George und ein klimperndes Kraken-Spielzeug für Lola (im Gegensatz zum Rest von uns war sie nicht mit Essen zu ködern). Dieses Angebot würde sie alle während der nächsten achtundvierzig Stunden über meine Abwesenheit hinwegtrösten – und hoffentlich würde es Leo nichts ausmachen, ein paarmal mit George spazieren zu gehen, während ich weg war. Andererseits war Leo in letzter Zeit so langsam zu Fuß, dass ich vielleicht besser Sylvie fragen sollte. Sie und George waren sowieso ganz verrückt nacheinander.

Eilig nahm ich die Selbstbedienungskasse, denn ich hatte keine Zeit für höflichen Small Talk mit der Kassiererin – nur um dann von einem stämmigen Mann und seinem Bernhardiner ausgebremst zu werden, die vergeblich versuchten, gemeinsam die Drehtür zu benutzen. Obwohl es logistisch offensichtlich unmöglich war, versuchten sie es weiter. Ich wechselte nervös von einem Fuß auf den anderen und gab mir Mühe, sie nicht genervt anzustarren.

Als ich es nach ihrem vierten Versuch endlich nach draußen geschafft hatte, blieb ich abrupt stehen.

Vor dem Café nebenan wartete eine Frau im Kamelhaarmantel und scrollte auf ihrem Handy.

Julia.

Es lagen nur wenige Meter zwischen uns, und mir fiel auf, wie viele Details mir mein jahrzehntealtes Fernglas vorenthalten hatte: die leichten Sommersprossen auf ihren Wangenknochen, die Fülle ihrer Unterlippe, ihre leicht schiefe Nase. Es war, als hätte ich sie bisher immer nur in 2D gesehen.

Wartete sie auf Reuben? Panik schoss durch meinen Körper, als ich nach einem Versteck Ausschau hielt. Ein Briefkasten war meine einzige Option, aber ich stand schon so nahe bei Julia, dass jede plötzliche Bewegung mich noch verdächtiger machen würde, als ich mich ohnehin schon verhielt. Mit der Papiertüte voller Leckerlis in der Hand versuchte ich mich ganz unauffällig zu bewegen, und betete, dass sie weiter auf ihr Handydisplay starren würde, damit ich unbemerkt vorbeigehen konnte.

Was mir dabei jedoch entging: das Loch in der Ecke der Papiertüte, das gerade groß genug war, damit Lolas mit Glöckchen gefüllte Spielzeugkrake hindurchrutschen und direkt vor Julia auf den Gehweg purzeln konnte.

Aufgeschreckt von dem Gebimmel, blickte sie von ihrem Telefon auf. Als sie den knallrosa Tintenfisch zu ihren Füßen sah, bückte sie sich, um ihn aufzuheben.

Ich blieb wie erstarrt stehen. Erkannte sie mich, als sie mir das Katzenspielzeug reichte. Ich war mir nicht sicher.

»Meine Katze hat auch so etwas«, sagte Julia und bestätigte damit, was ich bereits wusste. »Ich wette, Ihre wird es lieben.«

Meine Muskeln entspannten sich gerade genug, dass ich in der Lage war, das Spielzeug entgegenzunehmen und ihr ein Lächeln zu schenken, von dem ich hoffte, dass es nicht allzu verkrampft wirkte. »Oh, danke – ich hoffe es … sie ist ziemlich wählerisch.«

Julias strahlendes Lächeln offenbarte ihre ungleichmäßigen Zähne unten – ein weiteres Detail, das mir bisher entgangen war. Dann richtete sie ihre Aufmerksamkeit wieder auf ihr Telefon.

Am liebsten wäre ich davongerannt, aber ich zwang mich, in normalem Tempo bis zur nächsten Straßenecke zu gehen. Erst dort angekommen, drehte ich mich noch einmal um und tat so, als müsse ich mir die Schuhe zubinden, damit ich noch einen verstohlenen Blick auf sie werfen konnte.

Julia winkte jemandem auf der anderen Straßenseite zu.

Ich hielt den Atem an – vielleicht würde ich Julia und Reuben endlich einmal zusammen sehen, ohne dass mehrere Schichten Glas zwischen uns waren. In freier Wildbahn, sozusagen.

Doch während ich die Szene beobachtete, hatte mein Gehirn Mühe, die Details zu verarbeiten, die sich wie in Zeitlupe zusammenfügten. Die Person, die die Straße überquerte, um Julia mit einem unverkennbar leidenschaftlichen Kuss zu begrüßen, war definitiv jemand, den ich wiedererkannte.

Aber diese Person war nicht Reuben.

Es war Sylvie.

Plötzlich fühlte sich mein Mantel viel zu heiß an, zu eng, wie die erdrückende Heizung der Kaufhäuser im tiefsten Winter. Das Stampfen eines Presslufthammers auf dem Gehsteig, das ich kurz zuvor noch kaum wahrgenommen hatte, nahm ich jetzt wie einen Angriff auf mein Trommelfell wahr.

Ohne nachzudenken, stürmte ich los.

Zu Hause angekommen, beobachteten George, Lola und Lionel besorgt, wie ich direkt zum Fenster eilte. Energisch ließ ich die Jalousie herunterrollen – ich wollte nicht wissen, was in der Wohnung gegenüber vor sich ging. Als ich mich auf das Sofa fallen ließ, bemerkte ich den stechenden Schmerz von meinem Herzen bis hinunter in die Magengrube – ein Gefühl, das ich bereits kannte.

Verrat.

Julia und Reuben waren die einzige emotionale Konstante, die ich in meinem Leben hatte. Ich hatte gesehen, wie sich ihre Liebe so deutlich in ihren Angewohnheiten und ihren Routinen ausdrückte. Für mich waren sie der einzige Beweis, dass echte, romantische Liebe jenseits von Bildschirmen existierte. Und es war alles eine Lüge.

Aber was noch mehr schmerzte, war, dass dies alles mit jemandem geschah, dem ich vertraut hatte. Ich hatte Sylvie so viel von mir offenbart – meine Ängste, was die Liebe betraf, meine fehlende sexuelle Erfahrung, den Kuss mit Sebastian. Alles Teile von mir, die ich bisher tunlichst versucht hatte zu verbergen. Aber sie hatte mir nichts erzählt. Ich wusste nicht einmal, dass sie in einer neuen Beziehung war. Was war eine solche Freundschaft überhaupt wert?

Ich drückte meine Stirn gegen die Handflächen und wünschte, ich könnte die Erinnerung an das, was ich gesehen hatte, wieder löschen. Aber herumzusitzen machte mich nur noch unruhiger. Also begann ich, in meinem Wohnzimmer im Kreis herumzutigern, und ignorierte dabei die Besorgnis in den Gesichtern meiner Haustiere.

Da ich nicht wusste, wie ich mich sonst beruhigen sollte, tat ich das, was ich am besten konnte. Ich stellte meine Gefühle ab, verdrängte sie, bis ich mich wie betäubt fühlte, und konzentrierte mich auf das, was ich kontrollieren konnte: Hugo für Claudia aufzuspüren.

Ich schnappte mir Grandpas alte Lederreisetasche aus dem Schrank und fing an, Klamotten hineinzuwerfen. Die abgewetzte Tasche war unpraktisch und sperrig und passte sicher nicht in die Handgepäckfächer eines Flugzeugs. Aber seitlich waren seine Initialen eingeprägt, und auch wenn ich seit Jahren nicht mehr verreist war, war es jedes Mal, wenn ich die Tasche in Händen hielt, so, als wäre er bei mir, als wären seine geflüsterten Weisheiten in ihre stabilen Nähte eingenäht. Davon könnte ich jetzt wirklich etwas gebrauchen.

Eine Nachricht von Sebastian blinkte auf meinem Handy auf. Er hatte es geschafft, in letzter Minute einen Mietwagen zu buchen, und würde mich am nächsten Morgen um acht Uhr abholen, sodass wir am frühen Nachmittag in Maine sein würden.

Wenigstens gab es einen, auf den ich mich verlassen konnte, auch wenn es die letzte Person war, von der ich es erwartet hätte.

Ich ließ lieber noch eine Stunde verstreichen, bevor ich zu Leo ging und ihn fragte, ob er während meiner Abwesenheit mit George Gassi gehen könnte. Auf keinen Fall würde ich Sylvie fragen. Es war mir peinlich, dass ich gedacht hatte, wir wären gut befreundet. Dabei hatte ich mir so sehr vorgenommen, nicht denselben Fehler zu machen wie bei Priya.

»Alles in Ordnung, Kind?« Leo runzelte besorgt die Stirn, als ich vor seiner Tür stand. »Du wirkst ziemlich aufgewühlt.«

»Ja, klar!« Ich zwang mich zu einem Lächeln. »Ich muss bloß noch jede Menge für die Reise organisieren. Aber vielen Dank, dass du dich um George kümmerst, während ich weg bin. Es wird nur eine Nacht sein.«

»Das will ich auch hoffen – nicht, dass du unser nächstes Spiel schwänzt.«

»Das würde ich doch nie tun.«

Ich hörte Leo noch leise lachen, als er die Tür schloss. Seine Unerschütterlichkeit war etwas, an dem ich mich noch immer festhalten konnte.

Ich war schon halb durch meine Wohnungstür, als ich Schritte auf der Treppe hörte.

Verdammt. Ich hätte doch länger als eine Stunde warten sollen.

»Hey, Clover, wie gut, dass ich dich noch erwische!« Sylvies stets enthusiastischer Tonfall, den ich normalerweise als beruhigend empfand, löste einen Schmerz in meiner Brust aus. Ich musste noch daran arbeiten, dieses Gefühl abzustellen.

»Hey, Sylvie.« Ich setzte einen neutralen Gesichtsausdruck auf.

Sie hatte einen Umschlag in der Hand. »Das ist aus Versehen in meinem Briefkasten gelandet. Sieht aus wie ein Scheck, also dachte ich mir, ich bring ihn dir lieber gleich.«

»Danke.« Ich vermied den Blickkontakt mit ihr, als ich ihn entgegennahm.

»Also, ich sterbe vor Neugier, wie du dich wegen Hugo entschieden hast!« Sie lehnte sich lässig an die Wand neben meiner Haustür. »Willst du versuchen, ihn zu finden?«

»Ich fahre morgen früh mit Sebastian nach Maine.« Am liebsten wäre ich so schnell wie möglich in meine Wohnung gehuscht und hätte die Tür hinter mir zugemacht.

»Mit Sebastian? Das gibt's doch nicht! Da bin ich aber neugierig.« Sylvies Grinsen wurde noch breiter. »Hey, ich habe gerade eine tolle Flasche Tempranillo von dem hochnäsigen Weinhändler bekommen. Willst du nicht mit runterkommen und mir bei einem Gläschen alles darüber erzählen?«

»Ich kann nicht, ich muss noch für morgen packen.« Ich schlurfte weiter in meine Wohnung. »Sebastian holt mich ganz früh ab.«

»Okay, kein Problem«, sagte sie und trat einen Schritt von der Wand zurück. »Aber kannst du mir wenigstens sagen, warum du so komisch bist?«

Ich nestelte an meinem Uhrenarmband herum und versuchte, mir eine Ausrede einfallen zu lassen. »Was meinst du?«

»Na ja«, sagte sie auf eine Art, die amüsiert und ernst zugleich war, »fangen wir mal damit an, dass du den Blickkontakt mit mir meidest.«

Ich zwang mich, sie anzuschauen. Sobald ich es tat, flammte das Gefühl des Verrats wieder in mir auf, das ich bei dem Kuss zwischen ihr und Julia empfunden hatte. Wie konnte Sylvie sich nur zwischen zwei Menschen drängen, die sich so offensichtlich liebten?

Ich atmete tief durch und versuchte, meinen Schmerz hinunterzuschlucken.

Es klappte nicht.

»Wie kannst du nur Julias Ehe ruinieren?« Meine Stimme klang beunruhigend schrill. Hoffentlich hatte Leo seinen Fernseher laut aufgedreht. »Sie und Reuben sind so glücklich miteinander. Und das schon seit Jahren.«

Sylvie zog verwirrt die Augenbrauen zusammen. »Wer ist Julia?«

»Die Frau, mit der du heute Nachmittag vor dem Café geknutscht hast.« Mir war es egal, dass meine Wangen knallrot anliefen. »Ich habe euch gesehen.«

Sylvies Miene war erst undurchschaubar, dann wurde sie misstrauisch. »Die Frau, die ich geküsst habe, heißt Bridget.«

Oh. Okay. Julia war bloß der Name, den ich ihr gegeben hatte, als ich damit angefangen hatte, sie und ihren Mann zu Hause auszuspionieren.

Sylvie legte neugierig den Kopf schief. »Woher weißt du eigentlich, dass sie verheiratet ist?« Sie verschränkte die Arme vor der Brust. »Und warum interessiert dich das?«

Scham durchströmte mich, und die Röte erfasste nun auch meinem Hals, als mir klar wurde, wie lächerlich ich mich benahm. Aber jetzt kam ich aus der Nummer nicht mehr heraus – ich hatte das Bild, das Sylvie bisher von mir gehabt hatte, bereits zunichtegemacht.

Alles, was ich jetzt noch tun konnte, war, einen Schritt zurückzutreten, die Tür hinter mir zu schließen und mit meinem ganzen selbst verursachten Gefühlschaos zu Boden zu sinken.

37

Ich wachte bereits auf, bevor der Wecker klingelte, hauptsächlich, weil ich kaum ein Auge zugemacht hatte. Das Debakel mit Sylvie und Julia (gut, Bridget, wenn man's genau nimmt) war mir die ganze Nacht durch den Kopf gespukt.

Vom Schlafmangel noch ganz benommen, trug ich George die Treppe hinunter und musste ihn praktisch zwingen, sein Bein anzuheben und zu pinkeln. Obwohl Sylvie auf keinen Fall schon so früh wach sein würde, hielt ich den Atem an, als wir an ihrer Tür vorbeikamen.

Nach meinem Auftritt gestern und dem abrupten Ende unseres Gesprächs hielt sie mich vermutlich für geistesgestört. Rückblickend war meine Reaktion ziemlich melodramatisch, sogar ein wenig kindisch. Aber es ärgerte mich nach wie vor, dass Sylvie sich zwischen ein glückliches Paar drängte, auch wenn sie insgesamt gerne Regeln missachtete. Wenigstens hatte ich jetzt achtundvierzig Stunden Zeit, bevor ich mir überlegen musste, wie ich das mit ihr wieder in Ordnung brachte. Ich war wirklich froh, dass ich jetzt erst mal einen guten Vorwand hatte, die Stadt zu verlassen.

Später sah ich mich mit der Lederreisetasche über der Schulter noch einmal in meinem Wohnzimmer um. Plötzlich verspürte ich auch einen Anflug von Fernweh, als ich überlegte, wie lange meine letzte Reise zurücklag. Mindestens fünf Jahre musste das her sein, und da war ich bloß übers Wochenende in Philadelphia gewesen, um eine Ausstellung zum Thema Feuerbestattungen zu besuchen. Ich vermisste die Freiheit des Reisens – die Welt zu sehen und ihre Magie zu entdecken, Menschen zu entschlüsseln und es gleichzeitig zu genießen, allein zu sein. Das ließ mich aufleben wie nichts anderes.

Ich stand genau eine Minute vor Sebastians versprochener Ankunftszeit auf der Treppe vor dem Haus. Fünfundzwanzig Minuten später fuhr er in einem gemieteten schwarzen Chevrolet Spark vor.

Er ließ das Fenster herunter und winkte. »Tut mir leid, ich bin nicht aus dem Bett gekommen.«

»Schon okay«, log ich. Es ärgerte mich, dass ihm das alles offensichtlich nicht wichtig genug war, um pünktlich zu erscheinen. Vielleicht machte mich die Sache mit Sylvie aber auch nur überempfindlich – immerhin war er überhaupt aufgetaucht. »Danke, dass du mich abholst.«

»Klar doch.« Sebastian griff unter das Lenkrad, drückte den Kofferraumöffner und warf einen Blick auf meine Tasche. »Da hinten müsste noch ein bisschen Platz sein.«

Er schaute in den Rückspiegel, während ich versuchte, meine Tasche neben seinen überdimensionalen Koffer zu quetschen. (Hatte er vor, länger als eine Nacht zu bleiben?) Schließlich gab ich es auf und schob sie auf den Rücksitz. Als ich mich dann neben Sebastian auf den Beifahrersitz sinken ließ, war ich erleichtert, dass sein Haar genauso ungekämmt war wie meines.

Wir wechselten kaum ein Wort, bis wir Manhattan hinter uns gelassen hatten. Sebastian musste wirklich müde sein, wenn er nicht mal versuchte, sich mit mir zu unterhalten. Vielleicht fühlte er sich wegen unseres letzten Gesprächs bei Claudia aber auch ebenso unbehaglich wie ich.

Nachdem die Müdigkeit sich langsam aus meinem Kopf verflüchtigt hatte, holte ich mein Buch hervor. Das mochte vielleicht etwas unhöflich sein, aber es war ebenso unhöflich gewesen, mich fast eine halbe Stunde lang auf der Treppe warten zu lassen.

»Wow, du kannst im Auto lesen?« Sebastians Plauderlaune regte sich. »Das könnte ich nicht. Mir wird da sofort schlecht. Reiseübelkeit.«

»Das tut mir leid – ist bestimmt nervig.« Sich zum Zeitvertreib in den Seiten eines Buches zu verlieren, war eines der Dinge, die ich am Reisen besonders liebte.

Er stellte die Sonnenblende des Autos so ein, dass sie das Licht des Sonnenaufgangs abschirmte. »Nicht wirklich. Ich hab's nicht so mit Lesen. Um ehrlich zu sein, finde ich es ein bisschen einsam.«

Diese Information stand im Widerspruch zu gleich mehreren Szenarien, die ich mir mit ihm als potenziellem Partner ausgemalt hatte: gemeinsam durch Antiquariate streifen, sich gegenseitig Bücher empfehlen, Seite an Seite im Bett lesen.

»Du liest nicht mal vor dem Einschlafen?«

»Nein, normalerweise schlafe ich vor dem Fernseher ein.« Sebastian schielte auf den profanen Streifen Vorstadt, der den Highway säumte. »Hey, da vorne ist ein Starbucks mit Drive-in. Holen wir uns einen Kaffee.«

Wir waren das zweite Auto in der Schlange.

»Du trinkst deinen Kaffee mit Milch und Zucker, oder?«, erkundigte sich Sebastian.

Mein Unmut regte sich erneut. »Nur schwarz, bitte – ohne Zucker oder Sahne. Gerne Filterkaffee.« Er hatte mir schon einige Male bei Claudia Kaffee gemacht, langsam könnte er es sich doch gemerkt haben.

Aber warum ärgerte mich das eigentlich?

Nach drei Stunden Fahrt, irgendwo im tiefsten Massachusetts, wünschte ich mir das peinliche Schweigen des Morgens zurück.

Sebastian erging sich in einer detaillierten Schilderung einer Dokumentation über Sojabohnenproduktion, die er sich angeschaut hatte und die mich nicht im Entferntesten interessierte. Ich war mir auch ziemlich sicher, dass ich ihm gegenüber nie ein Interesse an Sojabohnen bekundet hatte. Aber vermutlich war er einfach nur genauso nervös wie ich, weil wir längere Zeit zusammen in einem geschlossenen Raum verbrachten. Also nickte ich einfach von Zeit zu Zeit, machte zustimmende Geräusche und heuchelte gerade so viel Interesse, dass es nicht unhöflich war, ohne ihn zu weiteren Ausführungen zu animieren. Zumindest hielt es mich wach. Und es lenkte mich davon ab, an Sylvie zu denken.

Während die Kilometerangaben an uns vorbeizogen, fragte ich mich, wann er seinen Redefluss wohl einmal unterbrechen würde, um mir eine Antwort zu entlocken.

Doch als er es schließlich tat – exakt drei Stunden und siebenundvierzig Minuten nach unserer Abfahrt –, kam es für mich trotzdem überraschend.

»Willst du einen Podcast hören?« Er angelte sein Handy aus der Mittelkonsole. »Ich habe gestern Abend ein paar neue heruntergeladen.«

»Gute Idee.« Ich versuchte, nicht zu erleichtert zu klingen.

Er reichte mir das Telefon. »Da sind jede Menge drauf. Ich bin süchtig nach Podcasts – ich höre lieber jemand anderem zu, als mit meinen eigenen Gedanken allein zu sein. Du weißt ja, wie das ist.«

Nicht wirklich. Ich hatte die letzten zehn Jahre hauptsächlich alleine mit meinen Gedanken verbracht. »Eigentlich konnte ich mit Podcasts noch nie so richtig etwas anfangen. Es kommt mir immer so vor wie eine ungebetene Stimme in meinem Kopf.« Ein bisschen wie auf einer Autofahrt mit jemandem, der nicht mehr aufhörte zu reden.

Die Liste der Podcasts war wie ein Fenster in Sebastians Gedankenwelt. Er hatte mehrere über klassische Musik abonniert, einen weiteren zum Thema Leben mit multiplen Allergien und noch ein paar über Finanzen und Kryptowährungen. Bei einer Folge eines NPR-Podcasts blieb ich hängen. »Wie wäre es mit diesem, darüber, was Sterbende bedauern? Das passt doch irgendwie zu unserer Reise.«

Sebastian grinste. »Ja, hab ich mir schon gedacht, dass dir das gefällt – ich hab's extra für dich runtergeladen.«

Mein brodelnder Unmut legte sich, als hätte jemand eine Herdplatte ausgeschaltet. Die Geste war unerwartet aufmerksam.

»Danke, das ist wirklich nett von dir.« Wahrscheinlich hatte ich in den letzten Jahren schon alles gehört, was Menschen so bedauern konnten, aber ich war neugierig, ob es nicht doch irgendetwas noch nicht in meine Notizbücher geschafft hatte.

»Bevor ich angefangen habe, die Death-Café-Treffen zu besuchen, habe ich mir viele Podcasts über den Tod angehört … um mich ein wenig darauf vorzubereiten«, verriet Sebastian und blickte auf die Straße. »Am Anfang war es kaum zu ertragen, und ich konnte immer nur ein paar Minuten am Stück zuhören. Ich schätze, es holte alle meine Ängste vor dem Tod an die Oberfläche.«

Ich schloss sein Telefon an das USB-Kabel an. »Was macht dir denn am meisten Angst?« Das war ein Gespräch, das mir nicht schwerfiel.

»Ich weiß nicht genau.« Sebastian legte seine Hände fester ans Lenkrad und klopfte mit den Daumen einen leisen Rhythmus. »Ich glaube, es ist die Endgültigkeit des Ganzen.« Ich ließ ihn weiter nachdenken und war mir sicher, dass er von selbst fortfahren würde. »Als Kind habe ich immer Panik bekommen, wenn ich vor dem Einschlafen an den Tod gedacht habe. Zuerst war da dieses Sonntagsschulen-Schuldgefühl, du weißt schon. War ich brav genug, um in den Himmel zu kommen? Die Vorstellung, dass ich mein ganzes Leben versaut haben könnte, hat mir Angst gemacht. Es gab einfach so viele Regeln, die man befolgen musste.«

»Stimmt.« Ich stellte mir den kleinen Sebastian vor, der verängstigt in seinem Bett lag, und spürte eine Welle des Mitgefühls.

»Und als ich dann mit achtzehn entschied, nicht mehr an Gott zu glauben, nahm das den Druck immer noch nicht wirklich so weg, wie ich gehofft hatte.«

Jetzt umklammerte er das Lenkrad so fest, dass seine Knöchel weiß hervortraten. »Jedes Mal, wenn ich ans Sterben dachte, machte ich mich total verrückt, weil ich die Vorstellung hatte, dass es das dann für mich war. Weißt du, dass ich dann für den Rest der Ewigkeit einfach nicht mehr existiere. Und irgendwann sind dann ja auch alle, die mich gekannt haben, tot, und dann bin ich für immer vergessen. Das fühlte sich einfach so wahnsinnig einsam an.«

Ich war beeindruckt, wie gut er seine Ängste beschreiben konnte. »Hast du jemals mit jemandem darüber geredet?«

»Das ist es ja.« Sebastian warf mir einen hilflosen Seitenblick zu. »Immer wenn ich als Kind abends diese Panik bekam, rannte ich zu meinen Eltern ins Schlafzimmer und erzählte ihnen, dass ich Angst vor dem Sterben hätte. Aber mein Vater meinte immer nur, ich solle tapfer sein wie ein Mann und wieder ins Bett gehen.«

Es faszinierte mich immer wieder, wie Eltern ihre Kinder so offenkundig unbedacht vermurksen konnten.

»Also wurde in deiner Familie wirklich nie über den Tod geredet? Nicht mal, als dein Großvater starb?«

Sebastian schüttelte den Kopf. »Wir sind die typischen weißen, angloamerikanischen Protestanten – stoisch bis zur emotionalen Verleugnung und zu stolz, um jemals über unsere Gefühle zu reden, geschweige denn eine Therapie zu machen. Ich meine, natürlich haben sie das Organisatorische besprochen, also das Begräbnis, das Testament und all das. Aber wir haben nie darüber gesprochen, was es für uns bedeutete, ihn zu verlieren.«

Ich wartete ab, bis ein Kombi vor uns eingeschert war. »Was glaubst du, wie sich der Verlust seines Vaters auf deinen Vater ausgewirkt hat?«

Sebastian wechselte die Spur und beschleunigte, um den Kombi zu überholen.

»Man würde meinen, gar nicht. Er hat bei der Beerdigung nicht mal auch nur eine Träne vergossen – stattdessen hat er bloß die ganze Zeit vor sich hingestarrt und ist dann seiner Pflicht als Sohn nachgekommen und hat allen für ihr Erscheinen gedankt.«

Er knetete erneut das Lenkrad. »Nachdem alle nach der Totenwache unser Haus verlassen hatten, sah ich ihn in seinem Arbeitszimmer sitzen. Ich bin reingegangen und habe gefragt, ob mit ihm alles in Ordnung sei, und da hat er mich nur angesehen und ganz ruhig gesagt: ›Natürlich, was sollte denn mit mir sein?‹ Und das war alles, was wir je darüber geredet haben.«

Es war eine typisch männliche Reaktion auf Verlust und Trauer. Kein Wunder, dass Sebastian Probleme im Umgang mit dem Tod hatte.

Sebastian schüttelte seine Emotionen ab, indem er seine Schultern lockerte.

»Egal, du hast vermutlich nicht besonders viel Lust, dir das alles anzuhören.«

»Nein, schon okay.« Ehrlich gesagt schmeichelt es mir sogar, dass er sich mir gegenüber öffnete. Das brachte mich ihm näher. Es war nicht mehr so verkrampft.

Obwohl wir nur kurz einen Blick wechselten, fühlte es sich bedeutend an.

»Okay, ja dann, also, ich weiß noch, dass meine Eltern,

wenn ich als Kind wissen wollte, warum sterben wir und so, sie mir immer nur gesagt haben, dass man so etwas nicht fragt. Also habe ich meine Lehrer darauf angesprochen, aber die wurden dann ganz nervös und meinten, ich soll mit meinen Eltern darüber reden. Der einzige Ort, wo ich darüber sprechen konnte, war in der Sonntagsschule, aber da ging es nur darum, dass man immer brav sein muss, damit man am Ende nicht in die Hölle kommt, was die ganze Sache natürlich nur noch schlimmer machte.«

Ich drehte mich auf dem Sitz zu ihm. »Ist das der Grund, warum du zu den Death-Café-Treffen gegangen bist?«

»Ja. Ich bin da zufällig drübergestolpert, als ich beim Essen war mit … einem Date.« Wir starrten beide auf die Straße. »In dem Restaurant gab es ein Hinterzimmer, wo das Treffen stattfand, und ich hab das Gespräch aufgeschnappt, als ich zur Toilette ging. Ich habe den Leiter dann gefragt, ob ich beim nächsten Mal dabei sein könnte. Aber anfangs habe ich nie etwas gesagt, weil ich Angst hatte, über das Sterben zu sprechen. Ich hatte dieses komische Gefühl, als würde ich dem Tod näher rücken, wenn ich laut darüber spräche. Aber als ich dann hörte, warum die anderen dort waren, und sah, dass sie ganz normal darüber sprechen konnten, fühlte ich mich nicht mehr so allein damit.«

Die Death-Café-Treffen halfen auch mir, mich weniger allein zu fühlen, aber aus völlig anderen Gründen.

»Na ja, der Tod ist ja auch eine ganz normale Sache«, sagte ich stattdessen.

Sebastians Haltung versteifte sich wieder, als hätte er den Schutzschild, den er vorübergehend gesenkt hatte, wieder hochgenommen.

»Für dich vielleicht, aber nicht für den Rest von uns.« Sein Lachen klang gezwungen. »Es ist cool, dass du damit gar kein Problem hast, aber das ist ziemlich ungewöhnlich, findest du nicht? Niemand, den ich sonst kenne, will je über den Tod reden.«

Seine Worte kratzten an der gleichen Wunde wie Sylvies Verwunderung über meine Wohnung. Eine weitere Erinnerung daran, dass ich anders war als der Rest der Welt. Eine Spinnerin.

Ich ließ das Schweigen fortdauern, zum Teil als Vergeltungsmaßnahme für seine Bemerkung, und sah einem Schwarm Gänse dabei zu, der gerade neben dem Highway abhob. Dann nahm ich sein Telefon zur Hand. »Sollen wir uns den Podcast anhören?«

»Klar, schalt ihn an.«

Ausnahmsweise schien er froh zu sein, nicht weiterreden zu müssen.

Ich drückte auf Play und lehnte mich wieder in meinem Sitz zurück, dankbar darüber, die nächste Dreiviertelstunde nicht mehr reden zu müssen.

38

In dem Podcast erzählten Menschen, die Nahtoderfahrungen gemacht hatten, davon, was sie in dieser Situation bereut hatten. Die meisten Geschichten handelten von wiederkehrenden Themen in meinem BEDAUERN-Notizbuch – Menschen, die sich wünschten, sie hätten weniger gearbeitet, mehr geliebt oder wären mehr Risiken eingegangen und ihren Leidenschaften gefolgt. Traurigerweise war das, was Menschen am Ende bedauerten, ziemlich vorhersehbar. Für einige der Menschen aus dem Podcast war die Nahtoderfahrung ein Weckruf, andere vergaßen die Lektion leider schnell wieder. Gewohnheiten sind schließlich schwer zu ändern.

Die Schlussmusik ertönte, und ich griff hinüber, um auszuschalten, bevor der nächste begann. Sobald die Lautsprecher schwiegen, meldete sich Sebastian wieder zu Wort.

»Ich nehme an, das meiste davon hast du schon mal gehört, oder?«

»Ja, einiges schon.« Ich wollte nicht überheblich klingen.

»Was war das Seltsamste, was jemand vor seinem Tod bereut hat?«

Während ich die Kiefern vor dem Autofenster vorbeirauschen sah, dachte ich über all die Dinge nach, die ich im Laufe der Jahre dokumentiert hatte.

»Eine Frau sagte, sie bedauere am meisten, dass sie nie das teure Spülmittel gekauft hat, das sie immer in der Fernsehwerbung gesehen hat.« Es war nur eine banale Enthüllung, aber ich fühlte mich trotzdem ein klein wenig schuldig, weil ich Helenas Vertrauen missbraucht hatte. Ich versprach mir, es wiedergutzumachen, indem ich ihr zu Ehren diese Woche das gute, umweltfreundliche Reinigungsmittel besorgte. Ich liebte den Duft – eine Mischung aus Lavendel und Maiglöckchen.

Sebastian schnaubte. »Die muss ja ein ziemlich gutes Leben gehabt haben, wenn das ihr größtes Bedauern war.«

»Ich glaube, es war eher so, dass sie ihr ganzes Leben lang geknausert und gespart hat und sich nicht mal so einen kleinen Luxus geleistet hat.« Ich hatte das Gefühl, Helenas Andenken verteidigen zu müssen. »Am Ende starb sie mit all dem Geld auf der Bank, das sie nie ausgegeben hat.«

»Aber dann konnte sie es wenigstens ihrer Familie vermachen, oder?«

Ich fragte mich, ob er dabei an Claudia dachte. »Eigentlich war sie fünfundneunzig und nie verheiratet gewesen, also hatte sie keine Familie. Ich glaube, es kam alles einer Wohltätigkeitsorganisation zugute.«

»O Mann«, sagte Sebastian und schob seine Brille auf dem Nasenrücken hoch. »Das ist doch übel, wenn man stirbt und keiner ist da, der einen vermisst.«

»Das passiert mehr Leuten, als du denkst«, sagte ich leise und spürte ein Stechen in der Magengrube.

»Also bist du die meiste Zeit allein mit den Menschen, die du beim Sterben begleitest?« Ich spürte, wie er erschauderte. »Das könnte ich auf keinen Fall.«

»Wenn ich es nicht machen würde, würden viele von ihnen alleine sterben.« Unwillkürlich wanderten meine Gedanken zu Grandpas Ledertasche auf dem Rücksitz.

»Ich finde es trotzdem immer noch ein wenig seltsam, dass das dein Berufsalltag ist.« Sebastians Tonfall hatte sich geändert. Seine Verletzlichkeit von vor einer Stunde – und die Nähe, die ich gespürt hatte – war verschwunden. Wir saßen zwar immer noch nur ein paar Zentimeter voneinander entfernt, aber jetzt fühlte es sich an, als würden wir uns immer weiter voneinander entfernen.

»Ich empfinde es als Privileg, bei jemandem zu sein, wenn er dieses Leben verlässt.« Meine Stimme zitterte leicht. »Und manchmal ist es wirklich schön.«

Er fing wieder an, nervös auf dem Lenkrad herumzuklopfen.

»Schön? Wie kann das sein?« Seine Worte klangen aufgebracht.

»Na ja, für manche meiner Klienten, vor allem für die, die Musik lieben, organisiere ich einen Chor, der am Sterbebett für sie singt, um sie zu trösten.« Ich dachte mir, dass er mit Musik sicher etwas anfangen konnte. »Es ist erstaunlich, was für einen Unterschied das machen kann, wie die Musik die Menschen sofort beruhigt, als würde sie ihre Seele heilen oder so.«

Sebastians skeptisch gerunzelte Stirn wurde weicher. »Musik hat bestimmt etwas Heilsames.«

»Aber auch ohne Musik erlangen die Leute oft so eine Gelassenheit, kurz bevor sie sterben. Als würden sie alles loslassen, woran sie so verkrampft festgehalten haben, und endlich frei sein. Ich wünschte, wir könnten diesen Zustand schon früher erreichen.«

»Aber …«, Sebastian presste die Lippen zusammen und schüttelte dann den Kopf. »Ach, egal.«

»Nein, was wolltest du denn sagen?« Vielleicht konnte ich ihn mit einer kleinen Aufmunterung wieder dazu bringen, sich zu öffnen.

Er richtete sich in seinem Sitz auf und konzentrierte sich auf die Straße. »Nichts für ungut, Clover, aber manchmal wirkst du so überheblich auf mich. Und irgendwie auch ein bisschen heuchlerisch. Ich meine, du hast all diese Weisheit erlangt, indem du Menschen beim Sterben begleitet hast, aber was nützt sie dir, wenn du sie selbst nicht anwendest?«

Zum zweiten Mal innerhalb von fünf Minuten verspürte ich

so etwas wie einen unsichtbaren Schlag in die Magengrube. »Wie meinst du das?«

»Na ja, abgesehen von diesem alten Mann – Leo, sagtest du, heißt er, oder? – hast du doch kaum Freunde, richtig? Und ich habe zufällig gehört, wie du Grandma erzählt hast, dass du noch nie mit jemandem zusammen warst. Ich wette, wenn du wüsstest, dass du morgen sterben müsstest, würdest du wahrscheinlich mehr als nur ein paar Dinge bereuen.« Er holte tief Luft und starrte vor sich hin, während er sich für meine Antwort wappnete.

Wut brodelte unter meinen Rippen auf.

Erst denken, dann reden, hatte Grandpa immer gesagt. Aber in diesem Fall war meine Zunge nicht verhandlungsbereit.

»Ein gelungenes Leben bedeutet nicht, dass man sich ständig mit irgendwelchen Leuten umgeben muss – oder überhaupt mit irgendjemandem!« Ich kannte den schrillen Tonfall meiner Stimme schon von meinem Streit mit Sylvie. »Ich würde sogar behaupten, dass das Gegenteil der Fall ist. Für mich hört es sich nämlich so an, als ob du ständig mit Leuten ausgehst, nur damit du nicht allein sein und darüber nachdenken musst, wer du wirklich bist.«

Das Hupen eines Lastwagens, der an uns vorbeifuhr, fühlte sich wie ein würdiger Abschluss für meine Feststellung an. Wütend schwiegen wir vor uns hin.

»Wenigstens war ich schon mal verliebt.« Er drehte sich um und sah mich an, sein Tonfall war schroff. »Es ist unmöglich, dir nahezukommen. Und es ist schon ein Unterschied, ob man auch mal gerne allein ist oder niemanden an sich heranlässt.«

Sein letzter Seitenhieb war kurz, präzise und schmerzte am meisten. Plötzlich fühlte es sich so an, als würde das Auto um mich herum immer enger. Ich konnte es keine weitere Minute mehr darin aushalten.

Durch die Windschutzscheibe erkannte ich eine Tankstelle.

»Halt bitte an«, sagte ich.

»Was?«

»BITTE. HALT. AN.« Es war das erste Mal in meinem Leben, dass ich jemanden anschrie.

Sebastian fuhr an der Tankstelle ab und brachte den Wagen zum Stehen. Ich stieg aus und zerrte unbeholfen meine Tasche vom Rücksitz.

»Clover, was soll das?«, fragte Sebastian.

»Ich finde schon alleine zurück nach New York«, schnauzte ich ihn an.

Dann schlug ich die Tür hinter mir zu und schaute mich nicht mehr um.

39

Der Tag, an dem ich erfuhr, dass mein Grandpa tot war, war ein Mittwoch, drei Tage nach meinem dreiundzwanzigsten Geburtstag. Ich befand mich gerade in Kambodscha, eingekeilt zwischen einem großen Mann und einer Frau auf einem Bussitz, der eigentlich nur für zwei Personen gedacht war. Ich hatte meinen Koffer auf dem Schoß, und im Gang neben mir stand ein Käfig mit lebenden Hühnern. Derart tetrismäßig angeordnet ratterten wir bereits seit zwei Stunden über eine enge, kurvenreiche Straße irgendwo zwischen der südlichen Provinz Takeo und der Hauptstadt Phnom Penh. Der Schweiß lief uns über die Stirn, und wir sehnten uns alle nach einem Hauch frischer Luft. Die unerbittliche Kombination aus Hitze, Hühnermist und schlecht riechenden Körperausdünstungen brachte mich vor Übelkeit an den Rand des Wahnsinns. Ich konnte mich nur noch aufs Atmen konzentrieren.

Die quälende Fahrt war die letzte meines zweimonatigen Aufenthalts, bei dem ich die in der buddhistischen Kultur verankerten kambodschanischen Sterberiten studiert hatte. Am Donnerstag wollte ich über Singapur nach New York zurückfliegen, sodass ich rechtzeitig zu meinem allsonntäglichen Frühstück mit meinem Großvater im Diner zu Hause sein würde.

Ich hatte die Geborgenheit seiner Gesellschaft seit fast einem Jahr nicht mehr gespürt und sehnte mich danach.

Vor meinem Aufenthalt in Kambodscha war ich an der Sorbonne in Paris gewesen, um dort meine Magisterarbeit in Thanatologie zu schreiben, und mein kleiner Koffer war nicht mit Kleidung vollgestopft, sondern mit stapelweise Notizbüchern, die all die Beobachtungen meiner Reisen enthielten. Ich zählte bereits die Tage, bis ich sie meinem Großvater zeigen konnte, und malte mir aus, wie er nachdenklich in seinem Kaffee rühren und dabei methodisch jede Seite studieren würde.

Unser letztes Gespräch hatte vor ein paar Tagen stattgefunden, früh am Montagmorgen, also Sonntagabend seiner Zeit. Ich hatte mich aus dem Schlafsaal meines Hostels geschlichen und war müde zu dem alten Telefon mit Wählscheibe getapst, das auf einem Hocker in der Ecke des Gemeinschaftsraumes stand. Nur zu dieser frühen Stunde konnte man dort in Ruhe telefonieren. Die Morgensonne fiel durch die Vorhänge herein, was mich an unsere Wohnung in New York erinnerte.

»Clover, mein Liebling – ich habe gerade daran gedacht, dass ich schon seit über einem Monat nichts mehr von dir gehört habe.«

Die blecherne Verbindung hatte das übliche satte Timbre von Grandpas Bariton geschluckt, was mich ihn noch mehr vermissen ließ.

»Es tut mir leid, Grandpa«, hatte ich gesagt, froh darüber, mal wieder seine Stimme zu hören. »Ich hätte mich früher melden sollen.«

Nicht einmal die schlechte Verbindung konnte seinem liebenswerten dunklen Lachen etwas anhaben. »Ich dachte mir schon, dass du gerade andere Dinge im Kopf hast als deinen alten Großvater.«

»Ich denke immer an dich – auch wenn ich nicht oft genug anrufe, um es dir zu sagen.« Ich war im letzten Jahr so sehr damit beschäftigt gewesen, die Welt zu erkunden, dass unsere Telefonate immer seltener stattgefunden hatten.

»Mach dir keine Sorgen, Liebling. Wenn ich nichts von dir höre, weiß ich, dass du dich amüsierst. Und das macht mich sehr glücklich.«

Ich hatte die Augen geschlossen und mir vorgestellt, wie er mit übereinandergeschlagenen Beinen in seinem grünen Sessel saß und der Dampf seines Abendkaffees im Schein der Leselampe tanzte.

»Also dann«, hatte er weitergeredet. »Erzähl mir was von den Sterbetraditionen in Kambodscha.«

Ich hatte den Hörer zu meinem anderen Ohr gewechselt und versucht, es mir bequem zu machen. »Es ist ganz anders als in der westlichen Welt.«

»Ach ja, die Buddhisten mit ihrer Reinkarnation.«

»Genau, und deshalb ist der eigentliche Sterbeprozess auch so wichtig für die Wiedergeburt im nächsten Leben.«

»Faszinierend – wie darf man sich das vorstellen?«

»Na ja, oft ist ein Mönch dabei, wenn jemand stirbt, der ihm dabei hilft, sich auf das nächste Leben vorzubereiten.« Ich war stolz darauf, dass ausnahmsweise ich ihm etwas beibringen konnte. »Und sie glauben auch, dass die Seele, nachdem sie den Körper verlassen hat, oft noch für kurze Zeit an diesem Ort bleibt. Manchmal ist die Seele verwirrt oder verängstigt, sodass der Mönch sie beruhigen und weiterführen muss. Irgendwie ganz schön, die Vorstellung, jemanden in sein nächstes Leben zu geleiten.«

»Ja, das ist es«, hatte Grandpa gesagt. »Was für ein Privileg muss es sein, das für jemanden tun zu können.«

Der Bus kam vor einer von Reisfeldern umgebenen Tankstelle zum Stehen. Die Pause von unserer Vorhölle auf Rädern, die nur für einen Gang zur Toilette und ein paar schnelle Snacks gedacht war, sollte lediglich zwanzig Minuten dauern. Beim Gedanken an Essen oder eine Hocktoilette wurde mir noch übler, also kaufte ich eine Flasche Mineralwasser mit Kohlensäure und stellte mich vor einen kleinen Tischventilator, der halbherzig die verbrauchte Luft umwälzte.

Kios Intanet stand auf dem neonpinken Pappschild, das über dem alten Computermonitor neben dem Ventilator klebte. Das WiFi im Hostel hatte in den letzten Tagen nicht funktioniert, also hatte ich meine E-Mails schon eine Weile nicht mehr gecheckt. Ich schob dem Tankstellenangestellten die geforderten zweitausend kambodschanische Riels über den versifften Tresen und bekam dafür per Einwahl zehn Minuten ärgerlich langsamen Internetzugang. Während sich das Modem piepend und rauschend abquälte, blätterte ich in einem zerfledderten Lonely-Planet-Reiseführer über Kambodscha.

In meinem Posteingang befanden sich sechs E-Mails. Eine war die Erinnerung an meinen Flug am Donnerstag. Die zweite kam von einem Studenten, mit dem ich in Frankreich studiert hatte und der mich um Beiträge zu einer Forschungsarbeit bat. Und die restlichen vier waren von Charles Nelson, einem langjährigen Kollegen von Grandpa an der Columbia University.

Beim Anblick von Charles' Namen geriet mein Puls ins Stottern. Ich las seine E-Mails in der Reihenfolge, in der er sie geschickt hatte. Die ersten waren Variationen von »Bitte ruf mich so bald wie möglich an«. Die aktuellste, die erst vor einer Stunde abgeschickt worden war, brachte es dann schmerzlich auf den Punkt.

Clover,
ich weiß, Du bist gerade im Ausland unterwegs, und ich bedaure sehr, dass ich Dir das per E-Mail mitteilen muss, aber Dein Großvater ist gestern verstorben.
Bitte setze Dich mit mir in Verbindung, sobald Du diese Nachricht erhältst, denn es müssen Vorkehrungen getroffen werden.
Grüße,
Charles Nelson, PhD

Meine Übelkeit wurde schier unerträglich. Ich kramte in meiner Reisetasche nach meiner internationalen Telefonkarte, stolperte zur Telefonkabine und wählte die Handynummer aus Charles' E-Mail-Signatur.

Es klingelte dreimal, dann war die Verbindung da.

»Ich bin's, Clover«, platzte ich heraus, bevor er die Gelegenheit hatte, überhaupt etwas zu sagen.

Charles räusperte sich. »Ah, ja, hallo, Clover – offenbar hast du meine E-Mail erhalten. Mein herzliches Beileid zu deinem Verlust. Es tut mir sehr leid, dass ich dir diese schlechte Nachricht überbringen muss.«

Die drückend feuchtwarme Luft ließ mich noch panischer atmen. »Was ist passiert?« Ich schaffte es irgendwie, die Worte herauszuquetschen, aber nur im Flüsterton.

»Schlaganfall wird vermutet.« Charles war schon immer recht sachlich gewesen, aber in diesem Moment wirkte seine Knappheit gefühllos. »Er hatte bis spät in seinem Büro auf dem Campus gearbeitet, als der Hausmeister ihn zusammengesunken auf seinem Schreibtischstuhl fand.«

Ich rieb mir das Brustbein und zwang mich, einen einzigen tiefen Atemzug zu tun. »Er starb … allein?«

»Sieht leider so aus – tut mir sehr leid.«

Draußen hupte der Bus, und meine Mitreisenden stiegen widerwillig ein. Inmitten meines inneren Chaos regte sich ein Funken Pragmatismus. Wenn ich meinen Flug nach New York morgen erreichen wollte, musste ich jetzt in diesen Bus steigen.

»Charles, es tut mir wirklich leid, aber ich bin hier mitten im Nirgendwo, und mein Bus fährt gleich ab. Ich rufe dich noch mal an, sobald ich in Phnom Penh bin.«

Charles räusperte sich ein zweites Mal. »Okay, dann – gute Reise und bis bald.«

Kurz darauf quetschte ich mich wieder zwischen die beiden

anderen Fahrgäste auf dem Zweiersitz und dem Käfig mit den gackernden Hühnern. Aber jetzt nahm ich kaum noch etwas wahr, weder die unerträgliche Hitze noch die schrille Geräuschkulisse oder den strengen Geruch der schwitzenden Körper. Alles, woran ich denken konnte, war das düstere, enge Büro meines Großvaters ganz am Ende eines Ganges in der Universität. Das Büro, das ich seit meiner Kindheit unzählige Male besucht hatte.

Der Ort, an dem mein bester Freund auf dieser Welt alleine gestorben war, ohne dass jemand ihm hatte beistehen können.

40

Ich bereute es, die Fahrt mit Sebastian ausgerechnet an dieser Tankstelle abgebrochen zu haben. Sie war in beiden Richtungen von nichts als einspurigen Autobahnen und winterlich verödeten Feldern umgeben. In der Luft lagen der salzig modrige Geruch des Küstenschwemmlandes und eine Kälte, die in jede Falte meiner Kleidung kroch.

Dem Eingang der Tankstelle zugewandt, konzentrierte ich mich so lange auf mein Handy, bis ich das sich entfernende Brummen des Mietwagens vernahm. Als ich mich schließlich umdrehte, stand nur noch ein einsamer brauner Pick-up auf dem Parkplatz, dessen verbeulte Türen mehr als einmal den Unmut von jemandem abbekommen hatten.

Sebastian hatte mich wirklich hier stehen lassen.

In meinen Achselhöhlen kribbelte der Schweiß. Ich drückte die Reisetasche fest an mich.

Was würde ich dafür geben, jetzt mit Grandpa reden zu können. In manch scheinbar ausweglosen Situation während meiner ersten Rucksackreise durch Lateinamerika hatte ich ihn von einer Telefonzelle aus angerufen, nur um zehn Minuten lang seine beruhigende, vernünftige Stimme zu hören, bevor mein Guthaben aufgebraucht war.

»Dein Sympathikus manipuliert dich bloß«, sagte er mir dann ganz sachlich. »Eine ganz klassische Kampf-oder-Flucht-Reaktion. Alles, was du tun musst, ist die Kontrolle zurückzugewinnen. Schließ die Augen, um äußere Reize auszuschalten. Dann atme lange und tief ein und langsam wieder aus.«

Obwohl er mir diesen Rat schon vor Jahren gegeben hatte, stand ich nun vor der Tankstelle und befolgte ihn.

Augen zu. Einatmen. Ausatmen.

»Anstatt sich auf all die Dinge zu konzentrieren, die schiefgelaufen sind«, hätte Großvater dann gesagt, »denk an den nächsten kleinen Schritt vorwärts, den du tun kannst, um die Dinge in eine positive Richtung zu lenken.«

Die Glastür zur Tankstelle ging auf, und ein stämmiger Typ mit Karohemd trat heraus und stopfte sich ein Päckchen Zigaretten in die Brusttasche. Schweißflecken erstreckten sich auf der Krempe seiner Trucker-Mütze wie Gezeitenmarken an einem Strand.

»Sorry, Süße«, blaffte er mich und meine große Tasche an, weil wir die Tür blockierten. Als ich zur Seite trat, um ihn vorbeizulassen, nahm ich den muffigen Geruch von abgestandenem Tabak, verschüttetem Bier und fragwürdigen Hygienegewohnheiten wahr.

Ein kleiner Schritt vorwärts.

Ich betrachtete den Fremden und seinen verbeulten Pick-up.

Als er meinen Blick auffing, zwinkerte er mir zu und grinste breit, aber ohne Freundlichkeit. »Soll ich dich mitnehmen?«

Wenn ich es mir recht überlegte, sah er nicht aus wie jemand, der nach New York City fuhr. »Das ist sehr nett von Ihnen.« Ich umklammerte den Griff der Reisetasche fester. »Aber nein, danke.«

»Wie du meinst«, sagte der Mann, aus dessen zu einem irritierenden Grinsen verzogenen Mundwinkel nun eine Zigarette hing.

Als der Pick-up schließlich von der Tankstelle ratterte, schoss mir Adrenalin wie nach einem Beinahe-Unfall in die Glieder.

Neben dem kastenförmigen Betongebäude der Tankstelle befand sich eine kleine Imbissbude. Vermutlich war ich auch deshalb so zittrig, weil ich seit fünf Stunden nichts mehr gegessen hatte. Eine Mahlzeit wäre also der nächste kleine Schritt, der mir guttun würde. Nachdem ich noch eine Stippvisite in der vor Desinfektionsmitteln triefenden Toilette eingelegt hatte, stellte ich meine Tasche in der Nische der Imbissbude ab, die mir am wenigsten klebrig erschien.

Durch das Servicefenster nickte ich der Kellnerin/Köchin mit ihrem Haarnetz und ihrer fleckigen Schürze zu. Hinter ihr waberte dramatisch der Dampf der Fritteusen und verhüllte teilweise ihre imposante Silhouette.

»Speisekarte ist oben«, schnaubte die Frau gleichgültig und deutete achtlos hoch.

Auf einer Tafel war eine umfangreiche Auswahl an falsch geschriebenen Gerichten aufgelistet, von denen fast alle mit Kreide durchgestrichen waren. Nur zwei Angebote waren noch verfügbar: Hamburger-Sandwich und Käsetoast.

Ich kam zu dem Schluss, dass ich bei Letzterem weniger mit einer Salmonellenvergiftung rechnen musste. »Ich nehme den Käsetoast, bitte.«

»Wollen Sie Gürkchen dazu?« Der Frau war das offensichtlich völlig egal.

»Klar. Ich meine, ja, bitte.«

»Kaffee?«

»Das wäre toll, danke.«

Die Frau zeigte mit dem Kinn zu der Kaffeekanne, die auf einem Wärmer an der Seite des Servicefensters stand. Dann schob sie eine Tasse in meine Richtung. »Bedienen Sie sich.«

Der angebrannte Geruch ließ darauf schließen, dass die Kaffeekanne schon länger herumstand. Ich schenkte mir eine Tasse ein, mehr zum Trost als aus Genussgründen. Dann setzte ich mich in die Nische, rührte in meinem Kaffee und dachte nach. Eine der traurigsten Erkenntnisse, die ich durch das Erwachsenwerden erlangt hatte, war die Tatsache, dass die Antworten auf alle schwierigen Fragen des Lebens nicht wirklich auf dem Boden einer Kaffeetasse zu finden sind. Ich klopfte dreimal mit dem Löffel an den Rand des Kaffeebechers.

Da saß ich also wieder einmal allein in einem Diner.

Vielleicht hatte ich auf Sebastians Kritik etwas überreagiert. Aber im Grunde hatte er mir gesagt, dass mein ganzes Leben eine Lüge war.

Nach einer unangemessen langen Wartezeit – immerhin war ich der einzige Gast in der Imbissbude – bekam ich einen Teller mit einem labbrigen Käsetoast und einer armseligen Essiggurke hingeknallt.

Ich lächelte die Kellnerin so höflich wie möglich an. »Herzlichen Dank.«

»Nicht dafür.« Die Frau verschwand wieder in der Küche.

Als ich prüfend in eine Ecke des schlaffen Sandwiches biss, ging vibrierend eine Nachricht auf meinem Handy ein, das mit dem Display nach unten auf dem Tisch lag. Ich zögerte, bevor ich es umdrehte. Es könnte Sebastian sein, der sich per Nachricht entschuldigen wollte, aber ich war mir nicht sicher, ob ich überhaupt wollte, dass er es war.

Ich drehte das Telefon so hastig um wie einen heißen Toast.

Mike, sichere dir jetzt diese unglaublichen Hypothekenzinsen.

Eine Spam-Nachricht. Egal, wie oft ich die Nummer blockierte, ich bekam sie immer noch jede Woche aufs Neue. (Und der Absender hielt »Mike« offensichtlich für ziemlich gutgläubig.) Ich wandte mich wieder meinem Käsetoast zu und versuchte, die plastikartige Konsistenz des Käses zu ignorieren.

Ich könnte mir ein Taxi rufen und zur nächsten Autovermietung fahren. Oder zum Busbahnhof. Oder zum Flughafen. Natürlich hing das alles davon ab, ob diese gottverdammte

Tankstelle mitten im Nirgendwo überhaupt von Taxis angefahren wurde.

Eine weitere Nachricht ging vibrierend auf meinem Handy ein und trieb meinen Puls in die Höhe.

Sylvies Name erschien auf dem Bildschirm.

Ich schnappte mir eine kratzige Papierserviette aus dem Spender und wischte mir das Fett von den Fingern.

> Hey, C. Ich hoffe, bei dir ist alles okay und die Reise läuft so weit gut. Das gestern war irgendwie komisch – können wir darüber reden?

Ein Teil von mir wollte den Hörer abnehmen und ihr von meinem Streit mit Sebastian erzählen – sie wäre definitiv auf meiner Seite. Und ihre beruhigenden, vernünftigen Worte wären definitiv genau das, was ich gerade brauchte.

Aber da ich Sylvie offensichtlich nicht so gut kannte, wie ich gedacht hatte – und nachdem ich mich gestern so merkwürdig aufgeführt hatte –, würde sie mich vermutlich genauso seltsam und erbärmlich finden wie er. Als ich die Nachricht mit einem verärgerten Wischen löschte, verwandelte sich das Brennen in meiner Brust in den Schmerz, den ich am besten kannte.

Einsamkeit.

Ich war wieder genau da, wo ich angefangen hatte, bevor ich Sebastian und Sylvie kennengelernt hatte. Was hatte es für einen Sinn, aus mir herauszugehen, wenn es dann so endete? Am liebsten hätte ich mich mit meinen Tieren aufs Sofa verkrochen und meine Wohnung nie wieder verlassen.

Aber dann war da noch Claudia. Sie war der eigentliche Grund, warum ich das alles tat, nicht Sebastian. Und wenn ich jetzt aufgab, wo ich so kurz davorstand, Hugo zu finden – immerhin hatte ich es schon bis nach Maine geschafft –, dann würde ich es sicher bereuen.

Einatmen. Ausatmen. Der nächste kleine Schritt vorwärts.

Ich bedeutete der Kellnerin, dass ich zahlen wollte, und ignorierte das Angstgefühl in meinem Magen. Sie kritzelte auf ihrem Block herum, riss das Blatt ab und legte es vor mich hin.

»Ich weiß, es ist schwer zuzugeben, dass man sich geirrt hat, Süße, aber manchmal muss man es einfach tun, der Ehe zuliebe.«

Ich starrte sie verwirrt an, dann wurde mir klar, dass sie meinen dramatischen Ausstieg aus dem Auto gesehen haben musste. »Ich bin nicht verheiratet«, sagte ich und versuchte, meine Verlegenheit zu verbergen.

»Oh«, erwiderte sie. »Na, dann viel Glück mit … wer auch immer es ist.«

Hastig zog ich ein paar Scheine aus meinem Portemonnaie. »Sie haben mir den Kaffee nicht berechnet, also lege ich noch ein paar Dollar drauf – ich hoffe, das passt so.«

Ich stand vom Tisch auf und ging noch einmal zur Toilette, um mir das Fett von den Händen zu schrubben. Die Reisetasche über meiner Schulter war ein zu plumper Begleiter für die engen Gänge der Tankstelle und brachte einen Ständer mit Kochbananenchips zum Einsturz wie eine Abrissbirne. Der jugendliche Verkäufer rollte mit den Augen, machte aber keinerlei Anstalten, hinter dem Tresen hervorzukommen und mir beim Wiederaufstellen zu helfen.

Ich wusste, dass ich es nicht länger aufschieben konnte. Ich stellte mich in die Ecke, die am weitesten vom Verkäufer entfernt war, holte tief Luft und tippte Sebastians Namen auf meinem Handydisplay an.

Er nahm nach dem ersten Klingeln ab.

»Hi, Sebastian.« Ich gab ihm keine Gelegenheit zu sprechen. »Es tut mir leid, dass ich … so überreagiert habe.« Was von meinem Stolz noch übrig war, lag nun blutend auf dem schmutzigen Linoleumboden. »Das Wichtigste ist jetzt, dass wir Hugo finden.«

»Mir tut es auch wirklich leid«, sagte Sebastian vorsichtig. »Es geht mich auch gar nichts an, wie du dein Leben lebst. Ich hätte nicht sagen sollen … was ich gesagt habe.«

Er sagte damit nicht direkt, dass er es nicht so gemeint hatte, aber den Luxus, auf solche Details zu achten, konnte ich mir im Moment nicht leisten.

»Ich weiß nicht, wo du jetzt bist, aber ich bin immer noch an der Tankstelle.« Ich überprüfte das Verfallsdatum auf den Pringles-Packungen und suchte nach einer, die keine Gesundheitsgefahr darstellte. »Meinst du, du könntest zurückkommen und mich abholen?«

Es folgte eine knisternde Pause. »Schau mal aus dem Fenster.«

Ich wandte den Blick von den Pringles zu den Zapfsäulen.

Sebastian lehnte an seinem Mietwagen und winkte mir zu.

41

Die Nummer auf dem Briefkasten bestätigte uns, dass wir am richtigen Ort waren. Aber es gab dort kein Haus, nur eine Schotterstraße als Zufahrt, die von hohen Birken gesäumt war und zu einem See hinunterführte. Das war sicher nicht der richtige Ort, denn hier gab es nichts.

Sebastian überprüfte noch einmal das GPS. »Das ist es definitiv.«

Ich spähte durch die Bäume, konnte aber nirgendwo ein Gebäude erkennen. »Sollen wir weiter zum Wasser runterfahren?«

»Hier gibt es nirgendwo ein Haus«, sagte Sebastian ungeduldig. »Wir würden es doch sonst sehen.«

Ich verspürte Ernüchterung. Wie viel Zeit und Energie wir in diese törichte Suche gesteckt hatten. Gott sei Dank hatte ich Claudia nichts von der Reise erzählt.

»Es war naiv von mir zu glauben, dass wir ihn finden würden«, sagte ich und schämte mich, Sebastian gegenüber einen weiteren Fehler zugeben zu müssen. »Es tut mir leid, dass ich dich ganz umsonst hierhergeschleppt habe.«

Er nickte in Richtung Wasser. »Lass uns runtergehen und den See anschauen. Hier scheint ja niemand zu sein, den das stören könnte.«

»Ja, das könnten wir machen.« Es war sowieso zu spät, um heute noch nach New York zurückzufahren.

Der Duft von frischer Waldluft milderte mein Gefühl der Enttäuschung, als unter unseren Schritten herabgefallene Rinde knirschte. Ich hatte vergessen, wie wohltuend die Natur sein konnte – nicht einmal in den Central Park schaffte ich es mehr oft.

»Anscheinend heißt er Megunticook Lake«, sagte Sebastian mit einem Blick auf sein Handy. »Er beheimatet den Binnenlachs, den Kürbiskernbarsch und den gebänderten Killifisch.«

»Bist du Angler?« Damit hätte ich nicht gerechnet.

Sebastian verzog das Gesicht. »Gott, nein. Ich bin kein großer Naturbursche. Wahrscheinlich bin ich gegen siebzig Prozent der Natur allergisch. Mein Vater hat mich einmal zum Zelten mitgenommen, und das war die reinste Folter.« Er schlug planlos nach einem unsichtbaren Insekt, das um sein Gesicht herumschwirrte.

Die Auffahrt stieg erst leicht an und fiel dann in einer Kurve zum See hin ab. Am höchsten Punkt blieben wir stehen und blickten hinunter zu einem durchhängenden Steg, an dem ein altes Boot mit einem verblichenen blauen Streifen angedockt war.

»Ist das ein Hausboot?«, fragte Sebastian und rückte seine Brille zurecht. »Ich wusste gar nicht, dass es noch Leute gibt, die in so etwas wohnen. Ich musste mir immer mit meinen Schwestern so einen alten Film mit Cary Grant und Sophia Loren anschauen. Der war so ähnlich wie *The Sound of Music,* spielte aber auf einem Boot. Mann, wie hieß der Film noch gleich?«

»*Hausboot?*«

»Ha. Ja, genau. Hätte ich draufkommen können. Aber dieser Film mit Kurt Russell und Goldie Hawn auf einem Boot war lustiger.« Als er sich daranmachte, den Abhang hinunterzugehen, rutschte er mit den Sohlen seiner Oxford-Schuhe auf dem feuchten Boden weg.

Insgeheim froh über seinen investigativen Wagemut, folgte ich ihm nach unten. Ein Wollpullover, der über der Reling des Bootes hing, deutete darauf hin, dass erst vor Kurzem jemand dort gewesen sein musste – oder immer noch da war.

Vielleicht war das alles doch keine so schlechte Idee gewesen.

Gerade als Sebastian einen Fuß auf den Steg setzte, ertönte heftiges Hundebellen. Ein zotteliger schwarzer Terrier sprang vom Boot und schoss auf Sebastian zu, der ungelenk zurückwich. Der Hund hüpfte um Sebastian herum, als wären seine Hinterpfoten Sprungfedern, während dieser hilflos versuchte, dem überschwänglichen Ansturm zu entgehen.

Ich musste mir das Lachen verkneifen.

»Gus!«, rief eine Männerstimme aus der Bootskabine. »Ganz ruhig, Kumpel.«

Ein dunkler Lockenkopf tauchte gebückt im niedrigen Türrahmen auf. Als der Mann sich aufrichtete, war er fast doppelt so groß.

»Hallo.« Sein Blick wanderte zwischen Sebastian und mir hin und her. »Kann ich Ihnen helfen?«

Gus trottete zurück an die Seite seines Besitzers. Sein rotes Halsband stach wie ein Lichtsignal aus seinem tiefschwarzen Fell hervor.

»Äh, ja«, sagte Sebastian, der sichtlich erleichtert war, vor seinem aufgeregten Angreifer gerettet worden zu sein. »Wir sind auf der Suche nach Hugo Beaufort.«

»Nun, dann haben Sie ihn gefunden.«

Sebastian runzelte die Stirn. »Sie sind das?«

»Ziemlich sicher, ja.« Der Mann blinzelte skeptisch. »Was kann ich für Sie tun?«

Der Typ konnte nicht älter als fünfunddreißig sein, und er klang definitiv nicht französisch. Ich blickte zu Sebastian hinüber, der genauso niedergeschlagen wirkte, wie ich mich fühlte.

»Tut mir leid, Mann – ich glaube, wir haben die falsche Person«, sagte Sebastian. »Der Hugo, den wir suchen, ist viel älter als Sie. Also, genau genommen so um die fünfzig Jahre älter.«

»Oh«, sagte der Mann. »Dann meinen Sie meinen Großvater?«

»Ja!«, riefen Sebastian und ich durcheinander.

Der Hugo, der vor uns stand, senkte den Kopf. »Der ist leider vor ein paar Monaten gestorben.«

»Das tut mir wirklich leid zu hören«, sagte ich reflexartig.

Gus legte beim Klang meiner Stimme den Kopf schief, lief an Sebastian vorbei und kam auf mich zu.

Als ich mich bückte, um seine Schlappohren zu kraulen, schmiegte sich der Hund vertrauensvoll an mein Bein.

»Danke«, sagte Hugo. »Ich meine, er war schon über neunzig, also war es gewissermaßen zu erwarten.«

»Das macht es nicht weniger schmerzhaft«, sagte ich, nicht nur, um seine Traurigkeit zu lindern, sondern auch meine eigene.

Dann standen wir alle drei schweigend da.

»Augenblick«, sagte Hugo dann verwirrt. »Warum suchen Sie denn überhaupt nach meinem Großvater?«

»Es geht um meine Großmutter«, sagte Sebastian leise. »Sie liegt auch im Sterben.« Er wirkte bestürzt, als ob das Aussprechen der Worte es endlich für ihn greifbar machte. An seinen hängenden Schultern und der Art, wie er zu Boden starrte, erkannte ich das Gewicht seines Kummers.

»Tut mir leid, Mann«, sagte Hugo. Aus seiner Stimme klang Mitgefühl. Er wartete darauf, dass Sebastian präziser wurde.

Doch der sah mich an, und sein Blick beschwor mich, dass ich das Gespräch weiterführte.

Also ging ich zum Steg hinunter, Gus trottete neben mir her. »Wir glauben, dass Sebastians Großmutter Ihren Großvater gekannt haben könnte, aus der Zeit, als sie Mitte der Fünfzigerjahre in Marseille lebte.«

Es klang lächerlich, jetzt, da ich es laut aussprach, immerhin waren seitdem mehr als sechzig Jahre vergangen. Es war naiv von mir zu glauben, dass diese Reise zu irgendetwas führen würde.

Doch anstatt mich anzuschauen, als wäre ich eine Verrückte, legte Hugo neugierig den Kopf schief.

»Sprechen Sie etwa von … Claudia?«

Sebastian und ich starrten Hugo ungläubig an. Gus schaute erwartungsvoll hechelnd von einem zum anderen.

Sebastian betrat den Steg. »Sie wissen von meiner Großmutter?«

»Ja, na ja, irgendwie schon.« Hugo rieb sich die Bartstoppeln am Kinn. »Kurz bevor er starb, sagte mein Großvater, er müsse mir etwas erzählen, was er noch nie jemandem erzählt hätte. Um ehrlich zu sein, dachte ich da, er hätte jemanden umgebracht oder so etwas. Aber stattdessen erzählte er mir die Geschichte von einer amerikanischen Frau, einer Fotografin namens Claudia, in die er sich in Frankreich verliebt hatte. Er sagte, sie sei auch der Grund, warum er in die Vereinigten Staaten ausgewandert sei.«

»Das ist Sebastians Großmutter!«, rief ich und versuchte, meine aufkeimende Hoffnung etwas zu zügeln. »Nur wusste sie nicht, dass dein Großvater hierhergezogen ist.«

»Das ist ja irre«, meinte Hugo. Er hatte das kantige Kinn seines Großvaters geerbt – es passte zu ihm. »Aber wenn sie nicht wusste, dass er nach Amerika gezogen ist, wie habt ihr dann herausgefunden, dass er hier lebt?«

Sebastian zeigte wie ein Anhalter mit dem Daumen auf mich. »Sie ist so etwas wie eine Internet-Superdetektivin.«

Hugo zog die Augenbraue hoch. »Ist sie das, ja?«

Jetzt bedauerte ich zutiefst, dass ich mir an diesem Morgen nicht die Haare gebürstet hatte.

»Na ja, eigentlich hat meine Nachbarin die Adresse herausgefunden«, sagte ich, und mein Mund war plötzlich ganz trocken. »Aber ich habe ein Bild deines Großvaters zwischen Claudias alten Fotos gefunden, und daraufhin hat sie mir die Geschichte erzählt, wie die beiden sich kennengelernt haben.«

»Wow, ich habe so viele Fragen. Aber erst mal …« Hugo streckte seine Hand aus. »Sebastian, richtig?«

Sebastian schüttelte sie. »Genau.«

»Schön, dich kennenzulernen, Mann.« Dann drehte Hugo sich zu mir um, die Augenbraue wieder hochgezogen. »Und du bist?«

Ich hoffte inständig, meine Wangen würden nicht anfangen zu glühen. »Äh, ich bin Clover.«

Ein ungekünsteltes Grinsen leuchtete in Hugos Gesicht auf. »Wie in dem Lied von Etta James, oder? ›My heart was wrapped up in clover‹? Das habe ich immer geliebt.« Er streckte die Hand aus. »Schön, dich kennenzulernen, Clover.«

Als ich seine schwielige Hand auf meiner weichen Haut spürte, fing meine ganze Handfläche an zu kribbeln. »Dich auch.«

»Hey, habt ihr Hunger?« Hugo fuhr sich mit den Fingern durch die Locken, es wirkte wie eine gewohnheitsmäßige Bewegung. »Nicht weit von hier gibt es einen tollen Pub – vielleicht können wir bei einem Hummerbrötchen über alles reden. Ich würde gern mehr über Claudia erfahren.«

Sebastian trat steif von einem Fuß auf den anderen. »Ich bin allergisch gegen Schalentiere, aber ein Bier wäre toll.«

»Gar kein Problem – die machen da auch einen gute Chicken Pot Pie.« Hugo zeigte auf einen klapprigen olivgrünen Land Rover, der unter einem Baum parkte. »Ihr könnt mir einfach mit eurem Auto hinterherfahren.« Dann schaute er mich an. »Okay für dich?«

Mein Lächeln fühlte sich dämlich an, als gehöre es zu jemand anderem. »Ich liebe Chicken Pot Pie«, stammelte ich und wünschte mir, ich hätte etwas mehr von Sylvies lässiger

Selbstsicherheit, anstatt mich immer so seltsam und unbeholfen zu fühlen.

Aber noch mehr als das widerstrebte mir das Gefühl, Sylvie zu brauchen.

42

Von außen machte das *Curious Whaler,* das sich auf einem Kliff an der Küste befand, seinem Seefahrernamen alle Ehre. Seine Fassade mit den von Gischt und Salzluft verrosteten Markisen und der abblätternden Farbe erinnerte an das wettergegerbte Antlitz eines alten weltverdrossenen Seemanns.

Hugo wartete bereits am Eingang auf uns, und eine aus der Bucht kommende Windböe wirbelte sein Haar durcheinander.

»Das war das Stammlokal meines Großvaters. Er hat hier fast jeden Tag zu Mittag gegessen.« Hugo sah, wie ich meinen Mantel enger zog, machte die Tür auf und ließ mich eintreten. »Drinnen ist es wärmer, versprochen.«

Ein knisterndes Feuer an der Wand gegenüber löste sein Versprechen ein. Er führte uns zu einer mit Mahagoni ausgekleideten Nische. »Kann ich euch die Jacken abnehmen?«

Sebastian schüttelte seinen Parka ab, reichte ihn Hugo und rutschte dann in die Nische. »Danke, Mann.«

Als ich versuchte, mich aus meinem Dufflecoat zu winden, verfing sich einer der Knebelknöpfe aus Holz in meinem Haar. Hugo zögerte nicht lange und befreite ihn. Ich fühlte mich unbeholfen und plump, wie die neugeborenen Giraffen, die ich mir so gern auf dem Discovery Channel ansah.

»Danke«, sagte ich und schaute Hugo nur kurz in die Augen. Sein fester Blick irritierte mich. Erleichtert bemerkte ich, dass Sebastian ganz mit seinem Telefon beschäftigt war – seine Anwesenheit wurde mir plötzlich allzu bewusst.

»Bitte«, sagte Hugo und bedeutete mir, Platz zu nehmen.

Ich rutschte auf dieselbe Seite wie Sebastian, denn Hugo mit seinen langen Gliedmaßen konnte den zusätzlichen Platz wahrscheinlich gut gebrauchen.

Eine weißhaarige Frau in einem verblichenen Chambray-Hemd und einer bestimmt schon jahrzehntealten Jeans trat mit laminierten Speisekarten unterm Arm an unseren Tisch. An ihrem Kragenansatz zeichnete sich ein kunstvolles, von ihren Halsfalten leicht verzerrtes Tattoo ab.

»Dein Gesicht hab ich ja schon lange nicht mehr gesehen, Schätzchen«, sagte sie zu Hugo, wobei ihre heisere Stimme auf eine lebenslange Leidenschaft für Nikotin schließen ließ.

Er beugte sich vor und küsste sie auf die Wange. »Hey, Roma – ja, tut mir leid, ich hatte ein paar arbeitsreiche Wochen. Die meiste Zeit war ich gar nicht in der Gegend.«

»Hat es dich mal wieder in die große Stadt gezogen, was? Na ja, jetzt bist du ja hier, und das zählt.« Roma drehte sich zu uns um. »Und, wie ich sehe, hast du Besuch mitgebracht.«

»Stimmt, hab ich – Roma, das sind Clover und Sebastian.«

Mir gefiel, dass er uns vorstellte, als wären wir alte Freunde.

»Willkommen im *Curious Whaler*«, sagte Roma und musterte uns, als bildete sie sich eine Meinung, die sie wahrscheinlich nicht mit uns teilen würde. Stattdessen nahm sie umstandslos unsere Bestellungen entgegen, steckte den Stift wieder zurück in ihren zerzausten Dutt und verschwand dann mit dem selbstsicheren Auftreten eines Sheriffs durch die Schwingtür in der Küche.

»Also, ihr seid heute den ganzen Weg von New York hierhergefahren?« Als Hugo sich nach vorne beugte und seine Finger auf dem Tisch verschränkte, fiel mein Blick auf seine Hände. Groß, aber irgendwie auch grazil, trotz der vereinzelten Narben.

»Ja, wir sind sehr früh losgefahren«, sagte Sebastian stolz, als ob eine siebenstündige Fahrt eine besonders beeindruckende Leistung wäre.

»Ja, ich fahre auch immer lieber in einem Rutsch durch«, sagte Hugo. »Vor Sonnenaufgang aufstehen und so viel Verkehr wie möglich vermeiden.«

Jetzt war ich neugierig. »Bist du oft in New York?«

Hugo streckte seinen langen Arm auf der Rückenlehne der Bank aus. »In letzter Zeit schon – ich bin Landschaftsarchitekt und berate die Stadtverwaltung dort bei einigen Projekten.«

»Das ist aber ein ziemlich langer Arbeitsweg«, sagte Sebastian.

»Da hast du nicht unrecht. Es wäre wohl schlauer, ich würde mir dort eine Wohnung suchen.« Hugo deutete durchs Fenster auf das Panorama der stürmischen Bucht. »Aber ich kann mich einfach nicht von meinen Seebären-Wurzeln losreißen. Genau wie mein Großvater.«

Ich traute mich, Augenkontakt mit Hugo aufzunehmen, ohne zu wissen, warum mich das so nervös machte. Vielleicht hatte es auch etwas mit Sebastians Schenkel zu tun, der sich gegen meinen presste. Ich überwand meine Nervosität und konzentrierte mich auf den Grund, warum wir hier waren.

»Wenn dein Großvater wegen Claudia in die Vereinigten Staaten ausgewandert ist, warum hat er es ihr dann nie gesagt? Und wie ist er in Maine gelandet?«

»Tja, das weiß ich nicht so genau«, sagte Hugo entschuldigend. »Er hat mir nicht allzu viele Details verraten. Er meinte bloß, dass es sein größter Fehler im Leben war, dass er sie hat gehen lassen.«

Diese Enthüllung machte mich ganz schwindelig. Es war also die richtige Entscheidung gewesen herzukommen.

Hugo dachte einen Moment lang nach. »Das erklärt auch,

warum meine Großeltern nie besonders liebevoll miteinander umgegangen sind. Sie waren eher wie gute Freunde«, meinte er. »Ich dachte immer, das sei normal für ihre Generation.«

»Ja«, sagte Sebastian. »Ich würde die Ehe meiner Großeltern definitiv auch nicht als die glücklichste bezeichnen. Mein Großvater konnte ziemlich herrisch sein. Ich glaube, meine Großmutter war in den zehn Jahren nach seinem Tod sogar glücklicher.«

Roma kam mit einem Tablett voller Getränke zurück und zwinkerte Hugo zu, während sie ein Bier, einen Bourbon und ein Soda mit alkoholfreiem Bitter auf den Tisch stellte.

Hugo hob sein Soda. »Prost.«

Als wir mit den Gläsern anstießen, zeigte Sebastian mit einer Kopfbewegung auf Hugos Drink. »Bist du auf einem Gesundheitstrip?«

»Nicht ganz«, sagte Hugo freundlich. »Ich habe das Trinken vor ein paar Jahren aufgegeben. Ich mag's einfach nicht, wer ich werde, wenn ich Alkohol trinke, weißt du? Und letztendlich habe ich festgestellt, dass ich ohne sowieso viel glücklicher bin.« Seine entspannte Selbsterkenntnis war entwaffnend und ließ mich an meiner Entscheidung für einen Bourbon zweifeln.

»Verstehe. Gut für dich«, sagte Sebastian schnell.

Dann nippten wir alle schweigend an unseren Getränken.

»Es ist toll, dass ihr hergekommen seid, um nach meinem Großvater zu suchen«, meinte Hugo dann. »Aber was genau habt ihr euch davon erhofft? Hat deine Großmutter euch gebeten, nach ihm zu suchen?«

»Nein.« Sebastian sah mich an. »Sie weiß gar nicht, dass wir hier sind.«

»Wir wollten nicht, dass sie enttäuscht ist, wenn wir ihn nicht finden«, sagte ich schnell zu unserer Verteidigung. »Aber wir dachten, wenn wir ihn finden, könnten wir ihr vielleicht helfen, mit der Sache abzuschließen. Anscheinend wollte er damals, dass sie mit ihm nach Korsika zieht.«

»Ah«, sagte Hugo. »Das erklärt auch, warum er darum gebeten hat, dass seine Asche dort verstreut wird. Aber ich war leider so sehr mit Arbeit beschäftigt, dass ich es noch nicht geschafft habe, dort hinzufahren.«

»Claudia wünscht sich dasselbe.« Es schmerzte, sich eine unerfüllte Liebe vorzustellen, die mehr als ein halbes Jahrhundert überdauert hatte – und bei der man selbst als letzten Wunsch noch verspürte, dieser Person nah sein zu wollen.

»Du meintest, dein Großvater ist erst vor zwei Monaten gestorben?«, erkundigte sich Sebastian bei Hugo. »Ich wünschte, wir hätten früher davon erfahren.«

»Ja, es ist wirklich traurig«, meinte Hugo. »Ich nehme an, sie hat nicht mehr lange zu leben?«

Sebastian blickte elend in sein Bierglas. »Höchstens ein oder zwei Wochen, heißt es.«

»Das tut mir leid, Sebastian«, sagte Hugo. »Ich weiß, wie schlimm es ist, jemanden zu verlieren, den man liebt.«

»Nun, ich kann mich eigentlich glücklich schätzen«, meinte Sebastian und strich mit dem Daumen über den Rand seines Glases. »Abgesehen von meinem Großvater ist es das erste Mal, dass ich den Verlust eines Familienmitglieds verkraften muss.« Er seufzte schwer und ließ die Schultern wieder sinken. »Kann es sein, dass es mit der Zeit leichter wird?«

Hugo sah gequält aus. »Ich wünschte, ich könnte dir sagen, dass es so ist, aber meine Mutter ist vor fünfzehn Jahren gestorben, und es tut immer noch weh.« Er beobachtete, wie eine lose Plane draußen im Sturm flatterte. »Die Wahrheit ist, dass die Trauer nie wirklich vergeht. Jemand hat mir einmal gesagt, sie sei wie eine Tasche, die man immer bei sich trägt – am Anfang ist sie ein großer Koffer, und im Laufe der

Jahre schrumpft sie vielleicht auf die Größe einer Handtasche, aber sie begleitet einen ein ganzes Leben lang. Ich weiß, das klingt wahrscheinlich wie ein Klischee, aber es hat mir geholfen zu erkennen, dass ich nie ganz darüber hinwegkommen muss.«

Hugos Worte fühlten sich fast wie eine Umarmung an. Für einen Moment empfand ich meine eigene Trauer als etwas weniger einsam.

Sebastian drehte sich zu mir um. »Was meinst du? Du siehst doch die ganze Zeit Menschen sterben.«

»Schon, aber das ist mein Job.«

Hugos Augen weiteten sich. »Dein Job ist es, Menschen sterben zu sehen?«

»Nicht direkt«, sagte ich und fühlte mich unwohl, weil sich die Aufmerksamkeit plötzlich auf mich richtete. »Aber Menschen sterben zu sehen, gehört zu meinem Job.«

»Sie ist eine *Sterbe-Doula*«, sagte Sebastian ein bisschen überdramatisierend.

»Oh, wow, das ist cool«, sagte Hugo, und sein Gesicht hellte sich auf. »Ich habe neulich einen Artikel darüber gelesen. Das ist ein ziemlich neuer Beruf, oder?«

Ich war erleichtert, dass ich nicht ins Detail gehen musste, und verspürte auch einen Anflug von Stolz. »Die Bezeichnung ›Sterbe-Doula‹ schon, aber auf die eine oder andere Weise üben die Menschen diese Tätigkeit schon seit Tausenden von Jahren aus. Priester, Nonnen, Hospizmitarbeiter, Ärzte. Und selbst jetzt ist der Begriff noch ziemlich vage – jeder hat seine eigene Interpretation davon, was er bedeutet.«

»Interessant.« Hugo nippte an seinem Getränk, ohne den Blickkontakt zu unterbrechen. »Und was bedeutet es für dich?«

Ich suchte in seinem Gesicht nach Skepsis oder Verurteilung, aber alles, was ich fand, war wohlwollende Neugier.

»Ich schätze, für mich bedeutet es, jemandem zu helfen, in Würde und Frieden zu sterben.« Meine Hände am Bourbonglas fühlten sich feucht an. »Manchmal geht es nur darum, dass sie nicht allein sind, oder darum, ihnen zu helfen, ihre Angelegenheiten zu regeln, bevor sie gehen. Aber manchmal kann ich sie auch dabei unterstützen, ihr Leben zu reflektieren und ungelöste Probleme zu bewältigen.«

»So wie einen lange verschollenen französischen Seemann aufzuspüren, um ihm zu sagen, dass er ihre eine große Liebe war?« Hugos freundliches Lächeln machte seinen neckischen Tonfall wett.

Ich lächelte schüchtern zurück. »Manchmal, ja.«

»Was für eine schöne Sache, jemandem zu helfen, in Würde zu sterben«, sagte Hugo. »Es erinnert mich an dieses Zitat von Leonardo da Vinci, wie ging das noch? So was wie: ›Während ich glaubte, ich würde lernen, wie man lebt, habe ich sterben gelernt.‹ Ich wette, du hast daraus schon ein paar ziemlich gute Lektionen fürs Leben gezogen.«

Sebastian hustete und starrte angestrengt in sein Bier.

Mein Gesicht glühte rosa.

»Ja«, sagte ich leise. »Aber ich war nicht immer gut darin, sie auf mein eigenes Leben anzuwenden.«

Hugo zuckte mit den Schultern. »Wer ist darin schon gut? Die meisten von uns lernen ihre wahren Lektionen im Leben erst, wenn es zu spät ist, oder? Ich denke, das Wichtigste ist, dass man sein Bestes gibt.«

Traurigkeit schnürte mir die Kehle zu. Ich wünschte, ich könnte Hugos wohlwollender Sichtweise gerecht werden, aber Sebastians brutale Auswertung vorhin hatte viel eher ins Schwarze getroffen.

Die Welt zu beobachten, anstatt mich daran zu beteiligen, bedeutete, dass ich mich nicht emotional einlassen musste. Wenn mir nie jemand nahekam, konnte ich auch nicht verlassen werden. Oder es würde zumindest nicht wehtun, wenn es so wäre. Es war sicherer, freiwillig allein zu sein, denn das war eine Sache, über die ich immer die Kontrolle hatte.

Aber jetzt wurde mir klar, dass ich niemandem etwas vormachen konnte. Die Wahrheit war, dass ich nicht mein Bestes gegeben hatte – ich lebte bloß die leere Hülle eines Lebens, von dem ich wusste, dass es möglich war.

Und das bedauerte ich.

43

Als wir nach dem Essen aus dem *Curious Whaler* traten, war aus der leichten Brise ein regelrechter Sturm geworden. Jede Böe brachte dicke Regentropfen mit sich, die der Schwerkraft zu trotzen und seitwärts zu fliegen schienen.

Sebastians Handy zirpte in der Tasche seines Parkas, und er kramte danach.

»Das ist meine Schwester«, sagte er und blickte finster auf das Display. »Da geh ich besser mal ran.«

Hugo und ich liefen ein paar Schritte weiter, um Sebastian Privatsphäre zu geben, der unter einer Markise Schutz vor dem Regen suchte.

»Vielen Dank für das Abendessen.« Die Worte purzelten mir aus dem Mund, während mich der wohlige Nebel des Bourbons umhüllte. »Das war sehr nett, dass du für uns die Rechnung übernommen hast.«

Obwohl er es diskret unter die Ketchupflasche gesteckt hatte, war mir auch Hugos großzügiges Trinkgeld für Roma aufgefallen.

»Klar«, sagte Hugo. »Das ist das Mindeste, was ich tun kann. Ihr seid schließlich schon den ganzen Weg hierhergefahren, um mich – na ja, eigentlich meinen Großvater – zu finden.«

»Das war also sein Lieblingslokal?« Da Hugo viel größer war als ich, musste ich zu ihm aufschauen, wenn ich mit ihm sprach. Die Art, wie er fast ehrfurchtsvoll den Kopf leicht neigte, kam mir angenehm vertraut vor.

»Ja, war es. Er hat hier im Laufe der Jahre bestimmt Tausende Male gegessen. Seinetwegen haben sie sogar angefangen,

Bouillabaisse zu servieren – das war das, was er an Frankreich am meisten vermisst hat. Und den Pastis natürlich.«

»Klingt, als wäre er sehr beliebt gewesen.«

Hugo grinste. »Absolut. Früher kannte er praktisch jeden in der Stadt, und alle liebten es, in seiner Nähe zu sein und seine alten Seemannsgeschichten vom Mittelmeer zu hören. Aber am Ende waren die meisten seiner Freunde in Pflegeheimen untergebracht oder verstorben. Es war wirklich sehr traurig.«

»Das ist der Fluch des Altwerdens«, sagte ich. Zum ersten Mal in meinem Leben wollte ich nicht, dass das Gespräch verebbte. »Und er lebte auf diesem Hausboot?«

Hugos Locken wippten im Takt mit seinem Nicken. »Bevor meine Großmutter starb, war es so etwas wie sein Zufluchtsort, wenn er sich in seine eigene Welt zurückziehen wollte. Aber nach ihrem Tod verkaufte er das alte Saltbox-Häuschen, das ihnen gehört hatte, und zog ganz auf das Boot am See.«

»Eigentlich hätte man doch erwartet, dass er es im Hafen andockt, als alter Seemann und so.« Ich nahm den subtilen Duft von Zedernholz und vielleicht einem Hauch von Zypresse wahr, der aus Hugos offener Jacke zu kommen schien. Ich ertappte mich dabei, wie ich mich näher heranlehnte.

»Ich schätze, er zog es vor, von all diesen Bäumen umgeben zu sein«, sagte er. »Und ich kann auch verstehen, warum – es ist so friedlich. Ich liebe es, morgens dazusitzen und einfach die Natur zu beobachten. In den Bäumen direkt neben meinem Boot lebt eine Familie von Rubinkehlkolibris. Hast du so einen schon mal gesehen?«

»Die schlagen bis zu achtzigmal pro Sekunde mit den Flügeln, oder?« *Danke, Grandpa.*

»Genau! Das wissen nicht viele Leute.«

Mein Selbstvertrauen bekam weiter Auftrieb. »Ich wette, Gus liebt es auch, dass er dort frei herumlaufen kann.«

»Du hast dir den Namen meines Hundes gemerkt – ich bin beeindruckt.« Hugo lehnte seinen Kopf anerkennend zur Seite. »Du bist also eine Hundefreundin?«

»Ich habe eine Bulldogge namens George. Aber der rennt nicht so gerne draußen herum.«

Hugo lachte. »Ein typischer Stadthund.«

»Genau.«

Sebastian blickte finster in unsere Richtung. Er diskutierte noch immer mit seiner Schwester.

»Und, wo übernachtet ihr heute?«, erkundigte sich Hugo.

»Ich habe uns zwei Zimmer in einem Motel außerhalb von Lincolnville gebucht.« Ich hatte mich wohler damit gefühlt, die Kontrolle über die Schlafsituation zu haben.

»Oh«, sagte Hugo und sah zu Sebastian hinüber. »Ich dachte, ihr wärt … zusammen.«

»Definitiv nicht.« Ich kicherte. »Ich mache nur meinen Job, weißt du. Ich helfe seiner Großmutter.«

»Verstehe.« Hugo steckte die Hände in die Taschen. »Es ist wirklich nett von dir, dass du dir so viel Mühe gibst, ihr dabei zu helfen, einen guten Abschluss zu finden, bevor sie stirbt. Ich wünschte nur, wir hätten sie und meinen Großvater vorher zusammenbringen können.«

Ich nickte. »So etwas passiert leider oft – die Leute merken erst, was sie für jemanden oder etwas empfinden, wenn ihr Leben schon fast vorbei ist.« Der Wind war kalt. Ich zog meinen Mantel enger um mich.

»Eine gute Lektion für uns alle, nicht wahr?« Hugo stellte sich so hin, dass sein Rücken mich vor den Sturmböen abschirmte. »Also, was würdest du bereuen, Clover?«

Zum ersten Mal seit Monaten fühlte es sich unmöglich an, zu lügen. Die Worte lagen mir bereits auf der Zunge. »Na ja …«

Da spürte ich ein festes Klopfen auf meiner Schulter.

»Können wir los?« Sebastians Stimme klang ungeduldig.

Ich sah Hugo entschuldigend an. Sebastian schien es nicht zu stören, dass er unser Gespräch unterbrochen hatte. »Ja, ich denke schon. Ist mit deiner Schwester alles in Ordnung?«

»Ja, sie ist nur herrisch wie immer und versucht, die Sache mit Grandma an sich zu reißen, obwohl sie sie die ganze Zeit über kaum besucht hat.« Er scharrte mit seinem Schuh im Kies. »Wie auch immer, wir sollten zum Motel fahren, da wir morgen früh aufstehen müssen.«

Leider merkte Sebastian nicht, wie herrisch auch er sein konnte.

»Klar – soll ich fahren?« Ich hatte wahrscheinlich einen Bourbon zu viel getrunken, um im Dunkeln auf fremden Straßen unterwegs zu sein. Aber so wie Sebastian schwankte, war er noch betrunkener als ich, was durch seinen aufgebrachten Zustand nur noch verschlimmert würde.

Sebastian sah mich nachdenklich an. »Gut.« Er drückte mir die Schlüssel in die Hand und ging zum Auto.

Ich entriegelte über die Fernbedienung den Wagen, bevor er ihn erreichte, damit er keinen weiteren Grund hatte, genervt zu sein.

»Wahrscheinlich nur gestresst wegen seiner Großmutter«, sagte Hugo sanft.

Seine Freundlichkeit war wohltuend. »Ja, wahrscheinlich.« Obwohl ich den Verdacht hatte, dass unser Streit von vorhin möglicherweise auch etwas damit zu tun hatte.

»Weißt du, die Straßen hier können ziemlich heftig sein, ohne Straßenlaternen und mit all den Schlaglöchern – vor allem, wenn man was getrunken hat.« Hugo lächelte leicht, als er den Reißverschluss seiner Jacke schloss. »Wie wäre es, wenn ihr mir zum Motel hinterherfahrt? Ich bin mir ziemlich sicher, dass ich weiß, in welchem ihr seid, denn wir haben hier nicht viele. Das mit den blauen Türen auf dem Weg nach Camden, oder?«

»Ja«, sagte ich und erinnerte mich an die Fotos auf der Website. Unter anderen Umständen wäre das ein schöner Ort für ein romantisches Wochenende. »Das wäre toll, wenn es dir nicht zu viele Umstände macht.«

»Gar kein Problem«, sagte Hugo und holte seine eigenen Schlüssel hervor. »Das Motel gehört Freunden von mir aus der Highschool – eine hübsche kleine Unterkunft.«

Sebastian und ich schwiegen uns die ganze Fahrt über an, während ich mich auf Hugos Rücklichter konzentrierte, die in der Dunkelheit leuchteten. Das Motel war nur acht Minuten entfernt, aber es lag unten an einer Böschung, und der Straßenrand war stockdunkel. Meine benebelten Sinne hätten es leicht übersehen, wenn Hugo nicht langsam gebremst und seinen Warnblinker eingeschaltet hätte.

»Es war schön, euch kennenzulernen«, rief er durch das offene Autofenster. »Gute Fahrt zurück zu Claudia.«

Das Knirschen der Reifen auf dem Schotter wurde zum Surren von Gummi auf Asphalt, als er auf der schmalen zweispurigen Straße schwungvoll wendete und zum Abschied winkte.

Während Sebastian weiter wild mit seiner Schwester hin und her textete, sah ich Hugos Rücklichtern nach, die sich im zuckerwatteartigen Nebel, der im Mondlicht über der Straße schwebte, auflösten.

Verwundert über die Schwere, die ich knapp unterhalb meiner Schlüsselbeine verspürte, legte ich meine Hand auf die Brust.

Ich kannte Hugo erst seit ein paar Stunden, aber trotzdem stimmte es mich traurig, ihn gehen zu lassen.

44

Zum sechzehnten Mal an diesem Tag sah ich Kevin Costner, den Arm in einer Schlinge, stoisch auf der Rollbahn stehen und zu einem Flugzeugfenster starren, in dem sich die Silhouette von Whitney Houston abzeichnete. Als sie dann das bereits rollende Flugzeug noch einmal zum Stehen brachte und die Treppe hinunter in seine Umarmung rannte, während ihre ikonische Ballade im Hintergrund anschwoll, spürte ich einen Stich in meinem Herzen.

Es fühlte sich schmerzhaft und euphorisierend zugleich an.

Schon vor einer Woche war ich aus Maine zurück, und die Ledertasche stand immer noch unausgepackt im Wohnzimmer.

Sebastian und ich hatten auf der siebenstündigen Fahrt nach Hause kaum ein Wort miteinander gewechselt, abgesehen von einem kurzen Gespräch irgendwo im Südosten von New Hampshire. Ich war so in meine Gedanken vertieft gewesen, die um die Romanze von Hugo und Claudia kreisten, dass ich zusammenzuckte, als er etwas sagte.

»Wir werden Grandma auf keinen Fall etwas davon erzählen«, sagte er wie aus dem Nichts. »Das bringt nichts.«

Da ich die letzten drei Stunden genau geplant hatte, wie ich Claudia die Neuigkeit überbringen würde, brachte mich das ziemlich aus dem Konzept.

»Aber es wäre doch sicher gut für ihren Seelenfrieden, wenn sie erfahren würde, dass Hugo sie immer geliebt hat. Sie hat es verdient, das zu wissen.«

Sebastian hielt das Lenkrad umklammert und starrte geradeaus auf den Horizont. »Sie hat es verdient zu erfahren, dass die vermeintliche Liebe ihres Lebens sechzig Jahre lang nur eine Autofahrt von ihr entfernt gelebt hat? Dass sie ein ganz anderes Leben hätte führen können als das, das sie jetzt anscheinend bereut, obwohl sie eine Familie hat, die sie liebt? Niemals.«

Ich schluckte die Worte des Protests hinunter, die mir bereits auf der Zunge lagen. Er hatte nicht ganz unrecht. Es musste schmerzhaft sein, wenn man herausfand, dass die eigene Großmutter die meiste Zeit ihres Ehelebens unglücklich gewesen war. Und ich würde es mir nie verzeihen, wenn Claudia kurz vor ihrem Tod noch mehr zu bedauern hatte als ohnehin schon.

Aber irgendwie fühlte es sich trotzdem falsch an, es ihr zu verheimlichen.

»Okay«, sagte ich und bemühte mich bewusst, meine Stimme von Emotionen frei zu halten. »Sie ist deine Großmutter, also ist es deine Entscheidung.«

Ich lehnte mich in meinem Sitz zurück und starrte die restliche Fahrt aus dem Fenster, während Sebastian unser unangenehmes Schweigen mit einer endlosen Reihe von Podcasts überbrückte.

In der Woche seit unserer Rückkehr hatte ich meine Besuche bei Claudia immer so geplant, dass ich sicher sein konnte, ihm nicht zu begegnen. Nachdem er mein Leben einer so trostlosen Beurteilung unterzogen hatte, hatten wir uns offensichtlich nichts mehr zu sagen.

Obwohl es erst früher Nachmittag war, musste ich bereits gegen die Dunkelheit anblinzeln und die Leselampe neben Grandpas Sessel einschalten. Seit meinem Zusammenstoß mit Sylvie hatte ich die Jalousien nicht mehr geöffnet – ich wollte einfach nichts mehr mit dem zu tun haben, was sich hinter den Fenstern auf der anderen Straßenseite abspielte. Meine Wohnung verließ ich nur noch frühmorgens oder am späten Abend, sodass es mir bisher gelungen war, ihr aus dem Weg zu gehen. Leo hatte ich gesagt, ich hätte die Grippe und dass ich ihn nicht anstecken wollte.

Ich hatte nicht einmal Lust, zu einem Death-Café-Treffen zu gehen. Ich wollte einfach nur alleine sein.

George kuschelte sich auf meinen Bauch, und ich widerstand dem Drang, die Szene zum siebzehnten Mal abzuspielen. Gestern hatte ich mir in Dauerschleife die Liebeserklärung von Tom Cruise an Renée Zellweger reingezogen. Am Tag davor war es Hugh Grant, der die Pressekonferenz von Julia Roberts unterbrach, um ihr seine Liebe zu erklären. Aber egal, wie häufig ich mir die Szenen ansah oder wie oft ich lautlos die Worte mitsprach, die Wahrheit schmerzte immer noch.

Manchen Menschen war einfach kein Happy End vergönnt, auch wenn ich mein Bestes tat, ihnen eines zu ermöglichen.

Und damit rückten die Chancen auf mein eigenes Happy End ebenfalls in weite Ferne, auch wenn ich mir nicht sicher war, wie es aussehen sollte.

Ich zwang mich, den Fernseher auszuschalten – das Komaglotzen betäubte meine Einsamkeit nicht wie sonst. Ich schaute mich in meiner Wohnung nach einer Alternative um. Aber alles, was ich sah, waren Erinnerungen an meinen Großvater – seine in Harz gegossenen Insekten, sein geliebter Känguruschädel, sein angelaufener Messingkompass –, und mir wurde klar, wie enttäuscht er von mir wäre. Anstatt in seine Fußstapfen zu treten und meine Neugier zu stillen, indem ich die Welt bereiste und ihre Muster entschlüsselte, war ich zu einer Einzelgängerin mit einem zunehmenden Hang zur Unehrlichkeit geworden. Jemand, der seine Nachbarn ausspionierte und seine Zeit lieber mit Sterbenden verbrachte, statt sich auf eine dauerhafte Beziehung einzulassen.

Sebastian hatte recht – ich war eine Heuchlerin. Meine Tage

verbrachte ich damit, dem Tod ins Gesicht zu blicken, und hatte dabei immer noch keinen Weg gefunden, mit meiner eigenen Trauer umzugehen. Ich klammerte mich an die Erinnerungen an Grandpa und an seine Sachen, obwohl er schon so lange tot war. Und ich verbrachte mehr Zeit damit, mich den Lektionen und Weisheiten anderer Menschen zu widmen, als mich auf mein eigenes Leben zu konzentrieren.

Aber mein Notizbuchritual war das Einzige, was mich zuverlässig aus diesem Gefühl der Hoffnungslosigkeit herausziehen konnte.

Ich nahm das Buch mit der Aufschrift BEDAUERN aus dem Regal, schloss meine Augen und schlug es auf einer beliebigen Seite auf.

Jack Rainer, ein sechsundfünfzigjähriger Anwalt mit langen Wimpern, einem trockenen Sinn für Humor und einem inoperablen Hirntumor.

Ich wünschte, ich hätte die Muttersprache meiner Frau erlernt.

Ditya, die er auf einer Geschäftsreise in Kathmandu getroffen hatte, hatte ihr Englisch hauptsächlich von den Poptexten, die sie durch ihre Leidenschaft für Karaoke kannte, erlernt. Aber nachdem sie zu ihm nach New York gezogen war, arbeitete sie umso härter daran, damit sie mit ihm und seinen Freunden kommunizieren und schließlich ihre eigene Konditorei in Midtown eröffnen konnte.

»Wissen Sie, ich habe mir nie die Mühe gemacht, Nepali zu lernen, weil ich dachte, dass ich es nicht gebrauchen kann«, hatte Jack mir erzählt, in den letzten Tagen, bevor der Tumor begann, sein Sprachzentrum zu beeinträchtigen. Er hatte ihm bereits das Augenlicht geraubt, sodass er eher in meine grobe Richtung als direkt mit mir sprach. »Aber letztes Jahr langweilte ich mich im Wartezimmer meines Zahnarztes, und das Einzige, was es zu lesen gab, war ein Buch mit inspirierenden

Sprüchen. Darin fand ich ein Zitat von Nelson Mandela, in dem es heißt: ›Wenn du mit einem Menschen in einer Sprache sprichst, die er versteht, erreicht es seinen Kopf. Wenn du mit ihm in seiner Sprache sprichst, erreicht es sein Herz.‹«

Ich hatte seinen Arm gedrückt. »Das ist wunderschön – das habe ich noch nie gehört.«

»In diesem Moment ist mir bewusst geworden, dass ich ihr mein ganzes Leben lang nur auf Englisch Komplimente gemacht habe. Ich habe nie daran gedacht, sie zu fragen, wie man es in ihrer Sprache sagt. Also habe ich eigentlich nie wirklich zu ihrem Herzen gesprochen.«

Ich legte das Notizbuch auf der Sessellehne ab und griff nach meinem Laptop. Nepali würde ich wahrscheinlich auch nie brauchen, aber in Jacks Gedenken konnte ich wenigstens die Grundlagen lernen. Ich meldete mich für einen zweiwöchigen Onlinekurs an, der nächsten Monat beginnen sollte.

Ein kleiner Schritt vorwärts. Schon fühlte ich mich ein wenig besser.

Ich blätterte in meinem Notizbuch und fragte mich, wie vielen Menschen ich noch nachträglich das abnehmen könnte, was sie vor ihrem Tod am meisten bedauert hatten, bis mein nächster Besuch bei Claudia anstand.

Vielleicht Alison, einer Nonne, die sich immer die Haare blau färben lassen wollte.

Oder Una, einer Bankdirektorin, die nie im Central Park Schlittschuh laufen gewesen war.

Oder Harry, einem gutherzigen Schreiner, der sich wünschte, er hätte die Sticheleien seiner Brüder einfach ignoriert und stricken gelernt.

Vielleicht adoptiere ich sogar einen Hamster für Guillermo.

Und wenn ich all das erledigt hätte, wäre es vielleicht an der Zeit, dass ich mich mit meinem eigenen Bedauern auseinandersetzte.

45

Die Rückseite meiner Jeans war noch feucht vom vielen Hinfallen auf dem Eis. Und dem Ziehen in meinem Hintern und meinen Oberschenkeln nach zu urteilen, hatte ich gerade Muskeln beansprucht, die einen jahrelangen Dornröschenschlaf hinter sich hatten. Aber als ich später am Nachmittag von der Eisbahn im Central Park weghumpelte, hatte ich zumindest das Gefühl, etwas Sinnvolles getan zu haben.

Während ich unbeholfen auf dem Eis herumgerutscht war und versucht hatte, die Bande loszulassen, hatte ich mir vorgestellt, dass Una mit geröteten Wangen auf Schlittschuhen neben mir herlief. Ich hatte den Geruch von heißen Maronen eingeatmet, der von dem Stand an der Fifth Avenue herüberwehte. Ich hatte die knorrigen Äste der Bäume bestaunt, die sich von der klaren Geometrie der glänzenden Wolkenkratzer abhoben. Ich hatte den Kleinkindern in ihren bauschigen Jacken zugelacht und sie um ihren niedrigen Schwerpunkt beneidet, wenn sie furchtlos auf dem Eis an mir vorbeiglitten. Dank Una würde ich es nie bereuen, nicht im Central Park Schlittschuh gelaufen zu sein. Und hoffentlich war sie im Geiste bei mir gewesen.

Jetzt musste ich noch blaues Haarfärbemittel und Stricknadeln besorgen.

Als ich in meiner Manteltasche nach meinem Handy kramte, um Bastelläden in der Nähe zu googeln, fing es an zu vibrieren. Ein Anruf.

Ich war erleichtert, als ich sah, dass es weder Sebastian noch Sylvie war, sondern eine Nummer, die ich nicht gespeichert hatte, also wahrscheinlich ein Arbeitsanruf. Eigentlich schien es mir noch zu früh, um mich auf einen neuen Klienten festzulegen, auch wenn Claudia wohl nicht mehr lange hatte.

Ich trat vom Gehweg, um eine Gruppe Jogger in Neonbekleidung vorbeizulassen.

»Hallo, Clover hier.«

Alles, was ich als Antwort hörte, war ein Bellen.

»Hallo?«, wiederholte ich ein wenig ungeduldig.

»Oh, hallo, Clover.« Die vertraute Stimme ließ mein Herz schneller schlagen. Ein weiteres aufgeregtes Bellen. »Gus! Entspann dich, Kumpel.« Es folgte ein Rascheln in der Leitung. »Entschuldige, Clover – warte mal kurz.«

»Ähm, klar.« Ich dachte an alle möglichen Gründe, warum Hugo anrufen könnte; vielleicht hatte ich meinen Schal im *Curious Whaler* vergessen.

»Okay, bin wieder dran«, meldete sich Hugo schließlich. »Tut mir leid, Gus hat versucht, ein Eichhörnchen zu jagen. Ach, und ich bin's übrigens, Hugo.«

»Hi, Hugo.« Ich wartete darauf, dass sich meine übliche Angst vor Telefonaten einstellte, aber sie blieb aus.

»Ich hoffe, es ist in Ordnung, dass ich dich anrufe.« Ich konnte das Lächeln in seiner Stimme hören. »Ich habe deine Nummer von meinen Freunden aus dem Motel, in dem du gewohnt hast. Ehrlich gesagt, habe ich schon überlegt, ob das nicht ein bisschen creepy rüberkommt, aber ich finde, du solltest davon erfahren.«

»Was erfahren?« Eine unerklärliche Energie knisterte unter meiner Haut.

»Na ja, ein paar Tage nach eurem Besuch habe ich beschlossen, endlich eine Kiste mit den Sachen meines Großvaters durchzusehen, die er auf dem Boot zurückgelassen hat. Das hatte ich schon seit Monaten vor mir hergeschoben.«

Das konnte ich gut nachvollziehen.

»Und da war ein alter Schuhkarton drin.«

»Okay …«

»Er war voller Briefe von Claudia, plus ein paar, die er ihr geschrieben, aber nie abgeschickt hat. Und da ist auch ein Foto von ihr drin.«

Meine Beine fühlten sich vom Schlittschuhlaufen wirklich wie Wackelpudding an. »Hast du welche davon gelesen?«

»Nur einen.« Hugos nervöses Lachen war sympathisch. »Aber das war so intim – nicht in sexueller Hinsicht, sondern einfach nur wegen der Sehnsucht, die man heraushören konnte. Es macht mich so traurig, dass sie nie wieder zueinander gefunden haben.«

Der tiefe, sanfte Klang seiner Stimme wirkte beruhigend. »Mich auch.«

»Ich hab mir gedacht, es könnte Claudia helfen, sie zu sehen und zu wissen, dass er sie alle behalten hat … wenn es noch nicht zu spät dazu ist. Es würde mir das Gefühl geben, dass ich noch etwas für ihn getan habe.« Ein weiteres Bellen von Gus. »Wie geht es ihr?«

Ich dachte an mein letztes Gespräch mit Sebastian zurück. Vielleicht würden die Briefe ja dazu führen, dass er sich überzeugen ließ, es Claudia zu erzählen.

»Ich glaube, sie hat nicht mehr viel Zeit … höchstens eine Woche. Wahrscheinlich reicht es nicht mehr, sie hierherzuschicken.« Ich fragte mich, wie viel eine Expresszustellung aus Maine kosten würde. Selbst wenn es mehrere Hundert Dollar wären, wäre ich bereit, sie zu zahlen, wenn ich Claudia damit ein kleines Gefühl von Frieden geben könnte.

»Eigentlich«, sagte Hugo, »sind Gus und ich gerade in New York – ich musste wegen einer Arbeitssache herkommen.« Im Hintergrund heulte wie zur Bestätigung ein Feuerwehrauto. »Wir müssen heute Abend wieder zurück, aber vielleicht könnte ich dich heute Nachmittag irgendwo treffen und dir die Briefe geben?«

»Ähm, klar, das wäre toll.« Mit rasendem Puls versuchte ich krampfhaft, mir einen geeigneten Treffpunkt auszudenken. Nach Sylvies kritischer Reaktion auf meine Wohnung würde ich auf keinen Fall noch jemanden dorthin einladen. »Es gibt ein nettes Café in meiner Nachbarschaft, das hundefreundlich ist. Ich kann dir die Adresse schicken.«

War es leichtsinnig, so schnell einem Treffen mit einem wildfremden Menschen zuzustimmen? Oder waren wir vielleicht schon so etwas wie Bekannte? Immerhin hatten wir bereits zusammen zu Abend gegessen, Ich hatte ihn nur einmal getroffen, aber es fühlte sich an, als ob ich Hugo schon länger kennen würde.

»Super«, sagte er fröhlich. »Kann es kaum erwarten, dich zu sehen, Clover.«

Plötzlich taten meine Beine nicht mehr ganz so weh.

Hugo trug den Wollpullover, den ich über der Reling des Hausbootes hatte hängen sehen. Er lehnte an der Backsteinmauer vor dem Café, und das Zopfmuster schmiegte sich an seine breiten Schultern. Als er in meine Richtung grinste, hätte ich mich beinahe umgedreht, um sicherzugehen, dass es nicht für jemand anderen hinter mir bestimmt war. Die Wärme, die aus seinem Lächeln sprach, war mehr, als ich verdient hatte.

Gus, der gerade dabei gewesen war, das olfaktorische Wunderland eines New Yorker Bürgersteigs voll auszukosten, trottete herbei und sprang an meinen Beinen hoch. Ich nahm sein Gesicht in meine Hände.

»Hey, Clover!« Hugo schlang sich Gus' Leine ums Handgelenk, um ihn etwas zu bändigen. »Ich bin froh, dass wir es so kurzfristig hinbekommen haben.«

»Ich bin froh, dass du mich angerufen hast.« Wie gut, dass ich noch keine Zeit gehabt hatte, mir die Haare blau zu färben.

»Klar.« Wieder dieses Grinsen. Er deutete auf den alten Schuhkarton unter seinem Arm. »Sollen wir reingehen und uns das bei einem Kaffee anschauen?«

»Auf jeden Fall.« Ich ging schnell durch die Tür, die er mir aufhielt, und fragte mich, ob ein Herz achtzigmal pro Sekunde schlagen konnte.

Das Café war noch voller als beim letzten Mal, als ich mit Sylvie dort gewesen war. Es fühlte sich eher wie Jahre und nicht wie Monate an, seit dem ersten Kaffee, den wir zusammen getrunken hatten. Ich vermisste ihre Gesellschaft und ihre ehrlichen Ratschläge.

Als ich mich nach einem leeren Tisch umsah, spürte ich einen ängstlichen Knoten im Magen. Ich hatte keinen Plan B, aber vor allem wollte ich Hugo nicht enttäuschen. Der Knoten löste sich etwas, als ich den einzigen noch unbesetzten Platz entdeckte: meinen Lieblingseinzeltisch in der Ecke.

»Hier, setz dich schon mal, ich suche uns noch einen Stuhl«, sagte Hugo.

Ich sah zu, wie er sich zwei Frauen am anderen Ende des Cafés näherte, und beobachtete, wie sie mit ihren Haaren spielten und kicherten, als hätte er einen wirklich lustigen Scherz gemacht und nicht einfach nur gefragt, ob er ihren zusätzlichen Stuhl haben könnte. Ihre prüfenden Blicke, als er sich mir gegenübersetzte, konnte ich regelrecht spüren. Sogar die Kellnerin, die unsere Getränke brachte, ignorierte mich geflissentlich und hatte nur Augen für Hugo. Wenigstens schmiegte Gus unter dem Tisch seinen Kopf an mein Bein.

Aber Hugo schien alle anderen außer mir auszublenden.

Wenn ich mit Sebastian unterwegs gewesen war, hatte er immer abgelenkt gewirkt und zu anderen Tischen oder auf sein Handy geschaut, als ob er sichergehen wollte, nichts Interessanteres zu verpassen. Ich mochte es, wie Hugo genau zuhörte, was ich sagte, wie er banale Details erfasste und seinen Fragen anzumerken war, dass ihn die Antwort wirklich interessierte.

Beinahe hätte ich vergessen, dass wir hier waren, um die Briefe zu lesen.

Wir arbeiteten uns durch die vergilbten Umschläge und rekonstruierten den zeitlichen Ablauf. Nachdem Claudia im Sommer 1956 aus Frankreich in die USA zurückgekehrt war, hatte sie Hugos Großvater weiterhin geschrieben und erklärt, wie zerrissen sie sich dabei fühlte, entscheiden zu müssen, ob sie heiraten und ihre Karriere als Fotografin aufgeben sollte.

»Offenbar hat er versucht, sie davon zu überzeugen, nach Frankreich zurückzukehren und ihn zu heiraten«, sagte Hugo und überflog den Brief in seiner Hand. »Gibt es nicht noch mehr Briefe von ihr?«

Sein Knie stieß unter dem kleinen Tisch gegen meinen Oberschenkel, als er sich vorbeugte, um in den Schuhkarton zu schauen. Ich konzentrierte mich darauf, die restlichen Umschläge zu sichten, und versuchte, nicht darauf zu achten, dass meine Beine sich so anfühlten, als würden sie zerfließen.

Ein Brief war dünner als die anderen.

»Nur einen.« Ich zog die zierliche Karte heraus und las Claudias perfekt geschwungene Handschrift.

Hugo,
wir sind nicht dazu bestimmt, in diesem Leben zusammen zu sein … vielleicht werden wir uns in einem anderen wiedersehen.
Bis dahin behalte ich dich in meinem Herzen.
Claudia

Wir saßen wortlos da und verarbeiteten die Endgültigkeit von Claudias Worten. Der Lärm des überfüllten Cafés schien weit weg, belanglos.

»Das war's? Keine weitere Erklärung?« Hugo blickte stirnrunzelnd auf die Karte. »Das ist ziemlich hart. Ich weiß, wie sensibel mein Großvater war. Das muss ihm das Herz gebrochen haben.«

Ich stellte mir die Sehnsucht zwischen den beiden jungen Liebenden vor und spürte sie am ganzen Körper, als wäre es meine eigene. Obwohl ich wusste, dass ihre Geschichte ihnen Kummer gebracht hatte, beneidete ich sie um ihre Intimität.

Die übrigen Briefe waren an Claudia adressiert und noch versiegelt. »Keiner von ihnen hat eine Briefmarke oder einen Poststempel«, sagte ich und nahm den ersten Brief in die Hand. Es fühlte sich beinahe verboten an, ihn aufzureißen.

Hugos Großvater schrieb hauptsächlich auf Englisch, mit ein paar französischen Einschüben.

»Du lebst in jedem meiner wachen Momente und auch in meinen Träumen«, las ich laut aus dem Brief vor. »Wow. Er hat zwar eine etwas unleserliche Handschrift, aber sein schriftliches Englisch war wirklich gut. Und für einen Mann seiner Zeit hatte er einen ungewöhnlich guten Zugang zu seinen Gefühlen.«

Traurigkeit mischte sich in Hugos Lächeln. »Ja, so war er – jedes Mal, wenn wir uns getroffen haben, hat er mir gesagt, dass er mich liebt.«

»Das ist wirklich etwas Besonderes.« Ich nippte an meinem Kaffee, um den Anflug von Neid zu lindern.

Hugo nickte. »Ich hatte wirklich Glück, ihn zu haben.«

Ich überflog den Brief. »Es sieht so aus, als hätte er ihr geantwortet und sie gebeten, ihre Entscheidung noch einmal zu überdenken, aber er hat den Brief nie abgeschickt.«

»Ich frage mich, warum?« Hugo beugte sich vor, um den

Brief genauer zu betrachten, und ich nahm einen Hauch von Zedern- und Zypressenduft wahr.

»Vielleicht hat er allein durch das Schreiben der Briefe mit der Sache abgeschlossen«, sagte ich und bemerkte ein kleines Loch in der Schulter von Hugos Pullover. »Oder er hat einfach ihre Entscheidung respektiert. Wenn man darüber nachdenkt, ist das ein ziemlich ehrenwerter Zug.«

Hugo blickte enttäuscht auf den Tisch hinunter. »Es macht mich einfach fertig zu wissen, dass er die meiste Zeit seines Lebens mit einem gebrochenen Herzen gelebt hat. Ist es komisch, dass ich mir wünsche, er hätte um sie gekämpft?«

Ich musste lächeln. Es war sympathisch, wie sehr er sich in die Sehnsucht seines Großvaters einfühlte.

»Das zeigt nur, wie sehr du dir wünschst, dein Großvater wäre glücklich gewesen. Ich finde, das spricht für dich.«

Hugo runzelte entschlossen die Stirn. »Er muss versucht haben, sie wissen zu lassen, dass er in Amerika ist, denn wozu wäre er sonst überhaupt hierhergezogen? Ich kenne meinen Großvater – er hätte nicht so leicht aufgegeben.« Hugo blätterte die Briefe durch. »Das hier scheint der einzige zu sein, den wir noch nicht angesehen haben.«

Er räusperte sich und begann vorzulesen.

Meine liebste Claudia,
du wirst immer denken, dass wir uns das letzte Mal durch das Fenster deines abfahrenden Zuges gesehen haben, als er an jenem feuchten Julitag in Marseille aus dem Bahnhof fuhr.
Tatsächlich war es ein Jahr später an einem windigen Novembertag in New York City. Ich war in deiner Lieblingsbuchhandlung in Midtown, von der du mir erzählt hattest. Du meintest, dass du immer dorthin gehst, wenn du Trost und Geborgenheit suchst.

Es war eine Möglichkeit, dich zu spüren, auch wenn du nicht da warst. Um vielleicht die gleichen Bücher zu berühren, die du einmal berührt hast, und die gleiche Architektur zu bewundern, die du so sehr liebst.
Aber an jenem Tag warst du leibhaftig da – mit ihm. Ich stand oben auf dem Zwischengeschoss und sah voller Eifersucht zu. Er legte seine Hand auf deinen Rücken, und du schenktest ihm dieses Lächeln mit dem Funkeln in den Augen, von dem ich törichterweise dachte, du hättest es ausschließlich für mich reserviert.
Ich bin deinetwegen nach New York gekommen. Denn wenn du nicht in Frankreich leben konntest, dann wollte ich hier bei dir sein. Aber an jenem Tag in der Buchhandlung sah ich, dass du mich nicht brauchst. Du warst umsorgt und glücklich. Und so habe ich nichts gesagt. Ich habe bloß zugesehen, wie du Hand in Hand mit ihm weggegangen bist.
Du hattest recht – dieses Leben ist nicht für uns bestimmt.
Ich sehe dich im nächsten.

»Wow«, sagte Hugo und lehnte sich auf dem Eichenstuhl zurück. Im Vergleich zu seinem großen Körper wirkte das Möbelstück winzig. »So war das also. Er ist wegen ihr hergezogen, hat es ihr aber nie gesagt.«

»Sie waren so nah dran, zusammen zu sein.« Diese Tatsache machte das Ganze noch trauriger.

»Er muss gewollt haben, dass ich davon erfahre, sonst hätte er den Karton nicht auf dem Boot gelassen.«

Hugo nahm den Schuhkarton und begann, die Briefe noch einmal systematisch zu durchforsten, um sicherzugehen, dass wir keinen übersehen hatten. Als kein neuer mehr auftauchte, stapelte er sie wieder hinein und schloss frustriert den Deckel.

Dann ergriff er meine beiden Hände und sah mir fest in die Augen.

»Clover, du musst Claudia sagen, dass er sie immer geliebt hat.«

46

Normalerweise ging Selma an Claudias Haustür, aber als ich am nächsten Tag dort ankam, machte mir Sarah, Sebastians älteste Schwester, auf. Ich hatte sie noch nie getroffen, und trotzdem erkannte ich sie sofort, so zutreffend war Sebastians Beschreibung gewesen – groß, herrisch und abweisend.

»Clover, richtig?« Die tiefen Falten zwischen ihren Augenbrauen zeigten, dass ihr neutraler Gesichtsausdruck ein Stirnrunzeln war. »Grandma hat schon nach Ihnen gefragt. Wir sollten gleich nach oben gehen.«

Sie drehte sich energisch um und gab mir ein Zeichen, ihr zu folgen.

Auf dem Treppenabsatz im zweiten Stock standen, mit geröteten Gesichtern und wirren Haaren, flüsternd zwei Frauen, die wie Zerrbilder von Sarah aussahen. Jennifer war die mittlere, Anne die jüngste und stämmigste der Schwestern. Beide musterten mich unverhohlen. Alle vier Geschwister hatten eine ähnlich markante Nase.

»Können wir reingehen?« Sarah zeigte ungeduldig auf Claudias Tür.

Anne stand gebieterisch davor, als wäre sie von einer höheren Instanz dort postiert worden. »Dad ist gerade drin mit dem Arzt. Ihr werdet euch gedulden müssen, bis sie fertig sind.«

»Ist sie bei Bewusstsein?« Ich sprach leise, um den offensichtlichen Machtkampf zu entschärfen.

Die Köpfe der Schwestern fuhren zu mir herum.

»Ja«, sagte Jennifer weihevoll. »Aber sie schläft viel.«

»Das ist ganz normal«, sagte ich. »Ihr Körper wird immer schwächer, besonders wenn sie nur noch wenig zu sich nimmt.«

»Sie weigert sich, etwas anderes als Donuts zu essen«, sagte Sarah mit verkniffenem Gesicht. »Ich wollte sie überreden, zumindest einen grünen Smoothie zu trinken, aber sie hat es nicht einmal in Betracht gezogen.«

Ich verbarg ein Lächeln – Claudias Reaktion auf diesen Vorschlag hätte ich zu gern gesehen.

Die Tür öffnete sich, und ein Mann mit der gleichen markanten Nase kam heraus, dicht gefolgt von einem weiteren kahlköpfigen Herrn.

»Dad, Roger, das ist Clover«, sagte Sarah knapp. »Sie unterstützt Selma und Joyce bei der Betreuung von Grandma.«

»Ah, die Sterbebegleiterin«, dröhnte Roger. »In letzter Zeit trifft man immer mehr von eurer Sorte. Ihr leistet wichtige Arbeit.«

»Danke.« Ich errötete und versuchte, dem kollektiven Urteil der Schwestern zu entgehen. »Wie geht es ihr?«

Roger zog die Tür hinter sich zu. »Nicht so gut, fürchte ich. Vermutlich bleibt ihr noch ein Tag.« Er schaute Sebastians Familie an. »Ich habe allen geraten, sich zu verabschieden, solange es noch möglich ist.«

Anne schluchzte auf und zog ein Taschentuch aus der Hosentasche. Ihr Vater sah sie beherrscht an, sagte aber nichts. Niemand versuchte, sie zu trösten.

Der Flur fühlte sich eng an, weil zu viele Leute zu dicht beieinanderstanden. Ich konnte Zigarettengeruch an Rogers Blazer riechen. Die Wand hinderte mich daran, einen Schritt zurückzutreten, um meine persönliche Distanzzone wiederherzustellen.

»Ist Sebastian schon auf dem Weg?« Ganz gleich, wie ich dazu stand, ihn persönlich zu treffen, er musste jetzt für Claudia da sein. Auf keinen Fall durfte er die Chance verpassen, sich von ihr zu verabschieden.

Sarah verdrehte die Augen. »Er meinte, er wäre bald hier, aber er lässt sich mal wieder alle Zeit der Welt.«

Je mehr ich mit Sebastians Schwestern zu tun hatte, desto besser begann ich ihn zu verstehen. Kein Wunder, dass er als Kind so viel Zeit bei Claudia verbracht hatte.

»Okay«, sagte ich, »ich kann Claudia Gesellschaft leisten, wenn Sie noch etwas zu erledigen haben.« Wahrscheinlich würde Claudia eine kleine Pause von all ihren Besuchern guttun. »Ich gebe Ihnen Bescheid, wenn sich etwas an ihrem Zustand ändert.«

»Danke.« Sarah trieb alle anderen den Flur hinunter. »Wir sind dann unten in der Küche bei Mom.«

Claudia wirkte noch kleiner als vor zwei Tagen, als ich sie das letzte Mal gesehen hatte. Als die Tür zufiel, öffneten sich zuckend ihre Augen, und sie brachte ein kleines Lächeln zustande.

»O Gott sei Dank. Ich dachte schon, meine Enkelinnen wären zurück, um mich mit ihren überdrehten Meinungen und hysterischen Gefühlsausbrüchen zu behelligen.« Flache Atemzüge unterbrachen ihre Sätze. »Ich konnte es kaum erwarten, dass du kommst, Clover.«

Ich setzte mich auf den Stuhl am Bett und nahm ihre Hand zwischen meine. »Ich freue mich auch, dich zu sehen.«

»Den Blicken der anderen nach zu urteilen, scheint mein Ende schon eingeläutet worden zu sein.« Claudia bewegte den Kopf, um meinen Blick aufzufangen. »Sag mir die Wahrheit, meine Liebe. Du bist die Einzige, die das immer tut.«

Ich lächelte sie gefasst an. »Ja, ich glaube, es ist bald so weit. Wie fühlst du dich damit?«

Dieser Moment war immer schwer; jemandem in die Augen

zu sehen und zu bestätigen, dass sein Leben zu Ende ging. Aber die Überzeugung, dass ich ihnen damit die Chance gab, ihren letzten Momenten mit Klarheit und Haltung zu begegnen, half mir jedes Mal, mein eigenes Unbehagen zu überwinden.

»Ganz ehrlich? Ich weiß, dass meine Familie es gut meint, aber ich kann ihr Getue nicht ertragen.« Das unverkennbare Funkeln kehrte kurz in Claudias Augen zurück. »Ich habe mich schlafend gestellt, damit sie mich eine Weile in Ruhe lassen.«

»Du lebst bis zum Schluss nach deinen eigenen Regeln – das ist gut.« Ich konnte das Netz von Adern unter ihrer blassen Haut schimmern sehen. »Ist es in Ordnung, dass ich hier bin? Wenn du dich lieber ausruhen willst, lasse ich dich.«

Claudia drückte meine Hand. »Bitte bleib.« Langsam wurde sie wieder ein bisschen munterer. »Wie wäre es, wenn du mir sagst, was es mit dem Schuhkarton auf sich hat, den du da mitgebracht hast? Ich nehme an, es ist kein Abschiedsgeschenk.«

Ich bewegte den Karton auf meinem Schoß. »Tatsächlich ist es das irgendwie schon.«

»Oh?« Jetzt wurde Claudia noch munterer. »Dann schieß mal los.«

Ich hatte beschlossen, Sebastian vorerst nichts von den Briefen zu erzählen. Ganz abgesehen von den ungelösten Spannungen seit unserem Ausflug nach Maine erschien es mir unfair, ihn mit weiteren Details über die verlorene Liebe seiner Großmutter zu belasten, während er sich mit ihrem bevorstehenden Tod auseinandersetzen musste. Ich überlegte kurz, die Tür abzuschließen, aber mir war klar, dass es schwer zu erklären wäre, wenn jemand hereinkommen wollte. Also rückte ich den Stuhl so hin, dass ich mit dem Rücken zur Tür saß und die Briefe notfalls verbergen konnte.

»Nachdem du mir von Hugo erzählt hast, habe ich mithilfe einer Freundin ein wenig nachgeforscht.«

Claudias Augen weiteten sich. »Und was hast du … herausgefunden?«

Ich holte tief Luft und bereitete mich darauf vor, das zu sagen, was ich schon so oft in Gedanken geübt hatte. »Wir haben herausgefunden, dass er in die Vereinigten Staaten ausgewandert ist, kurz nachdem du Frankreich verlassen hast. Er hat bis vor Kurzem in Maine gelebt.«

Ich hielt inne, um die Neuigkeit sacken zu lassen.

Claudias Gesicht verfinsterte sich bestürzt. »Das verstehe ich nicht.«

»Er ist dir nach New York hinterhergereist.« Vielleicht klang ich ein wenig zu überschwänglich. »Aber dann hat er dich mit deinem Mann gesehen und fand, dass du glücklich aussahst, also hat er beschlossen, sich doch nicht einzumischen.« Das war zwar nicht die romantischste Version der Geschichte, aber es war eine gute Zusammenfassung.

Tränen bildeten sich an Claudias unterem Wimpernkranz. »Er ist wegen mir hierhergekommen?«

»Ja!«

»Du meinst … er lebt noch?«

Das war der Teil, vor dem ich mich gefürchtet hatte. Ich drückte ihre Hand fester.

»Leider haben wir erfahren, dass er vor ein paar Monaten verstorben ist«, sagte ich leise und wünschte, es gäbe eine bessere Art, ihr die Nachricht zu überbringen. »Es tut mir sehr leid, Claudia.«

Als sie schließlich etwas sagte, war ihre Stimme ganz leise. »Ich bin zwar davon ausgegangen, dass er wahrscheinlich schon lange tot ist, aber der Gedanke daran ist weniger schmerzhaft, wenn er rein hypothetisch ist.«

Sie starrte an die Decke, als würde sie sich einen Zusammenschnitt ihres Lebens ansehen, inklusive des Endes, das sie befürchtet hatte, das aber bislang nie bestätigt worden war. Ich saß eine Weile schweigend da, bis sie mich wieder ansah.

»Wir haben aber noch etwas gefunden«, sagte ich und hob den Deckel des Schuhkartons ab. »Seinen Enkelsohn. Er hat uns diese Briefe gegeben, die Hugo an dich geschrieben hat. Und er hat uns erzählt, dass du die Liebe seines Lebens warst, dass niemand je an dich herankam.«

Es war das erste Mal, dass ich Claudia aufgeregt sah. »Hat er das wirklich gesagt?«

Ich strich ihr über die Schulter, die jetzt nur noch aus Haut und Knochen bestand. »Möchtest du, dass ich sie dir vorlese?«

Leise fingen ihre Tränen an zu fließen und bahnten sich ihren Weg entlang der Falten auf Claudias Wangen wie durch ein Flussbett.

»Bitte.«

47

Die nächsten zwei Stunden verbrachte ich damit, die Briefe laut vorzulesen, wobei ich auf Claudias Wunsch hin immer wieder innehielt, um bestimmte Passagen zu wiederholen.

»Ich erinnere mich an diesen Novembertag in der Buchhandlung«, flüsterte sie, als ich Hugos letzten Brief zusammenfaltete. »Mein Mann und ich hatten uns an diesem Morgen gestritten, weil er mir nicht erlauben wollte, dass ich das Haus in Hosen verlasse. Ich war so wütend und habe mich in die Buchhandlung geflüchtet, weil das der einzige Ort war, an dem ich das Gefühl hatte, ich selbst sein zu können.« Sie schloss die Augen und reiste in ihrer Erinnerung zurück. »Dort hat er mich schließlich gefunden und sich entschuldigt, wie er es immer getan hat, auf seine sehr charismatische Art. In diesem Moment wurde mir klar, dass ich, wenn ich jemals ein Kind haben wollte, kaum eine andere Wahl hatte, als ihm zu verzeihen.«

»Hast du jemals darüber nachgedacht, zurück nach Frankreich zu gehen, um mit Hugo zusammen zu sein?«

Claudia lächelte melancholisch. »Nachdem ich meinen letzten Brief an ihn geschrieben hatte, sagte ich mir, dass ich gehen würde, falls er mir zurückschreibt und versucht, mich umzustimmen.« Das Lächeln schwand. »Schade, dass er den Brief nie abgeschickt hat.«

»Wie gesagt, sein Enkel hat mir erzählt, dass er dich bis zu seinem letzten Tag geliebt hat. Du warst immer seine große Liebe.«

Claudias Finger um meine Hand entspannten sich, und sie schloss wieder die Augen. »Und er war meine.«

Ihre Brust hob und senkte sich gleichmäßig, und sie glitt in einen zufriedenen Schlaf.

Plötzlich öffnete sich die Schlafzimmertür, und ich schreckte zusammen. Schnell ließ ich den Schuhkarton in meiner Tragetasche verschwinden und bemühte mich, nicht schuldbewusst auszusehen.

»Hey.« Sebastian stand bedrückt in der Tür und hielt sich mit den Fäusten an seinem Schal fest. »Ich habe gehört, dass du meine Schwestern kennengelernt hast.«

»Habe ich.« Ich schenkte ihm ein kleines Lächeln. »Du hattest es sicher nicht leicht mit ihnen.«

»Das ist eine klare Untertreibung.«

Sogar hinter der Brille konnte man Sebastian seine Erschöpfung ansehen, und es schien, als hätte er sich seit Tagen nicht rasiert. Aber als er mich müde anlächelte, merkte ich, dass der schwelende Groll, den ich seit unserem Ausflug verspürt hatte, verflogen war. Vor allem, weil ich mir letztendlich eingestanden hatte, dass an dem, was er über mein Leben gesagt hatte, etwas Wahres dran war. Trotzdem fand ich die Art und Weise, wie er mir das vermittelt hatte, nach wie vor herzlos.

Jetzt tat er mir einfach nur leid. Jemanden zu verlieren, den man liebte, war wirklich schlimm, und es gab nichts, was man sagen konnte, um den Schmerz zu lindern. Ich war fast versucht, ihn in den Arm zu nehmen.

Stattdessen stand ich vom Stuhl auf und bedeutete ihm, sich zu setzen.

»Claudia ist eben eingenickt, aber ich bin sicher, sie würde sich freuen, wenn du dich zu ihr setzt und mit ihr redest.«

Sebastians Körper verspannte sich, aber er folgte meinem Vorschlag. Als ich nach draußen ging und die Tür hinter mir zumachte, hörte ich, wie er anfing, ihr von einem Podcast zu erzählen, den er sich gerade angehört hatte.

Das frühe Abendlicht fiel auf das karamellfarbene Holz des Cellos in Claudias Bibliothek, wo ich in einer Biografie über Henri Cartier-Bresson blätterte.

»Es ist schon bizarr, dass meine Großmutter wortwörtlich auf dem Sterbebett liegt und niemand in meiner Familie darüber reden will.«

Sebastian lehnte an dem Bücherregal neben der Tür. Als ich nach unten gegangen war, um mir ein Glas Wasser zu holen, hatte seine Familie über alles Mögliche gesprochen, nur nicht über das, was sie nicht wahrhaben wollten.

»Nicht wirklich«, sagte ich und legte das Buch weg. »Vielen Menschen fällt es schwer, über den Tod zu sprechen, selbst wenn er schon stattfindet. Aber du hast dein Bestes getan, um deiner Großmutter beizustehen. Ich weiß, dass sie das zu schätzen weiß.«

»Ja, wahrscheinlich.« Sebastian setzte sich neben mich und nahm den Wal-Briefbeschwerer zur Hand, der es irgendwie auf den Couchtisch geschafft hatte. »Aber eigentlich warst du es, die viel Zeit mit ihr verbracht hat.«

»Stimmt, aber du warst derjenige, der mich beauftragt hat – weil du ihr helfen wolltest.«

Er ließ den Wal gedankenverloren von einer Hand in die andere wandern. »Ich habe einfach das Gefühl, dass ich nicht genug getan habe, weißt du? Anstatt nur hier zu sitzen und darauf zu warten, dass sie stirbt.«

Ich blickte hinunter zu der Tragetasche neben meinem Bein und überlegte, ob ich ihm von den Briefen erzählen sollte. Aber wahrscheinlich würde das die ganze Sache nur noch komplizierter machen. Vielleicht könnte ich es ihm eines Tages sagen, wenn die Wunde nicht mehr so frisch war.

»Hast du das Gefühl, dass du ihr schon alles gesagt hast, was dir auf dem Herzen lag?«

»Na ja, ich hab ihr gesagt, wie wichtig sie für mich ist und dass ich so dankbar bin, sie als meine Großmutter zu haben.« Er schaute verlegen auf seine Hände. »Wir sagen in dieser Familie eigentlich nie ›Ich liebe dich‹. Es würde sich irgendwie gezwungen anfühlen, wenn ich es täte.«

Und ich käme mir wie eine Heuchlerin vor, wenn ich versuchen würde, ihn dazu zu überreden.

»Sie weiß, wie sehr du sie liebst, auch wenn du es nicht direkt aussprichst.«

»Vielleicht.« Er atmete so schwer ein und aus, dass es mir fast übertrieben vorkam, doch dann merkte ich, dass er mir noch etwas sagen wollte. »Clover«, überwand er sich schließlich und stellte den Briefbeschwerer zurück auf den Tisch. »Es tut mir leid, wie sich das zwischen uns während der Fahrt nach Maine entwickelt hat und was ich zu dir gesagt habe. Ich hab mich furchtbar unsensibel verhalten. Aber ich möchte, dass du weißt, dass ich dich klasse finde und dass es ziemlich erstaunlich ist, was du für Leute wie Grandma tust.«

Damit hatte ich nun wirklich nicht gerechnet.

»Oh, danke«, sagte ich und musste das Kompliment erst einmal sacken lassen. »Mir tut es leid, wie ich reagiert habe. Ich glaube, es war so schmerzhaft, weil vieles von dem, was du gesagt hast, wahr ist.« Es fühlte sich überraschend befreiend an, das zuzugeben. »Ich benutze meine Arbeit als Vorwand, um anderen Menschen nicht zu nahe zu kommen. Und es gibt eine Menge Dinge, die ich wahrscheinlich bereuen würde, wenn ich wüsste, dass ich morgen sterbe.«

Tick-tack. Tick-tack. Tick-tack.

Der rhythmische Takt der alten Pendeluhr an der Wand schien plötzlich viel lauter zu sein.

Sebastian fing an mit dem Bein zu wippen. »Also, da gibt es noch etwas, das ich dir vielleicht sagen sollte.«

Da die letzten Wochen voller sensationeller Enthüllungen

gewesen waren, war ich jetzt nicht wirklich überrascht, dass es eine weitere gab. Aber ich wappnete mich vorsichtshalber für das, was jetzt kommen würde.

Er drehte sich so, dass er mich direkt ansehen konnte. »Ich weiß, du hast gesagt, du wolltest die Sache zwischen uns vorerst auf Eis legen, bis nach Grandmas … du weißt schon.«

»Ja.«

»Na ja, irgendwie hat es sich ergeben, dass ich jetzt wieder mit Jessie zusammen bin.« Er beäugte mich vorsichtig, während ich versuchte, den Namen einzuordnen. »Wir haben sie getroffen, als wir damals in der Bar waren, erinnerst du dich?«

Die drei brünetten Frauen. »Stimmt, ich erinnere mich.« Ich machte mich auf alles gefasst, was ich laut Filmen und Fernsehserien als Reaktion auf diese Nachricht fühlen sollte – Verleugnung, Eifersucht, Enttäuschung, Herzschmerz.

Aber das Einzige, was ich wirklich empfand, war große Erleichterung.

Ich überprüfte sogar noch einmal, ob ich mich nicht selbst belog und die anderen Gefühle einfach unterdrückte. Nein, ich war definitiv erleichtert. Aber vielleicht sollte ich zumindest so tun, als wäre ich ein wenig enttäuscht?

»Ich weiß es wirklich zu schätzen, dass du mir davon erzählt hast.« Ich hoffte, es klang nicht zu gleichgültig.

»Klar.« Sebastians Bein hörte auf zu wippen. »Es tut mir leid, dass es mit uns nicht geklappt hat – es war wohl einfach nicht der richtige Zeitpunkt, oder?«

Das Klopfen an der Tür empfand ich dagegen als ausgezeichnetes Timing. Bis ich den Blick von Selma sah.

»Ich glaube, ihr kommt besser«, sagte sie nüchtern zu uns.

Als wir Claudias Zimmer betraten, bemerkte ich ihn sofort – diesen eindeutigen und doch unbeschreiblichen Geruch.

Obwohl sie schwer atmete, war Claudia noch bei Bewusstsein.

»Ich gehe nach unten und hole die anderen«, sagte Selma, die nicht so resolut wirkte wie sonst.

Sebastian stand wie erstarrt in der Tür. »Äh, ich bin gleich wieder da.« Er drehte sich abrupt um und ging.

Ich setzte mich neben Claudia und legte meine Hand auf ihre Stirn.

»Danke, dass du mir etwas Frieden gegeben hast«, flüsterte Claudia. »Es gibt so viel, was ich in diesem Leben bedaure, und du hast mir geholfen, es mit einer etwas weniger schweren Seele für das nächste Leben hinter mir zu lassen.« Sie hielt inne, um Atem zu schöpfen. »Und ich bin bereit für das nächste.«

»Ich bin mir sicher, er wartet dort auf dich.« Es fühlte sich nicht einmal wie eine rücksichtsvolle Beschönigung an.

Claudia ließ sich zurück in das Kissen sinken. »Lerne aus meinen Fehlern, meine Liebe.« Jedes Wort war leiser, abgehackter als das letzte. »Lass die besten Dinge des Lebens nicht an dir vorbeiziehen, weil du dich zu sehr vor dem Unbekannten fürchtest.« Ein letztes Zwinkern. »Sei besonnen waghalsig.«

Sebastian tauchte mit seinem Cello wieder auf. Er zog einen weiteren Stuhl neben das Bett und balancierte das Instrument zwischen seinen Knien.

»Ich dachte, du möchtest vielleicht etwas Musik hören, Grandma«, sagte er zärtlich.

Claudia nickte schläfrig.

Sebastian legte seine Hand oben an den Hals des Instruments, seine Finger schwebten über den Saiten. Er nickte mit dem Kopf, während er leise anzählte. Dann zog er in einem langen Ton den Bogen über die tiefste Saite und stimmte damit Billie Holidays »I'll Be Seeing You« an.

Ich stand auf und zog mich in die Ecke neben Selma zurück, während der Rest der Familie das Zimmer betrat.

Sie versammelten sich um Claudias Bett und ließen Sebastians Musik das ausdrücken, wofür ihnen selbst die Worte fehlten.

48

Der Weg von Claudias Haus in der Upper West Side zu meiner Wohnung dauerte fast zwei Stunden, aber ich merkte kaum, wie die Zeit verging. Es machte mir nichts aus, von den Schulkindern aufgehalten zu werden, die in Zweierreihen am Central Park entlangliefen. Sie konnten nicht älter als sieben Jahre sein. Wenn sie das Glück hatten, so lange zu leben wie Claudia, bedeutete das, dass sie noch vierundachtzig Jahre vor sich hätten. Ich fragte mich, wie lange es wohl noch dauern würde, bis das Staunen in ihren Augen verblasste und ihre Neugierde gestillt wäre. Bis sie sich an das Leben gewöhnten, es nicht mehr als Geschenk betrachteten und die Jahre nur so vorbeirauschten.

Die Welt fühlte sich ein wenig leerer an, wie immer, wenn einer meiner Klienten gerade verstorben war, aber dieses Mal empfand ich die Lücke noch intensiver. Es ist schon komisch, dass man nicht merkt, wie wichtig jemand für einen ist, bis derjenige plötzlich fehlt. Schon jetzt vermisste ich Claudias Scharfsinn und ihre Herzlichkeit. Ja, sie hatte etwas zu bedauern, aber trotzdem hatte sie das Leben voll und ganz ausgekostet, ohne Angst, in der Welt Raum einzunehmen, und ohne ihren Abenteuersinn und ihren Humor zu verlieren. Auf dem Nachhauseweg wurde mir bewusst, dass ich zum ersten Mal einer Frau begegnet war, an deren Herangehensweise ans Leben ich mich orientieren konnte.

»Wie wär's mit einem Foto, Schätzchen?«

Ein Mann in einem billigen Batman-Kostüm stand vor mir, mit den Händen an der Hüfte und stolzgeschwellter Brust.

Ich war so in meine Gedanken vertieft gewesen, dass meine Füße mich irgendwie zu dem von Neonlichtern durchfluteten dreieckigen Platz getragen hatten, den jeder ernst zu nehmende New Yorker eigentlich tunlichst mied.

Aber trotz der blinkenden Reklametafeln, der miteinander wetteifernden Straßenmusiker, des Mischmaschs aus Sprachen und Akzenten, die allesamt unerträglich laut gesprochen wurden, empfand ich den Times Square heute als seltsam tröstlich. Die Energie, der Lärm und das hektische Gewusel waren allesamt Symbole für das Leben; für sich kreuzende Wege, für Erinnerungen, die sich in die Psyche einbrennen, für die Anfänge von Jugendträumen. Und vor allem für die selige Ignoranz der Tatsache, dass jeden Moment alles vorbei sein konnte.

Ich blieb mittendrin stehen und erlaubte mir, einmal das schwankende Seegras zu sein und nicht der hindurchhuschende Fisch. Ich schloss die Augen, atmete die mir wohlbekannte Mischung aus verbrannten Brezeln, fauligem Müll und Autoabgasen ein und ließ das akustische Durcheinander gegen mein Trommelfell schwappen.

Ich war noch hier, ich lebte noch.

Aber existierte ich nur aus Gewohnheit?

Als ich nach Hause kam, saß George im Dunkeln auf seinem Hundebett. Ich hatte vergessen, das Licht in meiner Wohnung anzulassen, als ich heute Morgen wegging. Er blinzelte, als ich die Lampe einschaltete, machte aber ansonsten keine Anstalten, sich zu bewegen. Als sich meine Augen an die Lichtverhältnisse gewöhnt hatten, bemerkte ich etwas unter seinem Kinn: das aufgeschlagene BEDAUERN-Notizbuch. Es musste irgendwie aus dem Regal gefallen sein – seltsam, denn eigentlich war es dort fest eingeklemmt. Ich eilte hin, um es zu retten, und betete, dass es nicht in Sabber getränkt war, sodass man nichts mehr lesen konnte. George knurrte, als ich es unter ihm hervorzog.

Ich atmete erleichtert auf – es war unversehrt. Ich ließ mich auf dem Sofa nieder und betrachtete das Buch in meinen Händen sowie die anderen beiden, RATSCHLÄGE und GESTÄNDNISSE, die noch im Regal standen.

Diese Bücher enthielten nicht nur eine Sammlung der letzten Worte vieler Menschen. Sie dokumentierten auch einige meiner bedeutendsten Begegnungen. Von außen betrachtet, hatte ich diese Menschen in ihren letzten Augenblicken auf dieser Welt unterstützt, aber in Wirklichkeit waren sie diejenigen, die mir geholfen hatten. Sie hatten mein Bedürfnis nach Nähe gestillt, das ich in meinem eigenen Leben so sehnsüchtig spürte. Und indem ich Rituale vollzog, die von ihrem Bedauern, ihren Ratschlägen und Geständnissen inspiriert waren, würdigte ich nicht nur das Andenken meiner Klienten. In Wahrheit hatte ich mich mit den Notizbüchern von der Tatsache abgelenkt, dass ich selbst ganz genau wusste, in welchem Buch ich einmal landen würde.

Mein Leben würde unweigerlich auf das Bedauern hinauslaufen.

Die Frage war nur, wie ich das ändern konnte. Ich hatte die letzten sechsunddreißig Jahre damit verbracht, mich mit dem Gedanken anzufreunden, dass es schwierig war, etwas anderes zu sein als das, wofür die Welt einen bereits hielt. Aber wie war das mit dem, was man selbst bereits glaubte zu sein – war es überhaupt möglich, die Ansichten über sich selbst zu ändern?

Ich holte tief Luft und griff nach dem Stift, den ich normalerweise für Kreuzworträtsel benutzte.

Ich schlug eine leere Seite im BEDAUERN-Notizbuch auf und schrieb meinen Namen oben hin.

Clover Brooks
Ich bereue, dass ich nicht mehr riskiert habe.
Ich bereue es, mein Herz verschlossen zu haben.
Ich bedaure, dass ich nur aus Gewohnheit existiere.

Eine unsichtbare Last fiel von meinen Schultern. Und als ich meinen Eintrag noch einmal las, spürte ich etwas anderes als die Verzweiflung, von der ich erwartet hatte, dass sie mich erfassen würde.

Hoffnung.

Dadurch, dass ich es aufgeschrieben hatte, war es nicht mehr unvermeidlich. Es gab mir ein Geschenk, das ich niemandem sonst in diesem Notizbuch hatte geben können – eine Chance, die Dinge zu ändern, bevor es zu spät war. Denn mein Bedauern hatte ich nur mit Bleistift notiert.

Ich stand auf, ging zum Fenster und zog langsam die Jalousien hoch, sodass das Licht der Straßenbeleuchtung auf die Dielen fiel. Mein Puls raste in meinen Ohren, als ich mich auf das vorbereitete, was ich vielleicht gleich sehen würde. Das Fenster gegenüber war hell erleuchtet, doch das Wohnzimmer leer.

Unten von der Straße war das Geräusch von klirrendem Glas zu hören. Ich schaute hinunter, um der Sache auf den Grund zu gehen, und sah eine vertraute Gestalt mit schaukelndem Pferdeschwanz neben unserer Eingangstreppe stehen, die Flaschen in den Container warf.

Der nächste kleine Schritt vorwärts.

Bevor ich groß darüber nachdenken konnte, schnappte ich mir die Recyclingtüte aus der Küche und zwang mich, damit aus der Wohnungstür zu gehen.

Sylvie wollte gerade die Eingangstreppe wieder hinaufsteigen, als ich nach draußen trat. Wir standen da – ich oben, sie unten – und beäugten uns gegenseitig, als warteten wir darauf, wer den ersten Schritt wagen würde. Ich wusste, dass ich es tun musste.

»Hallo, Sylvie.«

Ich hatte sie noch nie so überrascht gesehen. »Oh, hey, Clover.« Das Ausrufezeichen, das normalerweise ihre Begrüßung begleitete, fehlte. »Ist ’ne Weile her.«

»Ja, das ist es.« Am liebsten hätte ich den Blickkontakt abgebrochen, aber ich zwang mich, ihn zu halten. »Es tut mir leid, dass ich mich in letzter Zeit so rar gemacht habe.« Nicht ganz die Entschuldigung, die ich mir vorgenommen hatte, aber sie war ausbaufähig. Ich hielt die Tüte in meiner Hand hoch. »Igitt, diese Katzenfutterdosen stinken erbärmlich.«

Ich glaubte, ein Lächeln in Sylvies Augen zu erkennen. »Ich dachte, du wärst so mit der Arbeit beschäftigt.« Sie lehnte sich an das Treppengeländer. »Wie geht’s Claudia?«

»Sie ist heute Nachmittag gestorben.« Es fühlte sich zu früh an, diese Worte auszusprechen, auch wenn sie wahr waren. Anfangs hatte der Tod immer etwas merkwürdig Vorläufiges an sich. Es würde ein paar Tage dauern, bis ich bereit dazu war, ihre Worte im RATSCHLÄGE-Notizbuch festzuhalten.

»Oh, Clover, das tut mir leid.«

Ich zuckte mit den Schultern. »Das gehört nun mal zum Job.«

»Ja, aber das macht es nicht einfacher – ich weiß, wie sehr sie dir am Herzen lag.« Sylvie ging eine Stufe hinauf und blieb dann stehen. »Hast du Hugo eigentlich gefunden?«

Es dauerte einen Moment, bis ich begriff, dass sie Claudias Hugo meinte – sie wusste ja nicht einmal, dass der andere überhaupt existierte. Es tat mir leid, wie viel ich ihr vorenthalten hatte.

Ich ging eine Stufe weiter nach unten.

»Irgendwie schon. Aber das ist eine lange Geschichte.« Es war so verlockend, sich um die Entschuldigung zu drücken, die ich ihr schuldig war. Doch wenn Sebastian es konnte, konnte ich es auch. »Aber zuerst möchte ich mich dafür entschuldigen, wie ich mich letztens verhalten habe.«

Sylvie verschränkte die Arme und grinste. »Ja, das war echt seltsam.«

»Es geht mich ja auch nichts an, wen du küsst und mit wem sie verheiratet ist.«

»Da hast du recht«, sagte sie unverblümt, aber nicht unfreundlich. »Weißt du, ich habe Bridget gegenüber deinen Namen erwähnt, und sie meint, sie kennt dich nicht.«

»Oh, sie hat recht – wir kennen uns wirklich nicht.« Der Schweiß auf meinen Handflächen klebte an der Plastiktüte. »Ich glaube, ich habe sie ein paarmal im Laden an der Ecke gesehen. Ich muss sie mit jemand anderem verwechselt haben.«

»Ich schätze, das hast du wohl.« Sylvies Augen leuchteten verschmitzt auf. »Aber als ich erwähnte, dass du eine Etage über mir wohnst, wurde Bridget klar, dass sich dein Apartment direkt gegenüber dem von ihr und Peter befinden muss. Und sie hat mich gefragt, ob du viele romantische Komödien aus den Neunzigern schaust.«

Ein seltsames Glucksen drang aus meiner Kehle.

Sylvie schien es zu genießen, mir dabei zuzusehen, wie ich mich wand. »Anscheinend haben sie von ihrer Wohnung aus einen direkten Blick in deine. Sie meint, sie hat dich aber noch nie gesehen, weil es bei dir immer so dunkel ist. Dafür bekommen sie genau mit, was auf deinem Fernseher läuft.«

»Echt?« Ich war mir nicht sicher, ob ich mich erleichtert oder verletzt fühlen sollte. »Kann sein, dass ich sie auch schon ein paarmal gesehen habe. Das müssen die sein, die gerne *Game of Thrones* gucken.«

Ich war mir sicher, dass Sylvie mir die Lüge nicht abkaufen würde, und machte mich auf ein Verhör gefasst. Aber es blieb aus.

»Fürs Protokoll«, sagte sie stattdessen, »Bridget und Peter haben eine offene Beziehung – ich habe sie auf Tinder kennengelernt. Und ich habe mich in den letzten Wochen mit beiden getroffen und mit beiden was gehabt. Ich verbringe wirklich gern Zeit mit ihnen. Nächstes Wochenende fahren wir zusammen in die Catskills.«

»Oh.« *Gott, war ich naiv.* »Tut mir leid, dass ich … etwas anderes angenommen habe. Und ich bin froh, dass sie dich glücklich machen.« Ich meinte es wirklich so.

»Ich weiß deine Entschuldigung zu schätzen.« Sylvie kam nach oben, sodass wir auf der gleichen Stufe standen. »Können wir jetzt wieder Freunde sein?«

»Das wäre schön.« Die Welt fühlte sich plötzlich viel besser an.

»Großartig – komm doch morgen Abend zum Essen, dann kannst du mir alles über Hugo erzählen!« Es war so schön, dieses Ausrufezeichen wieder zu hören.

Sylvie ging die Stufen zur Haustür hinauf und blieb dann noch einmal stehen.

»Oh, und Clover, weißt du, was lustig ist? Bridget sagte, sie hätten immer gescherzt, dass sie sich ein Fernglas zulegen sollten, damit sie besser in deine Wohnung sehen können.«

Als sie im Gebäude verschwand, war ich mir ziemlich sicher, dass sie mir zugezwinkert hatte.

49

Obwohl Claudia behauptet hatte, dass alle ihre Freunde tot seien, waren sehr viele Menschen zu ihrer Trauerfeier erschienen.

Ich nahm nur dann an der Beerdigung einer Klientin teil, wenn die Familie es ausdrücklich wünschte oder wenn sonst niemand kommen würde. Claudia hatte den Wunsch persönlich geäußert – und ich konnte wohl kaum die Einladung von jemandem zu seiner eigenen Beerdigung ausschlagen.

»Einer muss schließlich ein Auge auf die Dinge haben«, hatte sie zu mir gesagt.

Trotzdem zog ich es vor, mich unauffällig zu verhalten. Als ich die großen Stufen vor der gotischen Kirche in der Amsterdam Avenue hinaufstieg, entdeckte ich Sebastian, der sich im höflichen Gespräch mit zwei älteren Damen mit kunstvollen Hüten befand. Sein ständiges Nicken verriet mir, dass er kaum zu Wort kam. Obwohl er mir leidtat, vor allem heute, war es amüsant zu sehen, dass er jemanden gefunden hatte, der noch mehr redete als er. Ich erhaschte seinen Blick und hob kurz grüßend die Hand, bevor ich einen Platz in der letzten Reihe der Kirchenbänke ergatterte.

Claudias Familie hatte zumindest einige der Wünsche für die Trauerfeier befolgt, die wir in der Sterbemappe notiert hatten. Die Vasen mit Hortensien vor dem Altar. Der lebhafte Jazz anstelle der üblichen »krankhaft deprimierenden« Orgelmusik. Kein riesiges Foto von ihr auf einer Staffelei neben dem Sarg.

»Diese Fotos sind immer unglaublich befremdlich und selten gut getroffen«, hatte Claudia erklärt, als ich ihr von der

Option erzählt hatte. »Ich möchte nicht, dass alle das Gefühl haben, ich würde drohend über ihnen schweben.«

Aber sie hatte sich einverstanden erklärt, dass eine Auswahl ihrer liebsten Fotos im Programm abgedruckt wurde. Ich grinste, als ich es durchblätterte. Es gab ein paar Straßenaufnahmen aus Manhattan, aber die übrigen Schwarz-Weiß-Fotos waren alle eindeutig in Südfrankreich aufgenommen worden.

Das letzte Bild und das einzige von Claudia selbst zeigte sie mit Mitte zwanzig, einen Seidenschal ins dunkle Haar gebunden, auf einem Felsen sitzend und aufs Mittelmeer hinausschauend. Selbst in der Schwarz-Weiß-Aufnahme schimmerte ihre Haut wie von der Sonne geküsst. Und unter ihren Kniekehlen lugte ein dreibeiniger Jack Russell hervor.

Damit hatte Claudia deutlich gemacht, wen sie im Jenseits zu treffen gedachte.

Die Trauernden saßen aufgereiht wie Scrabblesteine in den Kirchenbänken. Viele waren grauhaarig, aber es gab auch einige in meinem Alter, wahrscheinlich Freunde von Sebastian und seinen Schwestern. Wie es sich wohl anfühlte, wenn so viele Menschen kamen, um einen in seiner Trauer zu unterstützen?

Der Trauergottesdienst selbst entsprach definitiv nicht Claudias Wünschen. Anstatt kurz und fröhlich zu sein mit ein paar religiösen Elementen, war er lang, trocken und gottesfürchtig. Und auch ein bisschen langweilig. Das ist das Problem bei Beerdigungen. Egal, wie sehr man versucht, den Ablauf zu bestimmen – wenn man tot ist, hat man es letztlich nicht mehr in der Hand.

Papierrascheln ging durch die Kirche, als Sebastians Vater eine langatmige, selbstbezogene Trauerrede hielt, die keine von Claudias besten Eigenschaften erfasste. Ich hoffte, dass jeder stattdessen still ihrer gedachte, aber es war schwer, den emotionalen Zustand der Leute an ihren Hinterköpfen abzulesen.

Die Traueransprache zog sich – seinen Hang für lange Reden hatte Sebastian offensichtlich von seinem Vater geerbt.

Als ich die vorderen Kirchenbänke absuchte, entdeckte ich ihn zwischen Jennifer und Anne, deren Schultern im Takt ihrer Schluchzer zuckten.

Um mir ein Gähnen zu verkneifen, zählte ich die Bögen in der hohen Gewölbedecke der Kathedrale. Da mein Großvater Agnostiker gewesen war und mich auch in diesem Sinne erzogen hatte, war ich nur selten in einer Kirche gewesen. Die architektonische Dramatik dieses Gotteshauses schien in gewisser Weise zu Claudias extrovertierter Persönlichkeit zu passen. Doch als ich mich dem hinteren Teil der Kirche zuwandte, wurde ich vom Zählen abgelenkt.

In der Tür stand im Gegenlicht der Sonne eine vertraute Gestalt. Groß, aber nicht zu schlaksig. Sie hielt den Kopf respektvoll gesenkt, und ihre Locken wurden mithilfe eines unbeholfenen Einsatzes von Haarstyling-Produkten im Zaum gehalten.

Hugo. Hier im Geiste und persönlich anwesend – zumindest repräsentiert durch seinen Enkel.

Als ob er meinen Blick auf sich gespürt hätte, hob er den Kopf und sah mich direkt an. Mit nur leicht erhobener Hand winkte er mir unauffällig zu, aber sein Lächeln war echt.

Nachdem ich es erwidert hatte und wir uns beide wieder dem Altar zugewandt hatten, merkte ich, dass mein ganzer Körper kribbelte.

Nach dem Schlusschoral schlüpfte ich durch die Seitentür aus der Kirche und versuchte, mich nicht zu auffällig nach einem Lockenkopf umzusehen. Doch man konnte Hugo am Fuße der Treppe kaum übersehen – schließlich war es auch schwierig, nicht aufzufallen, wenn man einen guten Kopf größer waren als die meisten anderen. Ich hatte schon immer vermutet, dass der Grund, warum Großvater immer neutrale Farben und gedämpftes Grün getragen hatte, darin lag, in der städtischen Umgebung seine beachtliche Körpergröße zu kaschieren.

Diesmal winkte Hugo begeistert. Er kam auf mich zu und blieb eine Stufe unter mir stehen, sodass unser Größenunterschied annähernd ausgeglichen wurde.

»Hallo, Clover«, sagte er grinsend. Ich mochte es, dass er immer mit sanfter Stimme sprach, als wäre er in einer Bibliothek oder als würden die Lichter vor einer Theateraufführung gedimmt.

»Hallo, Hugo.« Es war seltsam, eine solche Vertrautheit mit jemandem zu verspüren, den ich kaum kannte.

»Ich hoffe, es ist in Ordnung, dass ich hier bin«, sagte er und warf einen Blick in die Runde der Trauernden. »Nachdem du mir geschrieben hast, dass Claudia gestorben ist, habe ich darüber nachgedacht, wie viel es meinem Großvater bedeutet hätte, wenn ich ihr in seinem Namen die letzte Ehre erweisen würde. Also wollte ich mich unauffällig unter die Trauergäste mischen.« Er klopfte sich auf den Kopf. »Na ja, sofern das bei meiner Größe möglich ist.«

»Claudia hätte sich sehr gefreut, dass du hier bist.« Jetzt, da wir fast auf Augenhöhe standen, bemerkte ich die bernsteinfarbenen Flecken in seiner grauen Iris. »Die Briefe und das Wissen, dass dein Großvater hergekommen ist, um sie zu suchen, haben ihr wirklich geholfen, etwas Frieden zu schließen.«

»Ich bin nur froh, dass sie sie noch bekommen hat, bevor, na ja, du weißt schon …« Hugo rückte den Kragen seines Mantels zurecht. So gut angezogen sah er hervorragend aus.

»Ich konnte sie ihr gerade noch rechtzeitig bringen.« Ich warf einen Blick über seine Schulter und hoffte, dass die kurze

Unterbrechung des Blickkontakts meine Nervosität lindern würde. »Ich habe die Briefe zu Hause, wenn du sie zurückhaben willst? Ich hatte vor, sie dir zu schicken.«

»Ja, wenn es dir nichts ausmacht, hätte ich sie gerne wieder. Durch das Lesen dieser Briefe habe ich mich ihm so viel näher gefühlt, weil ich ihn dadurch auch als jungen Mann kennengelernt habe und nicht nur als meinen Großvater.«

»Natürlich.« Ich entdeckte Sebastian, der gerade in unsere Richtung die Treppe heraufkam, im Schlepptau Jessie in einem kurzen rosafarbenen Kleid, das mir trotz meines überschaubaren Modewissens für eine Beerdigung wenig passend erschien. »Ich dachte, ich könnte sie zuerst noch scannen, wenn das okay ist? Ich habe Sebastian noch nichts davon erzählt, aber vielleicht möchte er sie eines Tages sehen.«

»Gute Idee.« Als Sebastian auf unserer Höhe ankam, streckte Hugo ihm die Hand entgegen. »Hey, Sebastian, mein herzliches Beileid. Selbst wenn man weiß, dass es passieren wird, macht es das nicht leichter.«

»Danke, Mann, das weiß ich zu schätzen.« Sebastian warf mir einen Seitenblick zu und blickte dann wieder zu Hugo, als würde er ein Puzzle zusammensetzen.

»Ich hoffe, es macht dir nichts aus, dass ich hergekommen bin«, sagte Hugo. »Ich habe die Todesanzeige gesehen und wollte ihr die letzte Ehre erweisen.«

Diese Erklärung schien Sebastian ein wenig zu beruhigen. »Überhaupt nicht, es ist schade, dass du meine Großmutter nicht mehr kennenlernen konntest.«

Hugo klopfte sich auf die Brusttasche. »Ich freue mich schon darauf, mir das Programm genauer anzuschauen – ihre Fotos sind großartig.« Dann wandte er sich an Jessie, die steif hinter Sebastian stand. »Hallo, ich bin Hugo.«

Sebastian wirkte, als erinnerte er sich gerade erst wieder daran, dass sie da stand. »Richtig, entschuldige – das ist Jessie.« Er schaute schnell zu mir. »Ihr habt euch ja schon kennengelernt.«

Jessie hakte sich besitzergreifend bei Sebastian unter. »Ach ja, in der Bar – wie war noch gleich dein Name?« Ihre Stimme klang so süßlich, wie ich sie in Erinnerung hatte.

»Clover.«

»So niedlich«, sagte sie auf eine Weise, dass ich mich fragte, ob es ein Kompliment war.

»Sebastian!« Sarah kam auf Bleistiftabsätzen balancierend und mit einem zappelnden Kleinkind auf der Hüfte eilig auf uns zugelaufen. »Wir machen uns auf den Weg zurück zu Grandmas Haus, um noch die letzten Vorbereitungen für den Trauerempfang zu treffen. Oh, hallo, Clover – schön, dass du gekommen bist.« Sarah sah Hugo unsicher an.

»Hi, Sarah«, sagte ich schnell. »Das ist Hugo.«

Sarahs Augen huschten zwischen Hugo und mir hin und her. »Freut mich, Sie kennenzulernen. Werdet ihr beide auch zum Trauerempfang kommen?«

Hugos Gesicht hellte sich auf. »Sehr gerne.«

Zum ersten Mal ließ Sarahs Miene durchblicken, dass sie etwas billigte. »Wunderbar!« Ihr Gesichtsausdruck wurde wieder autoritär, als sie sich ihrem Bruder zuwandte. »Sebastian, kommst du jetzt mit uns?«

Er richtete sich auf wie ein Hündchen, das bei Fuß gerufen wird.

»Sind gleich da«, sagte er und sah mich und Hugo an, als ob er zu verstehen versuchte, was seine Schwester gerade so erfreulich gefunden hatte. »Ich schätze, wir sehen uns dann später.«

Ich wollte ungern länger als eine höfliche Stunde beim Trauerempfang bleiben und war daher dankbar, als Hugo meinte, dass er losmüsse, und anbot, mich mitzunehmen.

»Du hast gesagt, du wohnst im West Village, richtig? Ich bin bei einem Freund in Brooklyn untergekommen, also kann ich dich auf dem Weg dorthin absetzen, wenn du willst?«

»Das wäre toll.«

Ich suchte in dem überfüllten Wohnzimmer nach Sebastian und stellte fest, dass ich es zum ersten Mal voller Leben sah. Sebastian wurde wieder von den beiden Damen mit den riesigen Hüten in Beschlag genommen. Als ich ihn auf mich aufmerksam machte und ihm zu verstehen gab, dass ich gehen würde, blickte er mich bloß hilflos an und winkte mir dann resigniert zu. Obwohl ich insgeheim erleichtert war, dass sich unser Abschied auf ein paar einfache Handzeichen beschränkte, spürte ich dennoch einen Anflug von Wehmut. Wir hatten in den letzten zwei Monaten so viel zusammen durchgemacht – es würde sich komisch anfühlen, ihn gar nicht mehr zu sehen. Vielleicht könnten wir eines Tages Freunde sein.

Als ich mich im Hausflur an einer Reihe von gut betuchten New Yorkern vorbeidrückte, hielt mich plötzlich jemand am Unterarm fest. Mit einem anderen zappelnden Kleinkind auf der Hüfte beugte sich Sarah von ihrem Mann weg zu meinem linken Ohr.

»Dieser Typ von dir sieht echt heiß aus.« Sie nickte in Richtung Hugo, der geduldig an der Haustür wartete. »Gute Wahl.«

»Oh, danke.« Ich errötete, machte mir aber nicht die Mühe, sie zu korrigieren. Meine Verlegenheit verwandelte sich schnell in leisen Stolz.

Sarah und Claudia waren sich zwar nicht einig, was grüne Smoothies anging, aber in Bezug auf Männer schienen sie denselben Geschmack zu haben.

Als das Taxi vor meinem Haus hielt, fühlte es sich an, als wären nur ein paar Minuten vergangen, seit wir an der Upper West Side losgefahren waren. Hugo beugte sich nach vorne und sprach mit dem Fahrer, einem Mann aus Sri Lanka namens Dimuth, mit einer Haut wie altes Leder und Haaren wie Stahlwolle. »Hey, Mann, könnten Sie bitte ein paar Minuten warten?« Er reichte Dimuth zwanzig Dollar. »Für die Wartezeit.«

Wir standen am Fuße meiner Eingangstreppe, während die Nachmittagshitze langsam der Abenddämmerung wich.

»Es war wirklich toll, dich wiederzusehen«, sagte Hugo. »Ich wünschte, ich müsste nicht gleich wieder los. Aber ich habe meinem Kumpel versprochen, noch was mit ihm trinken zu gehen, und ich kann das auch nicht wirklich absagen, weil ich auf seinem Sofa übernachte und er gerade auf Gus aufpasst.«

»Kein Problem.« Ich tat mein Bestes, um lässig zu klingen. »Ich find's wirklich nett, dass du mich noch nach Hause gebracht hast – danke.«

Dimuth sah uns erwartungsvoll an.

Hugo steckte die Hände in die Taschen und blickte kurz hoch zu den Baumkronen. »Also, ich werde noch die ganze Woche in der Stadt sein.« Er sah wieder zu mir herunter. »Vielleicht können wir uns ja mal auf einen Kaffee treffen … und bei der Gelegenheit kannst du die Briefe mitbringen?«

Natürlich ging es ihm um die Briefe. Es war mir peinlich, dass ich überhaupt an etwas anderes gedacht hatte, wenn auch nur für eine Sekunde. »Ja, sicher – ich werde sie morgen einscannen, danach kannst du sie jederzeit zurückhaben.«

»Perfekt! Ich schreibe dir.« Hugo berührte sanft meine Schulter. »Ich bin froh, dass wir uns so schnell wiedersehen.«

Enttäuschung und Hoffnung rangen in meiner Brust. »Ich auch.«

Noch lange, nachdem das Taxi weggefahren war, konnte ich seine Präsenz spüren.

50

Wie versprochen schrieb Hugo mir und schlug vor, uns am Sonntag im Washington Square Park zu treffen. Ich hätte es nicht mal schlimm gefunden, wenn er mich angerufen hätte. Am Sonntagabend war ich außerdem noch mit Leo zum Mah-Jongg-Spielen verabredet – unser letztes gemeinsames Spiel lag schon Wochen zurück. Ein Nachmittag mit Hugo, gefolgt von einem Abend mit Leo, klang für mich wie ein fast perfekter Tag.

Als ich am Sonntag schließlich mein Portemonnaie und meine Schlüssel zusammen mit den Briefen in eine Tasche warf, erkannte ich das Gefühl in meinem Bauch wieder. Es war dasselbe, das ich jedes Mal verspürte, wenn ich kurz davor war, in ein Flugzeug zu steigen, das mich an einen Ort bringen würde, an dem ich noch nie gewesen war – eine schwindelerregende Mischung aus Nervosität und freudiger Erwartung. Mir war gar nicht bewusst gewesen, wie sehr ich das vermisst hatte.

Dieser Sonntag war der erste Tag des Jahres, an dem es warm genug war, um ohne Mantel draußen zu sein. Der Park war in sanften Sonnenschein getaucht und schüttelte langsam die Winterstarre ab. Die Rasenflächen waren ein Flickenteppich aus Picknickdecken. Pärchen hockten am Rande des Springbrunnens, und Musikanten säumten die Wege.

Ich entdeckte Hugo, der mit zwei Kaffeebechern in der Hand unter dem Torbogen lehnte, und versuchte, nicht auf den Fotos der Touristen zu landen. Als ich auf ihn zuging, war es, als würde ein starker Windhauch mich vorwärtstreiben. Doch die Baumkronen regten sich nicht.

»Hey!« Hugos Winken war mehr ein Wackeln mit den Fingern, weil er beide Hände voll hatte. Die Ärmel seines Pullovers waren bis zu den Ellbogen hochgeschoben und offenbarten eine kleine Tätowierung eines botanischen Motivs auf seinem rechten Unterarm.

»Hi!«, rief ich ein bisschen enthusiastischer, als ich beabsichtigt hatte.

»Es ist so ein sonniger Tag, da hab ich gedacht, vielleicht hast du eher Lust, ein bisschen im Park spazieren zu gehen, anstatt irgendwo in einem überfüllten Café zu sitzen?«

»Tolle Idee.« Ich war immer weniger nervös, wenn mein Körper in Bewegung war.

Er reichte mir einen Becher. »Schwarz, ohne Zucker, wie dein Großvater, richtig?«

Beim Trauerempfang hatte ich das kurz erwähnt. »Ich bin überrascht, dass du dir das gemerkt hast.«

Hugo zuckte mit den Schultern. »Ich habe irgendwie einen Sinn dafür, kleine Details wahrzunehmen.« Er beugte den Kopf vor und senkte die Stimme. »Aber bitte erzähl es niemandem. Manche Leute finden es unheimlich, wie viel ich mir über sie merke.«

»So haben wir alle unsere kleinen Geheimnisse«, sagte ich mit gespielter Feierlichkeit. »Und zu deinem Glück bin ich verschwiegen wie ein Grab.«

»Also, dann bin ich aber auf dein Geheimnis gespannt.« Hugo deutete mit seinem Kaffeebecher am Springbrunnen vorbei in Richtung Parkmitte. »Sollen wir die Hunde im Park beobachten? Das ist nämlich eines meiner heimlichen Laster.«

Normalerweise hätte mich ein Besuch des Hundeauslaufs nur daran erinnert, wie sehr ich Großvater vermisste, aber heute schmerzte die Aussicht darauf etwas weniger. »Das wäre super.«

»Wir hätten Gus und George mitbringen sollen, damit sie

sich kennenlernen können.« Irgendwie schienen seine Augen vor Glück nur so zu sprühen, selbst wenn sein Ton neutral war.

»Vielleicht ein andermal?« Ich war mir nicht sicher, warum dieser Vorschlag sich so vertraulich anfühlte. Nervös reichte ich Hugo den Stoffbeutel mit den Briefen. »Ich gebe sie dir besser gleich, denn deshalb sind wir ja hier.«

Er untersuchte das Logo. »Du bist wohl ein Fan von der New York Public Library, was?«

Ich wurde rot. Gott sei Dank hatte ich nicht die Tasche von Trader Joe's mitgenommen. »Ich bin ein kleiner Bücherwurm.«

»Freut mich zu hören«, sagte Hugo, während wir zum Hundebereich gingen. »Wir sind selten geworden, jetzt, wo alle immer an ihren Handys hängen. Welches ist das letzte tolle Buch, das du gelesen hast?«

Mir gefiel es, dass er mich in sein »Wir« einbezog.

»Ich habe gerade ein Buch von Martha Gellhorn zu Ende gelesen, das mir sehr gefallen hat.« War in dem Pappbecher ein doppelter Espresso? Es fühlte sich nämlich so an, als würden die Synapsen in meinem Gehirn durchdrehen.

»Die Journalistin, oder? Sie hat doch über den Spanischen Bürgerkrieg geschrieben.«

»Ja, genau die.« Er konnte sich wirklich viel merken. »Claudia hat mich irgendwie an sie erinnert. Es ist schade, dass sie ihre Karriere als Fotografin aufgegeben hat.«

»Sehe ich genauso, und das aus mehreren Gründen«, sagte Hugo und blinzelte hoch in die Sonne. »Meinst du, die beiden sind jetzt zusammen? Claudia und mein Großvater?«

»Ich hoffe es«, antwortete ich, obwohl ich mir sicher war, dass sie es waren.

Er nippte an seinem Kaffee. »Weißt du, mir gefällt sehr, was sie in ihrem letzten Brief geschrieben hat: ›Wir sind nicht dazu bestimmt, in diesem Leben zusammen zu sein … vielleicht werden wir uns in einem anderen Leben wiedersehen.‹ Eigentlich ist das doch eine ziemlich pragmatische Sichtweise. In jedem Leben haben wir auf andere Weise mit denselben Seelen zu tun. Und nicht in jedem klappt es so, wie wir es uns wünschen.«

»Ich frage mich, was in diesem Leben ihre Aufgabe war.«

»Gute Frage.« Hugo grinste. »Aber das können wohl nur sie selbst beantworten. Vielleicht verraten sie es uns im nächsten Leben, wenn sie eine zweite Chance bekommen.«

»Vielleicht.« Diese Idee gefiel mir.

»Und was würdest du dir für eine zweite Chance wünschen? In diesem Leben, meine ich.« Hugo fragte das so beiläufig, als wären solch tiefgründige Fragen unter relativ Fremden vollkommen normal.

Es überraschte mich, wie leicht mir die Antwort fiel – und wie selbstverständlich es sich anfühlte, sie ihm mitzuteilen.

Ich atmete tief ein. »Ich wünschte, ich wäre bei meinem Großvater gewesen, als er starb.« Wir gingen einige Schritte schweigend weiter, aber Hugo versuchte nicht, die Gesprächspause zu überbrücken. »Ich war zu der Zeit in Kambodscha unterwegs. Er hatte spätnachts in seinem Büro an der Columbia einen Schlaganfall und ist gestorben … allein.«

Noch ein paar Schritte.

»Clover, das tut mir so leid. Ich kann mir vorstellen, wie niederschmetternd das für dich gewesen sein muss.«

Mein ganzer Körper verspannte sich. »Ich weiß, es klingt albern, aber ich wünschte, ich könnte ihn um Verzeihung dafür bitten, dass ich irgendwo am anderen Ende der Welt war, als er mich gebraucht hat.« Als ich die Worte laut ausgesprochen hatte, war es, als wäre eine Last von meinen Schultern genommen worden. Eine, die ich seit Jahren unbewusst mit mir herumgeschleppt hatte.

Hugo wählte seine Worte mit Bedacht. »Ist das einer der

Gründe, warum du dein Leben der Aufgabe gewidmet hast, bei anderen Menschen zu sein, wenn sie sterben?«

Es war mir peinlich, dass er mich so schnell durchschaut hatte. Dass meine Arbeit als Sterbe-Doula in gewisser Weise egoistische Motive hatte. Es war nicht nur das Bedauern der Sterbenden, das ich aufzulösen versuchte – es ging auch um mein eigenes.

Natürlich wusste ich, dass Grandpa vermutlich auch dann allein in seinem Büro gestorben wäre, wenn ich in New York gewesen wäre. Aber wenigstens hätte ich dann in den Tagen vor seinem Tod noch Zeit mit ihm verbracht. Stattdessen hatte ich sein Gesicht ein ganzes Jahr lang nicht mehr gesehen, und ich war einfach davon ausgegangen, dass er noch da sein würde, wenn ich zurückkäme. Das Schlimmste war, dass ich all die kleinen Details nicht groß beachtet hatte, die mir damals unwichtig erschienen, die ich aber jetzt so sehr vermisste – die Art, wie er seinen Kaffee umrührte, das Geräusch, wenn er sich die Bartstoppeln rieb, sein polterndes Lachen. Wenn jemand immer für einen da ist, gibt man sich leicht dem Trugschluss hin, dass er das auch immer sein wird. Und dann, eines Tages, ist er plötzlich weg.

»Ich schätze, da ist was dran«, sagte ich, und als ich es endlich laut zugab, bewegte sich etwas in mir. Hugo hatte die Frage so behutsam gestellt, ohne zu urteilen, dass sich meine Befangenheit verflüchtigte.

»Weißt du, nach dem, was du mir über ihn erzählt hast, klingt es nicht so, als ob er dir das nicht verzeihen würde.« Hugo blieb stehen und sah mich an. »Vielleicht ist es eher die Frage, ob du es dir selbst verzeihst.«

Ein Satz, und die Gefühle, die ich jahrelang fein säuberlich verborgen hatte, strömten durch meinen Körper wie ein Fluss nach einem Dammbruch. Ich hatte Angst, dass ich mich mitten im Park auflösen würde.

»Es tut mir leid«, sagte ich und holte scharf Luft. »Ich weiß nicht, ob ich darüber reden kann.«

Hugo legte mir leicht die Hand auf die Schulter und stellte sich so hin, dass ich Blickkontakt mit ihm aufnahm.

»Das musst du auch nicht«, sagte er leise. »Du kannst deine Trauer nur in deinem eigenen Tempo verarbeiten, und auf die Art und Weise, die dir guttut. Niemand kann dir vorschreiben, wie du das machen sollst. Aber wenn du irgendwann darüber reden willst, höre ich dir gerne zu.«

»Danke.«

Obwohl Hugo lächelte, lag Schmerz in seinen Worten. Er sah hinunter auf seinen Kaffeebecher. »Meine Mutter starb, als ich auf dem College war – Eierstockkrebs«, sagte er. »Und ich weiß noch, wie wütend ich auf die Leute war, die mich trösten wollten. Sie sagten Dinge wie: ›Sie ist jetzt an einem besseren Ort‹ oder ›Wenigstens hattet ihr eine schöne Zeit miteinander‹ oder ›Sie würde nicht wollen, dass du traurig bist‹. Und ich hätte sie alle am liebsten einfach nur angeschrien. Es kam mir so vor, als wollten sie nur, dass ich über meine Trauer hinwegkomme, damit sie sich nicht damit befassen müssen.« Er fuhr sich mit der Hand durchs Haar. »Ich glaube, deshalb habe ich damals so viel Alkohol getrunken, um mich zu betäuben, weil niemand verstand, was ich durchmachte.«

»Das kann ich nachvollziehen.« Ich schwieg kurz. »Ich habe mich betäubt, indem ich mir Liebeskomödien reingezogen habe.« So etwas hätte ich früher nie erzählt, aber Hugos Offenheit hatte mich ermutigt.

»Na ja, gegen einen Sandra-Bullock-Marathon ist auch nichts einzuwenden.« Hugo nickte in Richtung des Hundebereichs. »Ich wette, wir verpassen gerade was. Sollen wir weitergehen?«

»Unbedingt.« Ich fühlte mich bereits ruhiger – wie hatte er das nur geschafft?

Als wir den abgezäunten Hundeauslauf erreichten, spielten zwei Golden Retriever ausgelassen mit einem grauen Kurzhaarpudel. Der Pudel war leicht überfordert und stand, während die beiden anderen um ihn herumtollten, ganz still, als wünschte er sich, einfach mit der Umgebung zu verschmelzen.

»Ich glaube, jemand müsste mal ein ernstes Wörtchen mit den beiden Goldies reden, damit sie lernen, sich zu benehmen«, sagte Hugo.

Ich drehte die Pappmanschette an meinem Kaffeebecher. »Vielleicht ist es aber auch eine gute Gelegenheit für den Pudel, aus seiner Komfortzone herauszukommen.«

»Mir gefällt, wie du denkst«, sagte Hugo und stützte sich so lässig mit den Unterarmen auf den Zaun, als sei er mit sich und der Welt vollkommen im Reinen.

Plötzlich wurde ich mir meines Kaffeeatems bewusst. »Wann fährst du wieder zurück nach Maine?«

»Wie's aussieht, werde ich noch ein paar Tage hierbleiben«, sagte er. »Ich habe ein ziemlich cooles Jobangebot bekommen – ich soll Dachgärten für ein paar öffentliche Schulen hier bauen. Diese Woche stehen noch ein paar Termine an, um die Details zu besprechen und zu sehen, ob ich den Job wirklich übernehmen will.«

»Das klingt wirklich interessant«, sagte ich. »Was würde dich daran hindern?«

Hugo beobachtete einen rundlichen Corgi, der stolz mit einem Stock herumwatschelte, der doppelt so lang war wie er selbst. »Na ja, wenn ich das Projekt leite, dann würde das bedeuten, dass ich mich verpflichten müsste, mindestens sechs Monate hier zu leben. Ich muss mir überlegen, ob ich bereit dazu bin, mich wieder in die Welt hinauszuwagen, um es mal so auszudrücken. Mein Einsiedlerleben auf dem Hausboot habe ich zwar genossen, doch womöglich werde ich langsam ein bisschen sonderbar.«

Jedes kleine Detail, das er über sich erzählte, fühlte sich an wie ein Glühwürmchen, das man in einem Glas fängt.«

»Ich finde das überhaupt nicht sonderbar.«

Er nickte zu dem Pudel hinüber. »Ja, aber ich denke, es ist an der Zeit, dass ich mich wieder aus meiner Komfortzone herausbewege. Die besten Dinge befinden sich doch außerhalb davon, oder?«

»Davon habe ich auch schon gehört«, sagte ich. »Obwohl ich das schon ziemlich lang nicht mehr gewagt habe – ich bin nicht besonders risikofreudig.«

»Dann ist es vielleicht für uns beide an der Zeit, das zu ändern?« Er zog die Augenbrauen hoch, als wolle er mich herausfordern. »Was ist mit dir? Was steht bei dir an, jetzt, wo dieser Job erledigt ist?«

Der Corgi kam zu uns herübergewatschelt, um seinen Stock zu zeigen. Ich beugte mich hinunter und streichelte ihn durch den Zaun hindurch.

»Abgesehen davon, dass ich mit meinem siebenundachtzigjährigen Nachbarn Leo Mah-Jongg spiele und mit meinen Haustieren abhänge, werde ich wahrscheinlich so viele Bücher wie möglich lesen und ein paar Tage lang das Haus kaum verlassen.«

»Klingt doch perfekt.« Nun beugte auch Hugo sich hinunter, um den Corgi zu streicheln. »Ich kann gut verstehen, dass du nach einem Job wie deinem erst mal Zeit brauchst, um dich zu erholen – vor allem, wenn du dafür noch in letzter Minute nach Maine fahren musstest.«

Ich blickte zu dem Pudel hinüber. Der schüchterne junge Hund hatte der freundlichen Beharrlichkeit der Golden Retriever nachgegeben und spielte nun mit ihnen – wenn auch noch recht unbeholfen. Ich dachte daran zurück, wie ich vor ein paar Tagen Claudias letzte Worte in mein RATSCHLÄGE-Notizbuch geschrieben hatte.

Lass die besten Dinge des Lebens nicht an dir vorbeiziehen, weil du dich zu sehr vor dem Unbekannten fürchtest.

Vielleicht war das größte Risiko im Leben, überhaupt kein Risiko einzugehen. Ich nahm mir Claudias furchtlose Zuversicht zum Vorbild und wagte den Sprung.

»Weißt du was? Der Lieblingsbuchladen meines Großvaters ist ganz in der Nähe, und es war so etwas wie eine Tradition bei uns, dass wir sonntags immer dorthin gegangen sind.« Ich schaute zu Hugo auf. »Hast du Lust mitzukommen?«

Er warf seinen Kaffeebecher in einem gezielten Bogen in den nächsten Mülleimer, dann sah er mich grinsend an.

»Ja, super gerne.«

In der Buchhandlung war für einen Sonntag erstaunlich wenig los. Bis auf zwei Frauen mittleren Alters, die sich bei den historischen Büchern auf Mandarin unterhielten, war niemand da.

Ich sah mich nach Bessie um, konnte sie aber nirgends entdecken. Ich war erleichtert, denn ich fürchtete ihre Reaktion darauf, dass ich nicht allein gekommen war, ein wenig. Sie war immer so … überschwänglich. Und ich wollte Hugo nicht verschrecken.

»Clover, mein Schatz!« Mein Puls ging hoch, als Bessie plötzlich doch hinter einem Regal auftauchte. »Ich war mir eben noch mal schnell die Nase pudern, solange noch kaum Kundschaft da ist.« Als sie Hugo neben mir registrierte, blieb sie so abrupt stehen, dass ich fast das trickfilmartige Quietschen ihrer Absätze hören konnte. »Oh … *hallo!*«

Hugo grinste wie immer ganz unverkrampft und teilte meine Verlegenheit offensichtlich nicht.

»Sie müssen Bessie sein«, sagte er und streckte ihr die Hand entgegen. »Schön, Sie kennenzulernen – ich bin Hugo. Ich freue mich darauf, ein bisschen in Ihren Bücherregalen zu stöbern.« Er sah lächelnd zu mir herunter. »Ihr Laden wurde mir wärmstens empfohlen.«

Bessie strahlte. »Nun, Clover kommt hierher, seit sie sechs Jahre alt ist!«

»Hat sie mir erzählt«, erwiderte Hugo. »Dann muss es ja ein guter Laden sein.«

Ich dachte, Bessie würde sich gleich einen Muskel zerren, so sehr grinste sie.

»Hugo ist Landschaftsarchitekt«, sagte ich, in der Hoffnung, die Sache voranzutreiben. »Wenn ich mich richtig erinnere, hast du auch eine ziemlich gute Auswahl an Büchern zu dem Thema.« Könnte auch sein, dass ich das nach meinem Ausflug nach Maine einmal überprüft hatte.

»O ja, das stimmt tatsächlich«, sagte Bessie. »Da gibt es zum Beispiel diese wunderbare Monografie von Roberto Burle Marx, die mir sehr gefällt.«

Hugos Gesicht leuchtete auf. »Burle Marx ist einer meiner Lieblingsarchitekten – man spürt einfach, wie viel Freude und den Optimismus er mit seiner Arbeit verbindet, das mag ich sehr.« Ich notierte mir gedanklich den Namen, um ihn später zu googeln.

»Das habe ich mir fast gedacht.« Bessie sah sehr zufrieden mit sich aus. Sie hatte einen sechsten Sinn für den Lesegeschmack der Leute. »Ich zeige Ihnen, wo Sie das Buch finden.«

Einen Moment lang hatte ich Angst, sie würde mich noch mehr in Verlegenheit bringen und Hugo an die Hand nehmen. Zum Glück folgte er ihr einfach so in den hinteren Teil der Buchhandlung.

»Lass mich nicht zu viele Bücher kaufen, Clover«, rief er mir über die Schulter zu. »Sonst passt Gus am Ende nicht mehr in mein Auto!«

Die Glocke über der Tür läutete mehrmals, als nach und nach mehr Leute in den Laden strömten. Im Nu fühlte sich der winzige Buchladen voll an.

Ich überflog verschiedene Klappentexte und blickte von Zeit zu Zeit verstohlen zu Hugo hinüber, der vergnügt in einigen der Bücher blätterte, die Bessie ihm empfohlen hatte. Es war fast so, als müsste ich mich immer wieder vergewissern, dass er wirklich da war und dass das alles nicht nur eine Fantasie war, die ich mir zusammengesponnen hatte. Schon der ganze Tag hatte sich irgendwie unwirklich angefühlt.

Nachdem wir etwa dreißig Minuten gestöbert hatten und ich mich gerade im ersten Kapitel von Françoise Sagans *Bonjour tristesse* festgelesen hatte, nahm ich plötzlich den mir mittlerweile so vertrauten Duft von Zedern und Zypressen wahr.

Ich blickte auf und sah Hugo, der mit einem Buch in der Hand neben mir stand. Er hielt es mir hin.

»Das hier könnte dir gefallen.« Obwohl ich wusste, dass er seine Stimme aus Rücksicht auf die anderen Stöbernden gesenkt hatte, fühlte es sich trotzdem vertraulich und besonders an. »Es geht um Gertrude Bell, die Archäologin und Reiseschriftstellerin aus dem frühen zwanzigsten Jahrhundert.«

»Oh, das habe ich noch nicht gelesen«, sagte ich. Es klang perfekt.

»Meine Mutter hat auch immer gerne Bücher über Frauen gelesen, die ihrer Zeit voraus waren.« Der Schmerz sprach wieder aus seinem Blick. »Obwohl sie schon so lange tot ist, vergesse ich das manchmal für einen Moment und kaufe ihr ein Buch, das ihr gefallen hätte.«

»Kann ich gut nachvollziehen.« Das hatte ich auch getan, viele Male. »Weißt du, in Samoa glaubt man, dass die Geister von geliebten Menschen auch nach ihrem Tod bei einem bleiben, sodass man immer noch mit ihnen plaudern kann, wann immer man will.«

Hugos Lächeln kehrte zurück. »Die Vorstellung gefällt mir – und manchmal erzähle ich ihr auch noch Dinge«, sagte er. »Ich glaube, sie hätte dich gerne kennengelernt.«

Ich riskierte es, seinem Blick nicht auszuweichen. »Es wäre schön gewesen, sie kennenzulernen.« Ich konnte unmöglich weiterhin verbergen, dass ich rot wurde.

Ein Räuspern. Hinter uns versuchte sich ein Mann mit schütterem Haar und einem Kinderwagen in dem schmalen Gang an uns vorbeizumanövrieren.

Als Hugo näher rückte, um ihn durchzulassen, spürte ich, wie sich unsere Finger leicht berührten.

51

Ich stand vor Leos Haustür und klopfte bereits zum fünften Mal. Das war seltsam. Ich konnte mich nicht erinnern, dass ich jemals mehr als zweimal hatte klopfen müssen, bevor sich die Tür geöffnet hatte und sein goldzahniges Grinsen zu sehen war.

»Leo?« Ich klopfte noch einmal. »Ich bin's. Ist alles in Ordnung bei dir?«

Vielleicht war er einfach nicht zu Hause, oder ich hatte mich in der Zeit vertan. Andererseits war so etwas noch nie passiert. Laut unserer Vereinbarung bedeutete eine Absage in letzter Minute eine sofortige Niederlage, die dem Gegner einen Punkt mehr einbrachte. Da wir aktuell mit siebenundsechzig Punkten gleichauf lagen und wir beide sehr ehrgeizig waren, bezweifelte ich, dass er einen Punkt so leicht verschenken würde, es sei denn, irgendetwas war nicht in Ordnung.

Ich holte die Schlüssel aus der Tasche meiner Jogginghose und versuchte mich zu erinnern, welcher von ihnen Leos war. Dabei wurde ich immer panischer, und meine Hände fingen an zu zittern.

»Leo? Bist du da?« Ich probierte die Schlüssel weiter aus, schob schließlich den richtigen ins Schloss und drehte ihn einmal mehr um als gewöhnlich. Alle Türen in unserem Gebäude hatten diese Eigenart.

Ich trat in das leere Wohnzimmer. Die Schachtel mit den Mah-Jongg-Spielsteinen lag bereits auf dem Tisch, aber von Leo fehlte weit und breit jede Spur. Dafür war das beharrliche Pfeifen des Wasserkochers auf dem Herd zu hören. Ich pfefferte meine Schlüssel auf den Tisch und eilte dem Geräusch folgend in die Küche.

Leo stand über die Arbeitsplatte gebeugt und hielt sich die Brust. Schweiß stand ihm auf der Stirn.

»Leo, was ist los?«

»Es fühlt sich an …«, er stützte sich mit einer Hand am Oberschrank ab, »… als säße ein Elefant auf meiner Brust.«

Ich schaltete schnell den Herd aus, führte ihn dann ins Wohnzimmer und hielt ihn an den Unterarmen fest, während er sich auf das Sofa fallen ließ. »Du könntest einen Herzinfarkt haben.« Ich griff nach meinem Telefon, meine Hände zitterten wieder. »Ich rufe einen Krankenwagen, halt durch. Es wird alles gut.«

Leo atmete flach. »Ruf nicht an, bitte.« Er winkte schwach mit der Hand. »Setz dich einfach zu mir.«

»Aber du brauchst einen Arzt.«

»Nein.«

Angst machte sich in meinem Bauch breit – ich atmete jetzt genauso flach wie er. »Lass mich dir wenigstens Aspirin und Wasser holen. Falls es dein Herz ist, wird das helfen.«

Leo streckte die Hand aus und legte sie auf meine – sie fühlte sich gebrechlich an. »Bleib einfach bei mir, bitte.« Meine Angst steigerte sich zur Verzweiflung – die Gelassenheit, die er ausstrahlte, war mir wohlbekannt. Ich hatte sie schon oft bei Sterbenden gesehen.

Als sich unsere Blicke trafen, bestätigte er meine Frage, ohne dass ich sie stellen musste.

»Leo«, flüsterte ich. »Bitte, nicht.«

»Es ist Zeit, Clover«, beschwor er mich. »Ich bin bereit zu gehen.«

Die Verzweiflung schoss durch meinen Körper. Ich hatte so viele Jahre Erfahrung damit, und alles, was ich fühlen konnte, war Panik.

»Aber du kannst nicht … ich brauche dich!«

Leo lächelte müde und legte die Hand auf sein Brustbein. »Du solltest es doch besser als jeder andere wissen, dass es vorbei ist, wenn deine Zeit gekommen ist.«

»Ich weiß«, sagte ich leise. »Aber du bist alles, was ich habe.«

»Und wie schön wir es hatten, hm?« Seine Augen fielen blinzelnd zu, aber sein Lächeln blieb. »Ich habe mein Leben in vollen Zügen ausgekostet, und jetzt ist es Zeit für mich, die nächste Ausfahrt zu nehmen.« Er blickte zu Winnies Porträt hinauf.

Ich umklammerte seine langen Finger, als er so rasselnd einatmete, als würde eine Aluminiumdose in seiner Lunge herumkullern.

»Du hast dein Leben wirklich in vollen Zügen ausgekostet«, sagte ich und erwiderte sein Lächeln, so gut ich konnte. Es hatte keinen Sinn, ihn zu überreden. Wenn jemand beschlossen hatte, dem Tod entgegenzugehen, konnte man ihn nicht aufhalten.

»Clover … ich möchte dir etwas sagen.«

Ich drückte seine Hand. »Natürlich, Leo.«

Ausnahmsweise verstummte der anhaltende Stadtlärm draußen einmal. Andächtige Stille senkte sich über die Wohnung, während ich darauf wartete, dass Leo seine Worte formte.

»Ich habe gesehen, wie du dein Leben damit verbracht hast, anderen Menschen zu einem guten Tod zu verhelfen – das, was du deinem Großvater nicht geben konntest.« Sogar jetzt war noch ein Funkeln in seinen Augen. »Aber das Geheimnis eines guten Todes ist es, ein gutes Leben zu führen. Man muss sein Herz weit öffnen. Es sich brechen lassen. Chancen ergreifen. Fehler machen.« Leos Atemzüge wurden so schwer, dass er kaum noch sprechen konnte. »Versprich mir, Kind«, flüsterte er, »dass du dir erlaubst zu leben.«

Ich lehnte meinen Kopf an seine Schulter. »Ich verspreche es.«

Sein Griff lockerte sich, als ihm ein letztes Lächeln gelang. »Ich liebe dich, Clover.«

»Ich liebe dich auch, Leo.«

Erst waren es kleine Tropfen auf meiner Wange, doch schon bald strömten mir die Tränen herunter. Und zum ersten Mal, seit ich ein Kind war, ließ ich ihnen freien Lauf.

52

Der Duft des Frühlingsanfangs lag in der Nachmittagsluft, als Sylvie und ich uns nach der Trauerfeier auf den Heimweg machten. Zu Leos Beerdigung waren zahllose Menschen aus der Nachbarschaft gekommen, die ihn im Laufe der Jahre lieb gewonnen hatten.

Nach seinem Tod hatte ich erfahren, dass es Arzttermine gewesen waren und nicht Besuch von außerhalb, die ihn beschäftigt hatten. Herzkrankheit, meinten die Spezialisten.

Aber Leo hatte es niemandem gesagt. Stattdessen hatte er im Stillen seine Angelegenheiten geregelt, eine ansehnliche Summe für seine Beerdigung – oder, wie er es genannt hatte, »Lebensfeier« mit reichlich Essen und Trinken – beiseitegelegt und den Rest seines Geldes sowie all seine Besitztümer einem Gemeindezentrum in Harlem vermacht.

Nun, alle seine Besitztümer bis auf zwei – seinen Barwagen und sein Mah-Jongg-Set hatte er für mich reserviert.

»Das war der perfekte Abschied für Leo«, sagte Sylvie und hakte sich bei mir unter. »Ich fühle mich geehrt, dass ich ihn noch kennenlernen durfte. Wo auch immer er jetzt ist, ich bin sicher, er grinst mit seinem Goldzahn auf uns herab.«

Das Bild war tröstlich. Ich war mir nicht sicher, ob ich die letzten Tage ohne Sylvie überstanden hätte. Unserem Etagenhaus schien das Herz abhandengekommen zu sein.

»Ich hoffe es.«

Eine Weile gingen wir schweigend weiter, bis Sylvie vor einem Eckladen stehen blieb. »Sollen wir uns Eis kaufen, in unsere Pyjamas schlüpfen und Neunzigerjahre-Liebesfilme glotzen? Ich wäre für irgendwas mit Cameron Diaz.«

Mir lagen Worte auf der Zunge, aber sie stießen an meinen Lippen gegen eine Wand.

»Eigentlich«, sagte ich schließlich zögernd, »wollte ich dich um etwas bitten. Einen Gefallen.«

»Sag bloß, du bestehst auf einen John-Cusack-Film? Du weißt doch, dass ich den nicht ausstehen kann.« Sylvie grinste. »Aber für dich würde ich sogar den für zwei Stunden ertragen.«

»Nein, es geht nicht um Cusack.« Der Scherz entspannte mich ein wenig. »Ich habe darüber nachgedacht, was du über all die Sachen in meiner Wohnung gesagt hast – die von meinem Großvater.«

Sylvie rieb sich theatralisch das Kinn. »Rede nur weiter.«

»Na ja, ich glaube, du hast recht. Vielleicht habe ich an der Vergangenheit festgehalten, um nicht darüber nachdenken zu müssen, was ich mir für die Zukunft wünsche.«

Sylvie gab sich großzügig gelassen. »Ich verstehe.«

»Ich denke, es ist vielleicht an der Zeit … dass ich etwas davon loswerde.«

»Und?« Sie zog mir die Worte genüsslich aus der Nase.

»Und ich habe mich gefragt, ob du mir vielleicht helfen würdest? Einiges davon könnte für Museen oder Universitäten interessant sein, was du sicher besser beurteilen kannst als ich. Aber auch …«, ich nahm einen langen, tiefen Atemzug, »ich glaube, es wird schwer sein loszulassen.«

»Oh, Clover, das ist doch klar«, sagte Sylvie, »dein Großvater war der wichtigste Mensch in deinem Leben – natürlich ist es schwer.« Sie legte ihren Arm um meine Schultern. »Es wäre mir eine Ehre, dich dabei zu unterstützen. Wozu sind Freunde und Nachbarn sonst da?«

Es war eine große Erleichterung zu wissen, dass ich nicht allein damit fertigwerden musste. Und einen Moment lang konnte ich mir sogar vorstellen, wie es sein würde, einen Ort zu haben, der wirklich mein eigener war.

53

Sylvie war gnadenlos. Wenn ich einen Tag damit verbracht hatte, alle Dinge in die Kategorien »Verschenken/Wegwerfen«, »Behalten« und »Unentschieden« einzuteilen, kam sie am Abend und setzte sich gebieterisch auf das Sofa, als wäre es ihr Richterstuhl.

Schon bald ergab sich ein Muster – Sylvie verbannte alles, was ich als »Unentschieden« eingestuft hatte, sofort in die Kategorie »Verschenken/Wegwerfen« und runzelte skeptisch die Stirn, wenn ich versuchte, die Dinge in der Kategorie »Behalten« zu verteidigen.

»Ich bin mir ziemlich sicher, dass das, was du da in der Hand hältst, eine biologische Gefahr darstellt, die man vermutlich nur in einem Schutzanzug anfassen sollte«, sagte Sylvie. Mein Argument, dass das Glas mit dem Meerestier eines von Grandpas Lieblingsstücken gewesen war, ließ sie vollkommen unbeeindruckt. »Leg es auf den Spendenhaufen, und dann kann sich der Fachbereich Biologie an der NYU darum kümmern.«

Durch ihre Kontakte hatte Sylvie ein Zuhause für die selteneren wissenschaftlichen Utensilien in einem Museum für biologische Kuriositäten in Brooklyn gefunden. Und Bessie hatte dafür gesorgt, dass ein Antiquariat die Hunderte von Nachschlagewerken übernahm und diese somit den Menschen zugutekamen, die sie hoffentlich ebenso zu schätzen wussten wie Grandpa.

Von manchen Dingen konnte ich mich leicht trennen. Dinge, die zwar immer da gewesen waren, die ich aber nie wirklich wahrgenommen hatte. Bei anderen fühlte es sich so an, als würde ich einen der wenigen wichtigen Fäden durchtrennen, die mich noch mit Grandpa verbanden. Was am Ende noch von seinem Besitz übrig blieb, war das Allerheiligste, bei dem nicht einmal Sylvie versuchte, es mir auszureden. Großvaters Notizbücher voller jahrzehntelanger akribischer Beobachtungen, die ich in dem himmelblauen Koffer aufbewahrte, mit dem unsere gemeinsame Reise begonnen hatte. Eines Tages würde ich sie alle lesen, aber noch nicht jetzt. Seinen Tweedwintermantel, an den ich mich als Kind geklammert hatte, wenn er uns selbstsicher einen Weg durch das Getümmel auf den Bürgersteigen bahnte. Die alte lederne Reisetasche, in deren Falten und Schrammen sich für immer seine Liebe und Weisheit eingeprägt hatten.

Umso mehr das Durcheinander abnahm, desto größer wirkte die Wohnung. Das Sonnenlicht reflektierte von den weißen Wänden, die lange Zeit hinter staubigen Gegenständen und Lehrbüchern versteckt gewesen waren. Baumschatten tanzten auf dem Hartholzboden, der endlich von den Türmen von Archivkisten befreit war.

Ganz oben auf der letzten Kiste mit Büchern, die ich noch zu Bessie bringen wollte, lag das Insektenbuch von Edward O. Wilson – ich hatte Sylvie gegenüber endlich zugegeben, dass ich es wahrscheinlich nie lesen würde. Aber ich könnte es wenigstens kurz überfliegen. Also nahm ich es in die Hand und blätterte es durch, wobei ich mir vorstellte, wie Grandpa immer schon den Zeigefinger oben an jede der vergilbten Seiten gelegt hatte, lange bevor er sie zu Ende gelesen hatte. Ich hatte diese Geste als ein Zeichen für seine unstillbare Neugier, immer mehr wissen zu wollen, gedeutet.

Zwischen den Seiten 432 und 433 des Buches steckte ein alter Pappuntersetzer aus einer argentinischen Bar im East Village. Da ich das Buch nie zuvor aufgeschlagen hatte, musste der Untersetzer mindestens dreizehn Jahre alt sein. Jemand hatte etwas auf die Rückseite geschrieben, aber es war nicht Grandpas ordentliche Handschrift. Sie war unverkennbar schwungvoll, wie ich sie von der einzigen Weihnachtskarte kannte, die ich jedes Jahr bekam, und zwar von Bessie.

Mein liebster Patrick, ich hätte mir keinen besseren Tango-Partner wünschen können.

Ich starrte auf das Herz auf dem i in Großvaters Vornamen (eine Verzierung, die nie auf meinen Weihnachtskarten auftauchte) und las die Nachricht auf dem Untersetzer mehrmals, unsicher, ob ich sie überhaupt wörtlich nehmen sollte.

Grandpa und Bessie? Sicherlich nicht. Er war genauso ein Einzelgänger wie ich – daher hatte ich es ja.

Aber andererseits hatte Leo erwähnt, dass Grandpa Bessie um Rat gefragt hatte, bevor er mir meinen ersten BH kaufte. O Gott. Hieß das etwa, dass er Bessie in ihrem BH gesehen hatte? Ich versuchte, mich an jedes andere Zeichen zu erinnern, das darauf hätte hindeuten können, dass ihre Beziehung über die einer Buchhändlerin mit ihrem treuen Kunden hinausging.

Und außerdem: Großvater und Tango? Ich hatte ihn nie in seinem Leben auch nur einen Schritt tanzen sehen.

Plötzlich verschob sich die Erinnerung an ihn in meinem Kopf – und ich begann, ihn nicht mehr nur als meinen Großvater, sondern auch als Mann zu sehen.

54

Als ich die Kiste vier Blocks weiter zum Buchladen schleppte, redete ich mir ein, dass ich das mit Bessie locker nehmen würde. Wahrscheinlich gab es eine wirklich langweilige Erklärung für alles.

»Das sind die letzten Bücher, versprochen«, sagte ich dort angekommen und hob die Kiste auf den Ladentisch, während ich das Gefühl hatte, der Untersetzer würde mir gleich ein Loch in meine Tasche brennen. »Ich bin dir wirklich dankbar, dass du mir dabei hilfst, ein neues Zuhause für sie alle zu finden. Es wäre so traurig gewesen, sie einfach wegzuwerfen.«

»Natürlich, Schätzchen – ich bin froh, dass du gefragt hast.« Bessies Strahlen wirkte so herzlich wie immer, aber ich musste mir die Frage stellen, ob sie ein anderes speziell für Grandpa gehabt hatte. »Wie fühlt sich das Entrümpeln der Wohnung für dich an?«

»Ganz gut, denke ich.« Ich war so beschäftigt gewesen, dass ich gar keine Gelegenheit gehabt hatte, meine Gefühle zu verarbeiten. »Mir hat jemand dabei geholfen, ohne den ich es womöglich nie geschafft hätte.«

Ich hielt inne, um meinem letzten Satz nachzuspüren – noch vor wenigen Monaten wäre es vollkommen absurd gewesen, das zu sagen.

Kokett zog Bessie ihre Schulter hoch zur Wange. »Ooooh, redest du etwa von diesem hübschen jungen Mann, den du neulich hierher mitgebracht hast?«

»Ah, nein, ich meine nicht Hugo«, sagte ich schüchtern lächelnd, aber insgeheim erfreut darüber, dass sie ihn erwähnte. In den vergangenen Wochen hatte er mir mehrmals geschrieben, um mir mitzuteilen, wie sehr ihm einer meiner Buchtipps gefiel (zusammen mit mehreren Fotos von Gus) und dass er das Jobangebot angenommen hatte. Wir planten, uns zu treffen, sobald er wieder in New York war, und mit George und Gus in den Hundepark zu gehen.

»Verstehe«, sagte Bessie, und ihre Grübchen vertieften sich. »Nun, er schien mir ein perfekter Gentleman zu sein. Ich glaube, dein alter Großvater wäre mit ihm einverstanden gewesen.«

Ich fuhr mit den Fingerspitzen über den Rand des Untersetzers in meiner Tasche und überlegte, ob ich dabei war, Grandpas Privatsphäre zu verletzen. Ich würde einfach behutsam vorgehen müssen.

»Übrigens, Bessie, ich habe da etwas gefunden, als ich seine Sachen durchgesehen habe.« Ich schob den Untersetzer über den Ladentisch, als wäre er Schmuggelware, denn ich wollte sie nicht vor den anderen Kunden in Verlegenheit bringen.

Bessie schlug die Hände vor die Brust. »Meine Güte«, sagte sie und lachte. »Das ruft ja wunderbare Erinnerungen wach!«

Erinnerungen, die eine Enkelin nichts angingen? Ich bemühte mich um eine neutrale Reaktion.

»Oh?«

»Na ja, du hast es dir wahrscheinlich schon selbst zusammengereimt.« Als sie sich verschwörerisch nach vorne beugte, fiel mein Blick unweigerlich auf das üppige Dekolleté, das sich unter ihrer Bluse wölbte.

»Was zusammengereimt?«

»Dass dein Großvater und ich … besondere Freunde waren.« Bessies Blick huschte durch den Raum. »Ich glaube, ihr jungen Leute nennt das ›Freunde mit gewissen Vorzügen‹.«

Ihre Anführungszeichengeste war völlig unnötig.

Ich kämpfte gegen den Drang an, mir die Ohren zuzuhalten, und hoffte, dass ich meine nächste Frage nicht noch bereuen würde. »Hat Großvater gern Tango getanzt?«

Sie blickte verträumt auf den Untersetzer. »Ja, das hat er. Wir sind fast zehn Jahre lang jeden Donnerstagabend tanzen gegangen.«

»Das wusste ich gar nicht«, sagte ich leise. Er hatte immer behauptet, dass donnerstags eine späte Fakultätssitzung anstünde. Ich war mir nicht sicher, ob ich mich verraten fühlen sollte, weil er ein Doppelleben geführt hatte, oder ob ich mich freuen sollte, dass er gar nicht so einsam gewesen war, wie ich gedacht hatte.

»Er sah immer so glücklich aus beim Tanzen«, sagte sie, und ihre Augen leuchteten bei dieser Erinnerung. »Als ob er seine Rüstung ablegen durfte.« Bessie tätschelte meinen Arm. »Weißt du, ich erinnere mich an das letzte Mal, als wir beim Tanzen waren … bevor er starb. Er hatte erst ein paar Tage zuvor mit dir telefoniert – du warst in Thailand, glaube ich?«

Mein Körper verspannte sich. »Kambodscha.«

»Kambodscha, genau! Jedenfalls erinnere ich mich, dass es ihn so glücklich gemacht hat, dass du herumgereist bist und die Welt kennengelernt hast. Er hätte nicht stolzer sein können auf dich und das, was du getan hast. Ich weiß, dass er es bedauerte, deiner Mutter kein besserer Vater gewesen zu sein, und ich glaube, es beruhigte ihn irgendwie, dass er es bei dir besser gemacht hatte. Es war so schön, das zu sehen.«

Um mich herum begann sich alles zu drehen, als die Gefühle meinen Körper überfluteten und die Realität der letzten Jahrzehnte sich in meinem Kopf plötzlich neu ordnete. Ich tat so, als würde ich auf meine Uhr schauen. »Tut mir leid, Bessie, ich muss los.«

»Natürlich, lass dich von mir nicht aufhalten, Schätzchen.« Sie fasste mich fester am Arm und zog mich zu sich. »Aber ich bin immer da, wenn du mich brauchst.«

Ich ging den ganzen Weg zum Hudson River und wieder zurück und versuchte, mir über meine Gefühle klar zu werden. Und mir vorzustellen, wie Großvater wohl beim Tanzen und Flirten ausgesehen hatte.

Ich musste wieder daran denken, dass ich ihn nie etwas über sein eigenes Leben gefragt hatte. Ich wusste nichts über seine Ängste, seine Herausforderungen, seine Ziele.

Wie leicht betrachtet man die Menschen, die sich wie Eltern um einen kümmern, allein durch diese Brille und geht davon aus, dass sich ihr Leben immer nur um das eigene gedreht hat. Aber bevor sie Eltern wurden, waren sie einfach nur Menschen, die versuchten, ihr Leben so gut wie möglich zu meistern, mit ihren eigenen Enttäuschungen umzugehen und ihren eigenen Träumen nachzujagen. Und doch erwarteten wir oft von ihnen, dass sie unfehlbar sind.

Es war egoistisch von mir anzunehmen, dass ich in all den Jahren die einzige wichtige Person in seinem Leben war – auch Bessie hatte Grandpa verloren. Und ich war unendlich dankbar für das, was sie mir offenbart hatte. Auch wenn er allein starb, war er nicht einsam gestorben.

Ich würde zwar nie erfahren, wie seine letzten Worte gelautet hatten, doch dafür wusste ich, dass er stolz auf mich gewesen war.

Es fühlte sich alles immer noch ein bisschen befremdlich an, wenn ich in meine neu eingerichtete Wohnung kam. Nach den Maßstäben der meisten Menschen war sie überhaupt nicht leer. Viele meiner eigenen Bücher standen noch in den Regalen, zusammen mit ausgewählten Erinnerungsstücken von meinen Reisen. Die Menge der Möbel entsprach einem Erwachsenen in meinem Alter, und ein paar neue Stücke, die ich dank Sylvies Anstoß besorgt hatte, verliehen der Wohnung fast so etwas wie einen modernen Touch. Aber im Vergleich dazu, wie sie noch vor einer Woche ausgesehen hatte, kam sie mir jetzt geradezu nackt an.

Doch ein einzelner Gegenstand wartete immer noch auf seinen Auszug.

Als Sylvie zum ersten Mal vorgeschlagen hatte, Grandpas Sessel zu spenden, hatte ich das trotzig von mir gewiesen. Er war der Gegenstand in der Wohnung, über den ich mich ihm am nächsten fühlte. Aber im Laufe der Wochen war mein Widerstand mehr und mehr dahingeschmolzen. Wie oft hatte ich erlebt, dass Familienmitglieder sich weigerten, von der Seite eines Verstorbenen zu weichen, lange nachdem das Leben – seine Essenz – seinen Körper verlassen hatte.

Doch unweigerlich kam irgendwann der schmerzliche Moment, an dem sie akzeptieren mussten, dass die einzige Möglichkeit, diese Essenz am Leben zu erhalten, darin bestand, sie weiterhin in ihrem Herzen zu tragen.

Also setzte ich mich in seinen geliebten grünen Cordsessel, berührte den abgenutzten Stoff und erlaubte mir, ein letztes Mal seine Umarmung zu spüren. Und als ich schließlich im Hauseingang stand und beobachtete, wie die Möbelpacker den Sessel aus dem Gebäude manövrierten, hatte ich das Gefühl, dass mir damit die Chance gegeben wurde, etwas wiedergutzumachen.

Dabei sein zu dürfen, wenn Grandpa seinen letzten Atemzug ausstieß.

Als ich wieder hoch zu meiner Wohnung kam, bemerkte ich ein großes Paket, das neben der Tür lag. Seltsam. Ich hatte in letzter Zeit gar nichts bestellt, denn in den letzten Wochen war es in erster Linie darum gegangen, alte Sachen loszuwerden, nicht darum, neue zu kaufen.

Ich legte das Paket auf den Couchtisch, starrte es an und versuchte zu erraten, was es sein könnte. Dann sah ich mir den Namen des Absenders auf dem Etikett an.

Selma Ramirez

Warum sollte Selma mir etwas schicken? Ich ritzte das Klebeband mit meinem Hausschlüssel auf und fand in der Kiste eine weitere Schachtel. Als ich sie heraushob, fiel eine gefaltete Karte zu Boden, auf deren Außenseite in Claudias eleganter Handschrift mein Name vermerkt war.

Meine liebste Clover,
ich mag die Art, wie du die Welt siehst – ich hoffe, dies hilft dir, diese Sichtweise mit anderen zu teilen.
(Es ist nie zu spät, sich ein neues Hobby zuzulegen, oder?)
Von Herzen alles Gute,
Claudia Wells

Unter den Papierschichten förderte ich eine nagelneue Digitalkamera, mehrere Objektive und ein kleines Parfümfläschchen mit smaragdgrünem Verschluss zutage.

Ich lehnte mich auf dem Sofa zurück und musste all das erst einmal verarbeiten. Vielleicht hatten sich Grandpa, Claudia und Leo auf der anderen Seite zusammengetan.

Jetzt musste ich nur noch herausfinden, wie ich ein Leben führen konnte, das sie alle stolz machen würde.

55

Lola und Lionel schauten neugierig zu, als ich meinen neuen leichten Koffer ins Wohnzimmer rollte. George hatte sich bereits für sein dreimonatiges Sabbatical in Sylvies Wohnung eingewöhnt, aber die beiden Katzen würden hier bei meinem Untermieter bleiben; Sylvies Kollege aus Chile, dessen Faible für Tiere es mit meinem aufnehmen konnte.

Die Wohnung kam mir nicht mehr nackt vor, und genauso wenig fühlte ich mich noch an sie gebunden.

Trauer, war mir klar geworden, ist wie Sand. Wenn man sich mitten in einem Sandsturm befindet, verliert man vollkommen die Orientierung und kann kaum noch sehen oder atmen. Aber wenn die Wucht dann nachlässt, man sich langsam wieder zurechtfindet und einen Weg findet, nach vorne zu blicken, beginnt sich der Sand in allen Ritzen abzusetzen. Er wird nie ganz verschwinden – über die Jahre wird man an unvermuteten Orten und in unerwarteten Momenten auf ihn stoßen.

Trauer ist einfach Liebe, die einen Platz sucht, um sich niederzulassen.

Auch ohne alle seine Habseligkeiten spürte ich Großvaters Präsenz – ich hatte sie die ganze Zeit mit mir getragen. Aber es standen auch noch drei Bücher in den Regalen, von denen ich mich niemals trennen würde.

Leo hatte seine letzten Worte vor mehr als einem Monat gesprochen, aber ich hatte mich immer noch nicht dazu durchringen können, sie aufzuschreiben. Als ich vor dem Regal stand, schloss ich die Augen und sammelte all meine Kräfte. Dann zog ich das Notizbuch mit der Aufschrift RATSCHLÄGE zwischen den beiden anderen hervor.

Ich blätterte zu einer leeren Seite und schraubte den Füllfederhalter auf, den mir Grandpa zu meinem neunten Geburtstag geschenkt und der bestimmt schon tausend Tintenpatronen gesehen hatte.

Dann notierte ich Leos Namen, seine Adresse, das Datum seines Todes und seine klugen letzten Worte.

Das Geheimnis eines guten Todes ist es, ein gutes Leben zu führen.

Ich dachte einige Augenblicke über die Worte nach und suchte einen Platz für sie in meinem Herzen, damit ich sie nie vergaß. Dann pustete ich energisch auf die Tinte und klappte das Buch zu. Als ich es an seinen Platz zurückstellte, fiel mein Blick auf das Fernglas, das im Regal neben den Notizbüchern lag. Ich hatte ganz vergessen, dass es da war. Es war mir nun egal, was in der Wohnung gegenüber vor sich ging, denn mein eigenes Leben war viel spannender.

Sylvie öffnete sofort, als ich klopfte.

»Ich habe an der Tür gewartet und auf deine Schritte gelauscht, weil ich Angst hatte, du würdest versuchen, dich davonzuschleichen, ohne dich zu verabschieden.« Sie verschränkte die Arme. »Ich weiß ja, dass du dich gut unsichtbar machen kannst, wenn du es willst.«

Ich zuckte zusammen und hoffte, dass sie es mich eines Tages vergessen lassen würde. »Das hätte ich nie gemacht – versprochen.«

»Wann holt dich Hugo ab?«, fragte sie mit der Aufregung eines Teenagers.

»In etwa fünf Minuten, also gehe ich besser mal runter.« Ich konnte George sehen, der in einem Sonnenfleckchen auf ihrem Sofa zufrieden vor sich hin schnarchte. So gern ich ihn ein letztes Mal geknuddelt hätte, wollte ich ihn nicht durcheinanderbringen, nachdem er sich bereits bei Sylvie eingelebt hatte. »Noch mal vielen Dank, dass du dich um George kümmerst.«

»Machst du Witze? Ich mach das total gerne – *und* ich bin mir ziemlich sicher, dass drei Monate genug Zeit sind, um ihn davon zu überzeugen, dass Doga Spaß macht.« Sylvie ließ das verschmitzte Lächeln aufblitzen, von dem ich jetzt schon wusste, dass ich es vermissen würde. »Und nur fürs Protokoll: Trotz meiner minimalistischen Einrichtung erwarten George und ich eine Postkarte von jedem Ort, den du besuchst.«

Ich fühlte eine Mischung aus Traurigkeit und Vorfreude. »Das geht in Ordnung.«

»Großartig. Ich weiß, dass dir Umarmungen sehr unangenehm sind, also warne ich dich fairerweise vor, dass du gleich eine bekommen wirst.«

Gott sei Dank ergriff sie die Initiative – für mich selbst fühlte sich das so unnatürlich an. Voller Erwartung stellte ich mein Gepäck ab. »Das ist okay für mich.«

Sie drückte mich fest an sich und lehnte ihr Kinn auf meine Schulter. »Ich werde dich so sehr vermissen!«

Es fühlte sich an wie ein Privileg, jemanden zu haben, der mich vermisst. »Ich werde dich auch vermissen.«

Sylvie atmete tief ein, als sie ihren Griff lockerte. »Hm, du riechst so gut – ich hätte nicht gedacht, dass du ein Parfümtyp bist!«

Ich errötete. »War ich auch nie, aber ich dachte, es wäre vielleicht an der Zeit, mal was Neues auszuprobieren.«

Sie zwinkerte mir zu. »Mir gefällt es.«

Hugo erschien pünktlich vor meinem Haus, sein verbeulter Land Rover wollte nicht recht in das schmucke Straßenbild des West Village passen.

»Du hast leicht gepackt«, grinste er, hob meinen Koffer auf den Rücksitz und öffnete dann die Beifahrertür. Gus quetschte sich zu mir in den Fußraum.

»Vielen Dank, dass du mich zum Flughafen fährst.« Ich kraulte Gus' Kinn und prägte mir seinen bewundernden Hundeblick ein.

»Logisch!« Hugo manövrierte den Land Rover um einen Lieferwagen herum, der in zweiter Reihe parkte. »Ich bin froh, dass ich, je nach Verkehr, noch so fünfzig Minuten mit dir habe, bevor du fliegst.«

Traurigkeit überkam mich, als wir aus meiner Straße bogen. Ich saß da und wartete, bis sie wieder etwas abgeklungen war.

Dann schaute ich zu Hugo hinüber. Seine Locken saßen ordentlicher als sonst – wahrscheinlich war er beim Friseur gewesen, bevor er seinen neuen Job angetreten hatte. »Und, hast du dich schon ein bisschen in der Stadt eingelebt?«

»Na ja, Brooklyn ist zwar nicht ganz so idyllisch wie mein Hausboot auf dem See, aber bisher gefällt es mir ganz gut«, sagte er. »Und es ist angenehm, nicht ständig sieben Stunden hin- und herfahren zu müssen.«

»Das kann ich mir vorstellen.«

Das Indie-Kino auf der Sixth Avenue rauschte an meinem Fenster vorbei, und wieder kam so ein nostalgisches Gefühl in mir auf. Ich würde diese Stadt vermissen und war doch nur eine ihrer unzähligen Bewohnerinnen.

»Also, erster Halt, Nepal, oder?«

»Ja!« Aufregung schoss mir durch die Glieder. »Mein erstes Mal dort.«

»Und danach?«

»Wer weiß?« Ausnahmsweise war der Gedanke, keinen festen Plan zu haben, berauschend. »Wohin auch immer es mich treibt, schätze ich.«

Hugo klopfte nervös auf seinen Oberschenkel. »Aber wir treffen uns auf jeden Fall in drei Monaten auf Korsika, oder?«

»Ich halte immer mein Wort.« Außerdem bewahrte ich mir das Beste an meiner Reise für den Schluss auf. In der Seitentasche meines Rucksacks befand sich ein kleines Gefäß mit Claudias Asche, das Sebastian mir überlassen hatte. Sie würde mich auf meiner Abenteuerreise durch die Welt begleiten, bevor sie ihren Geliebten im Mittelmeer wiedertreffen würde.

»Großartig«, sagte Hugo und klopfte sich immer noch auf den Oberschenkel. »Das ist großartig.« Aus irgendeinem Grund war ihm seine übliche Leichtigkeit abhandengekommen.

Als wir vor dem Flughafen hielten, kribbelte mein ganzer Körper vor Vorfreude. Der Pass in meiner Hand fühlte sich an wie ein Generalschlüssel, der mich zu unzähligen neuen Erfahrungen führen würde. Und die Kamera über meiner Schulter war bereit, sie zu dokumentieren. Warum hatte ich bloß so lange darauf gewartet, dies wieder zu erleben?

Hugo stellte meinen Koffer ab und zog den Griff hoch.

»Ach«, sagte er, »beinahe hätte ich es vergessen.« Er griff auf den Rücksitz des Wagens und holte eine Papiertüte heraus. »Ich hab dir noch etwas für deine Reise besorgt.«

Die großzügige Verwendung von Klebeband und die asymmetrischen Falten des Geschenkpapiers rührten mich irgendwie, ebenso wie der Inhalt des Päckchens: ein ledergebundenes Notizbuch mit dem Wort ABENTEUER auf dem Rücken.

Ich kämpfte nicht gegen die Tränen, die mir in die Augen stiegen. Hugo gegenüber hatte ich die Notizbücher nur ein einziges Mal erwähnt. Das musste es sein, wovon Claudia gesprochen hatte – wie es sich anfühlte, von jemandem wirklich gesehen zu werden.

»Danke«, sagte ich und strich über den glatten Einband. »Es ist wundervoll.«

»Gern geschehen.« Er ließ die Hände in die Taschen gleiten und starrte auf seine Füße hinunter. »Ich werde es wirklich vermissen, Zeit mit dir zu verbringen, Clover.«

Von zwei Menschen vermisst zu werden. Das kam mir schier unglaublich vor.

Als ich das Notizbuch aufschlug, sah ich unten auf der ersten Seite eine handschriftliche Widmung.

Auf ein Leben mit weniger Grund zum Bedauern – Hugo

Inmitten des ungeduldigen Hupens, der Abschiedsrufe und des allgemeinen Chaos vor der Abflughalle vernahm ich einen Chor vertrauter Stimmen, die mich vorwärtsdrängten: Leo, Sylvie, Bessie, Grandpa und Claudia.

Sei besonnen waghalsig.

Die Flügel des Kolibris flatterten unter meinen Rippen.

Mit einem tiefen Atemzug stellte ich mich auf die Zehenspitzen, legte meine Hand an Hugos Wange und schaute ihm vertrauensvoll in die Augen.

Und mein zweiter erster Kuss war genau so, wie ich ihn mir immer vorgestellt hatte.

Epilog

Der Duft von sonnenverbranntem Eukalyptus mischte sich mit der salzigen Brise, als ich in Korsika an den Bonifacio-Klippen stand. Die wohlige Ruhe hatte absolut nichts mehr mit dem Stadtlärm gemein, mit dem ich aufgewachsen war. Die Blätter berührten sich sanft wie ein liebevolles Streicheln. Ein Vogel rief in die untergehende Sonne, nahm von ihr Abschied für einen weiteren Tag. Die leisen Wellen des Mittelmeeres schlugen sanft an die Felsen und trugen das Glitzern des letzten Sonnenlichts mit sich.

In der Brise über den Klippen tanzten zwei Aschewolken miteinander, bevor sie anmutig ins Meer sanken.

Claudia und ihre große Liebe waren endlich wieder vereint.

Neben mir drückte Hugo meine Hand, das goldene Leuchten am Horizont spiegelte sich in den Spuren der Tränen auf seinem Gesicht.

Ich verkniff mir meine und sah zu, wie die letzte Asche im Wasser versank.

In der Ferne glitt ein kleines Segelboot aufs Meer hinaus. Ich stellte mir vor, wie Claudia am Bug des Bootes saß, glücklich, endlich dort zu sein, wo sie hingehörte. Doch so herzerwärmend die Vision auch war, hatte sie zugleich auch etwas Bittersüßes.

Denn hätten Claudia und Hugo bereits in diesem Leben zueinandergefunden, gäbe es den Hugo neben mir nicht. Ich hätte die letzten drei Monate nicht damit verbracht, um die Welt zu reisen und meine Abenteuer in meinem neuen Notizbuch festzuhalten, die ich unbedingt mit ihm teilen wollte. Und ich stünde nicht hier auf dieser französischen Insel und wäre im Begriff, nach New York zurückzukehren, um mein Fotografiestudium zu beginnen.

Ihr Schicksal hatte das meine bestimmt.

Menschen, die mir vor weniger als einem Jahr noch völlig fremd gewesen waren, hatten mein Leben für immer verändert. Die Tatsache, dass wir alle miteinander verwoben waren, dass jeder auf diesem Planeten irgendwie den anderen beeinflusste, oft ohne es zu ahnen, überstieg für mich nahezu die Grenze des Vorstellbaren.

Aber vielleicht ist das der Punkt. Müssen wir die Welt und alle ihre Muster wirklich verstehen?

Man kann in allem einen Sinn finden, wenn man nur genau genug hinsieht, wenn man glauben will, dass alles aus einem bestimmten Grund geschieht. Aber wenn wir einander völlig verstehen würden, wenn jedes Ereignis keinerlei Fragen nach sich ziehen würde, dann würde niemand von uns jemals dazulernen oder wachsen. Unsere Tage wären angenehm, aber prosaisch.

Vielleicht müssen wir also einfach anerkennen, dass viele Aspekte des Lebens – und die Menschen, die wir lieben – immer ein Geheimnis bleiben werden. Denn ohne Geheimnisse gibt es keine Magie.

Und anstatt uns ständig die Frage zu stellen, warum wir hier sind, sollten wir uns vielleicht einer einfacheren Wahrheit widmen:

Wir sind hier.

Danksagung

Allen Sterbe-Doulas, Hospizmitarbeitenden, Krankenpfleger*innen, Ärzt*innen, Haushaltshilfen, Seelsorgenden und all jenen, die sich weigern, beim Schmerz anderer Menschen wegzusehen – danke schön. Ihr seid einige der großmütigsten Menschen und erhaltet doch so oft nicht die Unterstützung, die Anerkennung und die Entlohnung, die ihr verdient. Danke euch allen für alles, was ihr tut, um die letzten Momente eines Menschen ein kleines bisschen erträglicher, manchmal sogar schön zu machen.

An diesem Buch liebe ich am meisten, dass seine Seiten die Spuren so vieler Menschen beinhalten, die so großzügig ihre Weisheit, Geschichten, Expertisen und Lektionen über die Jahre mit mir geteilt haben.

Danke an Katie Mouallek, dass du all diese frühpandemischen Sonntage mit mir verbracht hast, mit angemessenem Abstand in den New Yorker Parks, und dir Clovers Welt und Reise mit mir ausgemalt hast. Danke dafür, dass du so viel von dir selbst geteilt hast und dass du so viele Versionen der Geschichte gelesen hast, dass du sie beinahe so genau kennst wie ich. Dieses Buch würde ohne dich nicht existieren.

An Michelle Brower, danke, dass du mein Manuskript aus dem Stapel gezogen und sein Potenzial gesehen – und es gewagt hast. Du bist wirklich eine Traumagentin, Advokatin, Bereitstellerin notwendiger Wahrheiten und die Person, die ich immer auf meiner Seite haben möchte. Ein riesiges Dankeschön auch an die wundervolle Jemima Forrester, dafür, dass du Clover durch das gesamte Commonwealth begleitet hast.

Ich danke Sarah Cantin, Harriet Bourton und Beverley Cousins, dass ihr mir eure scharfsinnigen Lektorinnen-Köpfe zur Verfügung gestellt habt, und für eure Vision, die mich herausgefordert hat, mehr erreichen zu wollen, sodass ich mein finales Manuskript wirklich liebe. Ihr alle habt den Redaktionsprozess zu einer Freude und einer Masterclass gemacht.

Danke, Danya Kukafka, für deine fachmännischen Anmerkungen, an Allison Malecha dafür, dass sie eine globale Stimme für Clover gefunden hat, und an Natalie Edwards und Khalid McCalla sowie das gesamte Trellis-Literary-Managementteam.

Danke an die unermüdlichen und talentierten Verlagsleute, die geholfen haben, dieses Buch zu verwirklichen, insbesondere Jennifer Enderlin, Lisa Senz, Anne Marie Tallberg, Jessica Zimmerman, Sallie Lotz, Drue VanDuker, Rivka Holler, Brant Janeway, Tom Thompson, Kim Ludlam, und alle im Creative Studio, Ken Silver, Gabriel Guma, Jonathan Bush, Alex Hoopes und Kirsten Aldrich von St. Martin's Press; Lydia Fried, Georgia Taylor, Sam Fanaken und das UK-Vertriebsteam, Linda Viberg und das internationale Vertriebsteam von Penguin Vikin UK; Dot Tonkin, Janine Brown, Jo Baker und Deb McGowan von Penguin Australia; und alle von Bertrand Editora, Cappelen Damm, China Translation & Publishing House, Dioptra, Droemer Knaur, Éditions Eyrolles, Euromedia, Globo Livros, Influential Press, Lindhardt & Ringhof, Muza, Planeta México, Sperling & Kupfer, Vulkan und Znanje.

An meine Mutter, Jillian, danke für die enthusiastische Unterstützung von jeder kreativen Laune und jedem Karrieretraum, die ich jemals hatte, und die Ermutigung, dem nachzugehen, was mich glücklich macht, statt dem, was vernünftig erscheint. Danke, dass du so viele Versionen von diesem Buch gelesen hast, und für dein pragmatisches, detailliertes Feedback. Ich bin so dankbar, mit einem so wundervollen Vorbild aufgewachsen zu sein, das mir zeigte, was es bedeutet, eine neugierige, unabhängige, einfallsreiche und erfolgreiche Frau zu sein – ich liebe dich.

Danke, Jeremy, dass du mich, als wir Kinder waren, stundenlang mit erfundenen Welten für unsere Spielzeuge unterhalten hast – ein erster Streifzug in das Geschichtenerzählen –, und für all dein exzellentes Feedback zu diesem Buch. Ich habe ein solches Glück, einen so wundervollen großen Bruder zu haben. Danke ebenso an Kirsten, Hugo, Amélie und Reuben für eure Liebe und eure Unterstützung entlang dieser Reise.

An all die Tanten, Onkel, Großeltern und erweiterte Familie, die geholfen haben, uns großzuziehen: danke, dass ihr in uns einen unersättlichen Sinn für Abenteuer, Neugier, Fantasie und Liebe fürs Geschichtenerzählen entfacht habt und dass ihr uns das Gefühl gegeben habt, geschätzt und umsorgt zu sein.

Ich danke Jamie Farnsworth Finn, Trisha Ray und Jesse Steinbach dafür, dass ihr frühe Versionen des Buches gelesen habt, und für eure immens hilfreichen Anmerkungen und euer unablässiges Anfeuern entlang des Weges. An Claudia Cosgrove und Cara O'Callaghan, danke, dass ihr auf meine Nachrichten quer über den Kontinent mit seltsamen medizinischen Fragen und hypothetischen Szenarien eingegangen seid. An Danielle Katvan, danke für das Teilen deiner Erfahrungen, wie es ist, in New York City aufzuwachsen. Für Stephanie Ogé, Anna Caradeuc, Shannon Sharpe und Carilyn Garrett, danke für euren unendlichen Enthusiasmus und eure Ermutigung.

An Emma Brodie, KJ Dell'Antonia, Annabel Monaghan, Ruth Hogan, Meredith Westgate und alle, die sich die Zeit genommen haben, ein Vorabexemplar zu lesen und ein Quote abzugeben: Ich schätze eure Unterstützung und großzügigen

Worte zutiefst. Danke schön ebenso an Georgia Clark, Rosalind McClintock und Allison Warren für das großzügige Teilen ihres Wissens über das Verlagsgewerbe.

Christine Arroyo, Meredith Craig De Pietro, Tara Crowl, Dani Fankhause, Lydia Gidwitz, Suzanne Martinez, Eva Munz, Irina Patkanian, Nayomi Reghay, Liana Rodriguez, Natalia Sandoval und Kabira Stokes – danke, dass ihr an meinem ersten Tag in der Schreibgruppe so positiv reagiert habt, als ich angekündigt habe, dass ich versuche, »ein Buch über den Tod zu schreiben, das Spaß macht und aufmunternd ist«. Eure Unterstützung und euer aufmerksames Feedback in diesem sehr frühen Stadium haben mir geholfen zu glauben, dass es tatsächlich funktionieren könnte. Ich kann es nicht erwarten, eines Tages eure Romane neben meinem auf den Regalen zu sehen.

Mein Dank gilt Joe Veltre, Olivia Johnson und dem Team von The Gersh Agency für ihren Einsatz, um Clover eine Verfilmung zu ermöglichen. Danke ebenso an all die Co-Agent*innen im Ausland: Ania Walczak und Beata Glińska von der Anna Jarota Agency, Mira Droumeva von Andrew Nurnberg Associates, Vanessa Maus von Berla & Griffini, Sophie Langlais von der Books and More Agency, Duran Kim von der Duran Kim Agency, Evangelia Avloniti von der Ersilia Literary Agency, Clare Chi von der The Grayhawk Agency, Kristin Olson von der Kristin Olson Literary Agency, Antonia Girmacea von der Livia Stoia Literary Agency, Rik Kleuver von Sebes & Biessling und Miguel Sader von der Villas-Boas & Moss Literary Agency.

Danke an Imani Williams, für dein aufmerksames *sensitivity reading* und dein ungemein hilfreiches Feedback.

An Chafin Elliot und Dorothy Hinz, danke für eure Gesellschaft, eure Weisheit und eure Geschichten. Vielen Dank an das Personal des Altenpflegeheims Fray Rodrigo de La Cruz in Antigua, Guatemala, dass ihr mir so viel darüber beigebracht habt, Menschen zu helfen, mit Würde zu altern.

An Jeanne Denney: Danke, dass du so großzügig deinen Einblick geteilt hast, was es bedeutet, jemanden auf dem Weg zum Tod zu begleiten, und wie man den Sterbenden hilft, das in Frieden und mit Würde zu tun.

An all diejenigen, die ihre eigenen Erfahrungen mit dem Tod und dem Sterben geteilt haben, in Büchern, Podcasts oder Webinaren, insbesondere Megan Devine, Atul Gawande, Michael Hebb, Scott Macklin, Bronnie Ware und Karen M. Wyatt – danke, dass ihr Gespräche rund um das Thema Tod leichter gemacht habt. Dank geht ebenso an die Leute von Doula Givers, Doula Program, Carter Burden Center for Aging und Citymeals on Wheels in New York für eure exzellente und dringend benötigte Arbeit. Und an die New York Public Library, das Open Center, die New York Society for Ethical Culture und alle jene, die ihre Räume für Death Cafés und Diskussionen öffnen.

An Jane Birkin, die ihre Weisheit, »besonnen waghalsig« zu sein, schon vor Jahren mit mir teilte, als ich sie für ein Magazin interviewt habe. Sie hat mich seitdem immer geleitet und wurde zu Claudias Weisheit im Buch.

Mein Dank gilt Tamara Salem, für ihre echte Freundschaft und all die Abenteuer, die wir gemeinsam erleben konnten – obwohl du nie wieder an meiner Seite reisen wirst, wirst du immer in meinem Herzen sein.

An Carl Lindgren, es ist ironisch, dass sich so viel von dem, was du mir beigebracht hast, in diesem Buch wiederfindet, und doch wirst du es niemals lesen können, was dadurch wiederum genau den Punkt beweist: Wir verlieren Menschen, die uns wichtig sind, häufig früher, als wir erwarten, deswegen sollten wir sie schätzen, solange wir können. Ich wäre nicht, wo ich heute bin, hättest du mir nicht vor all den Jahren eine

Chance gegeben und immer an mich geglaubt. Danke, dass du mir beigebracht hast, mit meinem Herzen statt meinem Kopf zu schreiben; danke für alles.

Und schließlich, liebe Leser*innen, danke, dass ihr einen Teil eurer kostbaren Stunden hier auf Erden der Lektüre meines Buches gewidmet habt. Ich hoffe, ihr habt eure eigene Version gefunden, ein wunderbares Leben zu leben.